ALICE MUNRO

Liebes Leben

14 Erzählungen

Aus dem Englischen
von Heidi Zerning

S. FISCHER

Erschienen bei S. FISCHER

Die Originalausgabe erschien 2012 unter dem Titel
»Dear Life« bei Alfred A. Knopf, New York
© Alice Munro 2012

Für die deutschsprachige Ausgabe:
© S. Fischer Verlag GmbH, Frankfurt am Main 2013

Satz: Dörlemann Satz, Lemförde
Druck und Bindung: CPI-books GmbH, Leck
Printed in Germany
ISBN 978-3-10-048832-9

INHALT

Japan erreichen 7

Amundsen 39

Abschied von Maverley 81

Kies 109

Heimstatt 131

Stolz 157

Corrie 181

Zug 205

Mit Seeblick 253

Dolly 271

Das Auge 299

Nacht 315

Stimmen 331

Liebes Leben 345

JAPAN ERREICHEN

Kaum hatte Peter ihr den Koffer in den Zug getragen, schon schien er es eilig zu haben, wieder auszusteigen. Aber nicht, um wegzugehen. Er erklärte ihr, es sei nur sein dummes Gefühl, der Zug könnte sich in Bewegung setzen. Dann stand er draußen auf dem Bahnsteig, schaute zu ihrem Fenster hoch und winkte. Lächelte und winkte. Das Lächeln für Katy war weit offen, ohne den leisesten Zweifel, als glaubte er, sie werde für ihn immer ein Wunder bleiben, wie auch er für sie. Das Lächeln für seine Frau war eher zuversichtlich und vertrauensvoll, mit einer gewissen Entschlossenheit. Nicht leicht in Worte zu kleiden, vielleicht auch gar nicht. Hätte Greta das zur Sprache gebracht, hätte er gesagt: Sei nicht albern. Und sie hätte ihm beigepflichtet, der Überzeugung, dass es für Menschen, die sich tagein, tagaus sahen, unnatürlich war, sich mit irgendwelchen Erklärungen abzumühen.

Als Peter noch ein Baby war, hatte seine Mutter ihn über mehrere Berge getragen, deren Namen Greta immer wieder vergaß, um ihn aus der kommunistischen Tschechoslowakei hinaus nach Westeuropa zu schaffen. Natürlich waren auch noch andere dabei. Peters Vater hatte vorgehabt, sie zu begleiten, wurde aber kurz vor dem Datum ihrer geheimen Abreise in ein Sanatorium eingeliefert. Er sollte nachkommen, sobald er konnte, doch stattdessen starb er.

»Ich habe solche Geschichten gelesen«, sagte Greta, als Peter ihr zum ersten Mal davon erzählte. Sie erklärte, wie die Babys in den Geschichten anfingen zu weinen und unweigerlich erstickt oder erwürgt werden mussten, damit der Lärm die Flüchtlinge nicht in Gefahr brachte.

Peter erwiderte, solch eine Geschichte hätte er nie gehört, und wollte nicht sagen, was seine Mutter unter solchen Umständen getan hätte.

Was sie tat, war, nach British Columbia zu gehen, wo sie ihr Englisch verbesserte und sich eine Stellung als Lehrerin an einer Highschool besorgte, für ein Fach, das damals Handelskunde hieß. Sie zog Peter allein groß, schickte ihn aufs College, und jetzt war er Ingenieur. Wenn sie zu Besuch kam, in die Wohnung und später in das Haus, saß sie immer im Wohnzimmer und kam nie in die Küche, außer Greta forderte sie dazu auf. So war sie. Sie trieb es auf die Spitze damit, nichts wahrzunehmen. Nichts wahrzunehmen, sich in nichts einzumischen, nichts vorzuschlagen, obwohl sie ihre Schwiegertochter in jeder Haushaltsfertigkeit oder -kunst weit hinter sich ließ.

Außerdem kündigte sie die Wohnung, in der Peter aufgewachsen war, und zog in eine kleinere ohne Schlafzimmer, nur mit Platz für eine Schlafcouch. Also kann Peter nicht mehr nach Hause zu Mutter?, neckte Greta sie, aber das schien sie zu bestürzen. Witze peinigten sie. Vielleicht war es ein Sprachproblem. Doch Englisch war inzwischen ihre gewohnte Sprache, dazu die einzige, die Peter beherrschte. Er hatte Handelskunde gebüffelt – wenn auch nicht bei seiner

Mutter –, während Greta sich mit dem *Verlorenen Paradies* auseinandersetzte. Sie mied alles Nützliche wie die Pest. Wie es schien, tat er das Gegenteil.

Mit der Fensterscheibe zwischen ihnen und mit Katy, die nicht zuließ, dass das Winken ermattete, schwelgten sie in Mienen von komischem oder sogar groteskem Wohlwollen. Greta dachte, wie gut er aussah und wie wenig ihm das bewusst zu sein schien. Er trug einen Bürstenschnitt, im Stil der Zeit – besonders, wenn man so was wie ein Ingenieur war –, und seine helle Haut rötete sich nie wie ihre, wurde nie fleckig von der Sonne, sondern war zu jeder Jahreszeit gleichmäßig braun.

Seine Ansichten glichen in manchem seinem Teint. Wenn sie ins Kino gingen, wollte er hinterher nie über den Film reden. Er sagte dann, der Film sei gut oder ganz gut oder passabel. Alles Weitere fand er sinnlos. In ganz ähnlicher Weise sah er sich Fernsehsendungen an, las er ein Buch. Er hatte mit solchen Dingen Geduld. Die Leute, die sie herstellten, taten wahrscheinlich ihr Bestes. Greta wollte immer diskutieren, fragte unüberlegt, ob er dasselbe von einer Brücke sagen würde. Die Leute, die sie bauten, taten ihr Bestes, aber ihr Bestes war nicht gut genug, also brach sie zusammen.

Statt zu diskutieren, lachte er einfach.

Das ist nicht dasselbe, sagte er.

Nein?

Nein.

Greta hätte sich klarmachen müssen, dass diese Einstellung – entspannt, tolerant – für sie ein Segen war, denn sie war Dichter, und es gab Dinge in ihren Gedichten, die überhaupt nicht fröhlich oder leicht zu erklären waren.

(Peters Mutter und seine Arbeitskollegen – jene, die davon wussten – sagten immer noch Dichterin. Ihn hatte sie dazu erzogen, es nicht zu sagen. Weitere Erziehungsarbeit war nicht notwendig. Die Verwandten, die sie in ihrem Leben hinter sich gelassen hatte, und die Leute, die sie jetzt in ihrer Rolle als Hausfrau und Mutter kannten, wussten nichts von dieser Besonderheit.)

Später in ihrem Leben ließ sich nur schwer erklären, was eigentlich zu jener Zeit gebilligt wurde und was nicht. Sie konnte sagen, Feminismus jedenfalls nicht. Aber dann musste sie erklären, dass das Wort Feminismus damals noch gar nicht in Gebrauch war. Also behalf sie sich damit, zu sagen, irgendeinen ernsthaften Gedanken zu haben – geschweige denn Ehrgeiz – oder vielleicht sogar ein richtiges Buch zu lesen, konnte dich verdächtig machen und mit der Lungenentzündung deines Kindes in Verbindung gebracht werden, und eine politische Bemerkung auf der Firmenfeier konnte deinen Mann die Beförderung kosten. Es kam gar nicht darauf an, für oder gegen welche Partei. Eine Frau hatte den Mund zu weit aufgemacht, das war's.

Woraufhin die Leute lachten und sagten: Sie machen bestimmt Witze, und sie nur sagen konnte: Na ja, nicht so ganz. Sie setzte hinzu, wenn man jedoch Gedichte schrieb, dann war es etwas sicherer, eine Frau zu sein und kein Mann. Dafür stand nämlich das Wort Dichterin zur Verfügung, wie ein Gespinst aus Zuckerwatte. Peter hätte bestimmt nicht so gedacht, sagte sie, doch man durfte nicht vergessen, er war in Europa geboren. Er hätte allerdings verstanden, warum seine Arbeitskollegen so dachten.

In jenem Sommer sollte Peter einen Monat lang oder vielleicht länger Arbeiten beaufsichtigen, die in Lund ausgeführt wurden, weit oben im Norden, sogar so weit nördlich, wie es auf dem Festland nur ging. Dort gab es keine Unterbringungsmöglichkeit für Katy und Greta.

Aber Greta war mit einer jungen Frau in Verbindung geblieben, mit der sie in der Stadtbibliothek von Vancouver zusammengearbeitet hatte und die inzwischen verheiratet war und in Toronto lebte. Sie und ihr Mann wollten in jenem Sommer einen Monat in Europa verbringen – er war Lehrer –, und sie hatte Greta geschrieben und gefragt, ob Greta mit ihrer Familie ihnen einen Gefallen tun – sie war sehr höflich – und das Haus in Toronto für einen Teil dieser Zeit hüten könnte, damit es nicht leer stand. Und Greta hatte ihr zurückgeschrieben, ihr von Peters Arbeit erzählt, aber das Angebot für Katy und sich angenommen.

Deshalb standen sie jetzt und winkten unablässig vom Bahnsteig und aus dem Zug.

Es gab damals eine Zeitschrift namens *The Echo Answers*, die unregelmäßig in Toronto erschien. Greta hatte sie in der Bibliothek entdeckt und einige Gedichte an die Redaktion geschickt. Zwei der Gedichte waren abgedruckt worden, und als der Herausgeber der Zeitschrift dann im letzten Herbst nach Vancouver kam, war sie zusammen mit anderen Schriftstellern zu einem Empfang eingeladen worden, um ihn kennenzulernen. Der Empfang fand im Haus eines Schriftstellers statt, dessen Name ihr vom Gefühl her seit ihrer Kindheit vertraut war. Er war für den späten Nachmittag angesetzt, eine Zeit, zu der Peter noch arbeiten musste, also engagierte sie einen Babysitter und fuhr im North-Vancouver-Bus über die Lions Gate Bridge und durch den Stanley Park. Dann musste sie vor der Hudson's Bay Station warten, auf die lange Fahrt hinaus zum Universitätsviertel, wo der Schriftsteller wohnte. Sie verließ den Bus an der Endhaltestelle, fand die Straße, ging sie hinauf und hielt nach der Hausnummer Ausschau. Sie trug Schuhe mit hohen Absätzen, die sie beträchtlich verlangsamten. Außerdem ihr elegantestes schwarzes Kleid, das einen Reißverschluss auf dem Rücken hatte, die Taille lose umspielte und um die Hüften immer ein bisschen zu eng war. Sie sah darin ein wenig lächerlich aus, dachte sie, während sie die gewundene Straße ohne Bürgersteig entlangtakste, als Einzige unterwegs im dunkelnden Nachmittag. Moderne Häuser, Panoramafenster wie in jedem aufstrebenden Vorort, überhaupt nicht die Umgebung, die sie erwartet hatte. Sie begann sich zu fragen, ob sie sich in der Straße geirrt hatte, und der Gedanke machte sie nicht unglücklich. Sie konnte zu der Bushaltestelle zurücklaufen, wo es eine Bank gab. Konnte die Schuhe ausziehen und in Ruhe auf die lange, einsame Heimfahrt warten.

Aber dann sah sie die parkenden Autos, die Hausnummer, zur Umkehr war es zu spät. Lärm drang aus der geschlossenen Haustür, und sie musste zwei Mal klingeln.

Sie wurde von einer Frau begrüßt, die offenbar jemand anderen erwartet hatte. Begrüßt war das falsche Wort – die Frau machte die Tür auf, und Greta sagte, hier sei doch wohl der Empfang.

»Wonach sieht's denn aus?«, fragte die Frau und lehnte im Türrahmen. Sie versperrte den Weg, bis Greta sagte: »Darf ich reinkommen?«, dann trat sie beiseite, als bereitete ihr die

Bewegung beträchtliche Schmerzen. Sie bat Greta nicht, ihr zu folgen, also tat Greta es unaufgefordert.

Niemand sprach sie an oder nahm von ihr Notiz, aber nach kurzer Zeit streckte ein junges Mädchen ihr ein Tablett entgegen, auf dem Gläser mit so etwas wie rosa Limonade standen. Greta nahm eins und trank es durstig aus, dann nahm sie noch eins. Sie dankte dem Mädchen und versuchte, ein Gespräch über den langen, heißen Anmarsch anzufangen, aber das Mädchen war nicht interessiert und wandte sich ab, tat seine Arbeit.

Greta schlenderte weiter. Sie lächelte unentwegt. Niemand der Gäste sah sie mit irgendeinem Zeichen von Wiedererkennen oder Freude an, und warum sollten sie auch? Ihre Blicke glitten an ihr vorbei, dann setzten sie ihre Gespräche fort. Sie lachten. Alle außer Greta waren mit Freunden, Witzen und vertraulichem Wissen ausgestattet, alle schienen jemanden gefunden zu haben, dem sie willkommen waren. Alle bis auf das Mädchen und den Jungen, die weiterhin verdrossen und unerbittlich ihre rosa gefüllten Gläser anboten.

Sie gab jedoch nicht auf. Das Getränk half ihr, und sie beschloss, sich noch eins zu nehmen, sobald ein Tablett vorbeikam. Sie hielt nach einer Gesprächsrunde Ausschau, die eine Lücke zu bieten schien, in die sie schlüpfen konnte. Sie meinte, eine gefunden zu haben, als sie hörte, wie Titel von Filmen erwähnt wurden. Von europäischen Filmen, die zu jener Zeit allmählich in die Kinos von Vancouver gelangten. Sie hörte den Titel von einem Film, den sie mit Peter zusammen gesehen hatte. *Sie küssten und sie schlugen ihn.* »Ah, den hab ich gesehen!«, kam es laut und begeistert aus ihr heraus, so dass alle sie anschauten und eine, offenbar die Wortführerin, sie fragte: »Ach ja?«

Greta war natürlich betrunken. Pimm's No. I und rosa Grapefruitsaft, hastig hinuntergestürzt. Sie nahm sich diese Abfuhr nicht so zu Herzen, wie sie es unter normalen Umständen getan hätte. Sondern segelte einfach weiter, merkte, dass sie irgendwie die Orientierung verloren hatte, bekam aber das Gefühl, dass in den Räumen eine schwindelig machende Atmosphäre von Freizügigkeit herrschte und dass es nicht darauf ankam, Bekanntschaften zu schließen, sie konnte einfach umherschlendern und sich ihre eigene Meinung bilden.

Ein Grüppchen von wichtigen Leuten stand in einem Torbogen. Sie sah unter ihnen den Gastgeber, den Schriftsteller, dessen Name und Gesicht sie seit so langer Zeit kannte. Er unterhielt sich laut und hektisch und schien, zusammen mit noch zwei anderen Männern, Gefahr auszustrahlen, als würden sie eher eine Beleidigung austeilen als jemanden wie sie anschauen. Ihre Ehefrauen, so nahm sie jedenfalls an, vervollständigten den Kreis, in den sie sich zu drängen versucht hatte.

Die Frau, die ihr die Tür aufgemacht hatte, stand nicht in einer der Gruppen, denn sie war selbst Schriftstellerin. Greta sah, wie sie sich umwandte, als jemand ihren Namen rief. Ein Name, vertraut aus der Zeitschrift, die Gretas Gedichte veröffentlicht hatte. War es aus diesen Gründen nicht möglich, auf sie zuzugehen und sich vorzustellen? Wie einer Gleichrangigen, trotz des kühlen Empfangs an der Tür?

Aber jetzt schmiegte die Frau den Kopf an die Schulter des Mannes, der sie gerufen hatte, und eine Unterbrechung wäre den beiden kaum willkommen.

Diese Überlegung zwang Greta, sich hinzusetzen, und da sie keine Stühle sah, setzte sie sich auf den Fußboden. Ein

Gedanke kam ihr in den Sinn. Wenn sie mit Peter zu einer Cocktailparty von Ingenieuren ging, war die Atmosphäre angenehm, auch wenn die Gespräche langweilig waren. Weil nämlich der Status jedes Einzelnen feststand, zumindest für den Augenblick. Hier dagegen war niemand sicher. Urteile konnten hinter dem Rücken gefällt werden, sogar über die, die bekannt waren und gedruckt wurden. Es herrschte eine Aura von Anmaßung oder Nervosität, ganz egal, wer man war.

Und hier hatte sie sich verzweifelt nach jemandem umgeschaut, der ihr einen Strohhalm für ein Gespräch hinhielt!

Als sie ihre Theorie der unguten Spannungen aufgestellt hatte, fühlte sie sich wesentlich besser und legte keinen Wert mehr darauf, ob jemand mit ihr redete oder nicht. Sie zog die Schuhe aus, und die Erleichterung war ungeheuer wohltuend. Sie lehnte sich an die Wand und streckte die Beine aus auf einem der weniger begangenen Wege. Sie mochte nicht riskieren, ihr Glas auf den Teppich zu verschütten, also trank sie es hastig aus.

Ein Mann beugte sich über sie. Er fragte: »Wie sind Sie hergekommen?«

Ihr taten seine armen eingesperrten Füße leid. Ihr tat jeder leid, der stehen musste.

Sie sagte, sie sei eingeladen.

»Ja. Aber sind Sie mit dem Auto hier?«

»Ich bin gelaufen.« Aber das genügte nicht, und nach einer Weile gelang es ihr, das zu vervollständigen.

»Ich bin mit dem Bus gekommen, dann bin ich gelaufen.«

Einer der Männer aus dem erlauchten Kreis stand jetzt hinter dem Mann in den Schuhen. Er sagte: »Großartige Idee.« Er schien sogar bereit, mit ihr zu reden.

Der erste Mann mochte den anderen nicht besonders. Er hatte Gretas Schuhe aufgesammelt, aber sie wies sie zurück und erklärte, dass sie zu weh taten.

»Dann nehmen Sie sie in die Hand. Oder ich nehme sie. Können Sie aufstehen?«

Sie sah sich hilfesuchend nach dem wichtigen Mann um, aber der war nicht mehr da. Jetzt fiel ihr ein, was er geschrieben hatte. Ein Theaterstück über die Duchoborzen, das einen Skandal ausgelöst hatte, weil die Duchoborzen darin nackt auftreten mussten. Natürlich waren es keine echten Duchoborzen, sondern Schauspieler. Und die durften schließlich doch nicht nackt auftreten.

Sie versuchte das dem Mann zu erklären, der ihr aufhalf, aber es interessierte ihn überhaupt nicht. Sie fragte ihn, was er schrieb. Er sagte, er sei kein Schriftsteller, sondern Journalist. Zu Besuch hier mit seinem Sohn und seiner Tochter, den Enkelkindern der Gastgeber. Sie – die Kinder – hatten die Getränke herumgereicht.

»Tödlich«, sagte er und meinte die Getränke. »Kriminell.«

Jetzt waren sie draußen. Greta lief auf Strümpfen über den Rasen und verfehlte nur knapp eine Pfütze.

»Jemand hat sich hier übergeben«, teile sie ihrem Begleiter mit.

»Allerdings«, sagte er und half ihr ins Auto. Die frische Luft hatte ihre Stimmung verändert, von einer unbestimmten Euphorie zu etwas wie Verlegenheit, sogar Scham.

»North Vancouver«, sagte er. Sie musste ihm das erzählt haben. »Ja? Fahren wir los. Richtung Lions Gate.«

Sie hoffte, er würde sie nicht fragen, wieso sie auf dem Empfang war. Wenn sie zugab, dass sie Gedichte schrieb, musste er ihre gegenwärtige Situation, ihre Trunkenheit, für nur allzu typisch halten. Es war noch nicht dunkel, aber schon Abend. Sie schienen in die richtige Richtung zu fahren, am Wasser entlang, dann über eine Brücke. Die Burrard Street Bridge. Danach weiter im Strom der Autos, sie schlug immer wieder die Augen auf und sah Bäume vorbeisausen, dann fielen sie ihr wieder zu, ohne dass sie es wollte. Als das Auto anhielt, wusste sie allerdings, dass sie noch nicht zu Hause sein konnten. Das heißt, bei ihr zu Hause.

Diese großen, dicht belaubten Bäume über ihnen. Man konnte keine Sterne sehen. Aber ein Glitzern auf dem Wasser, zwischen ihrem Standort, wo immer der war, und den Lichtern der Innenstadt.

»Bleiben Sie einfach sitzen und besinnen Sie sich.«

Das Wort entzückte sie.

»Besinnen.«

»Darauf, wie Sie ins Haus gehen werden, zum Beispiel. Schaffen Sie das würdevoll? Übertreiben Sie nicht. Ungezwungen? Ich vermute, Sie sind verheiratet.«

»Ich muss mich erst mal dafür bedanken, dass Sie mich nach Hause fahren«, sagte sie. »So, und jetzt müssen Sie mir sagen, wie Sie heißen.«

Er sagte, das habe er ihr schon gesagt. Vielleicht schon zwei Mal. Aber gut, noch einmal. Harris Bennett. Bennett. Er war der Schwiegersohn der Leute, die den Empfang gegeben hatten. Seine Kinder hatten die Getränke herumgereicht. Er war mit ihnen aus Toronto zu Besuch hier. War sie nun zufrieden?

»Haben die Kinder eine Mutter?«

»Ja, allerdings. Aber sie ist in einer Klinik.«

»Das tut mir leid.«

»Nicht nötig. Es ist eine recht angenehme Klinik. Für

geistige Störungen. Oder man könnte auch sagen, für seelische Störungen.«

Sie beeilte sich ihm zu sagen, dass ihr Mann Peter hieß und Ingenieur war und dass sie eine Tochter namens Katy hatten.

»Das ist doch sehr schön«, sagte er und setzte aus der Parklücke heraus.

Auf der Lions Gate Bridge sagte er: »Entschuldigen Sie meine Redeweise. Ich habe darüber nachgedacht, ob ich Sie küssen soll oder nicht, und beschlossen, es nicht zu tun.«

Sie meinte herauszuhören, sie habe etwas an sich, was nicht ganz die Ansprüche für einen Kuss erfüllte. Die Demütigung machte sie mit einem Schlag wieder nüchtern.

»Wenn wir von der Brücke runterkommen, müssen wir dann rechts zum Marine Drive?«, fuhr er fort. »Ich verlasse mich auf Ihre Anweisungen.«

Im folgenden Herbst und Winter und Frühling gab es kaum einen Tag, an dem sie nicht an ihn dachte. Es war, als fiele man sofort nach dem Einschlafen in immer denselben Traum. Sie pflegte den Kopf an das Rückenpolster des Sofas zu lehnen und sich vorzustellen, dass sie in seinen Armen lag. Man sollte meinen, dass sie sich nicht an sein Gesicht erinnern konnte, doch es erstand in allen Einzelheiten, das verknitterte Gesicht eines recht müde aussehenden Mannes, der zu Spott neigte und nur wenig Zeit im Freien verbrachte. Auch sein Körper fehlte nicht, war zwar nicht mehr jung, aber kundig und unendlich begehrenswert.

Sie weinte fast vor Verlangen. Doch dieser Tagtraum verschwand, ging in Winterschlaf, wenn Peter nach Hause kam. Alltägliche Zärtlichkeiten traten dann in den Vordergrund, zuverlässig wie immer.

Der Traum ähnelte in vielem dem Wetter von Vancouver – eine trübe Sehnsucht, eine regnerische, träumerische Traurigkeit, eine Schwere ums Herz.

Was war denn nun mit der Weigerung, sie zu küssen, die ein ungalanter Hieb sein konnte?

Sie strich sie einfach aus. Vergaß sie völlig.

Und was war mit ihren Gedichten? Keine Zeile, kein Wort. Keine Spur davon, dass ihr das je am Herzen gelegen hatte.

Natürlich gab sie diesen Anfällen nur Raum, wenn Katy ein Schläfchen hielt. Manchmal sprach sie seinen Namen laut aus, überließ sich Hirngespinsten. Dem folgten brennende Schamgefühle und Selbstverachtung. Hirngespinste, jawohl. Hirnrissig.

Dann gab es einen Ruck, die Aussicht auf den Auftrag in Lund, schließlich die Gewissheit, dazu das Angebot des Hauses in Toronto. Ein klarer Wetterwechsel, ein Anflug von Beherztheit.

Ohne es fest vorzuhaben, schrieb sie einen Brief. Er fing nicht mit irgendeiner üblichen Floskel an. Kein Lieber Harris, kein Erinnerst Du Dich an mich.

Diesen Brief schreiben ist wie einen Zettel in eine Flasche
stecken …
Und hoffen,
Er wird Japan erreichen.

Was einem Gedicht seit geraumer Zeit noch am nächsten kam.

Sie wusste die Adresse nicht. Sie war kühn und töricht genug, die Leute anzurufen, die den Empfang gegeben hatten. Aber als die Frau sich meldete, wurde ihr Mund schlagartig trocken und fühlte sich so groß an wie die Tundra, und sie musste auflegen. Dann karrte sie Katy zur Stadtbibliothek und fand dort ein Telefonbuch von Toronto. Es gab viele Bennetts, aber keinen einzigen Harris oder H. Bennett.

Da hatte sie den schrecklichen Einfall, in der Zeitung bei den Todesanzeigen nachzusehen. Sie konnte sich nicht davon abbringen. Sie wartete, bis der Mann, der das Bibliotheksexemplar las, fertig war. Sie bekam die Zeitung von Toronto sonst kaum zu Gesicht, da man über die Brücke fahren musste, um sie zu kriegen, und Peter brachte immer die *Vancouver Sun* mit nach Hause. Beim Durchblättern entdeckte sie seinen Namen über einer Kolumne. Er war also nicht tot. Ein Journalist mit eigener Kolumne. Natürlich wollte er nicht von irgendwelchen Leuten zu Hause angerufen werden.

Er schrieb über Politik. Sein Artikel schien intelligent zu sein, aber daran lag ihr nichts.

Sie schickte ihren Brief an ihn dorthin, an die Zeitung. Sie konnte nicht sicher sein, dass er seine Post selber öffnete, und sie dachte, *Privat* auf den Umschlag zu schreiben machte es nur schlimmer, also schrieb sie lediglich das Datum ihrer Ankunft und die Ankunftszeit des Zuges hin, nach den Zeilen über die Flasche. Keinen Namen. Sie dachte, ganz egal, wer den Umschlag aufmachte, er würde wohl an eine ältere Verwandte denken, die zu schrulligen Formulierungen neigte. Nichts, was ihn kompromittieren konnte, nicht einmal, falls so merkwürdige Post den Weg zu ihm nach

Hause fand und seine Frau, inzwischen aus der Klinik entlassen, sie öffnete.

Katy hatte offenbar nicht begriffen, was es bedeutete, dass Peter draußen auf dem Bahnsteig stand, nämlich, dass er nicht mitfuhr. Als sie sich in Bewegung setzten, er aber nicht, und als sie ihn mit zunehmender Geschwindigkeit ganz hinter sich ließen, nahm Katy den Verlust sehr schwer. Aber nach einer Weile beruhigte sie sich und verkündete Greta, dass er am Morgen wieder da sein würde.

Als diese Zeit kam, war Greta ein wenig besorgt, aber Katy sagte kein Wort von seiner Abwesenheit. Greta fragte sie, ob sie Hunger habe, und sie sagte ja, erklärte dann ihrer Mutter – wie Greta es ihr erklärt hatte, noch bevor sie überhaupt in den Zug eingestiegen waren –, dass sie jetzt ihre Schlafanzüge ausziehen und zum Frühstück in ein anderes Zimmer gehen mussten.

»Was möchtest du zum Frühstück?«

»Beißies.« Das bedeutete Rice Krispies.

»Mal sehen, ob es die hier gibt.«

Es gab sie.

»Sollen wir jetzt gehen und Daddy suchen?«

Es gab zwar ein Kinderspielabteil, aber es war ziemlich klein. Ein Junge und ein Mädchen – Bruder und Schwester, nach ihrer zueinander passenden Häschenkleidung zu urteilen – hatten es vereinnahmt. Ihr Spiel bestand daraus, kleine Autos aufeinander zuzusteuern und im letzten Moment Ausweichmanöver zu versuchen. KRACH BUM KRACH.

»Das ist Katy«, sagte Greta. »Ich bin ihre Mutter. Wie heißt ihr?«

Die Zusammenstöße wurden heftiger, aber die beiden schauten nicht auf.

»Daddy ist nicht hier«, sagte Katy.

Greta beschloss, dass es besser war, wenn sie zurückgingen, Katys *Christopher Robin*-Buch holten und damit den Aussichtswagen aufsuchten, um es dort zu lesen. Wahrscheinlich würden sie niemanden stören, denn das Frühstück war noch nicht vorbei und die spektakuläre Gebirgslandschaft hatte noch nicht angefangen.

Das Problem war, sobald *Christopher Robin* zu Ende war, wollte Katy sofort wieder von vorn anfangen. Beim ersten Vorlesen war sie still gewesen, doch jetzt begann sie, das Ende der Zeilen mitzusprechen. Beim nächsten Mal sang sie Wort für Wort mit, obwohl sie noch nicht bereit war, es allein zu versuchen. Greta konnte sich vorstellen, dass den Leuten das lästig sein würde, sobald der Aussichtswagen sich füllte. Kinder in Katys Alter hatten kein Problem mit Monotonie. Sie stürzten sich geradezu darauf und tauchten hinein, schleckten an den vertrauten Worten, als seien es unerschöpfliche Bonbons.

Ein junger Mann und eine junge Frau kamen die Treppe herauf und nahmen gegenüber von Greta und Katy Platz. Sie sagten recht munter guten Morgen, und Greta erwiderte die Begrüßung. Katy missbilligte offenbar, dass sie die beiden zur Kenntnis nahm, schaute wieder ins Buch und fuhr fort, leise aufzusagen.

Von drüben war die Stimme des jungen Mannes zu hören, fast so leise wie Katys:

Beim Wachwechsel vor dem Buckingham-Palast
Ist Christopher Robin mit Alice zu Gast.

Nachdem er damit fertig war, fing er mit etwas anderem an.
»Ich mag das nicht, denn ich bin Sam.‹«

Greta lachte, aber Katy nicht. Greta merkte ihr an, dass sie etwas empörte. Lustige Wörter, die aus einem Buch kamen, das verstand sie, aber nicht, wie Wörter ohne Buch aus jemandes Mund kamen.

»Tut mir leid«, sagte der junge Mann zu Greta. »Wir sind Vorschüler. Das ist unser Lesestoff.« Er beugte sich vor und sprach leise und ernsthaft auf Katy ein.

»Das ist ein schönes Buch, nicht wahr?«

»Er meint, wir arbeiten mit Vorschülern«, sagte die junge Frau zu Greta. »Aber manchmal kommen wir durcheinander.«

Der junge Mann redete weiter mit Katy.

»Vielleicht kann ich jetzt raten, wie du heißt. Wie heißt du? Heißt du Rufus? Heißt du Rover?«

Katy kniff die Lippen zusammen, konnte dann aber nicht widerstehen, streng zu antworten.

»Ich bin kein Hund«, sagte sie.

»Nein. Das war dumm von mir. Ich bin ein Junge, und ich heiße Greg. Das Mädchen hier heißt Laurie.«

»Er hat dich auf den Arm genommen«, sagte Laurie. »Soll ich ihm eine kleben?«

Katy bedachte das und sagte dann: »Nein.«

»›Alice heiratet mal einen Wachsoldat‹«, fuhr Greg fort, »›Das Soldatenleben ist desolat‹, sagt Alice.«

Katy fiel leise bei der zweiten Alice mit ein.

Laurie erzählte Greta, dass sie von Kindergarten zu Kindergarten gefahren waren und Sketche aufgeführt hatten. Das nannte sich Leseförderungsprogramm. Eigentlich waren sie Schauspieler. Sie, Laurie, war auf dem Weg nach Jasper, wo sie für den Sommer einen Job als Kellnerin mit komischen Einlagen hatte. Nicht direkt Leseförderung. Erwachsenenunterhaltung nannte sich das.

»Großer Gott«, sagte sie und lachte. »Nimm, was du kriegen kannst.«

Greg war frei und wollte in Saskatoon vorbeischauen. Seine Familie wohnte dort.

Beide waren ausgesprochen schön, dachte Greta. Groß, geschmeidig, fast unnatürlich schlank, er mit krausen dunklen Haaren, sie schwarzhaarig und makellos wie eine Madonna. Als Greta ein wenig später ihre Ähnlichkeit zur Sprache brachte, sagten beide, sie hätten das manchmal ausgenutzt, wenn es ums Schlafquartier ging. Das machte alles viel einfacher, aber sie durften nicht vergessen, um zwei Betten zu bitten und dann beide zu verwühlen.

Und jetzt, erzählten sie ihr, brauchten sie sich nicht mehr in Acht zu nehmen. Nichts mehr, was Anstoß erregte. Sie waren dabei, sich zu trennen, nach drei Jahren zusammen. Sie lebten seit Monaten keusch, zumindest miteinander.

»Jetzt ist Schluss mit dem Buckingham-Palast«, sagte Greg zu Katy. »Ich muss meine Übungen machen.«

Greta dachte, das bedeutete, dass er hinuntergehen oder sich zumindest in den Gang stellen musste, um Gymnastik zu machen, doch stattdessen warfen er und Laurie den Kopf zurück, reckten den Hals und begannen zu trällern und tirilieren in merkwürdigem Singsang. Katy war entzückt, fasste es als Angebot auf, als Darbietung zu ihrer Unterhaltung. Sie benahm sich auch wie ordentliches Publikum – ganz still, bis es zu Ende war, dann brach sie in Gelächter aus.

Einige Leute, die die Treppe heraufkommen wollten, waren am Fuß stehen geblieben, weniger begeistert als Katy und ratlos, was es damit auf sich hatte.

»Entschuldigung«, sagte Greg ohne Erklärung, aber im Ton freundlicher Vertrautheit. Er streckte Katy die Hand hin.

»Mal sehen, ob es ein Spielabteil gibt.«

Laurie und Greta folgten ihnen. Greta hoffte, dass er nicht einer von diesen Erwachsenen war, die sich mit Kindern hauptsächlich anfreunden, um ihren eigenen Charme auszuprobieren, sich dann langweilen und unwirsch werden, wenn ihnen klar wird, wie unermüdlich die Zuneigung eines Kindes sein kann.

Zur Mittagszeit oder schon früher wusste sie, dass sie sich keine Sorgen zu machen brauchte. Nicht nur, dass Katys Zuwendung Greg nicht ermüdete, sondern etliche andere Kinder hatten sich dem Wettkampf angeschlossen, und er zeigte keinerlei Zeichen von Erschöpfung.

Dabei veranstaltete er keinen Wettkampf. Es gelang ihm, dass die Kinder ihre Aufmerksamkeit, die er anfangs auf sich gelenkt hatte, einander zuwandten und dann den Spielen, die lebhaft oder sogar wild waren, aber nicht verbiestert. Es gab keine Wutausbrüche. Süßigkeiten und Stofftiere landeten in Ecken. Dafür war einfach keine Zeit – wesentlich Interessanteres ging vor sich. Es war ein Wunder, wie sich auf so kleinem Raum Wildheit friedlich austobte. Und die verausgabte Energie versprach Mittagsschläfchen.

»Er ist großartig«, sagte Greta zu Laurie.

»Er ist einfach ganz da«, sagte Laurie. »Er spart sich nicht auf. Verstehst du? Wie viele Schauspieler. Besonders Schauspieler. Abseits der Bühne wie tot.«

Greta dachte: Genau das tue ich. Ich spare mich auf, fast immer. Achtsam mit Katy. Achtsam mit Peter.

In dem Jahrzehnt, das vor kurzem begonnen hatte, ohne dass zumindest sie davon recht Notiz genommen hätte, sollte diesen Dingen viel Aufmerksamkeit geschenkt werden. Da sein sollte etwas bedeuten, was es vorher nicht bedeutet hatte. Spontan sein. Sich echt einbringen. Manche Menschen brachten sich echt ein, andere nicht so. Die Mauern zwischen dem Innen und dem Außen des Kopfes mussten eingerissen werden. Die Echtheit verlangte das. So etwas wie Gretas Gedichte, alles, was nicht spontan rüberkam, war verdächtig, sogar verpönt. Natürlich machte sie einfach so weiter wie bisher, beharrlich erkundend, insgeheim im Hader mit der Gegenkultur. Aber momentan hatte sie ihr Kind Greg und allem, was er tat, anvertraut und war ihm sehr dankbar.

Am Nachmittag, wie Greta vorausgesehen hatte, legten die Kinder sich schlafen. Ihre Mütter in einigen Fällen auch. Andere spielten Karten. Greg und Greta winkten Laurie hinterher, als sie in Jasper ausstieg. Sie warf ihnen vom Bahnsteig aus Kusshände zu. Ein älterer Mann erschien, nahm ihren Koffer, küsste sie zärtlich, sah zum Zug hoch und winkte Greg zu. Greg winkte zurück.

»Ihre neue Zweierkiste«, sagte er.

Weiteres Winken, als der Zug sich in Bewegung setzte, dann brachte er zusammen mit Greta Katy zurück ins Abteil, wo sie zwischen ihnen einschlief, mitten in einer steilen Steigung. Sie zogen den Vorhang auf, um mehr Luft zu haben, da nun keine Gefahr bestand, dass das Kind aus der Koje hinausfiel.

»Gigantisch, ein Kind zu haben«, sagte Greg. Ein weiterer Ausdruck, der zu der Zeit neu oder zumindest für Greta neu war.

»Kommt vor«, sagte sie.

»Du bist so ruhig. Gleich sagst du ›So ist das Leben‹.«

»Bestimmt nicht«, sagte Greta und sah ihm in die Augen, bis er den Kopf schüttelte und lachte.

Er erzählte ihr, dass er durch seine Religion zur Schauspielerei gekommen war. Seine Familie gehörte einer christlichen Sekte an, von der Greta noch nie gehört hatte. Diese Sekte war nicht groß, aber sehr wohlhabend, oder zumindest einige ihrer Mitglieder waren es. Sie hatten in einer Stadt in der Prärie eine Kirche erbaut mit einem Theater darin. Dort hatte er seine ersten Auftritte, bevor er zehn Jahre alt war. Sie führten Parabeln aus der Bibel auf, aber auch aus der Gegenwart, über die schrecklichen Dinge, die Menschen widerfuhren, die nicht das glaubten, was sie glaubten. Seine Familie war sehr stolz auf ihn, und er natürlich auch auf sich selbst. Er dachte nicht im Traum daran, ihnen alles zu erzählen, was vorging, wenn die reichen Konvertiten kamen, um ihr Gelübde zu erneuern und in ihrer Frömmigkeit wiedererweckt zu werden. Jedenfalls gefiel es ihm sehr, so viel Anerkennung zu erhalten, und er mochte das Theaterspielen.

Bis ihm eines Tages die Idee kam, dass man Theater spielen konnte, ohne all diesen Kirchenkram über sich ergehen zu lassen. Er versuchte, es ihnen in höflicher Form beizubringen, aber sie sagten, das ist der Teufel, der da krallt. Er sagte: Haha, ich weiß, wer da krallt.

Und tschüss.

»Du musst nicht denken, dass alles schlecht war. Ich glaube immer noch ans Beten und alles. Aber ich könnte meiner Familie nie sagen, was da vorging. Schon die halbe Wahrheit würde sie umbringen. Kennst du solche Leute?«

Sie erzählte ihm, als sie mit Peter nach Vancouver gezogen war, hatte ihre Großmutter, die in Ontario wohnte, sich mit einem Geistlichen ihrer Kirche in Vancouver in Verbindung gesetzt. Er stattete Greta einen Besuch ab, und sie behandelte ihn sehr von oben herab. Er sagte, er werde für sie beten, und sie gab ihm zu verstehen, dass sie darauf keinen Wert legte. Ihre Großmutter lag zu der Zeit im Sterben. Daraufhin schämte Greta sich, und jedes Mal, wenn sie daran dachte, ärgerte sie sich darüber, dass sie sich schämte.

Peter verstand das alles nicht. Seine Mutter ging nie in die Kirche, obwohl sie ihn vermutlich auch über das Gebirge getragen hatte, damit sie katholisch bleiben konnten. Er sagte, katholisch zu sein hatte wahrscheinlich einen Vorteil, man konnte sich nach allen Seiten hin absichern, bis man starb.

Zum ersten Mal seit einer ganzen Weile hatte sie an Peter gedacht.

Es war nämlich so, dass sie mit Greg zusammen etwas trank, während dieses selbstquälerische, aber auch etwas tröstliche Gespräch stattfand. Er hatte eine Flasche Ouzo hervorgeholt. Sie ging sehr vorsichtig damit um, wie mit jedem alkoholischen Getränk seit dem Literatenfest, aber es stellte sich doch Wirkung ein. Genug dafür, dass sie anfingen, einander die Hände zu streicheln, und dann zu Küssen und Zärtlichkeiten übergingen. All dies musste neben dem Körper des schlafenden Kindes vor sich gehen.

»Lass uns lieber aufhören«, sagte Greta. »Sonst werden wir es bereuen.«

»Das sind nicht wir«, sagte Greg. »Das sind zwei andere.«

»Dann sag ihnen, sie sollen aufhören. Weißt du, wie sie heißen?«

»Moment. Reg. Reg und Dorothy.«

Greta sagte: »Lass das sein, Reg. Was ist mit meinem unschuldigen Kind?«

»Wir können in mein Abteil gehen. Das ist nicht weit weg.«

»Ich hab keine …«

»Ich aber.«

»Etwa dabei?«

»Natürlich nicht. Für was für ein Tier hältst du mich?«

Also ordneten sie, was an Kleidung in Unordnung geraten war, schlossen sorgfältig jeden Knopf der Koje, in der Katy schlief, stahlen sich aus dem Abteil und machten sich mit gespielter Unbekümmertheit auf den Weg von Gretas Wagen zu seinem. Das war kaum nötig – sie begegneten niemandem. Die Fahrgäste, die nicht im Aussichtswagen waren und Fotos von den ewigen Bergen machten, saßen im Salonwagen oder schlummerten.

In Gregs unordentlicher Koje machten sie dort weiter, wo sie aufgehört hatten. Es war nicht genug Platz für zwei, um sich richtig hinzulegen, aber sie schafften es, sich übereinanderzuwälzen. Anfangs ersticktes Gelächter ohne Ende, dann die tiefen Schocks der Lust, ohne Raum, woanders hinzuschauen als in die geweiteten Augen des anderen. Einander beißend, um sich wilde Laute zu verkneifen.

»Stark«, sagte Greg. »Echt stark.«

»Ich muss zurück.«

»Schon?«

»Katy kann aufwachen, und ich bin nicht da.«

»Gut. Gut. Ich muss mich sowieso für Saskatoon fertig-machen. Was, wenn wir mittendrin ankommen? Hallo, Mama. Hallo, Papa. Entschuldigt mich kurz, ich muss eben noch … Ja-haa!«

Sie zog sich ordentlich an und verließ ihn. Dabei war es ihr ziemlich egal, wer ihr begegnete. Sie fühlte sich schwach, war geschockt, aber in Hochstimmung, wie ein Gladiator – sie malte sich das sogar aus und lächelte darüber – nach einer Runde in der Arena.

Jedenfalls begegnete sie niemandem.

Der unterste Verschluss des Vorhangs war offen. Sie war sich sicher, ihn zugemacht zu haben. Obwohl Katy, auch wenn er offen war, kaum hinausgelangen konnte und es be-stimmt nicht versuchen würde. Zuvor, als Greta sie eine Minute allein lassen wollte, um auf die Toilette zu gehen, hatte sie ausführlich erklärt, dass Katy auf keinen Fall versu-chen durfte, ihr zu folgen, und Katy hatte gesagt: »Mach ich nicht«, mit dem Vorwurf, dass sie wie ein Baby behandelt wurde.

Greta packte die Vorhänge, um sie ganz aufzuziehen, und als sie das getan hatte, sah sie, dass Katy nicht da war.

Sie drehte durch. Sie riss das Kissen hoch, als könnte ein Kind von Katys Größe sich damit zudecken. Sie klopfte mit den Händen die Decke ab, als könnte Katy sich darunter verbergen. Sie beherrschte sich und versuchte sich daran zu erinnern, wo der Zug gehalten hatte und ob er überhaupt gehalten hatte, während sie mit Greg zusammen war. Falls er gehalten hatte, hätte da ein Kidnapper in den Zug einsteigen und sich irgendwie mit Katy davonmachen können?

Sie stand auf dem Gang und überlegte, was sie tun musste, um den Zug anzuhalten.

Dann dachte sie, zwang sich zu denken, dass nichts dergleichen geschehen sein konnte. Sei nicht albern. Katy musste aufgewacht sein, gemerkt haben, dass sie nicht da war, und sie suchen gegangen sein. Ganz allein hatte sie sich auf die Suche gemacht.

Ganz in der Nähe. Sie musste ganz in der Nähe sein. Die Türen an beiden Enden des Wagens gingen viel zu schwer, als dass Katy sie öffnen konnte.

Greta vermochte sich kaum zu bewegen. Ihr ganzer Körper, ihr Kopf völlig leer. Das konnte nicht geschehen sein. Zurückkehren, zurück zu dem Augenblick, bevor sie mit Greg wegging. Da anhalten. Halt.

Auf der anderen Seite des Ganges war ein zur Zeit unbesetzter Platz. Der Pullover einer Frau und eine Zeitschrift lagen da, um ihn zu reservieren. Weiter vorn ein Platz, dessen Verschlüsse alle zu waren – so wie bis eben bei ihrem, ihrem und Katys. Sie zog die Vorhänge mit einem Ruck auseinander. Der alte Mann, der dort schlief, drehte sich auf den Rücken, wachte aber nicht auf. Völlig unmöglich, dass er jemanden versteckte.

Was für ein Unsinn.

Dann eine neue Angst. Angenommen, Katy hatte sich auf den Weg zum einen oder anderen Ende des Wagens gemacht und es tatsächlich geschafft, eine Tür aufzukriegen. Oder war jemandem gefolgt, der sie vor ihr aufgemacht hatte. Zwischen den Wagen war ein kurzer Gang, wo man über die Stelle ging, an der die beiden Waggons miteinander verbunden waren. Dort spürte man plötzlich und erschreckend die Bewegung des Zuges. Eine schwere Tür hinter sich und eine weitere davor, und dazwischen klirrende Metallplatten. Die bedeckten die Stufen, die heruntergelassen wurden, wenn der Zug hielt.

Man beeilte sich immer, diese Durchgänge hinter sich zu lassen, wo das Krachen und Schwanken daran erinnerte, dass alles vielleicht doch nicht so fest zusammengefügt war. Fast zu locker und viel zu schnell für dieses Krachen und Schwanken.

Die Tür am Ende ließ sich sogar für Greta nur schwer öffnen. Oder die Angst hatte sie ausgelaugt. Sie stemmte sich mit der Schulter dagegen.

Und dort, zwischen den Waggons, auf einer dieser unablässig lärmenden Metallplatten – da saß Katy. Augen weit offen, Mund leicht offen, verwirrt und allein. Sie weinte überhaupt nicht, aber als sie ihre Mutter sah, fing sie an.

Greta packte sie, hob sie auf ihre Hüfte und taumelte wieder zu der Tür, die sie gerade geöffnet hatte.

Jeder der Wagen hatte einen Namen, zum Gedenken an Schlachten oder Entdeckungen oder berühmte Kanadier. Ihr Wagen trug den Namen Connaught. Das würde sie nie vergessen.

Katy hatte sich überhaupt nicht weh getan. Ihre Kleidung hatte sich auch nicht an den scharfen Kanten der hin und her gleitenden Metallplatten verfangen.

»Ich bin dich suchen gegangen«, sagte sie.

Wann? Eben erst? Oder gleich nachdem Greta sie verlassen hatte?

Bestimmt nicht. Jemand hätte sie dort entdeckt, sie hochgehoben, Alarm geschlagen.

Der Tag war sonnig, aber nicht sehr warm. Ihr Gesicht und ihre Hände waren eiskalt.

»Ich dachte, du bist auf der Treppe«, sagte sie.

Greta deckte sie in ihrer Koje mit der Decke zu, und in diesem Augenblick fing sie selbst an zu zittern, als hätte sie Fieber. Ihr war übel, und sie schmeckte auch wirklich Erbrochenes in der Kehle. Katy sagte: »Schubs mich nicht«, und rückte von ihr ab.

»Du riechst schlecht«, sagte sie.

Greta zog ihre Arme zurück und legte sich auf den Rücken.

Ganz entsetzlich, zu denken, was hätte passieren können, entsetzlich. Das Kind war immer noch starr vor Protest, hielt sich von ihr fern.

Irgendjemand hätte Katy bestimmt gefunden. Ein anständiger Mensch, kein böser Mensch, hätte sie dort entdeckt und in Sicherheit gebracht. Greta hätte die bestürzende Durchsage gehört, dass ein Kind allein im Zug gefunden worden sei. Ein Kind, das angab, sein Name sei Katy. Sie wäre losgestürzt von da, wo sie gerade war, hätte ihr Äußeres, so gut sie konnte, in Ordnung gebracht und wäre losgestürzt, um ihr Kind abzuholen, hätte gelogen und gesagt, dass sie nur auf die Toilette gegangen sei. Sie hätte sich furchtbar erschrocken, aber ihr wäre das Bild erspart geblieben, das sie jetzt im Kopf hatte, von Katy, die an diesem lauten Ort saß, hilflos zwischen den Waggons. Nicht weinte, nicht jammerte, als müsste sie für immer dort sitzen, ohne je eine Erklärung zu bekommen, ohne jede Hoffnung. Ihre Augen waren seltsam ausdruckslos, und ihr Mund hing einfach offen in dem Augenblick, bevor sie ihre Rettung begriff und anfangen konnte zu weinen. Erst da eroberte sie sich ihre Welt zurück, ihr Recht, zu leiden und sich zu beklagen.

Jetzt sagte sie, sie sei nicht müde, wolle aufstehen. Sie

fragte, wo Greg sei. Greta sagte, er mache ein Nickerchen, er sei müde.

Katy und Greta gingen zum Aussichtswagen, um dort den Rest des Nachmittags zu verbringen. Sie hatten ihn fast ganz für sich. Die Leute mit den Fotoapparaten mussten sich an den Rocky Mountains abgearbeitet haben. Und die Prärie, wie Greg angemerkt hatte, war ihnen zu platt.

Der Zug hielt kurz in Saskatoon, und mehrere Leute stiegen aus. Darunter Greg. Greta sah, wie er von einem Paar in Empfang genommen wurde, offenbar seinen Eltern. Auch von einer Frau in einem Rollstuhl, wahrscheinlich eine Großmutter, und dann von mehreren jungen Leuten, die warteten, fröhlich und verlegen. Niemand von ihnen wirkte wie ein Sektenmitglied oder wie jemand, der sittenstreng und unleidlich war.

Aber wie konnte man das jemandem mit Sicherheit ansehen?

Greg ging einen Schritt von ihnen weg und suchte die Fenster des Zuges ab. Greta winkte vom Aussichtswagen, er erblickte sie und winkte zurück.

»Da ist Greg«, sagte sie zu Katy. »Sieh mal, da unten. Er winkt. Willst du zurückwinken?«

Aber Katy fiel es zu schwer, nach ihm zu schauen. Zumindest versuchte sie es nicht. Sie wandte sich mit artiger und leicht gekränkter Miene ab, und Greg wandte sich nach drolligem letzten Winken auch ab. Greta überlegte, ob das Kind ihn bestrafte, weil es verlassen worden war, und sich weigerte, ihn zu vermissen oder auch nur von ihm Notiz zu nehmen.

Also gut, wenn es so sein soll, dann soll es so sein.

»Greg hat dir zugewinkt«, sagte Greta, als der Zug abfuhr. »Ich weiß.«

*

Während Katy an dem Abend neben ihr schlief, schrieb Greta einen Brief an Peter. Einen langen Brief, der komisch sein sollte, über all die unterschiedlichen Menschen im Zug. Wie sie es vorzogen, in ihre Kamera zu gucken, statt mit eigenen Augen hinzuschauen und so weiter. Katys im Allgemeinen verträgliches Verhalten. Nichts von ihrem Verschwinden natürlich oder dem Schreck. Sie gab den Brief auf, als die Prärie schon weit hinter ihr lag, die dunklen Fichten sich endlos erstreckten und der Zug aus irgendeinem Grund in dem verlorenen kleinen Städtchen Hornepayne hielt.

All ihre wachen Stunden wurden auf diesen Hunderten von Meilen Katy gewidmet. Sie wusste, dass solche Hingabe ihrerseits sich noch nie zuvor gezeigt hatte. Es stimmte, dass sie für das Kind gesorgt hatte, es angezogen, gefüttert und mit ihm geredet hatte, im Laufe der Stunden, die sie zusammen verbrachten, wenn Peter seiner Arbeit nachging. Aber Greta hatte dann auch andere Dinge im Haus zu tun, und ihre Zuwendung war sporadisch, ihre Zärtlichkeiten oft taktisch.

Und das nicht nur wegen der Hausarbeit. Andere Gedanken hatten das Kind verdrängt. Sogar noch vor den sinnlosen, ermüdenden, idiotischen Träumereien von dem Mann in Toronto war die andere Arbeit da gewesen, die Arbeit an Gedichten, die sie, so schien es, fast ihr Leben lang im Kopf getan hatte. Das kam ihr jetzt vor wie ein weiterer Verrat – an Katy, an Peter, am Leben. Und jetzt, wegen des Bildes in ihrem Kopf von Katy, wie sie ganz allein mitten in dem metallischen Lärmen zwischen den Waggons saß, war das noch etwas, was sie, Katys Mutter, aufgeben musste.

Eine Sünde. Sie hatte ihre Aufmerksamkeit auf anderes

gerichtet. Hatte sich willentlich mit aller Kraft auf etwas anderes konzentriert als das Kind. Eine Sünde.

Sie kamen am späten Vormittag in Toronto an. Der Tag war dunkel. Ein Sommergewitter ging mit Blitz und Donner nieder. Katy hatte solch einen Tumult an der Westküste noch nie gesehen, aber Greta sagte ihr, sie brauche keine Angst zu haben, und sie hatte offenbar keine. Auch nicht vor der noch größeren, elektrisch beleuchteten Dunkelheit, die ihnen in dem Tunnel begegnete, in dem der Zug hielt.

Sie sagte: »Nacht.«

Greta sagte, nein, nein, sie mussten nur bis zum Ende des Tunnels gehen, jetzt, wo sie aus dem Zug ausgestiegen waren. Dann eine Treppe hinauf, oder vielleicht gab es eine Rolltreppe, und dann würden sie in einem großen Gebäude sein und dann draußen, wo sie sich ein Taxi nehmen würden. Ein Taxi war ein Auto, weiter nichts, und das würde sie zu ihrem Haus bringen. Ihrem neuen Haus, wo sie eine Weile lang wohnen würden. Sie würden dort eine Weile lang wohnen, und dann würden sie zurückfahren zu Daddy.

Sie gingen eine Schräge hinauf, und da war eine Rolltreppe. Katy blieb stehen, also blieb Greta auch stehen, bis die Leute an ihnen vorbei waren. Dann hob Greta Katy hoch und setzte sie sich auf die Hüfte, mit der anderen Hand packte sie den Koffer und zog ihn rumpelnd auf die gleitenden Stufen. Oben setzte sie das Kind ab, und sie konnten sich wieder bei den Händen halten, im hellen, prächtigen Licht der Union Station.

Dort begannen die Leute, die vor ihnen gegangen waren, auseinanderzustreben, um von den Wartenden in Empfang genommen zu werden, die ihre Namen riefen oder einfach auf sie zugingen und ihre Koffer nahmen.

Wie jemand jetzt ihren Koffer nahm. Ihn an sich nahm, Greta an sich nahm und sie zum ersten Mal küsste, auf entschlossene und feierliche Weise.

Harris.

Anfangs ein Schock, wirres Durcheinander in Gretas Innerem, dann ungemeine Beruhigung.

Sie versuchte, Katy festzuhalten, aber die riss sich in diesem Augenblick los.

Sie versuchte nicht, fortzulaufen. Sie stand einfach da und wartete darauf, was nun kam.

AMUNDSEN

Ich saß auf der Bank beim Bahnhof und wartete. Das Bahnhofsgebäude war offen gewesen, als der Zug ankam, aber jetzt war es abgeschlossen. Am Ende der Bank saß noch eine Frau, zwischen den Knien hielt sie ein Einkaufsnetz voller Päckchen, die in Ölpapier gewickelt waren. Fleisch – rohes Fleisch. Man konnte es riechen.

Auf dem hinteren Gleis stand die leere Elektrobahn und wartete.

Keine weiteren Fahrgäste erschienen, und nach einer Weile streckte der Stationsvorsteher den Kopf heraus und rief: »San.« Anfangs dachte ich, er riefe einen Männernamen, Sam. Und tatsächlich kam ein Mann in einer Art Uniform um die Ecke des Gebäudes. Er überquerte die Gleise und stieg in den Zug. Die Frau mit den Päckchen stand auf und folgte ihm, also tat ich es auch. Von der anderen Straßenseite erscholl plötzlich lautes Stimmengewirr, die Tür eines Gebäudes mit einem Flachdach und dunklen Schindeln an den Wänden tat sich auf und entließ mehrere Männer, die sich Mützen auf den Kopf stülpten und an deren Gürteln klappernde kleine Eimer mit ihrem Mittagessen baumelten. Der Lärm, den sie veranstalteten, erweckte den Eindruck, der

Zug könne ihnen jeden Augenblick vor der Nase wegfahren. Aber dann ließen sie sich auf den Sitzen nieder, und nichts passierte. Der Zug stand, während sie einander abzählten, feststellten, dass einer fehlte, und dann dem Zugführer sagten, er könne noch nicht losfahren. Dann fiel jemandem ein, dass der fehlende Mann seinen freien Tag hatte. Der Zug setzte sich in Bewegung, obwohl sich nicht sagen ließ, ob der Zugführer hingehört hatte oder ob es ihm egal war.

Alle Männer stiegen bei einem Sägewerk im Wald aus – zu dem sie zu Fuß höchstens zehn Minuten gebraucht hätten –, und gleich danach kam der schneebedeckte See in Sicht. Davor ein langgestrecktes weißes Holzhaus. Die Frau rückte ihre Fleischpäckchen zurecht und stand auf, ich folgte ihr. Der Zugführer rief wieder »San«, und die Türen gingen auf. Zwei Frauen warteten, um einzusteigen. Sie grüßten die Frau mit dem Fleisch, und die sagte, ein rauher Tag.

Alle vermieden es, mich anzuschauen, als ich hinter der Fleischfrau ausstieg.

An diesem Ende gab es offenbar niemanden, auf den gewartet werden musste. Die Türen knallten zu, und der Zug fuhr zurück.

Dann trat Stille ein, die Luft wie Eis. Zerbrechlich aussehende Birken mit schwarzen Flecken auf der weißen Rinde und irgendeine Sorte niedriger, wuscheliger Nadelhölzer, zusammengerollt wie schlafende Bären. Der zugefrorene See nicht eben, sondern aufgeworfen entlang des Ufers, als hätten sich die Wellen im Augenblick des Niedersinkens in Eis verwandelt. Dann das Gebäude mit seinen ostentativen Fensterreihen und den verglasten Veranden an beiden Enden. Alles karg und nördlich, schwarzweiß unter dem hohen Gewölbe der Wolken.

Aber die Birken doch nicht weiß, wenn man näher kam. Graugelb, graublau, grau.

Ungeheure, verzauberte Stille.

»Wo wolln Sie denn hin?«, rief die Fleischfrau mir zu. »Besuchszeit ist nur bis drei.«

»Ich bin keine Besucherin«, sagte ich. »Ich bin die Lehrerin.«

»Dann dürfen Sie sowieso nicht zur Vordertür rein«, sagte sie mit einiger Befriedigung. »Kommen Sie lieber hier lang mit. Haben Sie keinen Koffer?«

»Der Stationsvorsteher hat gesagt, er bringt ihn später vorbei.«

»So, wie Sie gerade dastanden, haben Sie ausgesehen, als hätten Sie sich verirrt.«

Ich sagte, ich sei stehen geblieben, weil es hier so schön sei.

»Finden vielleicht manche. Falls sie nicht zu krank sind oder zu viel zu tun haben.«

Weiter fiel kein Wort, bis wir die Küche am einen Ende des Gebäudes betraten. Deren Wärme ich bereits brauchte. Ich erhielt keine Gelegenheit, mich umzuschauen, denn ich wurde auf meine Stiefel aufmerksam gemacht.

»Die ziehn Sie mal besser aus, bevor Sie damit den Fußboden einsauen.«

Ich zerrte mir die Stiefel von den Füßen – es gab keinen Stuhl zum Hinsetzen – und stellte sie auf die Matte zu denen der Frau.

»Lassen Sie die nicht da, nehmen Sie sie mit, ich weiß nicht, wo Sie untergebracht sind. Behalten Sie auch lieber den Mantel an, in der Kleiderablage gibt's keine Heizung.«

Keine Heizung, kein Licht, bis auf das wenige aus einem kleinen Fenster, zu dem ich nicht hinaufreichte. Es war wie

Strafe kriegen in der Schule. Ab in die Kleiderablage. Ja. Derselbe Geruch nach nie richtig getrockneten Wintersachen, nach Stiefeln, durchweicht bis zu schmutzigen Socken und ungewaschenen Füßen.

Ich stieg auf eine Bank, konnte aber trotzdem nicht hinausschauen. Auf dem Bord mit den Mützen und Schals fand ich eine Tüte mit Feigen und Datteln. Jemand musste sie gestohlen und dort versteckt haben, um sie mit nach Hause zu nehmen. Ganz plötzlich hatte ich Hunger. Seit morgens nichts gegessen bis auf ein trockenes Käsesandwich im Ontario Northland. Ich überlegte, was es hieß, einen Dieb zu bestehlen. Aber die Feigenreste würden in meinen Zähnen hängenbleiben und mich verraten.

Ich stieg gerade noch rechtzeitig herunter. Jemand kam in die Kleiderablage. Keine von den Küchenhilfen, sondern ein Schulmädchen in einem unförmigen Wintermantel mit einem Schal über den Haaren. Sie kam hereingestürzt – warf die Bücher auf die Bank, so dass sie sich auf dem Fußboden verteilten, riss den Schal herunter, so dass die Haare in einem Busch hervorsprangen, und gleichzeitig, so schien es, streifte sie die Stiefel einen nach dem anderen so heftig ab, dass sie quer durch den Raum schlidderten.

»He, ich wollte Sie nicht treffen«, sagte sie. »Es ist so dunkel hier drin nach dem Licht draußen, dass man nicht weiß, was man tut. Sind Sie nicht am Erfrieren? Warten Sie auf jemanden, der hier arbeitet?«

»Ich warte auf Dr. Fox.«

»Na, dann brauchen Sie nicht lange zu warten, ich bin gerade aus der Stadt mit ihm hergefahren. Sie sind doch nicht krank? Wenn Sie krank sind, können Sie nicht hierherkommen, Sie müssen ihn in der Stadt aufsuchen.«

»Ich bin die Lehrerin.«

»Ach ja? Sind Sie aus Toronto?«

»Ja.«

Eine kleine Pause, vielleicht aus Respekt.

Doch nein. Eine Musterung meines Mantels.

»Der ist wirklich hübsch. Was ist das für ein Pelz auf dem Kragen?«

»Persianer. Allerdings kein echter.«

»Hätt ich nie gemerkt. Ich weiß nicht, warum man Sie hier reingesteckt hat, Sie werden sich den Hintern abfrieren. Entschuldigung. Sie wollen zum Doktor. Ich kann Ihnen den Weg zeigen. Ich weiß, wo alles ist, ich wohne hier praktisch seit meiner Geburt. Meine Mutter führt die Küche. Ich heiße Mary. Wie heißen Sie?«

»Vivi. Vivien.«

»Wenn Sie Lehrerin sind, muss es dann nicht Miss heißen? Miss wie?«

»Miss Hyde.«

»Und ich bin Dr. Jekyll«, sagte sie. »Tut mir leid, war nur so'n Einfall. Wär schön, wenn Sie meine Lehrerin sein könnten, aber ich muss in der Stadt zur Schule gehen. So sind die blöden Regeln. Weil ich keine TB habe.«

Während sie redete, führte sie mich durch die Tür am anderen Ende der Kleiderablage und dann einen ganz normalen Krankenhausflur entlang. Gebohnertes Linoleum. Mattgrüne Farbe, antiseptischer Geruch.

»Wo Sie jetzt hier sind, vielleicht kriege ich Reddy dazu, dass er mich wechseln lässt.«

»Wer ist Reddy?«

»Reddy Fox. Das ist aus einem Buch. Anabel und ich, wir hatten gerade angefangen, ihn so zu nennen.«

»Wer ist Anabel?«

»Jetzt niemand mehr. Sie ist tot.«

»Oh, tut mir leid.«

»Nicht Ihre Schuld. Das kommt hier vor. Ich bin dieses Jahr in der Highschool. Anabel konnte nie richtig zur Schule gehen. Als ich eingeschult wurde, hat Reddy die Lehrerin in der Schule überredet, mich viel zu Hause zu lassen, damit ich ihr Gesellschaft leisten konnte.«

Sie blieb vor einer halboffenen Tür stehen und pfiff.

»He, ich bring die Lehrerin.«

Eine Männerstimme sagte: »Ist gut, Mary. Für heute genug von deinen Sprüchen.«

»Geht klar. Verstanden.«

Sie schlenderte davon, und ich stand einem schmalen Mann von normaler Größe gegenüber, dessen rotblonde Haare sehr kurz geschnitten waren und im Neonlicht des Flures glänzten.

»So, nun kennen Sie Mary«, sagte er. »Sie hat immer viel zu sagen. Sie wird nicht in Ihrer Klasse sein, also müssen Sie das nicht jeden Tag über sich ergehen lassen. Entweder man mag sie oder nicht.«

Er musste meinem Eindruck nach etwa zehn bis fünfzehn Jahre älter als ich sein, und anfangs redete er mit mir auch genauso, wie ein älterer Mann es tun würde. Ein vielbeschäftigter zukünftiger Arbeitgeber. Er erkundigte sich nach meiner Reise, nach den Vorkehrungen für meinen Koffer. Er wollte wissen, wie es mir gefallen würde, hier oben in den Wäldern zu leben, nach Toronto, ob ich mich langweilen würde.

Nicht im mindesten, sagte ich und fügte hinzu, dass es hier schön sei.

»Es ist – es ist wie mitten in einem russischen Roman.«
Er sah mich zum ersten Mal aufmerksam an.

»Tatsächlich? Welcher russische Roman?«

Seine Augen waren von hellem, strahlendem Graublau.
Eine Augenbraue hatte sich gehoben, wie eine kleine spitze
Kappe.

Nicht, dass ich keine russischen Romane gelesen hätte.
Einige hatte ich ganz gelesen und andere ein Stück weit.
Aber wegen dieser Augenbraue und seines amüsierten, aber
herausfordernden Gesichtsausdrucks fiel mir kein Titel außer *Krieg und Frieden* ein. Den wollte ich nicht nennen, weil
es der war, der jedem einfallen würde.

»*Krieg und Frieden.*«

»Tja, hier haben wir nur den *Frieden*, würde ich sagen.
Aber wenn es der *Krieg* war, nach dem Sie Verlangen hatten,
nehme ich an, Sie hätten sich einer dieser Frauenorganisa-
tionen angeschlossen und wären nach Übersee gegangen.«

Ich ärgerte mich und schämte mich, weil ich eigentlich
gar nicht angegeben hatte. Oder nicht nur. Ich hatte sagen
wollen, welche wunderbare Wirkung diese Landschaft auf
mich hatte.

Er war offenbar so jemand, der Fragen stellte, die Fallen
waren, in die man gehen sollte.

»Vermutlich habe ich eigentlich eine Pensionärin erwartet, die hinter ihrem Ofen hervorgekrochen ist«, sagte er
ein wenig entschuldigend. »Als würde jeder im richtigen
Alter und mit der richtigen Qualifikation heutzutage sofort
unterkommen. Sie haben doch nicht studiert, um Lehrerin
zu werden? Was wollten Sie anfangen, sobald Sie Ihren B.A.
hatten?«

»Mich auf meinen M.A. vorbereiten«, sagte ich kurz.

»Und was hat Sie umgestimmt?«

»Ich dachte, ich sollte mal Geld verdienen.«

»Vernünftige Idee. Obwohl ich fürchte, Sie werden hier nicht viel verdienen. Verzeihen Sie meine Neugier. Ich wollte nur sichergehen, dass Sie nicht gleich wegrennen und uns im Stich lassen. Sie haben doch nicht vor, zu heiraten?«

»Nein.«

»Schon gut. Schon gut. Jetzt sind Sie aus dem Schneider. Ich habe Sie doch nicht entmutigt?«

Ich hatte den Kopf abgewandt.

»Nein.«

»Gehen Sie den Flur hinunter zum Büro der Oberin, und die wird Ihnen alles sagen, was Sie wissen müssen. Sie werden Ihre Mahlzeiten zusammen mit den Krankenschwestern einnehmen. Sie wird Ihnen sagen, wo Sie schlafen. Sehen Sie bloß zu, dass Sie sich keine Erkältung holen. Ich nehme an, Sie haben noch keine Erfahrungen mit Tuberkulose?«

»Na ja, ich habe Thomas Mann …«

»Ich weiß. Ich weiß. Sie haben den *Zauberberg* gelesen.« Wieder eine Falle, er saß wieder auf seinem Thron. »Seitdem sind wir ein Stückchen weiter, hoffe ich. Da, ich habe Ihnen ein bisschen was über die Kinder hier aufgeschrieben und ein paar Gedanken, was Sie vielleicht mit ihnen tun könnten. Manchmal drücke ich mich lieber schriftlich aus. Die Oberin wird Sie ausführlich informieren.«

Ich war noch keine Woche da, bevor mir alle Ereignisse des ersten Tages einmalig und unwahrscheinlich vorkamen. Die Küche und deren Kleiderablage, wo das Küchenpersonal die Überkleidung aufbewahrte und die Diebstähle versteckte,

waren Räume, die ich nicht wiedersah und wahrscheinlich auch nie wiedersehen würde. Das Sprechzimmer des
Doktors war ähnliches Sperrgebiet, der richtige Ort für alle
Fragen, Beschwerden und Terminpläne war das Sprechzimmer der Oberin. Sie selbst war klein und füllig, mit rosigem
Gesicht, randloser Brille und schwerem Atem. Was immer
man von ihr erbat, schien sie in Erstaunen zu versetzen
und Schwierigkeiten zu bereiten, wurde aber im Endeffekt
geregelt oder zur Verfügung gestellt. Manchmal aß sie im
Essraum der Krankenschwestern, wo sie eine spezielle Quark-
speise erhielt und Beklommenheit auslöste. Meistens blieb
sie in ihren eigenen Räumlichkeiten.

Außer der Oberin gab es drei staatlich geprüfte Krankenschwestern, von denen jede mindestens dreißig Jahre älter
war als ich. Sie waren aus dem Ruhestand zurückgekehrt,
um während des Krieges ihre Pflicht zu tun. Dann gab es
noch die Schwesternhelferinnen, die in meinem Alter oder
sogar jünger waren, meistens verheiratet oder verlobt, oder
sie arbeiteten an ihrer Verlobung, meistens mit Männern in
den Streitkräften. Sie schwatzten ununterbrochen, wenn die
Oberin und die Schwestern nicht da waren. Für mich inter-
essierten sie sich überhaupt nicht. Sie wollten nicht wissen,
wie es in Toronto war, obwohl einige von ihnen welche
kannten, die auf ihrer Hochzeitsreise dorthin gefahren waren, und es war ihnen egal, wie ich mit meinem Unterricht
vorankam oder was ich vor meiner Arbeit im San gemacht
hatte. Nicht, dass sie unhöflich waren – sie reichten mir die
Butter (sie wurde Butter genannt, aber es war eigentlich
orangegelb gestreifte Margarine, in der Küche eingefärbt,
wie es damals nicht anders zugelassen war), und sie warnten
mich vor dem Hackfleischauflauf, in dem, wie sie sagten,

Murmeltiere drin waren. Nur, dass alles, was an Orten geschah, die sie nicht kannten, oder mit Menschen, die sie nicht kannten, oder zu einer Zeit, die sie nicht kannten, nicht in Betracht kam. Es war ihnen im Weg und ging ihnen auf die Nerven. Sie stellten die Nachrichten im Radio ab, wann immer sie konnten, und versuchten, einen Musiksender reinzubekommen.

»Tanz mit 'ner Puppe mit 'nem Loch im Strumpf …«

Sowohl die Schwestern als auch die Helferinnen mochten den CBC nicht, während ich in dem Glauben aufgewachsen war, dass dieser Sender Kultur in die Provinz brachte. Trotzdem hatten sie Ehrfurcht vor Dr. Fox, auch, weil er so viele Bücher gelesen hatte.

Sie sagten außerdem, dass es niemanden gab, der einen so zur Minna machen konnte wie er, wenn ihm danach war.

Ich stieg nicht dahinter, ob es für ihr Gefühl einen Zusammenhang gab zwischen dem Lesen vieler Bücher und dem Zur-Minna-Machen.

Übliche pädagogische Grundsätze hier fehl am Platz. Einige von diesen Kindern werden in die Welt oder den Alltag zurückkehren, andere nicht. Besser nicht viel Stress. Also Klassenarbeiten, Auswendiglernen, Noten geben, alles Unsinn. Lassen Sie die ganze Zensurengeschichte sein. Die, für die das eine Rolle spielt, können es später nachholen oder auch so weiterkommen. Eigentlich nur einfache Fähigkeiten, Grundwissen usw. für das Hinausgehen in die Welt. Was ist mit sogenannten Hochbegabten? Scheußlicher Ausdruck. Wenn sie auf fragwürdige akademische Weise gescheit sind, können sie es leicht nachholen.

Vergessen Sie die Flüsse Südamerikas, ebenso die Magna Charta.

Malen, Musik, Geschichten, vor allem.

Spiele gehen, aber vermeiden Sie zu große Aufregung oder zu viel Wetteifer.

Herausforderung: der Mittelweg zwischen Stress und Langeweile. Langeweile Fluch des Sanatoriums.

Wenn die Oberin nicht besorgen kann, was Sie brauchen, hat der Hausmeister es manchmal irgendwo gebunkert.

Bon Voyage.

Die Zahl der Kinder, die erschienen, änderte sich ständig. Fünfzehn bis hinunter zu einem halben Dutzend. Nur vormittags, von neun Uhr bis zur Mittagszeit, Ruhepausen eingeschlossen. Kinder blieben fern, wenn ihre Temperatur gestiegen war oder wenn sie zu Untersuchungen mussten. Wenn sie da waren, waren sie still und folgsam, aber nicht sonderlich interessiert. Sie hatten von Anfang an mitbekommen, dass dies eine Schule war, die nur so tat als ob, die sie frei ließ von allen Anforderungen, etwas zu lernen, wie auch frei von Stundenplänen und Hausaufgaben. Diese Freiheit machte sie nicht übermütig, langweilte sie nicht so, dass sie aufsässig wurden, nur fügsam und verträumt. Sie sangen leise Kanons. Sie spielten Schiffe versenken. Ein Schatten von Hoffnungslosigkeit lag auf dem improvisierten Klassenzimmer.

Ich beschloss, den Doktor beim Wort zu nehmen. Oder bei einigen seiner Worte wie denen über Langeweile als dem Feind.

In der Abstellkammer des Hausmeisters hatte ich einen Globus gesehen. Ich ließ ihn hervorholen. Ich fing mit einfacher Geographie an. Die Ozeane, die Kontinente, die Klimazonen. Warum nicht die Winde und die Meeresströmungen? Die Länder und die Städte? Der nördliche und der südliche Wendekreis? Warum nicht doch die Flüsse Südamerikas?

Einige Kinder hatten solche Dinge schon einmal gelernt, aber fast völlig vergessen. Die Welt hinter dem See und dem Wald war versunken. Ich fand, es munterte sie auf, als freundeten sie sich wieder mit etwas an, was sie einmal gewusst hatten. Natürlich überschüttete ich sie nicht mit allem auf einmal. Und ich musste es langsam angehen lassen bei denen, die solche Dinge nie in ihrem Leben gelernt hatten, weil sie zu früh erkrankt waren.

Aber das ging gut. Es konnte ein Spiel sein. Ich teilte sie in Mannschaften auf, richtete den Zeigestock hierhin und dorthin, damit sie mir Antworten zuriefen. Ich achtete darauf, dass die Aufregung nicht zu lange anhielt. Aber eines Tages kam der Doktor hereinspaziert, direkt aus der Vormittagssprechstunde, und erwischte mich kalt. Ich konnte nicht alles sofort abbrechen, aber ich versuchte, den Wetteifer einzudämmen. Er setzte sich hin, sah etwas müde und in sich gekehrt aus. Er erhob keine Einwände. Bald begann er, bei dem Spiel mitzumachen, rief völlig lächerliche Antworten, Namen, die nicht nur falsch waren, sondern die es gar nicht gab. Dann ließ er langsam seine Stimme ersterben. Leiser, immer leiser, anfangs zu einem Murmeln, dann zu einem Flüstern, dann, bis nichts mehr zu hören war. Gar nichts. So, auf diese absurde Weise, brachte er den Raum unter seine Kontrolle. Die ganze Klasse formte die Worte nur noch unhörbar mit den Lippen, um es ihm gleichzutun. Aller Augen hingen an seinem Mund.

Plötzlich ließ er ein leises Knurren vernehmen, das alle zum Lachen brachte.

»Warum zum Teufel schaut ihr mich alle an? Hat euch das eure Lehrerin beigebracht? Leute anzustarren, die niemandem etwas tun?«

Die meisten lachten, und einige konnten auch danach nicht den Blick von ihm lassen. Sie waren gierig auf weitere Mätzchen.

»Los, haut ab und seid woanders ungezogen.«

Er entschuldigte sich bei mir, dass er den Unterricht unterbrochen hatte. Ich fing an, ihm meine Gründe dafür zu nennen, die Stunden mehr wie richtigen Schulunterricht zu gestalten.

»Obwohl ich mit Ihnen in Hinsicht auf Stress einer Meinung bin …«, sagte ich ernsthaft. »Ich stimme ganz überein mit dem, was Sie in Ihren Anweisungen geschrieben haben. Aber ich dachte …«

»Welche Anweisungen? Ach, das waren nur so Gedankensplitter, die mir durch den Kopf gegangen sind. Es war überhaupt nicht meine Absicht, dass die in Stein gemeißelt werden.«

»Ich meine, solange sie nicht zu krank sind …«

»Bestimmt haben Sie recht, wahrscheinlich spielt es keine Rolle.«

»Sie wirkten auf mich sonst so teilnahmslos.«

»Sie brauchen keinen Elefanten daraus zu machen«, sagte er und schritt davon.

Drehte sich dann um zu einer angedeuteten Entschuldigung.

»Wir können bei anderer Gelegenheit darüber reden.«

Diese Gelegenheit, dachte ich, würde nie kommen. Er

hielt mich offensichtlich für eine Plage und eine dumme Kuh.

Ich erfuhr beim Mittagessen von den Hilfsschwestern, dass jemand am Vormittag eine Operation nicht überlebt hatte. Also erwies sich mein Ärger als nicht gerechtfertigt, ein Grund mehr, mich wie eine dumme Kuh zu fühlen.

Nachmittags hatten wir frei. Meine Schüler legten sich zu einem langen Mittagsschlaf hin, und ich hatte manchmal Lust, das auch zu tun. Mein Zimmer war kalt – überall in dem Gebäude kam es mir kalt vor, weitaus kälter als in der Wohnung in der Avenue Road, obwohl meine Großeltern die Heizkörper aus patriotischen Gründen herunterregelten. Und die Bettdecken waren dünn – bestimmt brauchten Menschen mit Tuberkulose etwas Molligeres.

Natürlich hatte ich keine Tuberkulose. Vielleicht knauserten sie bei der Versorgung von Leuten wie mir.

Ich fühlte mich schläfrig, konnte aber nicht schlafen. Über mir rumpelten die Krankenbetten, die zur eisigen Nachmittagsliegekur auf die offenen Veranden hinausgerollt wurden.

Das Gebäude, die Bäume, der See waren für mich nie mehr so wie an jenem ersten Tag, als sie mich mit ihrer geheimnisvollen Macht in Bann schlugen. An jenem Tag hatte ich mich für unsichtbar gehalten. Jetzt schien das alles nie gewesen zu sein.

Da ist die Lehrerin. Was hat sie vor?

Schaut auf den See.

Wozu?

Hat nichts Besseres zu tun.

Manche Menschen haben eben Glück.

*

Dann und wann ließ ich das Mittagessen aus, obwohl es Teil meines Gehalts war. Ich machte mich auf den Weg nach Amundsen, wo ich in einem Café etwas aß. Der Kaffee war aus geröstetem Getreide, und bei den Sandwiches war die beste Wahl Dosenlachs, wenn sie welchen hatten. Der Geflügelsalat musste sorgfältig auf Haut- und Knorpelstückchen untersucht werden. Trotzdem fühlte ich mich dort wohler, als wüsste niemand, wer ich war.

In dieser Hinsicht befand ich mich wahrscheinlich im Irrtum.

Das Café besaß keine Toilette, also musste man in das Hotel nebenan gehen und dort vorbei an der offenen Tür der Bar, die immer dunkel und laut war und den Geruch nach Bier und Whisky verströmte sowie eine Wolke aus Zigaretten- und Zigarrenrauch, die einem den Atem nehmen konnte. Trotzdem fühlte ich mich dort einigermaßen wohl. Die Holzfäller vom Sägewerk pflaumten einen nie so an wie die Soldaten und Piloten in Toronto. Sie steckten tief in einer Männerwelt, grölten sich ihre eigenen Geschichten zu und waren nicht da, um nach Frauen Ausschau zu halten. Wahrscheinlich eher darauf aus, von denen wegzukommen, ein für alle Mal.

Der Doktor hatte eine Praxis auf der Hauptstraße. Nur ein kleines eingeschossiges Haus, also musste er woanders wohnen. Ich hatte von den Hilfsschwestern aufgeschnappt, dass es keine Ehefrau gab. In der einzigen Seitenstraße fand ich das Haus, das ihm gehören konnte – ein verputztes Haus mit einem Gaubenfenster über der Haustür, auf dessen Brett sich Bücher reihten. Das Ganze machte einen kargen, aber ordentlichen Eindruck, deutete auf minimale, aber penible Behaglichkeit, wie sie ein alleinstehender

Mann – einer mit geregelter Lebensweise – zustande bringen mochte.

Die Schule am Ende dieser einzigen reinen Wohnstraße hatte zwei Geschosse. Unten wurden die Schüler bis zur achten Klasse unterrichtet, im Obergeschoss die bis zur zwölften. Eines Nachmittags entdeckte ich dort Mary, sie beteiligte sich an einer Schneeballschlacht. Anscheinend ging es Mädchen gegen Jungen. Als Mary mich sah, rief sie laut: »He, Lehrerin«, verfeuerte die Schneebälle in beiden Händen auf gut Glück und schlenderte über die Straße. »Bis morgen«, rief sie über die Schulter, mehr oder weniger eine Warnung, damit ihr niemand nachkam.

»Auf dem Weg nach Hause?«, fragte sie. »Ich auch. Bin sonst immer mit Reddy gefahren, aber der ist mir inzwischen zu spät dran. Was machen Sie, nehmen Sie die Elektrische?«

Ich sagte ja, und Mary sagte: »Ich kann Ihnen den anderen Weg zeigen, und Sie können Ihr Geld sparen. Den Waldweg.«

Sie führte mich eine schmale, aber befahrbare Straße mit Blick auf die Stadt hinauf, dann durch den Wald und am Sägewerk vorbei.

»Den Weg fährt Reddy immer«, sagte sie. »Der ist weiter oben, aber kürzer, wenn man zum San runter will.«

Wir gingen am Sägewerk vorbei, unter uns hässliche Schneisen im Wald und einige Hütten, offenbar bewohnt, mit Holzstapeln, Wäscheleinen und Rauchfahnen. Aus einer davon kam mit heftigem Knurren und Bellen ein großer, wolfsartiger Hund angerannt.

»Du halt die Schnauze«, brüllte Mary. Im Nu hatte sie einen Schneeball geformt und so geworfen, dass er das Tier zwischen die Augen traf. Es schoss herum, und sie zielte schon mit einem weiteren Schneeball auf seinen Rumpf. Eine Frau in einer Schürze kam heraus und schrie: »Du hättst ihn umbringen können.«

»Dann wär das Mistvieh endlich weg.«

»Ich hol meinen Alten, der kriegt dich.«

»Das wird mein Glückstag. Dein Alter trifft nicht mal das Scheißhaus.«

Der Hund folgte in einiger Entfernung mit unaufrichtigen Drohungen.

»Keine Angst, ich werde mit jedem Hund fertig«, sagte Mary. »Ich würde sogar mit einem Bär fertig werden, falls mir einer über den Weg läuft.«

»Halten Bären zu dieser Jahreszeit nicht Winterschlaf?«

Ich hatte ziemliche Angst vor dem Hund gehabt, aber Sorglosigkeit vorgetäuscht.

»Klar, aber man kann nie wissen. Einer ist mal früh aufgewacht und hat sich über den Müll beim San hergemacht. Meine Mama hat sich umgedreht, und da war er. Reddy hat sein Gewehr geholt und ihn erschossen.

Reddy hat mich und Anabel immer auf dem Schlitten mitgenommen, manchmal auch andere Kinder, und er hatte einen besonderen Pfeifton, der Bären abschreckt. Der war zu hoch für die Ohren von Menschen.«

»Ist wahr? Hast du die Pfeife mal gesehen?«

»Was für 'ne Pfeife? Ich meine, er machte das mit dem Mund.«

Ich dachte an die Vorstellung im Klassenzimmer.

»Ich weiß nicht, vielleicht hat er das nur gesagt, damit Anabel es nicht mit der Angst kriegte. Sie konnte nicht laufen, er musste sie auf dem Schlitten ziehen. Ich ging direkt hinter ihr, und manchmal bin ich auf den Schlitten aufgesprungen, und er hat gesagt, was ist denn mit dem Ding los, das wiegt ja eine Tonne. Dann hat er versucht, sich rasch umzudrehen und mich zu erwischen, aber das ist ihm nie gelungen. Und er hat Anabel gefragt, was macht das Ding so schwer, was hast du denn zum Frühstück gegessen, aber sie hat mich nie verpetzt. Wenn andere Kinder mit waren, hab ich's nicht gemacht. Am besten war's nur mit mir und Anabel, sie war die beste Freundin, die ich je haben werde.«

»Was ist mit den Mädchen in der Schule? Sind das nicht deine Freundinnen?«

»Mit denen bin ich nur zusammen, wenn sonst keiner da ist. Die sind gar nichts.

Anabel und ich hatten im selben Monat Geburtstag. Im Juni. An unserm elften Geburtstag ist Reddy mit uns in einem Boot auf den See rausgefahren. Er hat uns Schwimmen beigebracht. Na ja, mir. Anabel musste er immer halten, sie konnte es nicht richtig lernen. Einmal ist er allein rausgeschwommen, und wir haben seine Schuhe mit Sand gefüllt. Und dann an unserem zwölften Geburtstag konnten wir so was nicht mehr machen, aber wir waren in seinem Haus und kriegten einen Kuchen. Sie konnte nicht mal ein kleines Stück davon essen, also hat er uns in seinem Auto mitgenommen, und wir haben Stücke aus dem Auto geworfen und die Möwen gefüttert. Die haben gekreischt und gekämpft wie wild. Wir haben uns schlapp gelacht, und er musste anhalten und Anabel stützen, damit sie keinen Blutsturz kriegte.

Und danach«, sagte sie, »danach durfte ich sie nicht mehr sehen. Meine Mama wollte sowieso nie, dass ich mit Kindern zusammen bin, die TB haben. Aber Reddy hat sie überredet, er hat gesagt, er wird's verbieten, wenn er muss.

Das hat er dann getan, und ich war wütend. Aber es hätte sowieso keinen Spaß mehr gemacht, sie war zu krank. Ich würde Ihnen ihr Grab zeigen, aber da ist noch kein Kreuz oder so. Reddy und ich werden eins machen, sobald er Zeit hat. Wenn wir weiter geradeaus auf der Straße gegangen wären, statt den Weg bergab zu nehmen, wären wir zu ihrem Friedhof gekommen. Der ist nur für welche, die niemanden haben, der sie nach Hause holt.«

Inzwischen waren wir auf ebenem Gelände angelangt und näherten uns dem San.

Sie sagte: »Ach, hätt ich fast vergessen« und holte eine Handvoll Eintrittskarten hervor.

»Für den Valentinstag. Wir führen in der Schule so ein Stück auf, es heißt *Die Seemannsbraut*. Die hier soll ich alle verkaufen, und Sie können mir die erste abnehmen. Ich spiel darin mit.«

Ich hatte recht mit dem Haus in Amundsen, der Doktor wohnte wirklich dort. Er nahm mich zum Abendessen dahin mit. Die Einladung schien ganz spontan zu erfolgen, als er mir auf dem Flur begegnete. Vielleicht fiel ihm ein, dass er gesagt hatte, wir sollten uns mal zusammensetzen und über pädagogische Konzepte reden.

Der Abend, den er vorschlug, war derjenige, für den ich eine Karte für die *Seemannsbraut* gekauft hatte. Ich erzählte ihm das, und er sagte: »Ich übrigens auch. Was nicht heißt, dass wir hingehen müssen.«

»Ich habe das Gefühl, ich hätte es ihr versprochen.«

»Nun, Sie können ja Ihr Versprechen zurücknehmen. Die Vorstellung wird schrecklich, glauben Sie mir.«

Ich tat wie geheißen, obwohl ich nicht nach Mary Ausschau hielt, um es ihr zu sagen. Ich wartete da, wo er es mir angegeben hatte, auf der Terrasse vor dem Haupteingang. Ich trug mein bestes Kleid aus dunkelgrünem Krepp mit den kleinen Perlknöpfen und dem Kragen aus echter Spitze und hatte meine Füße in hochhackige Wildlederschuhe gezwängt, bevor ich die Schneestiefel überzog. Ich wartete über die angegebene Zeit hinaus – besorgt, erstens, dass die Oberin aus ihrem Büro kommen und mich entdecken könnte, und zweitens, dass er es völlig vergessen hatte.

Doch dann erschien er, knöpfte im Gehen seinen Mantel zu und entschuldigte sich.

»Immer ist noch Kleinkram zu erledigen«, sagte er und führte mich unter den hellen Sternen um das Gebäude herum zu seinem Auto. »Sind Sie sicher auf den Beinen?«, fragte er, und als ich ja sagte – obwohl ich wegen der Wildlederschuhe im Zweifel war –, bot er mir nicht den Arm an.

Das Auto war alt und klapprig wie die meisten Autos zu jener Zeit. Es hatte keine Heizung. Als er sagte, dass wir zu seinem Haus fuhren, war ich erleichtert. Ich konnte mir nicht vorstellen, wie wir im überfüllten Hotel zurechtkommen sollten, und ich hatte gehofft, nicht mit den Sandwiches im Café vorliebnehmen zu müssen.

Im Haus empfahl er mir, nicht den Mantel auszuziehen, bis es ein bisschen wärmer war. Er begann sofort damit, Feuer im Holzofen zu machen.

»Ich bin Ihr Hausmeister, Ihr Koch und Ihr Kellner«, sagte er. »Bald ist es hier gemütlich, und für das Essen brauche ich nicht lange. Bieten Sie keine Hilfe an, ich ziehe es vor, allein zu arbeiten. Wo möchten Sie warten? Wenn Sie wollen, können Sie sich die Bücher im Wohnzimmer anschauen.

Mit dem Mantel an sollte es dort nicht zu unerträglich sein. Das Haus hat überall Ofenheizung, und wenn ich ein Zimmer nicht benutze, dann heize ich es nicht. Der Lichtschalter ist gleich neben der Tür. Es macht Ihnen doch nichts aus, dass ich die Nachrichten höre? Das habe ich mir so angewöhnt.«

Ich ging ins Wohnzimmer, in dem Gefühl, dass es mir mehr oder weniger befohlen worden war, und ließ die Küchentür auf. Er kam und schloss sie mit den Worten: »Nur bis wir es in der Küche ein bisschen warm haben«, und kehrte zu der düster dramatischen, fast gottesfürchtigen Stimme vom CBC zurück, die die Nachrichten dieses letzten Kriegsjahres verkündete. Ich hatte diese Stimme nicht mehr gehört, seit ich die Wohnung meiner Großeltern verlassen hatte, und ich wäre eigentlich lieber in der Küche geblieben. Aber es gab haufenweise Bücher anzuschauen. Nicht nur auf Bücherborden, sondern auf Tischen und Stühlen und Fensterbrettern und dem Fußboden. Nachdem ich mir einige angeschaut hatte, kam ich zu dem Schluss, dass er es vorzog, Bücher im Dutzend zu kaufen und wahrscheinlich Mitglied mehrerer Buchclubs war. Die Harvard-Klassiker. *Die Kulturgeschichte der Menschheit* von Will und Ariel Durant – eben die, die auf den Borden meines Großvaters zu finden waren. Romane und Gedichte schienen Mangelware zu sein, obwohl es ein paar überraschende Kinderklassiker gab.

Bücher über den amerikanischen Bürgerkrieg, den Krieg in Südafrika, die Napoleonischen Kriege, den Peloponnesischen Krieg und die Feldzüge von Julius Cäsar. *Expeditionen zum Amazonas und in die Arktis. Shackleton im Griff des Eises. Franklins Verhängnis, Die Donner-Expedition, Die verlorenen*

Stämme: Versunkene Städte in Zentralafrika, Newton und die Alchemie, Geheimnisse des Hindukusch. Bücher, die auf jemanden deuteten, der bestrebt war, sich Wissen anzueignen, sich große, verstreute Wissensbrocken einzuverleiben. Nicht unbedingt jemand, dessen Vorlieben fest ausgeprägt waren.

Als er mich gefragt hatte: »Welcher russische Roman?«, konnte es also gut sein, dass er gar nicht auf so festem Boden stand, wie ich gedacht hatte.

Als er »Fertig« rief und ich die Tür aufmachte, war ich mit dieser neuen Skepsis bewaffnet.

Ich sagte: »Wer hat Ihrer Meinung nach recht, Naphta oder Settembrini?«

»Wie bitte?«

»Im *Zauberberg.* Wer gefällt Ihnen besser, Naphta oder Settembrini?«

»Um ehrlich zu sein, ich habe sie immer für zwei Schwätzer gehalten. Und Sie?«

»Settembrini ist humaner, aber Naphta ist interessanter.«

»Hat man Ihnen das in der Schule beigebracht?«

»In der Schule kam das Buch nie dran«, sagte ich gleichmütig.

Er warf mir einen kurzen Blick zu, mit gehobener Augenbraue.

»Verzeihen Sie. Wenn da drüben irgendetwas ist, was Sie interessiert, bitte. Sie können jederzeit herkommen und in Ihrer Freizeit lesen. Ich habe ein elektrisches Heizgerät, das ich aufstellen kann, denn ich denke mal, Sie sind mit Holzöfen nicht vertraut. Wäre das was? Ich kann Ihnen einen Schlüssel organisieren.«

»Danke.«

Schweinekoteletts zum Abendessen, Kartoffelbrei, Dosenerbsen. Die Nachspeise war gedeckter Apfelkuchen aus der Bäckerei, der besser gewesen wäre, wenn er daran gedacht hätte, ihn warm zu machen.

Er fragte mich nach meinem Leben in Toronto, meinen Seminaren an der Universität, meinen Großeltern. Er sagte, er nehme an, ich sei zum Pfad der Tugend erzogen worden.

»Mein Großvater ist ein liberaler Pfarrer, so in der Richtung von Paul Tillich.«

»Und Sie? Liberale kleine christliche Enkeltochter?«

»Nein.«

»*Touché*. Halten Sie mich für unhöflich?«

»Kommt drauf an. Wenn Sie mich als Arbeitgeber befragen, nein.«

»Also mache ich weiter. Haben Sie einen Freund?«

»Ja.«

»Bei den Streitkräften, nehme ich an.«

Bei der Marine, sagte ich. Das fand ich eine gute Wahl, denn es erklärte, warum ich nie wusste, wo er war, und warum ich nicht regelmäßig Post bekam. Ich konnte vortäuschen, dass er keinen Landurlaub erhielt.

Der Doktor stand auf und holte den Tee.

»Auf was für einem Schiff ist er?«

»Einer Korvette.« Wieder eine gute Wahl. Nach einer Weile konnte ich behaupten, er sei torpediert worden, wie es Korvetten andauernd passierte.

»Tapferer Bursche. Milch oder Zucker für Ihren Tee?«

»Beides nicht, danke.«

»Das ist gut, weil ich beides nicht dahabe. Man sieht Ihnen übrigens an, wenn Sie lügen, Sie werden rot im Gesicht.«

Spätestens da, falls nicht vorher, wurde ich rot. Die heiße Röte stieg von meinen Füßen auf, und Schweiß rann aus meinen Achseln herunter. Hoffentlich ruinierte das nicht mein Kleid.

»Mir wird immer heiß, wenn ich Tee trinke.«

»Verstehe.«

Schlimmer konnte es nicht werden, also beschloss ich, ihn in die Schranken zu weisen. Ich wechselte das Thema und erkundigte mich nach seinen Operationen. Entfernte er Lungenflügel, wie ich es gehört hatte?

Er hätte das mit weiteren Sticheleien, weiterer Überlegenheit – womöglich seine Vorstellung von einem Flirt – beantworten können, und ich glaube, wenn er es getan hätte, hätte ich meinen Mantel angezogen und wäre in die Kälte hinausmarschiert. Und vielleicht wusste er das. Er fing an, von Thorakoplastik zu reden, und erklärte, sie sei jedoch für den Patienten nicht so leicht wie die Entleerung und Ruhigstellung eines Lungenflügels. Was interessanterweise schon Hippokrates bekannt war. Natürlich ging man in letzter Zeit auch immer mehr dazu über, den Lungenflügel zu entfernen.

»Aber verlieren Sie nicht einige?«, fragte ich.

Er musste gedacht haben, es sei wieder an der Zeit für Witze.

»Aber selbstverständlich. Rennen weg und verstecken sich im Wald, wir haben keine Ahnung, wo sie hinlaufen … Ob sie in den See springen … Oder meinten Sie, sterben sie nicht? Es gibt Fälle, wo es nicht klappt. Ja.«

Aber große Dinge seien im Kommen, sagte er. Die Operationen, die er vornahm, würden bald so überholt sein wie der Aderlass. Ein neues Medikament war auf dem Weg. Streptomycin. Schon in der Erprobung. Einige Probleme, natürlich würden Probleme auftreten. Toxisch für das Nervensystem. Aber man werde einen Weg finden, damit fertig zu werden.

»Wird die Knochenschuster wie mich arbeitslos machen.« Er wusch das Geschirr, ich trocknete es ab. Er band mir ein Geschirrtuch um die Taille, um mein Kleid zu schonen. Als die Enden fest verknüpft waren, legte er die Hände auf meinen Rücken. Der feste Druck, die gespreizten Finger – es hätte beinahe eine berufliche Bestandsaufnahme meines Körpers sein können. Als ich an jenem Abend zu Bett ging, konnte ich immer noch diesen Druck spüren. Ich spürte, wie dessen Intensität vom kleinen Finger bis zum harten Daumen wanderte. Ich genoss es. Das war eigentlich wichtiger als der Kuss, den er mir später auf die Stirn drückte, direkt bevor ich aus seinem Auto stieg. Ein Kuss mit trockenen Lippen, kurz und förmlich, hastig und von Amts wegen verabreicht.

Der Schlüssel zu seinem Haus lag eines Tages auf dem Fußboden in meinem Zimmer, unter der Tür durchgeschoben, als ich nicht da war. Aber ich konnte ihn dann doch nicht benutzen. Wenn mir irgendjemand anders dieses Angebot gemacht hätte, wäre ich bereitwillig darauf eingegangen. Besonders, da es ein Heizgerät einschloss. Aber in seinem Fall hätte sein bisheriges und künftiges Verhalten der Situation alle normale Gemütlichkeit genommen und sie durch einen Reiz ersetzt, der eher beengend und nervenaufreibend war als befreiend. Ich hätte nicht aufhören können zu frösteln, auch wenn es gar nicht kalt war, und ich bezweifelte, ob ich fähig gewesen wäre, auch nur ein Wort zu lesen.

Ich dachte daran, dass Mary wahrscheinlich auf den Plan treten würde, um mir vorzuwerfen, dass ich die *Seemannsbraut* versäumt hatte. Ich dachte daran, zu sagen, dass ich nicht auf dem Posten gewesen sei, eine Erkältung gehabt hätte. Aber dann fiel mir ein, dass Erkältungen hier eine ernste Angelegenheit waren, verbunden mit Atemmasken, Desinfizierung und Quarantäne. Und bald verstand ich auch, dass es ohnehin hoffnungslos war, meinen Besuch im Haus des Doktors zu verheimlichen. Er war niemandem verborgen geblieben, sicherlich nicht einmal den Krankenschwestern, die nichts sagten, entweder, weil sie zu diskret waren oder weil es sie nicht mehr interessierte. Aber die Hilfsschwestern neckten mich.

»Schönes Essen gestern Abend?«

Ihr Ton war freundlich, sie schienen es gutzuheißen. Es sah so aus, als hätte sich meine spezifische Eigenart mit der vertrauten und geachteten Eigenart des Doktors zusammengetan, und das war von Vorteil. Meine Aktien waren gestiegen. Jetzt, egal, was ich sonst noch war, kam ich zumindest in Betracht als eine Frau mit einem Mann.

Mary ließ sich die ganze Woche über nicht blicken.

»Nächsten Samstag« waren die Worte, die fielen, unmittelbar bevor er mir den Kuss verabreichte. Also wartete ich wieder auf der vorderen Terrasse, und diesmal kam er nicht zu spät. Wir fuhren zum Haus, und ich ging ins Vorderzimmer, während er Feuer machte. Dort fiel mein Blick auf das verstaubte elektrische Heizgerät.

»Sie haben von meinem Angebot keinen Gebrauch gemacht«, sagte er. »Dachten Sie, ich hab's nicht ernst gemeint? Ich meine immer, was ich sage.«

Ich sagte, ich hätte nicht in die Stadt kommen wollen aus Angst, Mary zu begegnen.

»Weil ich ihre Aufführung versäumt habe.«

»Das heißt, Sie wollen sich in Ihrem Leben ganz nach Mary richten«, sagte er.

Die Zusammensetzung der Mahlzeit war ziemlich unverändert. Schweinekoteletts, Kartoffelbrei, Dosenmais statt der Erbsen. Diesmal ließ er mich in der Küche helfen, bat mich sogar, den Tisch zu decken.

»Schauen Sie ruhig, wo die Sachen sind. Es ist alles recht logisch, glaube ich.«

Das bedeutete, ich konnte ihm beim Hantieren am Herd zusehen. Seine unangestrengte Konzentration, seine sparsamen Bewegungen lösten bei mir eine Prozession von Funken und Schauern aus.

Wir hatten gerade zu essen begonnen, als es an die Tür klopfte. Er stand auf, zog den Riegel zurück, und Mary platzte herein.

Sie trug einen Karton, den sie auf den Tisch stellte. Dann warf sie den Mantel ab und präsentierte sich in einem rotgrünen Kostüm.

»Späte Glückwünsche zum Valentinstag«, sagte sie. »Sie sind gar nicht gekommen, um mich in der Aufführung zu sehen, also komme ich mit der Aufführung zu Ihnen. Und ich hab Ihnen in dem Karton ein Geschenk mitgebracht.«

Ihr guter Gleichgewichtssinn erlaubte ihr, jeweils auf einem Bein zu stehen, während sie erst den einen, dann den anderen Stiefel abstreifte. Sie stieß beide aus dem Weg und fing an, um den Tisch zu tänzeln, dabei sang sie mit klagender, aber kräftiger junger Stimme.

Man nennt mich fleißiges Lieschen,
Armes fleißiges Lieschen,
Ich weiß überhaupt nicht, warum.
Ich bleibe das fleißig Lieschen.
Das arme fleißige Lieschen,
Dabei bin ich doch gar nicht so dumm …

Der Doktor war aufgestanden, noch bevor sie anfing zu singen. Er stand am Herd und kratzte die Pfanne aus, in der die Schweinekoteletts gelegen hatten.

Ich klatschte Beifall. Ich sagte: »Was für ein prächtiges Kostüm.«

Das war es wirklich. Roter Rock, hellgrüner Unterrock, flatternde weiße Schürze, besticktes Mieder.

»Meine Mama hat's gemacht.«

»Sogar die Stickerei?«

»Klar. Am Abend davor ist sie bis vier Uhr aufgeblieben, damit es fertig wird.«

Weiteres Herumwirbeln und -stampfen, um das Kostüm vorzuführen. Das Geschirr klirrte auf den Borden. Ich klatschte noch einmal. Beide wollten wir nur eins. Wir wollten, dass der Doktor sich umdrehte und aufhörte, uns zu ignorieren. Dass er, wenn auch widerwillig, ein einziges höfliches Wort sagte.

»Und schauen Sie mal, was noch«, sagte Mary. »Zum Valentinstag.« Sie riss den Karton auf, und er war voller Valentinskekse, alle in Herzform und mit dickem roten Zuckerguss.

»Wie herrlich«, sagte ich, und Mary hüpfte wieder umher.

Ich bin der Käpt'n Hagestolz,
Die See ist meine Braut,
Mein Schiff, das ist aus Eichenholz
Und Messingzeug gebaut.

Der Doktor drehte sich endlich um, und sie salutierte ihm.
»Ist gut«, sagte er. »Das reicht.«
Sie beachtete ihn nicht.

Ich hab auch fünf Kanonen,
Darinnen Kugeln wohnen,
Die schießen auf Piraten …

»Ich sagte, das reicht.«
»»Und andre Höllenbraten …‹«
»Mary. Wir essen gerade. Und du bist nicht eingeladen.
Verstehst du das? Nicht eingeladen.«
Sie war endlich still. Aber nur für einen Augenblick.
»Dann Pfui über Sie. Sie sind gar nicht nett.«
»Und du könntest sehr gut auch ohne diese Kekse aus-
kommen. Du könntest ganz und gar aufhören, Kekse zu
essen. Du bist dabei, so dick zu werden wie ein kleines
Schwein.«
Marys Gesicht war aufgequollen, als würde sie gleich zu
weinen anfangen, aber stattdessen sagte sie: »Sie müssen re-
den! Ihr eines Auge steht ganz schief zum anderen.«
»Das reicht.«
»Stimmt aber.«
Der Doktor griff sich ihre Stiefel und stellte sie vor sie hin.
»Zieh die an.«
Sie tat es, mit Tränen in den Augen und mit laufender

Nase. Sie zog lautstark hoch. Er brachte ihr den Mantel und half ihr nicht, als sie sich hineinstocherte und die Knöpfe suchte.

»So ist's gut. Wie bist du denn hergekommen?«

Sie weigerte sich zu antworten.

»Du bist also gelaufen? Wo ist deine Mutter?«

»Spielt Whist.«

»Dann werde ich dich nach Hause fahren. Damit du keine Gelegenheit bekommst, dich in eine Schneewehe zu stürzen und aus Selbstmitleid zu erfrieren.«

Ich sagte kein Wort. Mary würdigte mich keines Blickes. Der Augenblick war zu angespannt für einen Abschiedsgruß.

Als ich das Auto abfahren hörte, fing ich an, den Tisch abzuräumen. Wir waren nicht zum Nachtisch gelangt, der wieder aus gedecktem Apfelkuchen bestand. Vielleicht kannte er keinen anderen, oder vielleicht war das alles, was die Bäckerei zu bieten hatte.

Ich nahm mir einen der herzförmigen Kekse und aß ihn. Der Zuckerguss war schrecklich süß. Kein Obstgeschmack, nur Zucker und rote Lebensmittelfarbe. Ich aß einen nach dem anderen.

Ich wusste, dass ich zumindest hätte auf Wiedersehen sagen sollen. Ich hätte danke sagen sollen. Aber darauf wäre es nicht angekommen. Redete ich mir ein. Die Vorführung war nicht für mich bestimmt. Oder vielleicht war nur ein kleiner Teil davon für mich bestimmt.

Er war grausam gewesen. Es erschreckte mich, wie grausam er gewesen war. Zu jemandem, der so bedürftig war. Aber er hatte es in gewisser Weise für mich getan. Damit seine Zeit mit mir nicht verringert wurde. Dieser Gedanke schmeichelte mir, und ich schämte mich, dass er mir schmeichelte. Ich wusste nicht, was ich zu ihm sagen sollte, wenn er zurückkam.

Er wollte nicht, dass ich irgendetwas sagte. Er ging mit mir ins Bett. Hatte das die ganze Zeit über in der Luft gelegen, oder war es für ihn fast so eine Überraschung wie für mich? Meine Jungfräulichkeit zumindest schien keine Überraschung zu sein – er sorgte für ein Handtuch und ein Kondom –, und er machte weiter, so sanft, wie er konnte. Meine Leidenschaftlichkeit war vielleicht für uns beide eine Überraschung. Phantasie, so stellte sich heraus, konnte eine ebenso gute Vorbereitung sein wie Erfahrung.

»Ich habe vor, dich zu heiraten«, sagte er.

Bevor er mich nach Hause brachte, warf er alle Kekse, all die roten Herzen, hinaus in den Schnee, als Futter für die Wintervögel.

Also war sie ausgemacht. Unsere plötzliche Verlobung – er scheute vor dem Wort ein wenig zurück – war eine nur zwischen uns beiden ausgemachte Tatsache. Ich durfte meinen Großeltern kein Wort davon schreiben. Die Hochzeit sollte stattfinden, sobald er ein paar Tage hintereinander freimachen konnte. Eine schlichte Hochzeit, sagte er. Er gab mir zu verstehen, dass die Vorstellung von einer Zeremonie, abgehalten in Gegenwart von anderen, deren Vorstellungen er ablehnte und die uns mit all diesem Gekicher und Geschniefe behelligen würden, über das hinausging, was er zu ertragen bereit war.

Auch Brillantringe kamen nicht in Frage. Ich sagte ihm, dass ich noch nie einen haben wollte, was stimmte, weil ich noch nie daran gedacht hatte. Er sagte, das sei gut, er habe gewusst, ich sei nicht diese blöde, konventionelle Art von Mädchen.

Es war besser, mit dem gemeinsamen Abendessen aufzuhören, nicht nur wegen des Geredes, sondern auch, weil es schwer war, auf nur eine Lebensmittelkarte genug Fleisch für zwei zu bekommen. Meine Karte stand nicht zur Verfügung, da ich sie der Küchenleitung – also Marys Mutter – ausgehändigt hatte, als ich im San anfing.

Besser kein Aufsehen erregen.

Natürlich vermuteten alle etwas. Die älteren Schwestern wurden freundlich, und sogar die Oberin schenkte mir ein gequältes Lächeln. Natürlich brüstete ich mich auf bescheidene Weise, fast ohne es zu wollen. Ich gewöhnte mir an, in mich gekehrt zu sein, mit samtener Stille und gesenktem Blick. Mir war nicht recht klar, dass diese älteren Frauen auf der Lauer lagen, um zu sehen, welche Wendung die Beziehung nehmen würde, und dass sie bereit waren, sich zu empören, sollte der Doktor beschließen, mich fallenzulassen.

Die Schwesternhelferinnen dagegen waren rückhaltlos auf meiner Seite und neckten mich, sie sähen Hochzeitsglocken in meinen Teeblättern.

Der Monat März war grimmig und hinter den Türen der Heilstätte geschäftig. Das war immer der schlimmste Monat für schwere Rückschläge, sagten die Hilfsschwestern. Aus irgendeinem Grund setzten sich etliche in den Kopf, dann zu sterben, nachdem sie es durch die Attacken des Winters geschafft hatten. Wenn ein Kind nicht zum Unterricht erschien, wusste ich nicht, ob sich sein Zustand arg verschlechtert hatte oder ob es nur wegen des Verdachts einer Erkältung vorübergehend das Bett hüten musste. Ich hatte mir eine aufstellbare Schultafel beschafft und die Namen der Kinder rundum auf den Rand geschrieben. Jetzt brauchte ich nie die Namen der Kinder abzuwischen, deren Abwesenheit von Dauer sein würde. Andere Kinder taten das für mich, ohne es zu erwähnen. Sie hatten die Verhaltensregeln begriffen, die ich noch lernen musste.

Der Doktor fand jedoch Zeit, einige Vorkehrungen zu treffen. Er schob mir einen Zettel unter der Tür meines Zimmers durch, ich sollte mich für die erste Aprilwoche bereitmachen. Falls keine schwere Krise eintrat, konnte er dann ein paar Tage erübrigen.

Wir fahren nach Huntsville.

Nach Huntsville fahren – unser Geheimwort für heiraten.

Für uns hat der Tag begonnen, den ich ganz bestimmt mein Leben lang in Erinnerung behalten werde. Ich habe mein grünes Kreppkleid aus der chemischen Reinigung geholt und sorgfältig aufgerollt in meine Reisetasche gepackt. Meine Großmutter hatte mir den Trick beigebracht, Kleider fest zusammenzurollen, was viel besser als zusammenlegen war, um Knitterfalten zu verhindern. Vermutlich werde ich mich irgendwo auf einer Damentoilette umziehen müssen. Ich halte Ausschau nach frühen Wildblumen am Straßenrand, die ich für einen Strauß pflücken kann. Wird er damit einverstanden sein, dass ich einen Brautstrauß habe? Aber sogar für Sumpfdotterblumen ist es zu früh. Entlang der leeren, gewundenen Straße ist nichts weiter zu sehen als dürre schwarze Fichten, Inseln aus Wacholdergestrüpp und Sumpflöcher. Und in den Straßengräben ein wirres Durcheinander der Gesteine, die mir hier inzwischen vertraut sind – blutfleckiges Eisenerz und schieferiger Granit.

Das Autoradio läuft und spielt triumphale Musik, denn die Alliierten kommen Berlin immer näher. Der Doktor – Alister – sagt, dass sie sich zurückhalten, um die Russen als Erste reinzulassen. Er sagt, dass es ihnen leidtun wird.

Jetzt, wo wir aus Amundsen so weit fort sind, merke ich, dass ich ihn Alister nennen kann. Das ist die längste Fahrt, die wir je zusammen unternommen haben, und mich erregt seine männliche Missachtung – die sich, wie ich inzwischen weiß, jäh ins Gegenteil verwandeln kann – und seine unauffällige Geschicklichkeit als Fahrer. Ich finde es aufregend, dass er Chirurg ist, obwohl ich das nie zugeben würde. Im Augenblick glaube ich, für ihn könnte ich mich in irgendein Sumpf- oder Schlammloch legen oder spüren, wie meine Wirbelsäule gegen irgendeine Felswand entlang der Straße gedrückt wird, falls er eine aufrechte Stellung bevorzugt. Ich weiß auch, dass ich diese Gefühle für mich behalten muss.

Ich wende meine Gedanken der Zukunft zu. Sobald wir in Huntsville ankommen, werden wir uns, nehme ich an, einen Geistlichen suchen und nebeneinander in einem Wohnzimmer stehen, das etwas von dem bescheidenen Wohlstand der Wohnung meiner Großeltern haben wird, von den Wohnzimmern, die ich seit meiner Kindheit kenne. Ich erinnere mich daran, wie mein Großvater auch noch, nachdem er im Ruhestand war, zu Hochzeitszwecken aufgestöbert wurde. Meine Großmutter rieb sich dann ein wenig Rouge auf die Wangen und holte ihre dunkelblaue, mit Spitzen besetzte Jacke hervor, die sie als Trauzeugin für solche Gelegenheiten bereithielt.

Aber ich entdecke die Möglichkeit von anderen Formen der Trauung und eine weitere Abneigung meines Bräutigams, die mir bisher entgangen ist. Er will nichts mit einem Geistlichen zu tun haben. Im Rathaus von Huntsville füllen wir Formulare aus, in denen wir versichern, dass wir ledig sind, und darum ersuchen, am Nachmittag von einem Friedensrichter getraut zu werden.

Zeit zum Mittagessen. Alister hält vor einem Restaurant, das ein Vetter ersten Grades von dem Café in Amundsen sein könnte.

»Recht so?«

Aber nach einem Blick in mein Gesicht überlegt er es sich anders.

»Nein?«, sagt er. »Na gut.«

Wir landen schließlich im frostigen Wohnzimmer eines der Bürgerhäuser, die Reklame für Mahlzeiten mit Hühnerfleisch machen. Die Teller sind eiskalt, es gibt keine anderen Gäste, es gibt keine Radiomusik, nur das Klappern unseres Bestecks, während wir versuchen, Teile von dem zähen Huhn abzulösen. Ich bin sicher, er denkt, wir wären in dem Restaurant, das er als Erstes vorschlug, besser aufgehoben gewesen.

Trotzdem habe ich den Mut, mich nach der Damentoilette zu erkundigen, und dort, in kalter Luft, noch bedrückender als die im Wohnzimmer, schüttle ich mein grünes Kleid aus und ziehe es an, male die Lippen nach und ordne meine Haare.

Als ich herauskomme, steht Alister auf, um mich lächelnd zu empfangen, drückt meine Hand und sagt mir, wie hübsch ich aussehe.

Wir gehen steif zum Auto, halten uns bei den Händen. Er

öffnet mir die Autotür, geht herum und steigt ein, setzt sich zurecht und dreht den Zündschlüssel um, dann stellt er die Zündung wieder ab.

Das Auto steht vor einem Eisenwarengeschäft. Schneeschaufeln gibt es zum halben Preis. Im Schaufenster hängt immer noch ein Schild, auf dem steht, dass hier Schlittschuhe geschliffen werden.

Auf der anderen Straßenseite steht ein Holzhaus, das mit gelber Ölfarbe angestrichen ist. Die Treppe zu seiner Tür ist nicht mehr sicher und mit zwei gekreuzten Brettern vernagelt.

Der Laster, der vor Alisters Auto steht, ist ein Vorkriegsmodell mit Trittbrettern und einem Rostrand um die Stoßstangen. Ein Mann in einem Overall kommt aus dem Geschäft und steigt ein. Nach einigen Motorproblemen, dann einigem Rattern und Rumpeln auf der Stelle wird der Laster weggefahren. Jetzt versucht ein Lieferwagen mit dem Schriftzug des Geschäfts, in den frei gewordenen Platz einzuparken. Der Platz reicht nicht ganz. Der Fahrer steigt aus, kommt heran und klopft an Alisters Fenster. Alister ist überrascht – wenn er nicht so ernst geredet hätte, wäre ihm das Problem aufgefallen. Er kurbelt das Fenster herunter, und der Mann fragt, ob wir da stehen, weil wir vorhaben, etwas in dem Geschäft zu kaufen. Wenn nicht, würden wir dann bitte weiterfahren?

»Sind schon weg«, sagt Alister, der Mann, der neben mir sitzt und vorhatte, mich zu heiraten, aber mich jetzt nicht mehr heiraten wird. »Wir sind schon weg.«

Wir. Er hat »wir« gesagt. Für einen Augenblick klammere ich mich an dieses Wort. Dann denke ich, das ist das letzte Mal. Das letzte Mal, dass ich in sein »wir« eingeschlossen bin.

Dabei kommt es auf das »wir« gar nicht an, es ist nicht das »wir«, das mir die Wahrheit sagt. Es ist sein Mann-zu-Mann-Ton zu dem Fahrer, seine ruhige und vernünftige Entschuldigung. Ich könnte mir jetzt wünschen, zu dem zurückzukehren, was er vorher gesagt hat, als er den Lieferwagen, der einparken wollte, nicht einmal bemerkte. Was er in jenen Minuten sagte, war schrecklich, aber in seinem festen Griff um das Lenkrad, in diesem Griff und in seiner Konzentration und in seiner Stimme lag dabei Schmerz. Ganz egal, was er sagte und meinte, er sprach in jenen Minuten aus demselben innersten Ort heraus, aus dem er gesprochen hatte, als er mit mir im Bett war. Aber jetzt, nachdem er mit einem anderen Mann gesprochen hat, ist es nicht mehr so. Er kurbelt die Fensterscheibe hoch und widmet sich ganz dem Auto, um aus der engen Lücke zu scheren und dabei nicht den Lieferwagen zu streifen.

Und wenig später wäre ich froh, sogar zu jenem Augenblick zurückkehren zu können, als er den Hals reckte, um nach hinten zu schauen. Besser als die Hauptstraße von Huntsville hinunterzufahren, wie er es jetzt tut, als gäbe es nichts mehr zu sagen oder zu regeln.

Ich kann es nicht, hat er gesagt.

Er hat gesagt, er kann das nicht tun.

Er kann es nicht erklären.

Nur, dass es ein Fehler ist.

Ich glaube, ich werde nie fähig sein, ein verschlungenes S wie das auf dem Schlittschuh-Schild zu sehen, ohne seine Stimme zu hören. Oder rohe, kreuzweise vernagelte Bretter wie die vor der Treppe des gelben Hauses gegenüber dem Geschäft.

»Ich werde dich jetzt zum Bahnhof fahren. Ich werde dir

eine Fahrkarte nach Toronto kaufen. Ich bin ziemlich sicher, dass am Nachmittag noch ein Zug nach Toronto geht. Ich werde mir eine sehr plausible Geschichte ausdenken und dafür sorgen, dass jemand deine Sachen packt. Du musst mir deine Adresse in Toronto geben, ich glaube, ich habe sie nicht aufgehoben. Ach, und ich werde dir eine Empfehlung schreiben. Du hast gute Arbeit geleistet. Du hättest das Semester sowieso nicht zu Ende bringen können – ich habe es dir noch nicht gesagt, aber die Kinder sollen verlegt werden. Große Veränderungen stehen an.«

Ein neuer Ton in seiner Stimme, fast unbekümmert. Ein fideler Ton der Erleichterung. Er versucht, ihn zu unterdrücken, die Erleichterung nicht herauszulassen, bevor ich fort bin.

Ich beobachte die Straßen. Es ist ein bisschen, als würde man zum Hinrichtungsplatz gefahren. Noch nicht. Noch eine kleine Weile. Noch höre ich seine Stimme nicht zum letzten Mal. Noch nicht.

Er braucht sich nicht nach dem Weg zu erkundigen. Ich überlege laut, ob er schon andere Mädchen zum Zug gebracht hat.

»Sei nicht so«, sagt er.

Jede Abbiegung ist wie eine Scheibe, die von meinem Leben abgeschnitten wird.

Es gibt einen Zug nach Toronto um fünf Uhr. Er hat mich gebeten, im Auto zu warten, während er sich erkundigt. Er kommt heraus, mit der Fahrkarte in der Hand, und, wie ich finde, mit federnden Schritten. Er muss das gemerkt haben, denn als er auf das Auto zukommt, wird sein Gang gesetzter.

»Es ist schön warm im Bahnhof. Es gibt einen Warteraum nur für Damen.«

Er hat mir die Autotür aufgemacht.

»Oder wäre es dir lieber, wenn ich warte und dich zum Bahnsteig bringe? Vielleicht gibt es was, wo wir ein anständiges Stück Kuchen kriegen. Dieses Essen war scheußlich.« Das bringt mich in Bewegung. Ich steige aus und gehe vor ihm in den Bahnhof. Er zeigt mir den Warteraum für Damen. Er zieht die eine Augenbraue hoch und rafft sich zu einem letzten Scherz auf.

»Vielleicht wirst du das irgendwann für den glücklichsten Tag deines Lebens halten.«

Im Damenwarteraum wähle ich eine Bank mit Sicht auf die Eingangstüren des Bahnhofs. Damit ich ihn sehen kann, falls er zurückkommt. Er wird mir sagen, dass alles nur ein Scherz war. Oder eine Prüfung, wie in einem mittelalterlichen Mysterienspiel.

Oder vielleicht hat er seine Meinung geändert. Auf der Fahrt über den Highway beim Anblick des blassen Frühlingslichts auf den Felsen, das wir erst vor kurzem zusammen gesehen haben. Plötzlich wird ihm klar, wie töricht er war, er wendet mitten auf der Straße und kommt zurückgerast.

Es dauert noch mindestens eine Stunde, bis der Zug kommt, aber diese Zeit vergeht wie im Nu. Und sogar jetzt noch wimmeln mir Tagträume durch den Kopf. Ich steige in den Zug, als hätte ich Ketten an den Füßen. Ich presse mein Gesicht ans Fenster, um den Bahnsteig entlangzuspähen, während die Pfeife für unsere Abfahrt gellt. Sogar jetzt noch kann es nicht zu spät sein, um aus dem Zug zu springen. Hinauszuspringen und durch den Bahnhof zu rennen zur

Straße, wo er gerade das Auto geparkt hat und die Stufen heraufläuft mit dem Gedanken, nicht zu spät, bitte, nicht zu spät.

Und ich renne ihm entgegen, nicht zu spät.

Aber was ist das für ein Toben, Schreien, Kreischen, nicht nur ein Nachzügler, eine ganze Gänseschar, die zwischen den Sitzen herumtrampelt. Schulmädchen in Sportkleidung, die über die Scherereien, die sie gemacht haben, johlen. Der verärgerte Schaffner scheucht sie vor sich her, während sie sich um die Plätze balgen.

Eine von ihnen, und vielleicht die lauteste, ist Mary.

Ich wende den Kopf ab und schaue nicht wieder zu ihnen hin.

Aber da ruft sie schon meinen Namen und will wissen, wo ich gewesen bin.

Eine Freundin besuchen, sage ich ihr.

Sie plumpst auf den Platz neben mir und erzählt mir, dass sie gegen Huntsville Basketball gespielt haben. Es war die Hölle. Sie haben verloren.

»Wir haben also verloren?«, ruft sie offenbar ganz begeistert, und die anderen stöhnen und kichern. Sie nennt den Punktestand, der wirklich beschämend ist.

»Sie haben sich feingemacht«, sagt sie. Aber es ist ihr nicht wichtig, meine Erklärung scheint sie nicht zu interessieren.

Sie geht kaum darauf ein, als ich sage, dass ich nach Toronto fahre, um meine Großeltern zu besuchen. Lässt nur fallen, dass sie wirklich sehr alt sein müssen. Kein Wort über Alister. Nicht mal ein böses Wort. Sie kann es nicht vergessen haben. Kann nur die Szene aufgeräumt und weggepackt haben, in einen Schrank mit ihren früheren Ichs. Oder viel-

78

leicht ist sie wirklich jemand, der unbekümmert mit Demütigungen umgehen kann.

Inzwischen bin ich ihr dankbar, auch wenn ich es damals ganz anders empfand. Wäre ich mir selbst überlassen geblieben, was hätte ich womöglich getan, als wir in Amundsen ankamen? Wäre womöglich aufgesprungen, aus dem Zug gestiegen, zu seinem Haus gerannt und hätte wissen wollen, warum, warum. Ewige Schande. So jedoch ließ der kurze Halt der Mannschaft kaum Zeit, sich aufzurappeln und an die Fenster zu klopfen, um die Leute auf sich aufmerksam zu machen, die gekommen waren, um sie abzuholen, während der Schaffner ihnen drohte, wenn sie sich nicht beeilten, würden sie nach Toronto fahren.

Jahrelang dachte ich, irgendwann würde er mir begegnen. Ich wohnte und wohne immer noch in Toronto. Es kam mir so vor, als landete jeder irgendwann zumindest für eine Weile in Toronto. Natürlich bedeutet das kaum, dass man diese Person auch zu sehen bekommt, vorausgesetzt, man würde das irgend wollen.

Schließlich geschah es. Beim Überqueren einer belebten Straße, wo man nicht einmal langsamer gehen konnte. Unterwegs in entgegengesetzte Richtungen. Wir starrten uns gleichzeitig an, mit nacktem Schock auf unseren von der Zeit beschädigten Gesichtern.

Er rief: »Wie geht's dir?«, und ich antwortete: »Gut.« Dann setzte ich noch hinzu: »Glücklich.«

Zu dem Zeitpunkt war das nur bedingt wahr. Ich führte gerade einen längeren Streit mit meinem Mann um unsere Übernahme von Schulden, die eines seiner Kinder angehäuft hatte. Ich war an jenem Nachmittag zu einer Vernissage in eine Galerie gegangen, um mich in eine angenehmere Gemütsverfassung zu versetzen.

Er rief mir hinterher:

»Schön für dich.«

Es schien immer noch so, als könnten wir aus der Menge ausscheren, könnten im nächsten Augenblick zusammen sein. Aber auch, als könnten wir unseren jeweiligen Weg fortsetzen. Was wir dann taten. Kein atemloser Zuruf, keine Hand auf meiner Schulter, als ich den Bürgersteig erreichte. Nur dieses Aufblitzen, das ich für einen Moment wahrgenommen hatte, als eines seiner Augen sich weiter öffnete. Es war das linke Auge, immer das linke, erinnerte ich mich. Und es sah dann so seltsam aus, aufgeschreckt und verwundert, als sei ihm etwas vollkommen Unmögliches eingefallen, etwas, das ihn fast zum Lachen brachte.

Für mich war es wieder so, wie es war, als ich Amundsen verließ und der Zug mich, immer noch benommen und ungläubig, forttrug.

An Liebe ändert sich nie etwas.

ABSCHIED VON MAVERLEY

Vor Jahr und Tag, als es noch in jeder Kleinstadt ein Kino gab, gab es auch eins in diesem Städtchen, in Maverley, und es hieß Capitol, wie damals viele Lichtspielhäuser. Morgan Holly war der Besitzer und der Vorführer. Er mochte nichts mit dem Publikum zu tun haben – er zog es vor, oben in seinem Kabuff zu sitzen und die Geschichte auf die Leinwand zu bringen –, also war er natürlich verärgert, als die Kassiererin ihm sagte, dass sie aufhören musste, weil sie ein Kind bekam. Er hätte damit rechnen können – sie hatte vor einem halben Jahr geheiratet, und zu jener Zeit wurde von Frauen erwartet, dass sie aus der Öffentlichkeit verschwanden, bevor etwas zu sehen war –, aber er hegte eine solche Abneigung gegen Veränderungen und die Vorstellung, andere könnten ein Privatleben haben, dass er völlig überrascht war.

Zum Glück schlug sie eine Nachfolgerin vor. Ein Mädchen, das in ihrer Straße wohnte, hatte davon gesprochen, gerne abends arbeiten zu wollen. Tagsüber konnte sie nicht, da sie ihrer Mutter helfen musste, für die jüngeren Kinder zu sorgen. Sie war aufgeweckt genug, allerdings schüchtern.

Morgan sagte, das mache nichts – eine Kassiererin sei nicht dazu da, um mit den Zuschauern zu plaudern.

Also kam das Mädchen. Sie hieß Leah, und Morgans erste und letzte Frage an sie lautete, was das für ein Name war. Sie sagte, der sei aus der Bibel. Da fiel ihm auf, dass sie nicht geschminkt war und dass ihre Haare unvorteilhaft an den Kopf geklatscht und dort mit Spangen festgehalten waren. Er fragte sich einen Augenblick lang, ob sie wirklich schon sechzehn war und damit legal arbeiten durfte, aber von nahem sah er, dass es wahrscheinlich stimmte. Er sagte ihr, an Werktagen müsse sie eine Vorstellung machen, die um acht anfing, und an Samstagen zwei, die erste fing um sieben an. Nach Schluss sei sie dafür verantwortlich, die Einnahmen zu zählen und wegzuschließen.

Es gab nur ein Problem. Sie sagte, an Werktagen könne sie abends allein nach Hause gehen, aber samstags dürfe sie das nicht, und ihr Vater konnte sie nicht abholen, da er an Wochenenden nachts in der Fabrik arbeiten musste.

Morgan sagte, er wüsste nicht, was es in einer Stadt wie dieser zu fürchten gab, und wollte sie schon wegschicken, als ihm der Nachtwachtmeister einfiel, der seine Runden oft unterbrach, um ein Stück vom Film zu sehen. Vielleicht konnte der es übernehmen, Leah nach Hause zu bringen.

Sie sagte, sie werde ihren Vater fragen.

Ihr Vater war einverstanden, stellte aber noch andere Bedingungen. Leah durfte nicht auf die Leinwand schauen oder die Dialoge mit anhören. Die Religion, der seine Familie angehörte, erlaubte das nicht. Morgan sagte, dass er seine Kassiererinnen nicht einstellte, damit sie sich umsonst Filme anschauten. Was die Dialoge anging, da schwindelte er und behauptete, der Kinosaal sei schalldicht.

Ray Elliot, der Nachtwachtmeister, hatte diesen Dienst übernommen, damit er seiner Frau wenigstens während eines Teils der Tageszeit zur Hand gehen konnte. Er kam mit fünf Stunden Schlaf am Morgen und einem Nickerchen am späten Nachmittag aus. Oft wurde aus dem Nickerchen nichts, weil es im Haus etwas zu tun gab oder einfach, weil er mit seiner Frau – sie hieß Isabel – ins Gespräch vertieft war. Sie hatten keine Kinder und konnten jederzeit über allerlei ins Gespräch kommen. Er erzählte ihr die Neuigkeiten aus der Stadt, die sie oft zum Lachen brachten, und sie erzählte ihm von den Büchern, die sie las.

Ray hatte sich zum Militär gemeldet, sobald er achtzehn war. Er entschied sich für die Luftwaffe, die, wie es hieß, die meisten Abenteuer und den schnellsten Tod versprach. Er war Rückenturmschütze gewesen – ein Posten, den Isabel nie recht verorten konnte –, und er hatte überlebt. Kurz vor Ende des Krieges war er zu einer neuen Flugzeugbesatzung versetzt worden, und innerhalb von zwei Wochen wurde seine alte Besatzung, die Männer, mit denen er so oft geflogen war, abgeschossen und fand den Tod. Er kam mit dem vagen Gedanken nach Hause, etwas Sinnvolles mit dem ihm auf so unerklärliche Weise verbliebenen Leben anfangen zu müssen, aber er wusste nicht, was.

Als Erstes musste er die Highschool abschließen. In der Kleinstadt, in der er aufgewachsen war, gab es neuerdings eine Spezialschule für Kriegsveteranen, die genau das taten und hofften, danach aufs College gehen zu können, mit finanzieller Hilfe der dankbaren Bürger. Die Lehrerin für Englische Sprache und Literatur war Isabel. Sie war dreißig Jahre alt und verheiratet. Ihr Mann war ebenfalls Veteran und stand im Rang wesentlich höher als die Schüler in ihrem

Englischunterricht. Sie plante, aus allgemeinem Patriotismus dieses eine Jahr lang zu unterrichten, sich dann zurückzuziehen und Kinder zu bekommen. Sie besprach das offen mit ihren Schülern, die knapp außerhalb ihrer Hörweite sagten, manche Burschen haben mehr Glück als Verstand.

Ray mochte solches Gerede nicht hören, aus dem einfachen Grunde, dass er sich in sie verliebt hatte. Und sie sich in ihn, was wesentlich erstaunlicher war. Alle außer den beiden selbst fanden das grotesk. Es kam zur Scheidung – ein Skandal für ihre angesehene Familie und ein Schock für ihren Mann, der sie hatte heiraten wollen, seit sie Kinder waren. Ray kam leichter damit durch, da er kaum Verwandte hatte, und diese wenigen verkündeten, sie nähmen an, dass sie jetzt, wo er so hoch hinauf heiratete, nicht mehr gut genug seien, und sie würden ihm in Zukunft einfach aus dem Weg gehen. Falls sie daraufhin ein abstreitendes oder begütigendes Wort von ihm erwarteten, so erhielten sie es nicht. Soll mir recht sein, war mehr oder weniger das, was er sagte. Zeit für einen Neuanfang. Isabel sagte, sie könne weiter unterrichten, bis Ray das College abgeschlossen und seinen Platz gefunden hatte, um zu tun, was immer ihm zu tun vorschwebte.

Aber der Plan musste geändert werden. Es ging ihr nicht gut. Anfangs dachten sie, es seien die Nerven. Der ganze Wirbel. Das blödsinnige Tamtam.

Dann kamen die Schmerzen. Schmerzen jedes Mal, wenn sie tief Luft holte. Schmerzen unter dem Brustbein und in der linken Schulter. Sie kümmerte sich nicht darum. Sie witzelte über Gott, der sie für ihr Liebesabenteuer bestrafte, und sagte, dass er, Gott, seine Zeit verschwendete, da sie nicht mal an ihn glaubte.

Sie hatte etwas namens Perikarditis. Es war ernst, und sie hatte es zu ihrem Schaden ignoriert. Sie konnte davon nicht geheilt werden, aber damit weiterleben, wenn auch unter Schwierigkeiten. Sie durfte nie mehr unterrichten. Jede Ansteckung war lebensgefährlich, und wo schwirrten mehr Erreger herum als in einem Klassenzimmer? Jetzt war es an Ray, für sie zu sorgen, und er übernahm den Posten eines Wachtmeisters in dieser Kleinstadt namens Maverley, gleich jenseits der Grey-Bruce-Grenze. Er hatte nichts gegen die Arbeit, und sie hatte – nach einer Weile – nichts gegen ihr zurückgezogenes Leben.

Nur über eines sprachen sie nicht. Jeder von ihnen fragte sich, ob es dem anderen etwas ausmachte, dass sie keine Kinder bekommen konnten. Ray kam der Gedanke, dass diese Enttäuschung vielleicht etwas mit Isabels Wunsch zu tun hatte, alles über das Mädchen zu hören, das er an Samstagabenden nach Hause bringen musste.

»Das ist ungeheuerlich«, sagte sie, als sie von dem Filmverbot hörte, aber sie war noch empörter, als er ihr erzählte, dass das Mädchen aus der Highschool genommen worden war, um zu Hause zu helfen.

»Und du sagst, sie ist intelligent.«

Ray konnte sich nicht erinnern, das gesagt zu haben. Er hatte gesagt, dass sie unheimlich schüchtern war, so dass er sich auf dem Weg mit ihr den Kopf nach einem Gesprächsthema zerbrechen musste. Einige Fragen, die ihm einfielen, gingen gar nicht. Zum Beispiel: Was ist dein Lieblingsfach in der Schule? Das gehörte der Vergangenheit an, und jetzt war nicht mehr wichtig, ob ihr etwas gefallen hatte. Oder: Was wollte sie mal machen, wenn sie erwachsen war? In vieler Hinsicht war sie bereits erwachsen, und ihr Weg war ihr vorgezeichnet, ob sie wollte oder nicht. Auch die Frage, ob es ihr in dieser Stadt gefiel und ob sie sich nach dem Ort zurücksehnte, wo sie vorher gelebt hatte – sinnlos. Und sie waren schon ohne Ausschmückungen die Namen und das Alter ihrer jüngeren Geschwister durchgegangen. Als er sich nach Haustieren erkundigte, einem Hund oder einer Katze, berichtete sie, dass es keine gab.

Schließlich richtete sie eine Frage an ihn. Sie fragte, worüber die Leute im Kino an dem Abend gelacht hatten.

Er war der Meinung, er sollte sie nicht daran erinnern, dass sie eigentlich nichts gehört haben durfte. Aber ihm fiel nicht ein, was komisch gewesen sein konnte. Also sagte er, dass es etwas Blödes gewesen sein musste – man konnte nie wissen, was die Leute zum Lachen brachte. Er sagte, dass er nicht so vertraut mit den Filmen war, da er immer nur kurze Ausschnitte sah. Er verfolgte selten die Handlung.

»Handlung«, sagte sie.

Er musste ihr erklären, was das bedeutete – nämlich Geschichten erzählen. Von da an gab es keine Probleme mit dem Gesprächsstoff. Er brauchte sie auch nicht zu warnen, dass es unklug sein könnte, etwas davon zu Hause zu berichten. Sie verstand. Es wurde ihm nicht abverlangt, irgendeine bestimmte Geschichte zu erzählen – was er ohnehin kaum gekonnt hätte –, sondern ihr zu erklären, dass die Geschichten oft von Ganoven und Unschuldigen handelten und dass es den Ganoven im Allgemeinen anfangs recht gut gelang, ihre Verbrechen zu begehen und Leute reinzulegen, die in Nachtclubs (die waren so was wie Tanzdielen) sangen oder manchmal, Gott weiß, warum, auf Berggipfeln oder in anderen unwahrscheinlichen Landschaften und damit den Fortgang der Handlung aufhielten. Hin und wieder waren die Filme in Farbe. Mit prachtvollen Kostümen, falls die Geschichte in der Vergangenheit spielte. Verkleidete Schauspieler, die viel davon hermachten, einander umzubringen. Glyzerintränen auf den Wangen der Damen. Dschungeltiere, die wahrscheinlich aus Zoos gebracht und aufgestachelt worden waren, sich wild zu gebärden. Menschen, die wieder aufstanden, nachdem sie auf verschiedenste Weise umgebracht worden waren, sobald die Kamera nicht mehr lief. Lebendig und wohlbehalten, obwohl man gerade gesehen hatte, wie sie erschossen wurden oder auf dem Richtblock ihren Kopf verloren, der dann in einen Korb rollte.

»Du solltest behutsamer sein«, sagte Isabel. »Sonst kriegt sie noch Albträume.«

Ray sagte, das würde ihn sehr wundern. Denn wirklich machte das Mädchen Miene, sich alles selbst zusammenzureimen, ohne verängstigt oder verwirrt zu sein. Zum Beispiel fragte sie gar nicht nach, was ein Richtblock war, auch die Vorstellung von Köpfen darauf schien sie nicht zu verwundern. In ihr war etwas, bemerkte er gegenüber Isabel, was sie drängte, alles, was man ihr erzählte, zu verarbeiten, statt sich einfach nur zu gruseln oder Mund und Nase aufzusperren. Eine Eigenart, durch die sie sich seiner Einschätzung nach schon von ihrer Familie abgenabelt hatte. Nicht, um sie zu verachten oder abzulehnen. Das Mädchen war einfach ungeheuer nachdenklich.

Aber was er dann sagte, bedrückte ihn, ohne dass er wusste, warum.

»Sie hat keine großen Aussichten, so oder so.«

»Wir könnten sie ja entführen«, sagte Isabel.

Da warnte er sie. Sei vernünftig.

»Daran ist gar nicht zu denken.«

*

Kurz vor Weihnachten (obwohl die strenge Kälte noch nicht eingesetzt hatte) kam Morgan eines Abends mitten in der Woche gegen Mitternacht auf die Polizeiwache, um zu sagen, dass Leah verschwunden war.

Soweit er wusste, hatte sie wie üblich die Karten verkauft, das Kassenfenster zugemacht, das Geld dahin getan, wo es hingehörte, und sich dann auf den Heimweg begeben. Er selbst hatte alles abgeschlossen, als der Film aus war, aber als er rauskam, war eine Frau aufgetaucht, die er nicht kannte, und hatte gefragt, wo Leah steckte. Es war die Mutter – Leahs Mutter. Der Vater war noch in der Fabrik, und Morgan hatte die Vermutung geäußert, dass das Mädchen sich vielleicht in den Kopf gesetzt hatte, ihn dort zu besuchen. Die Mutter schien gar nicht zu wissen, wovon er redete, also sagte er, sie könnten zur Fabrik fahren und nachschauen, ob das Mädchen dort war, worauf sie – die Mutter – weinte und ihn anflehte, das auf gar keinen Fall zu tun. Also fuhr Morgan sie heim, in der Hoffnung, das Mädchen könnte inzwischen zu Hause eingetroffen sein, doch nein, und dann dachte er, besser, er informierte Ray.

Der Gedanke, dem Vater das Verschwinden beibringen zu müssen, gefiel ihm gar nicht.

Ray sagte, sie sollten sofort zur Fabrik fahren – es bestand eine geringe Chance, dass sie dort war. Aber als sie den Vater auftrieben, hatte er sie natürlich nicht zu Gesicht bekommen, und er kriegte einen Wutanfall, weil seine Frau einfach weggegangen war, obwohl sie keine Erlaubnis von ihm hatte, das Haus zu verlassen.

Ray erkundigte sich nach Freundinnen und war nicht überrascht, zu erfahren, dass Leah keine hatte. Dann ließ er Morgan nach Hause gehen und fuhr selbst zu dem Haus, wo die Mutter sich ziemlich genau in dem aufgelösten Zustand befand, den Morgan beschrieben hatte. Die Kinder waren noch auf, oder zumindest einige von ihnen, und auch sie brachten kein Wort heraus. Sie zitterten, entweder vor Angst und vor Mißtrauen gegenüber dem Fremden im Haus oder vor Kälte, die, so fiel Ray auf, langsam zunahm, auch drinnen. Vielleicht erließ der Vater auch Regeln für das Heizen.

Leah hatte ihren Wintermantel angehabt – so viel bekam er aus ihnen heraus. Er kannte das ausgebeulte, braunkarierte Kleidungsstück und meinte, dass es sie zumindest eine Weile lang warm halten würde. Einige Zeit nach Morgans Erscheinen auf der Wache hatte schwerer Schneefall eingesetzt.

Als seine Schicht um war, fuhr Ray nach Hause und erzählte Isabel, was passiert war. Dann fuhr er wieder weg, und sie versuchte nicht, ihn aufzuhalten.

Eine Stunde später war er zurück, ohne Ergebnisse und mit der Nachricht, dass die Straßen wahrscheinlich für den ersten großen Schneesturm des Winters gesperrt werden würden.

Am Morgen war das dann eingetreten; die Stadt war zum ersten Mal im Jahr abgeschnitten, und die Schneepflüge versuchten nur noch, die Hauptstraße offen zu halten. Fast alle Geschäfte hatten zu, in dem Stadtteil, in dem Leahs Familie wohnte, war der Strom ausgefallen, und daran war nichts zu machen, bei dem Sturm, der die Bäume peitschte und niederbeugte, bis sie aussahen, als würden sie den Boden auffegen.

Der Tageswachtmeister hatte eine Idee, die Ray nicht eingefallen war. Er gehörte der vereinigten Kirche an, und ihm – oder seiner Frau – war bekannt, dass Leah jede Woche für die Frau des Pfarrers bügelte. Ray und er gingen zum Pfarrhaus, um sich zu erkundigen, ob irgendjemand dort etwas wusste, was Leahs Verschwinden erklären konnte, doch ohne Ergebnis, und nach diesem kurzen Hoffnungsschimmer schien sich die Spur gänzlich zu verlieren.

Ray war ein wenig überrascht, dass das Mädchen noch eine andere Arbeit angenommen und nichts davon gesagt hatte. Obgleich das, verglichen mit dem Kino, kaum so etwas wie ein Aufbruch in die große weite Welt war.

Er versuchte, nachmittags zu schlafen, und brachte es auf ungefähr eine Stunde. Isabel bemühte sich, beim Abendessen eine Unterhaltung in Gang zu bringen, aber nichts verfing. Ray kam immer wieder auf den Besuch bei dem Pfarrer zu sprechen, dass die Frau, soweit sie konnte, hilfsbereit und besorgt gewesen war, aber dass er – der Pfarrer – sich nicht ganz so benommen hatte, wie man es von einem Pfarrer eigentlich erwartete. Er hatte ungeduldig die Tür aufgemacht, als wäre er gerade beim Schreiben seiner Predigt oder so etwas unterbrochen worden. Er hatte seine Frau gerufen, und als sie kam, musste sie ihm in Erinnerung rufen, wer das Mädchen war. Du weißt doch, das Mädchen, das kommt und beim Bügeln hilft? Leah? Dann hatte er gesagt, dass er hoffte, es würde sich bald etwas ergeben, und dabei versucht, die Tür zentimeterweise gegen den Wind zu schließen.

»Was hätte er denn sonst tun sollen?«, fragte Isabel. »Beten?«

Ray dachte, das hätte nicht geschadet.

»Das hätte alle nur in Verlegenheit gebracht und die Sinnlosigkeit offenbart«, sagte Isabel. Dann fügte sie hinzu, dass er vermutlich ein sehr moderner Pfarrer war, der das Symbolische bevorzugte.

Irgendwie musste man sich nach ihr auf die Suche machen, trotz des Wetters. Hinterhofschuppen und ein alter, seit Jahren unbenutzter Pferdestall mussten aufgebrochen und durchstöbert werden, falls sie Schutz gesucht hatte. Nichts kam zum Vorschein. Der örtliche Radiosender wurde alarmiert und verbreitete eine Beschreibung.

Falls Leah versucht hatte zu trampen, dachte Ray, konnte sie mitgenommen worden sein, bevor der Schneesturm einsetzte, was gut oder schlecht sein konnte.

Der Rundfunk verkündete, dass sie von etwas unterdurchschnittlicher Größe war – Ray hätte gesagt, von etwas überdurchschnittlicher – und dass sie glatte mittelbraune Haare hatte. Er hätte gesagt, dunkelbraune, fast schwarze.

Ihr Vater beteiligte sich nicht an der Suche; auch keiner von ihren Brüdern. Allerdings waren sie jünger als Leah und hätten ohne die Erlaubnis ihres Vaters sowieso nicht aus dem Haus gedurft. Als Ray zu Fuß zu dem Haus ging und sich zur Haustür durcharbeitete, wurde sie kaum geöffnet, und der Vater verschwendete keine Zeit, ihm zu sagen, dass das Mädchen höchstwahrscheinlich durchgebrannt war. Ihre Strafe läge nun nicht mehr in seinen Händen, sondern in denen Gottes. Ray erhielt keine Einladung, hereinzukommen und sich aufzuwärmen. Vielleicht wurde im Haus immer noch nicht geheizt.

Der Sturm legte sich schließlich, um die Mitte des nächsten Tages. Die Schneepflüge fuhren los und räumten die Straßen der Stadt. Die Kreispflüge übernahmen die Landstraße. Den Fahrern wurde gesagt, die Augen offen zu halten nach einer erfrorenen Person in den Schneewehen.

Am Tag danach kam der Postwagen durch, und ein Brief traf ein. Er war nicht an jemanden in Leahs Familie gerichtet, sondern an den Pfarrer und seine Frau. Er war von Leah, mit der Nachricht, dass sie geheiratet hatte. Der Bräutigam war der Sohn des Pfarrers, der in einer Jazzband Saxophon spielte. Er hatte am Ende der Seite die Worte »Da staunt ihr!« hinzugefügt. So hieß es zumindest, obwohl Isabel fragte, wie konnten die Leute das wissen, außer sie hatten im Postamt die Angewohnheit, Briefumschläge mit Dampf zu öffnen.

Der Saxophonspieler war nicht in dieser Stadt aufgewachsen. Sein Vater hatte damals eine andere Pfarrei. Und er kam nur sehr selten zu Besuch. Die meisten Leute hätten nicht einmal sagen können, wie er aussah. Er ging nie zum Gottesdienst. Er hatte vor ein paar Jahren eine Frau nach Hause gebracht. Sehr geschminkt und aufgetakelt. Es hieß, sie sei seine Ehefrau gewesen, aber offenbar stimmte das nicht.

Wie oft war das Mädchen im Haus des Pfarrers, um zu bügeln, während der Saxophonspieler da war? Einige Leute hatten es sich an den Fingern ausgerechnet. Nämlich nur ein einziges Mal. So hörte es Ray auf der Polizeiwache, wo Klatsch genauso gut gedieh wie unter Frauen.

Isabel fand, das war eine großartige Geschichte. Und nicht die Schuld der beiden Ausreißer. Schließlich hatten sie den Schneesturm nicht bestellt.

Es erwies sich, dass sie den Saxophonspieler flüchtig kannte. Sie war ihm einmal auf dem Postamt begegnet, als er zufällig zu Besuch war und sie eine der Phasen hatte, in der sie kräftig genug war, um aus dem Haus zu gehen. Sie hatte eine Schallplatte bestellt, aber die war noch nicht da. Er hatte sie gefragt, was für eine es war, und sie hatte es ihm gesagt. Etwas, woran sie sich jetzt nicht mehr erinnern konnte. Er hatte ihr von seiner eigenen Beschäftigung mit einer anderen Art von Musik erzählt. Irgendetwas hatte ihr bereits verraten, dass er nicht von hier war. Seine Art, sich zu ihr vorzubeugen, und sein starker Geruch nach Juicy-Fruit-Kaugummi. Er erwähnte das Pfarrhaus nicht, aber jemand anders erzählte ihr von der Verbindung, nachdem er sich von ihr verabschiedet und ihr alles Gute gewünscht hatte.

Ein kleiner Charmeur, oder überzeugt, bei Frauen gut anzukommen. Irgendein Gerede von einem Besuch, um sich die Platte bei ihr anzuhören, falls sie je eintraf. Hoffentlich nicht ernst gemeint.

Sie neckte Ray mit der Überlegung, ob es seine Beschreibungen der großen weiten Welt mit Hilfe der Filme waren, die das Mädchen auf die Idee gebracht hatten.

Ray sagte nichts dazu und konnte selbst kaum glauben, wie verzweifelt er in der Zeit gewesen war, als das Mädchen vermisst wurde. Natürlich war er sehr erleichtert, als er erfuhr, was geschehen war.

Trotzdem, sie war fort. Auf nicht völlig ungewöhnliche oder hoffnungslose Art war sie fortgegangen. Absurderweise kränkte ihn das. Als hätte sie wenigstens eine Andeutung machen können, dass es in ihrem Leben noch etwas anderes gab.

Ihre Eltern und die übrigen Kinder waren bald ebenfalls fort, und anscheinend wusste niemand, wo sie abgeblieben waren.

Der Pfarrer und seine Frau verließen die Stadt nicht, als er in den Ruhestand ging.

Sie konnten ihr bisheriges Haus behalten, und die Leute

nannten es oft noch immer das Pfarrhaus, obwohl es das eigentlich nicht mehr war. Die junge Frau des neuen Pfarrers hatte etliches an dem Haus auszusetzen gehabt, und statt das alles in Ordnung zu bringen, hatte die Kirchenleitung beschlossen, ein neues Haus zu bauen, damit sie sich nicht mehr beschweren konnte. Das alte Pfarrhaus wurde dann billig an den alten Pfarrer verkauft. Es bot Platz für den Musikersohn und seine Frau, wenn sie mit ihren Kindern zu Besuch kamen.

Es waren zwei, ihre Namen erschienen in der Zeitung, als sie geboren wurden. Ein Junge und dann ein Mädchen. Hin und wieder kamen sie zu Besuch, meistens nur mit Leah; der Vater war unterwegs zu seinen Tanzveranstaltungen oder dergleichen. Weder Ray noch Isabel waren ihnen bei diesen Besuchen begegnet.

Isabel ging es besser, fast normal. Sie kochte so gut, dass beide zunahmen, und sie musste damit aufhören oder wenigstens die üppigeren Gerichte weniger oft auftischen. Sie tat sich mit anderen Frauen in der Stadt zusammen, um Bücher der Weltliteratur zu lesen und zu besprechen. Ein paar hatten nicht verstanden, was das mit sich brachte, und blieben fern, aber von denen abgesehen war es ein erstaunlicher Erfolg. Isabel lachte über das Theater, das es im Himmel geben würde, sobald sie sich den armen alten Dante vorknöpften.

Dann fiel sie ein paarmal in Ohnmacht oder hatte Schwächeanfälle, weigerte sich aber, zum Arzt zu gehen, bis Ray mit ihr schimpfte und sie behauptete, es sei sein Jähzorn, der sie krank machte. Sie entschuldigte sich, und beide versöhnten sich, aber ihr Herz ließ so stark nach, dass sie eine Frau einstellen mussten, eine sogenannte Hilfsschwester, die bei ihr blieb, wenn Ray nicht zu Hause sein konnte. Zum Glück war etwas Geld da – ihrerseits aus einer Erbschaft und seinerseits von einer kleinen Gehaltserhöhung –, das zur Verfügung stand, doch er blieb aus eigener Entscheidung bei der Nachtschicht.

Eines Sommermorgens schaute er auf seinem Heimweg beim Postamt vorbei, um zu sehen, ob die Post fertig zum Austragen war. Manchmal war sie um diese Zeit schon sortiert, manchmal nicht. An diesem Morgen nicht.

Und jetzt kam auf dem Bürgersteig im hellen Licht des frühen Tages Leah auf ihn zu. Sie schob einen Kinderwagen mit einem etwa zwei Jahre alten kleinen Mädchen darin, das gegen die Fußstütze aus Metall strampelte. Ein weiteres Kind ging die Dinge ernster an und hielt sich am Rock seiner Mutter fest. Oder was eigentlich eine lange orangegelbe Hose war. Sie trug dazu ein weites, weißes Oberteil, etwas wie ein Unterhemd. Ihre Haare hatten mehr Glanz als früher, und ihr Lächeln, das er bisher noch nie zu sehen bekommen hatte, durchwärmte ihn mit Entzücken.

Sie hätte fast eine von Isabels neuen Freundinnen sein können, die in der Mehrzahl entweder jünger oder erst seit kurzem in dieser Stadt waren, obwohl es auch ein paar ältere, früher eher zurückhaltende Ortsansässige gab, die, von dieser hellen neuen Ära emporgetragen, ihre einstigen Standpunkte fallengelassen und ihre Sprache geändert hatten, sich Mühe gaben, flott und forsch zu sein.

Es hatte ihn ein wenig enttäuscht, keine neuen Zeitschriften im Postamt vorzufinden. Nicht, dass Isabel jetzt noch viel daran lag. Früher hatte sie für ihre Zeitschriften gelebt, die alle seriös und voller Denkanstöße waren, aber auch mit witzigen Karikaturen, über die sie lachte. Sogar die Anzeigen für Pelze und Juwelen hatten sie zum Lachen gebracht, und er hoffte immer noch, dass diese Zeitschriften sie beleben würden. Jetzt hatte er ihr wenigstens etwas zu erzählen. Über Leah.

Leah begrüßte ihn mit einer neuen Stimme und gab vor, erstaunt zu sein, dass er sie erkannt hatte, da sie seitdem – wie sie sich ausdrückte – fast schon zu einer alten Frau geworden sei. Sie stellte ihm das kleine Mädchen vor, das nicht aufschauen mochte und weiter auf die Fußstütze eintrampelte, und den Jungen, der in die Ferne sah und vor sich hin murmelte. Sie neckte den Jungen, weil er ihre Kleidung nicht losließ.

»Wir sind jetzt über die Straße, Bärchen.«

Sein Name war David, und der des Mädchens war Shelley. Ray hatte diese Namen aus der Zeitung nicht in Erinnerung behalten. Ihm war, als seien beide Namen in Mode.

Sie sagte, dass sie bei ihren Schwiegereltern wohnte.

Nicht bei ihnen zu Besuch war. Sondern bei ihnen wohnte. Ihm fiel das erst später auf, und vielleicht hatte es ja nichts zu bedeuten.

»Wir sind auf dem Weg zum Postamt.«

Er sagte ihr, dass er gerade von dort kam, aber dass noch nichts sortiert war.

»Ach, schade. Wir dachten, es könnte ein Brief von Papa da sein, nicht wahr, David?«

Der kleine Junge hielt sich wieder an ihr fest.

»Warten wir, bis alles sortiert ist«, sagte sie. »Vielleicht ist dann einer da.«

Es fühlte sich an, als wollte sie sich noch nicht von Ray verabschieden, und Ray wollte es auch nicht, aber ihm fiel nichts Rechtes zu sagen ein.

»Ich bin auf dem Weg zur Apotheke«, sagte er.

»Ach ja?«

»Ich muss für meine Frau ein Rezept einlösen.«

»Ach, ich hoffe, sie ist nicht krank.«

Da überkam ihn das Gefühl, einen Verrat begangen zu haben, und er sagte kurz angebunden: »Nein. Nichts Schlimmes.«

Sie schaute jetzt an Ray vorbei und grüßte jemand anders mit derselben erfreuten Stimme, mit der sie noch vor wenigen Augenblicken ihn begrüßt hatte.

Es war der Pfarrer der vereinigten Kirche, der neue oder ziemlich neue, der, dessen Frau das modernisierte Haus verlangt hatte.

Sie fragte die beiden Männer, ob sie einander kannten, und sie antworteten, ja, schon. Beide sprachen in einem Ton, der andeutete, nicht gut, und der vielleicht eine gewisse Zufriedenheit durchscheinen ließ, dass es so war. Ray fiel auf, dass der Mann nicht seinen Stehkragen trug.

»Er musste mich noch nicht wegen irgendwelcher Gesetzesverstöße einbuchten«, sagte der Pfarrer, und vielleicht dachte er dabei, er hätte humoriger sein sollen. Er schüttelte Ray die Hand.

»Das trifft sich wirklich gut«, sagte Leah. »Ich wollte Ihnen schon immer einige Fragen stellen, und da sind Sie!«

»Da bin ich«, sagte der Pfarrer.

»Nämlich wegen der Sonntagsschule«, sagte Leah. »Ich habe hin und her überlegt. Ich hab hier die beiden Kleinen, die heranwachsen, und ich hab mir den Kopf zerbrochen, wie bald und wie das geht und überhaupt.«

»Ah ja«, sagte der Pfarrer.

Ray merkte, dass er einer von denen war, die ihren seelischen Beistand nicht gern in aller Öffentlichkeit erteilen. Nicht jedes Mal, wenn sie aus dem Haus gehen, deswegen angesprochen werden möchten. Aber der Pfarrer verbarg sein Unbehagen, so gut er konnte, und es musste ihn ein wenig entschädigen, mit einer jungen Frau zu reden, die so aussah wie Leah.

»Wir sollten das besprechen«, sagte er. »Machen Sie jederzeit einen Termin.«

Ray gab zu verstehen, dass er losmusste.

»War schön, Sie zu sehen«, sagte er zu Leah und nickte dem Geistlichen zu.

Er ging weiter, im Besitz von zwei kleinen Neuigkeiten. Wenn sie versuchte, Vereinbarungen für die Sonntagsschule zu treffen, hatte sie vor, einige Zeit hierzubleiben. Und sie hatte sich doch nicht ganz von all der Frömmigkeit verabschiedet, die ihr in ihrer Kindheit eingetrichtert worden war.

Er freute sich darauf, ihr wieder zu begegnen, aber das ergab sich nicht.

Als er nach Hause kam, erzählte er Isabel, wie sich das Mädchen verändert hatte, und sie sagte: »Das hört sich ja dann doch ziemlich nach dem Üblichen an.«

Sie schien ein bißchen gereizt zu sein, vielleicht, weil sie darauf gewartet hatte, dass er ihr Kaffee machte. Ihre Hilfe kam erst um neun, und ihr war, nachdem sie sich dabei verbrüht hatte, streng verboten, es selber zu versuchen.

Es ging bergab, mit mehreren Schrecknissen für beide bis zur Weihnachtszeit, danach nahm Ray sich Urlaub. Sie brachen auf in die Großstadt wegen der Spezialisten, die es dort gab. Isabel wurde sofort ins Krankenhaus aufgenommen, und Ray gelang es, in einem der Zimmer unterzukommen, die für Angehörige von außerhalb zur Verfügung standen. Plötzlich hatte er keine Pflichten, außer Isabel jeden Tag viele Stunden lang zu besuchen und darauf zu achten, wie sie auf die verschiedenen Behandlungen ansprach. Anfangs versuchte er, sie mit lebhaften Gesprächen über die Vergangenheit abzulenken oder mit seinen Beobachtungen im Krankenhaus und seinen flüchtigen Eindrücken von anderen Patienten. Er unternahm jeden Tag Spaziergänge, trotz des Wetters, und erzählte ihr auch alles darüber. Er brachte eine Zeitung mit und las ihr die Nachrichten vor. Schließlich sagte sie: »Liebling, das ist so gut von dir, aber es ist wohl vorbei.«

»Was ist vorbei?«, entgegnete er, aber sie sagte: »Ach, bitte«, und danach begnügte er sich damit, stumm ein Buch aus der Krankenhausbücherei zu lesen. Sie sagte: »Mach dir keine Sorgen, wenn ich die Augen zuhabe. Ich weiß, du bist da.«

Sie war vor einiger Zeit von der Intensivstation in ein Zimmer mit vier Frauen verlegt worden, die mehr oder weniger im gleichen Zustand wie sie waren, obwohl eine sich gelegentlich aufraffte, um Ray zuzurufen: »Gib uns einen Kuss.«

Dann kam er eines Tages herein und fand in Isabels Bett eine andere Frau vor. Einen Augenblick lang dachte er, sie sei gestorben, und niemand habe es ihm gesagt. Aber die redselige Patientin im Bett schräg gegenüber krähte: »Oben.« Mit einem Anflug von Fröhlichkeit oder Triumph.

Und das war passiert. Isabel war an jenem Morgen nicht aufgewacht und in ein anderes Stockwerk verlegt worden, wo anscheinend die Patienten verstaut wurden, bei denen keine Aussicht auf Besserung bestand – noch weniger Aussicht als im vorigen Zimmer –, die sich aber weigerten, zu sterben.

»Sie können ruhig nach Hause gehen«, wurde ihm gesagt. Man würde ihn informieren, sobald eine Veränderung eintrat.

Das leuchtete ein. Er hatte nicht nur alle ihm zustehende Zeit in den Angehörigenzimmern aufgebraucht, sondern auch mehr als den ihm zustehenden Urlaub von der Polizei in Maverley. Alles sprach dafür, dorthin zurückzukehren.

Stattdessen blieb er in der Stadt. Er fand Arbeit beim Putzdienst des Krankenhauses, räumte auf, wienerte und wischte. Er besorgte sich eine möblierte Einzimmerwohnung, mit nur dem Notwendigsten darin, nicht weit weg.

Er fuhr nach Hause, aber nur für kurze Zeit. Sobald er angekommen war, traf er Vorkehrungen zum Verkauf des Hauses mit allem, was darin war. Er suchte sich dafür geeignete Immobilienmakler und überließ ihnen das Feld, sobald er konnte; er mochte niemandem irgendetwas erklären. Ihm lag nichts mehr an dem, was dort geschehen war. All die Jahre in der Stadt, alles, was er über sie wusste, schien einfach von ihm abzufallen.

Ihm kam allerdings etwas zu Ohren, als er da war, etwas wie ein Skandal über den Pfarrer der vereinigten Kirche, der versuchte, seine Frau dazu zu bewegen, sich von ihm wegen Ehebruchs scheiden zu lassen. Ehebruch mit einem Gemeindemitglied zu begehen war schlimm genug, aber statt damit so diskret wie möglich umzugehen und sich davonzuschleichen, um rehabilitiert zu werden oder in irgendeiner gottverlassenen Gemeinde in der finstersten Provinz

Dienst zu tun, hatte sich der Pfarrer dazu entschieden, es von der Kanzel auszuposaunen. Er hatte es mehr als eingestanden. Alles war nur Heuchelei gewesen. Sein Herunterbeten des Evangeliums und der Gebote, an die er nicht voll und ganz glaubte, und besonders seine Predigten über Liebe und Sexualität, seine konventionellen, furchtsamen und ausweichenden Ratschläge: alles Heuchelei. Jetzt war er ein befreiter Mann, frei, ihnen zu sagen, was für eine Erleichterung es war, das Leben des Körpers zusammen mit dem Leben der Seele zu feiern. Die Frau, die das an ihm vollbracht hatte, war offenbar Leah. Ihr Mann, der Musiker, so hörte Ray, war einige Zeit zuvor gekommen, um sie zu holen, aber sie hatte nicht mit ihm gehen wollen. Er hatte dem Pfarrer die Schuld daran gegeben, aber er war ein Trunkenbold – der Ehemann –, also hatte niemand gewusst, ob man ihm glauben konnte oder nicht. Seine Mutter jedoch musste ihm geglaubt haben, denn sie hatte Leah hinausgeworfen und die Kinder dabehalten.

Für Ray war das alles widerlicher Klatsch. Ehebrüche und Trunkenbolde und Skandale – wer hatte recht und wer nicht? Was lag schon daran? Das Mädchen war herangewachsen, um sich aufzutakeln und herauszumachen wie alle anderen. Wie sie ihre Zeit verschwendeten, wie sie ihr Leben verschwendeten, die Menschen, die alle immer neuen Reizen nachjagten und sich nicht um das kümmerten, worauf es ankam.

Natürlich war früher, als er noch mit Isabel reden konnte, alles anders. Nicht, dass Isabel nach Antworten gesucht hätte – eher hätte sie ihm das Gefühl vermittelt, dass mehr an einer Sache war, als er bisher in Erwägung gezogen hatte. Und am Schluss hätte sie gelacht.

Bei der Arbeit kam er ganz gut zurecht. Die Kollegen fragten ihn, ob er in der Bowling-Mannschaft mitmachen wollte, und er dankte ihnen, sagte aber, er habe keine Zeit. Eigentlich hatte er viel Zeit, aber die musste er bei Isabel verbringen. Ausschau halten nach jeder Veränderung, jeder Erklärung. Sich nichts entgehen lassen.

»Sie heißt Isabel«, ermahnte er die Schwestern, wenn sie sagten: »Na dann, meine Dame«, oder: »So, junge Frau, jetzt drehn wir uns auf die andre Seite.«

Dann gewöhnte er sich daran, sie so mit ihr reden zu hören. Es gab also doch Veränderungen. Wenn nicht bei Isabel, so bei ihm selbst.

Eine ganze Zeit lang hatte er sie einmal am Tag besucht.

Dann ging er jeden zweiten Tag zu ihr. Dann zwei Mal in der Woche.

Vier Jahre. Er dachte, das musste an einen Rekord herankommen. Er fragte die Pflegerinnen, ob das stimme, und sie sagten: »Na ja, nicht weit weg.« Es war bei ihnen üblich, auf alles nur vage zu antworten.

Er hatte sich von der hartnäckigen Vorstellung verabschiedet, dass sie noch dachte. Er wartete nicht mehr darauf, dass sie die Augen aufschlug. Er brachte es nur nicht fertig, fortzugehen und sie alleinzulassen.

Sie hatte sich von einer sehr dünnen Frau nicht in ein Kind verwandelt, sondern in ein staksiges, schlecht zusammengefügtes Knochenhäufchen mit einem vogelartigen Haarschopf, und sie konnte bei ihren unregelmäßigen Atemzügen jeden Augenblick sterben.

Im Krankenhaus gab es einige große Räume für Rehabilitation und Krankengymnastik. Meistens sah er sie nur, wenn sie leer waren, alle Gerätschaften weggeräumt und das Licht aus. Aber eines Abends, als er fortging, nahm er aus irgendeinem Grund einen anderen Weg durch das Gebäude und sah noch Licht brennen.

Und als er nachschauen ging, sah er, dass noch jemand dort war. Eine Frau. Sie saß breitbeinig auf einem der aufblasbaren Gymnastikbälle, ruhte einfach aus oder versuchte vielleicht, sich daran zu erinnern, wohin sie als Nächstes musste.

Es war Leah. Auf den ersten Blick erkannte er sie nicht, aber dann schaute er noch einmal hin, und es war Leah. Er wäre vielleicht nicht hineingegangen, wenn er sie gleich erkannt hätte, aber jetzt war er schon auf halbem Wege zum Lichtschalter. Sie sah ihn.

Sie glitt von ihrem Sitz. Sie war für irgendeinen Sport gekleidet und hatte tüchtig zugenommen.

»Ich dachte immer, irgendwann werde ich Ihnen begegnen«, sagte sie. »Wie geht es Isabel?«

Es überraschte ihn ein wenig, dass sie Isabel beim Vornamen nannte oder überhaupt von ihr sprach, als hätte sie sie gekannt.

Er teilte ihr kurz mit, wie es Isabel ging. Das ließ sich inzwischen nur noch kurz mitteilen.

»Reden Sie mit ihr?«, fragte sie.

»Nicht mehr so viel.«

»Sollten Sie aber. Man darf nicht aufhören, mit ihnen zu reden.«

Wieso bildete sie sich ein, über alles Bescheid zu wissen?

»Sie sind wohl gar nicht überrascht, mich zu sehen? Sie haben es also gehört?«, fragte sie.

Er wusste nicht, was er darauf antworten sollte.

»Nun«, sagte er.

»Schon eine Weile her, seit ich hörte, Sie sind hier und so, also hab ich wohl einfach gedacht, Sie wüssten auch von mir hier.«

Er verneinte.

»Ich mache Entspannungsübungen«, erzählte sie ihm. »Ich meine, für die Krebspatienten. Wenn ihnen danach ist.«

Er sagte, vermutlich sei das eine gute Idee.

»Prima. Ich meine, für mich auch. Mir geht's so weit gut, aber manchmal kriege ich die Krise. Ich meine, besonders zur Abendbrotzeit. Da kann's sein, dass es schlimm wird.«

Sie merkte, dass er nicht wusste, wovon sie redete, und erklärte es ihm, vielleicht sogar bereitwillig.

»Ich meine, ohne die Kinder und so. Sie haben nicht gewusst, dass ihr Vater sie hat?«

»Nein«, sagte er.

»Ach so. Weil die nämlich meinten, seine Mutter kann für sie sorgen. Er ist ja bei den Anonymen Alkoholikern und so, aber die hätten nicht so entschieden, wenn sie nicht gewesen wäre.«

Sie schniefte und wischte fast achtlos Tränen weg.

»Keine Sorge – ist nicht so schlimm, wie's aussieht. Ich weine einfach automatisch. Weinen tut ganz gut, solange man's nicht zum Beruf macht.«

Der Mann bei den Anonymen Alkoholikern musste der Saxophonspieler sein. Aber was war mit dem Pfarrer, und was war überhaupt passiert?

Geradeso, als hätte er sie laut gefragt, sagte sie: »Ach ja. Carl. Das Geschwafel von wegen, alles ganz großartig und so? Ich muss nicht ganz richtig im Kopf gewesen sein.«

»Carl hat wieder geheiratet«, fuhr sie fort. »Damit hat er sich besser gefühlt. Ich meine, weil er irgendwie drüber weg war über das, was er mit mir hatte. Es war wirklich komisch. Er hat doch tatsächlich einen anderen Pfarrer geheiratet. Sie wissen, dass Frauen jetzt Pfarrer werden dürfen? Na, sie ist einer davon. Er ist also so was wie die Frau des Pfarrers. Ich finde das zum Brüllen.«

Dies lächelnd und mit trockenen Augen. Er wusste, es kam noch etwas, hatte aber keine Ahnung, was es sein könnte.

»Sie müssen schon ganz schön lange hier sein. Haben Sie 'ne eigene Wohnung?«

»Ja.«

»Sie kochen sich jeden Tag was und alles?«

Er bejahte.

»Ich könnte das hin und wieder für Sie machen. Wär das eine gute Idee?«

Ihre Augen hatten sich aufgehellt, blickten ihn an.

Er sagte, vielleicht, aber eigentlich gebe es in seiner Wohnung nicht genug Platz für zwei Personen, um sich gleichzeitig darin zu bewegen.

Dann sagte er, dass er schon seit zwei Tagen nicht mehr bei Isabel vorbeigeschaut hatte und es jetzt tun musste.

Sie nickte nur zustimmend. Sie schien nicht verletzt zu sein oder sich abgewiesen zu fühlen.

»Also bis dann.«

»Bis dann.«

Sie hatten ihn überall gesucht. Isabel war schließlich fortgegangen. Sie sagten »fortgegangen«, als sei sie aufgestanden und habe das Krankenhaus verlassen. Noch vor einer Stunde hatte jemand nach ihr geschaut, und da war sie wie immer, und nun war sie fortgegangen.

Er hatte sich oft gefragt, welchen Unterschied es machen würde.

Aber die Leere an ihrer Stelle war bestürzend.

Er schaute die Schwester verwundert an. Sie dachte, er fragte sie, was er als Nächstes tun musste, und begann es ihm zu sagen. Ihn zu informieren. Er verstand sie gut, war aber in Gedanken woanders.

Er hatte gedacht, das mit Isabel sei schon vor langem passiert, doch nein. Erst jetzt war es passiert.

Sie hatte existiert, und jetzt existierte sie nicht mehr. Überhaupt nicht mehr, als hätte sie nie existiert. Und nun eilten Leute umher, als könnte diese ungeheuerliche Tatsache durch vernünftige Maßnahmen aus der Welt geschafft werden. Doch auch er unterwarf sich den Gepflogenheiten, unterschrieb, wo es von ihm verlangt wurde, bezüglich des Verbleibs der – wie sie sagten – Überreste.

Was für ein denkwürdiges Wort – »Überreste«. Wie etwas, das in einem Speiseschrank vergessen worden war, um zu schwärzlichen Schichten auszutrocknen.

Gar nicht lange, und er fand sich draußen auf der Straße wieder, tat so, als hätte er einen ebenso normalen und guten Grund wie alle anderen, einen Fuß vor den anderen zu setzen.

Was er mit sich trug, alles, was er mit sich trug, war ein Mangel, etwas wie ein Mangel an Luft, am korrekten Funktionieren seiner Lunge, eine Beschwernis, die wahrscheinlich nie aufhören würde.

Das Mädchen, die junge Frau, mit der er geredet hatte

und die er von früher kannte – sie hatte von ihren Kindern gesprochen. Dem Verlust ihrer Kinder. Sich daran zu gewöhnen. Ein Problem zur Abendbrotzeit.

In Sachen Verlust routiniert, konnte man von ihr sagen – er selbst im Vergleich dazu ein Neuling. Und jetzt konnte er sich nicht mehr an ihren Namen erinnern. Er war ihm abhandengekommen, obwohl er ihn gut gekannt hatte. Verloren, Verlust. Ein Scherz auf seine Kosten, wenn man so wollte.

Er stieg gerade seine Treppe hoch, da fiel er ihm ein.

Leah.

Eine Erleichterung über alle Maßen, sich an sie zu erinnern.

KIES

Zu jener Zeit wohnten wir neben einer Kiesgrube. Keiner großen, von riesigen Maschinen ausgehöhlten, nur einer kleineren, mit der sich ein Farmer vor Jahren etwas Geld verdient hatte. Sie war so flach, dass man meinen konnte, es habe eine andere Absicht dahinter gestanden – Ausschachtungen für ein Haus vielleicht, zu dem es dann nie gekommen war.

Meine Mutter war es, die beharrlich darauf aufmerksam machte. »Wir wohnen bei der alten Kiesgrube draußen an der Straße mit der Tankstelle«, erzählte sie den Leuten und lachte, weil sie so glücklich war, alles losgeworden zu sein, was mit dem Haus, der Straße, dem Ehemann verbunden war, mit dem Leben, das sie zuvor geführt hatte.

Ich kann mich kaum an jenes Leben erinnern. Das heißt, ich erinnere mich deutlich an Teile davon, aber ohne die Verbindungen, die man braucht, um sich ein richtiges Bild zu machen. Alles, was ich von dem Haus in der Stadt behalten habe, ist die Tapete mit Teddybären in meinem alten Zimmer. In diesem neuen Haus, das eigentlich ein Wohnwagen war, hatten meine Schwester Caro und ich schmale Pritschen übereinander. Nach dem Umzug redete Caro anfangs viel mit mir über unser altes Haus, wollte mich dazu bringen, mich an dies oder jenes zu erinnern. Sie tat das, wenn wir im Bett lagen, und unser Gespräch endete meistens damit, dass ich mich nicht erinnern konnte und sie böse auf mich wurde. Manchmal meinte ich mich zu erinnern, aber aus Widerborstigkeit oder aus Angst, mich zu irren, stritt ich es ab.

Es war Sommer, als wir in den Wohnwagen umzogen. Wir nahmen unseren Hund mit. Blitzee. »Blitzee gefällt es hier«, sagte meine Mutter, und das stimmte. Welchem Hund würde es nicht gefallen, eine Straße in der Stadt, sogar eine mit großzügigen Rasenflächen und geräumigen Häusern, gegen das weite offene Land einzutauschen? Sie gewöhnte sich an, jedes Auto anzubellen, das vorbeifuhr, als wäre die Straße ihr Eigentum, und hin und wieder brachte sie ein Eichhörnchen oder ein Murmeltier an, das sie getötet hatte. Anfangs fand Caro das ganz entsetzlich, und Neal redete auf sie ein, sprach von der Natur eines Hundes und der Nahrungskette des Lebens, in der einige Wesen andere Wesen essen mussten.

»Sie kriegt doch ihr Hundefutter«, argumentierte Caro, aber Neal sagte: »Und was, wenn nicht? Wenn wir eines Tages alle verschwinden, und sie für sich selbst sorgen muss?«

»Das werd ich nicht«, sagte Caro. »Ich werde nicht verschwinden, und ich werde mich immer um sie kümmern.«

»Meinst du?«, fragte Neal, und unsere Mutter mischte sich ein, um ihn davon abzubringen. Neal war stets bereit, über die Amerikaner und die Atombombe loszulegen, und unsere Mutter fand, wir seien für das Thema noch zu klein. Sie wusste nicht, dass ich, wenn er es zur Sprache brachte, dachte, er redete von einer Atompumpe. Ich wusste, dass an dieser Deutung etwas nicht stimmte, aber ich hütete mich davor, Fragen zu stellen und ausgelacht zu werden.

Neal war Schauspieler. In der Stadt gab es ein Sommertheater, zu der Zeit etwas Neues, was bei einigen Begeisterung auslöste und bei anderen die Besorgnis, es könnte Gesindel in die Stadt bringen. Meine Mutter und mein Vater hatten zu denen gehört, die dafür waren, meine Mutter engagierter, denn sie hatte mehr Zeit. Mein Vater war Versicherungsvertreter und viel unterwegs. Meine Mutter hatte diverse Spendenaktionen für das Theater ins Leben gerufen und ihre Dienste als Platzanweiserin kostenlos zur Verfügung gestellt. Sie war jung und hübsch genug, um für eine Schauspielerin gehalten zu werden. Sie hatte auch angefangen, sich wie eine Schauspielerin zu kleiden, in Tücher und lange Röcke und baumelnde Halsketten. Sie ließ ihre Haare wild wachsen und hörte auf, sich zu schminken. Natürlich hatte ich diese Veränderungen zu der Zeit nicht verstanden, sie waren mir nicht einmal besonders aufgefallen. Meine Mutter war meine Mutter. Aber Caro hatte sie sicher bemerkt. Und mein Vater sowieso. Obwohl ich nach allem, was ich von seinem Charakter und seinen Gefühlen für meine Mutter weiß, denke, es kann sein, dass er stolz darauf war, wie gut sie in dieser befreienden Kleidung aussah und wie gut sie zu den Theaterleuten passte. Als er später über diese Zeit sprach, sagte er, er habe die schönen Künste immer gutgeheißen. Ich kann mir jetzt vorstellen, wie peinlich es meiner Mutter gewesen wäre, wie verlegen sie gewesen wäre und wie sie gelacht hätte, um ihre Verlegenheit zu verbergen, wenn er das vor ihren Theaterfreunden verkündet hätte.

Dann kam eine Entwicklung, die vielleicht oder wahrscheinlich vorhersehbar war, allerdings nicht für meinen

Vater. Ich weiß nicht, ob das noch irgendeiner der anderen Theaterbegeisterten widerfuhr. Ich weiß aber, auch wenn ich mich nicht daran erinnern kann, dass mein Vater weinte und einen ganzen Tag lang meiner Mutter im Haus hinterherlief, sie nicht aus den Augen ließ und sich weigerte, ihr zu glauben. Und statt ihm irgendwas zu sagen, damit es ihm besserging, sagte sie ihm etwas, womit es ihm noch schlechter ging.

Sie erzählte ihm, dass das Baby von Neal war.

War sie sicher?

Absolut. Sie hatte es nachgerechnet.

Was geschah dann?

Mein Vater gab das Weinen auf. Er musste wieder zur Arbeit. Meine Mutter packte unsere Sachen und zog mit uns zu Neal in den Wohnwagen, den er draußen auf dem Land gefunden hatte. Sie sagte hinterher, dass sie ebenfalls geweint hatte. Aber sie sagte auch, dass sie sich lebendig gefühlt hatte. Vielleicht zum ersten Mal in ihrem Leben wahrhaft lebendig. Sie fühlte sich, als hätte sie eine Chance bekommen; sie hatte ihr Leben ganz von vorn angefangen. Hatte sich von ihrem Tafelsilber getrennt und von ihrem Porzellan, von ihrem Einrichtungsstil und ihrem Blumengarten und sogar von den Büchern in ihrem Bücherschrank. Jetzt wollte sie leben und nicht lesen. Sie hatte ihre Kleider im Kleiderschrank gelassen und ihre hochhackigen Schuhe auf den Schuhspannern. Ihren Brillantring und ihren Ehering auf der Frisierkommode. Ihre seidenen Nachthemden in der Schublade. Sie hatte vor, auf dem Land nackt herumzulaufen, zumindest solange das Wetter warm blieb.

Das ging nicht gut, denn als sie es versuchte, lief Caro weg und versteckte sich in ihrer Pritsche, und sogar Neal sagte, dass er von der Idee nicht begeistert war.

*

Was hielt er von alldem? Neal. Seine Philosophie, wie er es später ausdrückte, war, alles willkommen zu heißen, was geschah. Alles ist ein Geschenk. Wir geben und wir nehmen. Ich misstraue Menschen, die so reden, aber ich kann nicht sagen, dass ich ein Recht dazu habe.

Er war kein richtiger Schauspieler. Die Schauspielerei, sagte er, sei für ihn ein Experiment gewesen. Um mal zu sehen, was er über sich selbst herausfinden konnte. Im College, bevor er es hinschmiss, hatte er als einer der Männer des Chors in *König Ödipus* auf der Bühne gestanden. Ihm hatte das gefallen – das Sich-Hingeben, mit anderen eins werden. Dann stieß er eines Tages in Toronto auf einen Freund, der auf dem Weg war, für ein Sommerengagement bei einer neuen Kleinstadt-Theatertruppe vorzusprechen. Er ging mit, weil er nichts Besseres zu tun hatte, und am Ende bekam er das Engagement und der andere nicht. Er sollte Banquo spielen. Manchmal ist Banquos Geist auf der Bühne zu sehen, manchmal nicht. Diesmal sollte er zu sehen sein, und Neal hatte die passende Größe. Gerade richtig. Ein kräftiger Geist.

Er hatte ohnehin daran gedacht, in unserer Stadt zu überwintern, noch bevor meine Mutter ihren überraschenden Entschluss fasste. Er hatte bereits den Wohnwagen besorgt. Er besaß genug handwerkliche Kenntnisse, um bei der Renovierung des Theaters mitzuarbeiten, was ihn bis zum Frühjahr über Wasser halten würde. Weiter vorausplanen mochte er nicht.

Caro brauchte nicht einmal die Schule zu wechseln. Sie konnte am Ende des kurzen Feldweges, der an der Kiesgrube entlangführte, in den Schulbus steigen. Sie musste sich mit den Kindern vom Land anfreunden und vielleicht den

Kindern aus der Stadt, mit denen sie im Jahr davor befreundet war, einiges erklären, aber falls sie damit Schwierigkeiten hatte, so erfuhr ich davon nichts.

Blitzee wartete immer an der Straße darauf, dass sie nach Hause kam.

Ich ging nicht in den Kindergarten, weil meine Mutter kein Auto hatte. Aber es machte mir nichts aus, nicht mit anderen Kindern zusammen zu sein. Caro, wenn sie nach Hause kam, genügte mir. Und meine Mutter war oft zu Spielen aufgelegt. Sobald es in dem Winter schneite, baute sie mit mir einen Schneemann, und sie fragte: »Sollen wir ihn Neal nennen?« Ich sagte ja, und wir steckten alles Mögliche in ihn hinein, damit er komisch aussah. Dann kamen wir überein, dass ich, wenn sein Auto kam, aus dem Haus rennen und rufen sollte: Da ist Neal, da ist Neal!, aber auf den Schneemann zeigen sollte. Was ich tat, aber Neal stieg wütend aus dem Auto und brüllte, er hätte mich überfahren können.

Das war eins der wenigen Male, wo ich erlebte, dass er sich wie ein Vater verhielt.

Diese kurzen Wintertage müssen mir sonderbar vorgekommen sein – in der Stadt gingen in der Dämmerung die Laternen an. Aber Kinder gewöhnen sich an Veränderungen. Manchmal fragte ich mich, was wohl mit unserem anderen Haus war. Nicht, dass ich es vermisste oder wieder dort wohnen wollte –, ich wunderte mich nur, wo es geblieben war.

Die schönen Stunden meiner Mutter mit Neal dauerten bis in die Nacht. Wenn ich wach wurde und auf die Toilette musste, rief ich nach ihr. Dann kam sie, glückstrahlend, aber gar nicht in Eile, hatte irgendein Stück Stoff oder Tuch um sich gewickelt und verströmte einen Geruch, den ich mit

Kerzenlicht und Musik in Verbindung brachte. Und mit Liebe.

Etwas geschah, das nicht gerade beruhigend war, aber zu der Zeit versuchte ich nicht, dahinterzusteigen. Blitzee, unser Hund, war nicht sehr groß, aber eigentlich auch nicht klein genug, um unter Caros Mantel zu passen. Ich weiß nicht, wie Caro es fertigbrachte. Nicht ein Mal, sondern zwei Mal. Sie versteckte den Hund unter ihrem Mantel und nahm ihn mit in den Schulbus, und dann, statt direkt in die Schule zu gehen, brachte sie Blitzee zurück zu unserem alten Haus in der Stadt, das nicht mal eine Querstraße weit weg war. Dort fand mein Vater den Hund, im Wintergarten, der nicht abgeschlossen war, als er zu seinem einsamen Mittagessen nach Hause kam. Alle staunten, wie Blitzee dorthin gelangt war, den Weg nach Hause gefunden hatte wie ein Hund in einer Geschichte. Caro machte am meisten davon her, behauptete, den Hund den ganzen Morgen über nicht gesehen zu haben. Aber dann beging sie den Fehler, es noch einmal zu versuchen, vielleicht eine Woche später, und diesmal wurde sie zwar von niemandem im Bus oder in der Schule verdächtigt, aber von unserer Mutter.

Ich kann mich nicht erinnern, ob unser Vater uns Blitzee zurückbrachte. Ich kann ihn mir nicht im Wohnwagen vorstellen oder an der Tür des Wohnwagens oder auch nur auf der Straße dorthin. Vielleicht fuhr Neal zu dem Haus in der Stadt und holte den Hund ab. Nicht, dass sich das leichter vorstellen lässt.

Falls sich das so anhört, als wäre Caro die ganze Zeit über unglücklich gewesen oder hätte ständig etwas ausgeheckt, so entspricht das nicht der Wahrheit. Wie ich schon erwähnte, versuchte sie zwar, mich abends im Bett zum Reden zu bringen, aber sie nörgelte nicht andauernd herum. Es entsprach nicht ihrem Naturell, lange zu schmollen. Sie war viel zu sehr darauf aus, einen guten Eindruck zu machen. Sie wollte von allen gemocht werden; es gefiel ihr, die Luft in einem Raum aufzuwirbeln mit dem Versprechen von etwas, das man sogar Ausgelassenheit nennen konnte. Sie machte sich darüber mehr Gedanken als ich.

Sie kam wesentlich mehr nach unserer Mutter, denke ich heute.

Es muss einiges Nachbohren gegeben haben, was sie mit dem Hund gemacht hatte. Ich glaube, ich kann mich an einiges davon erinnern.

»Ich wollte einen Streich spielen.«

»Willst du lieber bei deinem Vater leben?«

Ich glaube, das wurde gefragt, und ich glaube, sie sagte nein.

Ich fragte sie nichts. Was sie getan hatte, kam mir nicht merkwürdig vor. So ist es wahrscheinlich bei jüngeren Geschwistern – nichts, was das seltsam stärkere ältere Kind tut, scheint ungewöhnlich zu sein.

Unsere Post wurde in einem Blechkasten auf einem Pfosten deponiert, unten an der Straße. Meine Mutter und ich gingen jeden Tag dorthin, außer bei besonders schlechtem Wetter, um nachzuschauen, was für uns da war. Wir taten das, wenn ich von meinem Mittagsschläfchen aufstand. Manchmal war das das einzige Mal am Tag, dass wir hinausgingen. Vormittags sahen wir uns Serien im Kinderfernsehen an – oder sie las, während ich zusah. (Sie hatte das Lesen doch nicht sehr lange aufgegeben.) Zum Mittagessen machten wir uns eine Dosensuppe heiß, dann hielt ich mein Mittagsschläfchen, und sie las weiter. Sie war inzwischen sehr dick, und das Baby bewegte sich in ihrem Bauch, so dass ich es fühlen konnte. Es sollte Brandy heißen, hieß schon Brandy, ob es nun ein Junge oder ein Mädchen wurde.

Eines Tages, als wir den Weg zum Briefkasten hinuntergingen und gar nicht mehr weit davon weg waren, blieb meine Mutter reglos stehen.

»Still«, sagte sie zu mir, obwohl ich kein Wort gesagt hatte und nicht mal mit meinen Stiefeln im Schnee gescharrt hatte.

»Ich war doch still«, sagte ich.

»Psst. Dreh um.«

»Aber wir haben die Post nicht geholt.«

»Egal. Geh einfach.«

Dann fiel mir auf, dass Blitzee, die uns immer begleitete, kurz vor oder hinter uns, nicht mehr da war. Ein anderer Hund war da, auf der anderen Straßenseite, nicht weit vom Briefkasten.

Sobald wir zurück waren, rief meine Mutter im Theater an und ließ Blitzee herein, die auf uns wartete. Im Theater meldete sich niemand. Sie rief in der Schule an und bat jemanden, dem Busfahrer aufzutragen, Caro bis zur Haustür zu fahren. Wie sich herausstellte, ging das nicht, denn es hatte wieder geschneit, seit Neal zuletzt den Weg geräumt hatte, aber der Fahrer passte auf, bis Caro den Wohnwagen erreicht hatte. Inzwischen war kein Wolf mehr zu sehen.

Neal war der Meinung, dass es nie einen gegeben hatte. Und wenn ja, sagte er, wäre er keine Gefahr für uns gewesen, derart geschwächt vom Winterschlaf.

Caro sagte, dass Wölfe keinen Winterschlaf hielten. »Das haben wir in der Schule gelernt.«

Unsere Mutter wollte, dass Neal sich ein Gewehr besorgte.

»Du denkst, ich werde mir ein Gewehr besorgen und hingehen und eine verdammt arme Wölfin erschießen, die wahrscheinlich draußen im Wald einen Haufen kleine Babys hat und nur versucht, sie zu beschützen, so wie du versuchst, deine zu beschützen?«, sagte er leise.

Caro sagte: »Nur zwei. Sie haben immer nur zwei auf einmal.«

»Ja, ja. Ich rede mit deiner Mutter.«

»Das weißt du doch gar nicht«, sagte meine Mutter. »Du weißt doch gar nicht, ob das Tier hungrige Junge hat oder was.«

Ich hätte nie gedacht, dass sie so mit ihm reden würde.

Er sagte: »Sachte, sachte. Denken wir einfach mal nach. Gewehre sind etwas Schreckliches. Wenn ich jetzt hingehe und mir ein Gewehr besorge, was würde ich damit sagen? Dass Vietnam in Ordnung ist? Dass ich genauso gut nach Vietnam hätte gehen können?«

»Du bist kein Amerikaner.«

»Ich lass mich von dir nicht provozieren.«

Das ist mehr oder weniger, was sie sagten, und es endete damit, dass Neal sich kein Gewehr zu besorgen brauchte. Den Wolf, falls es einer war, sahen wir nie wieder. Ich glaube, meine Mutter hörte auf, die Post zu holen, aber sie kann auch zu dick und unbeholfen dafür geworden sein.

Der Schnee verschwand langsam wie von Zauberhand. Die Bäume waren noch kahl, und meine Mutter zwang Caro, morgens ihren Wintermantel anzuziehen, aber wenn sie von der Schule nach Hause kam, schleifte sie ihn hinter sich her.

Meine Mutter sagte, das Baby, das mussten Zwillinge sein, aber der Arzt sagte nein.

»Na großartig«, sagte Neal, ganz angetan von der Zwillingsidee. »Was wissen schon die Ärzte.«

Die Kiesgrube hatte sich bis zum Rand mit geschmolzenem Schnee und Regenwasser gefüllt, so dass Caro auf ihrem Weg zum Schulbus einen Bogen darum machen musste. Um einen Teich, still und gleißend unter dem klaren Himmel. Caro fragte ohne große Hoffnung, ob wir darin spielen dürften.

Unsere Mutter fragte, ob wir verrückt seien. »Der muss sechs Meter tief sein.«

Neal sagte: »Drei vielleicht.«

Caro sagte: »Direkt am Rand nicht.«

Unsere Mutter sagte, doch. »Er fällt steil ab«, sagte sie. »Das ist nicht wie am Strand hineingehen, verdammt noch mal. Bleibt ja davon weg.«

Sie hatte sich angewöhnt, ziemlich oft »verdammt noch mal« zu sagen, vielleicht sogar öfter als Neal und in gereizterem Ton.

»Sollen wir auch den Hund davon fernhalten?«, fragte sie ihn.

Neal sagte, das sei kein Problem. »Hunde können schwimmen.«

Ein Samstag. Caro schaute mit mir *Der gute Riese* an und machte Bemerkungen, die alles verdarben. Neal lag auf der Couch, die ausgeklappt das Bett für ihn und meine Mutter ergab. Er rauchte seine Sorte Zigaretten, die er bei der Arbeit nicht rauchen durfte und deshalb am Wochenende in vollen Zügen genoss. Caro piesackte ihn manchmal und fragte, ob sie mal probieren dürfte. Einmal hatte er sie daran ziehen lassen, ihr aber eingeschärft, es nicht unserer Mutter zu sagen.

Ich war jedoch dabei, also erzählte ich es ihr.

Es gab Aufregung, wenn auch keinen richtigen Krach.

»Du weißt, er würde die Kinder hier im Nu rausholen«, sagte unsere Mutter. »Nie wieder.«

»Nie wieder«, sagte Neal versöhnlich. »Und was, wenn er sie mit diesem giftigen Rice-Krispies-Mist füttert?«

Am Anfang hatten wir unseren Vater überhaupt nicht gesehen. Dann, nach Weihnachten, war ein Plan für die Samstage ausgearbeitet worden. Unsere Mutter erkundigte sich hinterher immer, ob wir es gut gehabt hatten. Ich sagte immer ja und meinte es auch so, denn ich dachte, wenn man ins Kino ging oder an den Huron-See fuhr oder im Restaurant aß, dann hatte man es gut. Caro sagte auch ja, aber in einem Ton, der zu verstehen gab, dass es meine Mutter nichts anging. Dann flog mein Vater nach Kuba in den Winterurlaub (was meine Mutter etwas überraschend fand und vielleicht auch ganz gut), und kam mit einer hartnäckigen Grippe zurück, deretwegen die Besuche erst einmal ausfielen. Sie sollten im Frühjahr wiederaufgenommen werden, aber bisher hatte sich nichts ergeben.

Nachdem der Fernseher ausgestellt worden war, wurden Caro und ich rausgeschickt, um rumzulaufen und, wie unsere Mutter sagte, ein bisschen frische Luft zu schnappen. Wir nahmen den Hund mit.

Als wir draußen waren, befreiten wir uns als Erstes von den Schals, die unsere Mutter uns um den Hals gebunden hatte. (Auch wenn wir vielleicht die beiden Dinge nicht zusammenbrachten, aber je weiter die Schwangerschaft meiner Mutter fortschritt, desto mehr glitt sie zurück in das Verhalten einer normalen Mutter, zumindest, wenn es um Schals, die wir nicht brauchten, oder um regelmäßige Mahlzeiten ging. Das tolle Treiben wurde nicht mehr so verfochten wie im Herbst.) Caro fragte mich, was ich machen wollte, und ich sagte, weiß nicht. Das war von ihrer Seite eine Formalität und von meiner die reine Wahrheit. Jedenfalls ließen wir uns von dem Hund führen, und Blitzee fand, wir sollten uns die Kiesgrube anschauen. Der Wind peitschte das Wasser zu kleinen Wellen auf, und sehr bald fingen wir an zu frieren, also wickelten wir uns die Schals wieder um den Hals.

Ich weiß nicht, wie viel Zeit wir damit zubrachten, einfach am Rand des Wassers entlangzulaufen, im Bewusstsein, dass wir vom Wohnwagen aus nicht zu sehen waren. Nach einer Weile merkte ich, dass ich Anweisungen erhielt.

Ich sollte zum Wohnwagen gehen und Neal und unserer Mutter etwas sagen.

Dass der Hund ins Wasser gefallen war.

Blitzee ist ins Wasser gefallen, und Caro hat Angst, sie ertrinkt.

Blitzee. Am Ertrinken.

Ertrunken.

Aber Blitzee war doch gar nicht im Wasser.

Konnte sie aber sein. Und Caro konnte hineinspringen, um sie zu retten.

Ich glaube immer noch, ich hatte Einwände, etwa wie, sie ist doch nicht, du bist doch nicht, es kann passieren, ist aber nicht. Ich erinnerte mich auch daran, dass Neal gesagt hatte, Hunde ertrinken nicht.

Caro wies mich an, zu tun wie befohlen.

Warum?

Es kann sein, dass ich das fragte, es kann aber auch sein, dass ich einfach dastand, nicht gehorchte und nach weiteren Einwänden suchte.

In meiner Erinnerung kann ich sehen, wie sie Blitzee hochhebt und wirft, obwohl Blitzee versucht, sich an ihren Mantel zu klammern. Dann, wie sie zurückweicht, um Anlauf auf das Wasser zu nehmen. Losrennt, springt, sich ganz plötzlich ins Wasser stürzt. Aber ich kann mich nicht an das Geräusch des Aufklatschens erinnern, als sie nacheinander im Wasser landeten. Weder an einen kleinen Platsch noch an einen großen. Vielleicht war ich da schon auf dem Weg zum Wohnwagen – es muss so gewesen sein.

Wenn ich davon träume, renne ich immer. Und in meinen Träumen renne ich nicht zum Wohnwagen, sondern zurück zur Kiesgrube. Ich sehe Blitzee im Wasser herumpaddeln und Caro auf sie zuschwimmen, mit kräftigen Zügen, auf dem Weg, sie zu retten. Ich sehe ihren hellbraunen karierten Mantel und ihren Schal in buntem Schottenkaro und ihren stolzen, erfolgssicheren Gesichtsausdruck und ihre rötlichen Haare, am Ende der Locken dunkel vom Wasser. Ich brauche nichts weiter zu tun als zuzuschauen und glücklich zu sein – mehr wird nicht von mir verlangt.

In Wirklichkeit stiefelte ich die kleine Anhöhe zum Wohnwagen hoch. Und als ich dort anlangte, setzte ich mich hin. Geradeso, als hätte es da eine Veranda oder eine Bank gegeben, dabei besaß der Wohnwagen weder das eine noch das andere. Ich setzte mich hin und wartete auf das, was als Nächstes geschah.

Ich weiß das, weil es eine Tatsache ist. Ich weiß jedoch nicht, was mein Plan war oder was ich dachte. Vielleicht wartete ich auf den nächsten Akt in Caros Drama. Oder in dem des Hundes.

Ich weiß nicht, ob ich dort fünf Minuten lang saß. Länger? Kürzer? Es war nicht allzu kalt.

Ich ging deswegen einmal zu einer Therapeutin, und sie überzeugte mich – zumindest für eine Weile –, dass ich versucht haben musste, die Tür des Wohnwagens aufzumachen, und sie abgeschlossen fand. Abgeschlossen, weil meine Mutter und Neal miteinander schliefen und nicht gestört werden wollten. Wenn ich an die Tür geklopft hätte, wären sie böse geworden. Die Therapeutin war zufrieden, mich zu dieser Schlussfolgerung gebracht zu haben, und ich war es auch. Eine Zeitlang. Aber ich glaube nicht mehr, dass es so war. Ich glaube nicht, dass sie die Tür abgeschlossen hatten, denn ich weiß noch, dass sie es einmal nicht getan hatten, und Caro spazierte hinein, und sie lachten über ihren Gesichtsausdruck.

Vielleicht war mir eingefallen, dass Neal gesagt hatte, Hunde können nicht ertrinken, was bedeutete, dass Caros Rettung von Blitzee gar nicht notwendig war. Deswegen war es ihr gar nicht möglich, ihr Spiel in die Tat umzusetzen. Caro und ihre Spiele.

Dachte ich, dass sie schwimmen konnte? Mit neun können das viele Kinder schon. Und tatsächlich stellte sich heraus, dass sie im Sommer zuvor eine Stunde Schwimmunterricht gehabt hatte, aber dann waren wir in den Wohnwagen gezogen, und so hatte sie keine weiteren genommen. Sie mag gedacht haben, sie käme gut zurecht. Und ich mag wohl gedacht haben, dass sie alles schaffen konnte, was sie sich vornahm.

Die Therapeutin deutete nicht an, dass ich es vielleicht

leid war, Caros Befehle auszuführen, aber der Gedanke kam
mir von allein. Er scheint jedoch nicht ganz richtig zu sein.
Wenn ich älter gewesen wäre, vielleicht. Zu jener Zeit erwartete ich von ihr immer noch, dass sie meine Welt ge-
staltete.

Wie lange saß ich da? Wahrscheinlich nicht lange. Und
es kann sein, dass ich wirklich anklopfte. Nach einer Weile.
Nach ein oder zwei Minuten. Auf jeden Fall machte meine
Mutter dann doch irgendwann die Tür auf, ohne bestimmten Grund. Eine Vorahnung.

Dann bin ich im Wohnwagen. Meine Mutter schreit Neal
an und versucht, ihm etwas begreiflich zu machen. Er erhebt
sich, steht da und redet auf sie ein, fasst sie an, voller Milde
und Sanftheit und Trost. Aber das ist überhaupt nicht das,
was meine Mutter will, sie reißt sich von ihm los und rennt
zur Tür hinaus. Er schüttelt den Kopf und schaut auf seine
nackten Füße. Seine großen, hilflos aussehenden Zehen.

Ich glaube, er sagt etwas zu mir, mit traurigem Singsang in
der Stimme. Seltsam.

Darüber hinaus sind mir keine Einzelheiten geblieben.

Meine Mutter stürzte sich nicht ins Wasser. Trotz des
Schocks setzten die Wehen nicht ein. Mein Bruder Brent
wurde erst eine Woche oder zehn Tage nach der Beerdigung
geboren, und er war keine Frühgeburt. Wo sie war, während
sie auf die Geburt wartete, weiß ich nicht. Vielleicht wurde
sie im Krankenhaus behalten und so weit, wie es unter den
Umständen möglich war, ruhiggestellt.

Ich erinnere mich recht gut an den Tag der Beerdigung.
Eine sehr angenehme und freundliche Frau, die ich nicht

kannte – sie hieß Josie –, machte mit mir einen Ausflug. Wir besuchten mehrere Schaukeln und eine Art Puppenhaus, groß genug, dass ich hineinkrabbeln konnte, und zum Mittagessen gab es meine Lieblingsspeisen, aber nicht so viel davon, dass mir schlecht wurde. Josie war eine Frau, die ich später gut kennenlernte. Mein Vater hatte sich auf Kuba mit ihr angefreundet, und nach der Scheidung wurde sie meine Stiefmutter, seine zweite Frau.

Meine Mutter erholte sich. Sie musste. Sie hatte Brent zu versorgen und lange Zeit auch mich. Ich glaube, ich war bei meinem Vater und Josie, als sie sich in dem Haus einrichtete, in dem sie den Rest ihres Lebens verbringen sollte. Ich kann mich nicht daran erinnern, mit Brent dort gewesen zu sein, bevor er groß genug war, um in seinem Kinderstühlchen zu sitzen.

Meine Mutter kehrte zu ihren alten Pflichten am Theater zurück. Anfangs mag sie gearbeitet haben wie zuvor, als ehrenamtliche Platzanweiserin, aber als ich dann in die Schule kam, hatte sie richtige Arbeit, mit Bezahlung, das ganze Jahr über. Sie war die Geschäftsführerin. Das Theater überlebte, durch verschiedene Höhen und Tiefen, und existiert immer noch.

Neal glaubte nicht an Beerdigungen, also ging er nicht zu der von Caro. Brent sah er nie. Er schrieb einen Brief – was ich wesentlich später herausfand –, in dem stand, da er nicht die Absicht habe, Vater zu spielen, sei es besser für ihn, gleich am Anfang auszusteigen. Ich sprach mit Brent nie über ihn, weil ich dachte, das würde meine Mutter aufregen. Auch, weil Brent so gar nicht nach ihm kam – nach Neal – und derart viel Ähnlichkeit mit meinem Vater hatte, dass ich mich wirklich fragte, was wohl zur Zeit seiner Zeugung vor sich gegangen war. Mein Vater hat nie etwas dazu gesagt und wird es auch nie tun. Er behandelt Brent genauso, wie er mich behandelt, aber er ist einer von den Männern, die das ohnehin tun würden.

Er und Josie haben nie eigene Kinder bekommen, aber ich glaube nicht, dass sie darunter leiden. Josie ist die Einzige, die je von Caro spricht, und sogar sie tut es nicht oft. Sie sagt, dass mein Vater meiner Mutter nicht die Schuld gibt. Er hat auch gesagt, dass er ein ziemlicher Muffel gewesen sein muss, als meine Mutter sich nach einem aufregenderen Leben sehnte. Er brauchte einen kräftigen Stoß, und den bekam er. Es hat keinen Sinn, sich deswegen Vorwürfe zu machen. Ohne den Stoß hätte er Josie nie gefunden, und sie zwei wären jetzt nicht so glücklich.

»Welche zwei?«, fragte ich dann manchmal, um ihn zu verunsichern, aber er antwortete unerschütterlich: »Josie und ich. Josie natürlich.«

Meine Mutter will sich an nichts aus dieser Zeit erinnern, und ich plage sie nicht damit. Ich weiß, dass sie den Weg entlanggefahren ist, an dem wir früher wohnten, und alles stark verändert fand, mit schicken Häusern, wie man sie jetzt sieht, errichtet auf unfruchtbarem Boden. Sie berichtete davon mit der leisen Verachtung, die solche Häuser in ihr auslösen. Ich bin selbst den Weg entlanggelaufen, aber ich erzählte niemandem davon. All dieses Ausweiden, das heutzutage in Familien betrieben wird, halte ich für einen Fehler.

Sogar da, wo die Kiesgrube war, steht jetzt ein Haus, der Grund darunter ist aufgefüllt.

Ich habe eine Lebensgefährtin, Ruthann, die jünger ist als ich, aber, glaube ich, etwas klüger. Oder wenigstens optimistischer in Hinsicht auf das, was sie die Austreibung meiner Dämonen nennt. Ich hätte mich nie mit Neal in Verbindung gesetzt, wenn sie mich nicht dazu gedrängt hätte. Natürlich hatte ich lange Zeit gar keine Möglichkeit, ebenso wenig wie den Gedanken daran, mit ihm in Verbindung zu treten. Er war es, der mir schließlich schrieb. Eine kurze Gratulation, nachdem er mein Foto in der *Alumni Gazette*, der Zeitschrift für die ehemaligen Absolventen, gesehen hatte. Wie er dazu kam, sich die *Alumni Gazette* anzuschauen, weiß ich nicht. Ich hatte eine von den akademischen Ehrungen empfangen, die in einem begrenzten Zirkel etwas bedeuten, aber anderswo wenig.

Er wohnte kaum fünfzig Meilen von dem Ort entfernt, in dem ich unterrichte und auch früher aufs College gegangen war. Ich fragte mich, ob er damals schon da wohnte. So nah. War er Dozent geworden?

Anfangs hatte ich nicht die Absicht, auf den Brief zu reagieren, aber ich erzählte Ruthann davon, und sie sagte, ich sollte darüber nachdenken, ihm zu antworten. Das Fazit war, ich schickte ihm eine E-Mail, und wir verabredeten uns. Ich sollte ihn in seiner Stadt treffen, im unbedrohlichen Ambiente einer Universitätsmensa. Ich sagte mir, falls er unerträglich aussieht – ich wusste nicht genau, was ich damit meinte –, kann ich einfach an ihm vorbeigehen.

Er war kleiner als früher, wie es Erwachsene, die wir aus der Kindheit in Erinnerung haben, häufig sind. Seine Haare waren dünn und kurz geschoren. Er holte mir eine Tasse Tee. Er selbst trank auch Tee.

Was machte er beruflich?

Er sagte, dass er Studenten bei der Vorbereitung auf Prüfungen Nachhilfe gab. Außerdem half er ihnen beim Schreiben ihrer Seminararbeiten. Manchmal schrieb er sogar die Arbeiten. Natürlich ließ er sich das bezahlen.

»Das ist kein Weg, Millionär zu werden, kann ich dir sagen.«

Er wohnte in einem Problemviertel. Oder in einem halbwegs anständigen Problemviertel. Ihm gefiel es da. Kleidung suchte er sich bei der Heilsarmee. Das war auch in Ordnung.

»Passt zu meinen Prinzipien.«

Ich sprach ihm für nichts davon meine Anerkennung aus, aber, um die Wahrheit zu sagen, ich bezweifle, dass er das von mir erwartete.

»Jedenfalls glaube ich nicht, dass meine Lebensweise so interessant ist. Ich glaube, du wirst wissen wollen, wie es passiert ist.«

Ich wusste nicht, was ich sagen sollte.

»Ich war total bekifft«, sagte er. »Und außerdem kann ich nicht schwimmen. Da, wo ich aufgewachsen bin, gab's nicht viele Swimmingpools. Ich wäre ertrunken. War es das, was du wissen wolltest?«

Ich sagte, dass er eigentlich nicht derjenige sei, über den ich mir Gedanken machte.

Dann stellte ich ihm als drittem Menschen die Frage: »Was hatte Caro deiner Meinung nach im Sinn?«

Die Therapeutin hatte geantwortet, das könne niemand wissen. »Wahrscheinlich wusste sie selbst nicht, was sie wollte. Aufmerksamkeit? Ich glaube nicht, dass sie vorhatte, sich das Leben zu nehmen. Aufmerksamkeit dafür, wie schlecht es ihr ging?«

Ruthann hatte geantwortet: »Damit deine Mutter machte,

was sie wollte? Damit sie aufwachte und einsah, dass sie zu eurem Vater zurückkehren musste?«

Neal antwortete: »Spielt keine Rolle. Vielleicht dachte sie, sie konnte besser schwimmen, als es der Fall war. Vielleicht wusste sie nicht, wie schwer Winterkleidung werden kann. Oder dass keiner in der Lage war, ihr zu helfen.«

Er sagte zu mir: »Verschwende nicht deine Zeit. Du denkst doch nicht etwa, was gewesen wäre, wenn du gerannt wärst und was gesagt hättest? Willst doch nicht etwa mit dran schuld sein?«

Ich sagte, ich hätte tatsächlich darüber nachgedacht, aber nein.

»Wichtig ist nur, glücklich zu sein«, sagte er. »Alles andere ist egal. Das musst du versuchen. Du kannst es. Es wird immer leichter. Es hat nichts mit den Umständen zu tun. Du glaubst gar nicht, wie gut das tut. Nimm alles hin, und die Tragödie verschwindet. Oder sie wird jedenfalls leichter, und du bist einfach da, gehst entspannt durch die Welt.«

Jetzt leb wohl.

Ich verstehe, was er meinte. Es so zu machen ist wirklich richtig. Aber in meiner Erinnerung rennt Caro immer noch aufs Wasser zu und stürzt sich hinein, wie im Triumph, und ich bin immer noch starr, warte auf ihre Erklärung, warte auf das Platschen.

HEIMSTATT

All das geschah in den siebziger Jahren, obwohl in diesem Städtchen und in anderen ähnlichen Kleinstädten die Siebziger nicht so waren, wie wir sie uns heute vorstellen oder wie ich sie sogar in Vancouver erlebte. Die Haare der Jungen waren länger als früher, zottelten aber nicht bis auf den Rücken, und es schien nicht so ungewöhnlich viel Freisinn oder Trotz in der Luft zu liegen.

Mein Onkel hänselte mich als Erstes wegen des Tischgebets. Das ich nicht sprach. Ich war dreizehn Jahre alt und lebte für ein Jahr, das meine Eltern in Afrika verbrachten, bei ihm und meiner Tante. Ich hatte noch nie in meinem Leben vor einem Teller mit Essen den Kopf geneigt.

»Segne, Herrgott, diese Speise, uns zur Stärkung, dir zum Preise«, sagte Onkel Jasper, während ich die Gabel mitten in der Luft anhielt und es mir verkniff, das Fleisch und die Kartoffeln zu kauen, die sich schon in meinem Mund befanden.

»Überrascht?«, fragte er nach dem »In Jesu Namen. Amen«. Er wollte wissen, ob meine Eltern ein anderes Gebet sprachen, vielleicht am Ende der Mahlzeit.

»Sie sagen gar nichts«, gab ich ihm Auskunft.

»Wirklich nicht?«, fragte er mit gespieltem Erstaunen.

»Das willst du mir doch nicht erzählen? Menschen, die keine Tischgebete sprechen, gehen nach Afrika, um den Heiden den Glauben zu bringen – man stelle sich vor!«

In Ghana, wo meine Eltern an einer Schule unterrichteten, schienen ihnen nicht viele Heiden begegnet zu sein. Der christliche Glaube trieb rings um sie herum verwirrende Blüten, sogar auf Schildern hinten an Bussen.

»Meine Eltern sind Unitarier«, sagte ich und nahm mich selbst aus irgendeinem Grund davon aus.

Onkel Jasper schüttelte den Kopf und bat mich, das Wort zu erklären. Glaubten sie denn nicht an den Gott von Moses? Oder an den Gott von Abraham? Dann mussten sie Juden sein. Nein? Sie waren doch nicht etwa Mohammedaner?

»Vor allem hat jeder Mensch seine eigene Vorstellung von Gott«, sagte ich, vielleicht fester, als er erwartet hatte. Meine beiden Brüder waren auf dem College, und es sah nicht danach aus, dass sie sich zu Unitariern mausern würden, also war ich an intensive religiöse – und auch atheistische – Streitgespräche am Abendbrottisch gewöhnt.

»Aber sie glauben daran, gute Werke zu tun und ein gutes Leben zu führen«, fügte ich hinzu.

Ein Fehler. Nicht nur, dass ein ungläubiger Ausdruck auf das Gesicht meines Onkels trat – hochgezogene Augenbrauen, verwundertes Kopfschütteln –, sondern die Worte, die gerade aus meinem Mund herausgekommen waren, klangen für mich selbst fremd, hochtrabend und wenig überzeugend.

Ich war nicht einverstanden damit, dass meine Eltern nach Afrika gingen. Ich war dagegen, dass sie mich bei meinem Onkel und meiner Tante – meine Wortwahl – abluden.

Vielleicht habe ich ihnen, meinen leidgeprüften Eltern, sogar ins Gesicht gesagt, dass ihre guten Werke ein Haufen Mist waren. Bei uns zu Hause durften wir uns ausdrücken, wie wir wollten. Obwohl ich nicht glaube, dass meine Eltern selbst von »guten Werken« gesprochen hätten oder davon, »Gutes zu tun«.

Mein Onkel war für den Augenblick zufrieden. Er sagte, dass wir das Thema fallenlassen mussten, da er wieder in seine Praxis musste, um seinerseits ab ein Uhr gute Werke zu tun.

Wahrscheinlich erst da griff meine Tante zu ihrer Gabel und begann zu essen. Es war typisch für sie, zu warten, bis der Disput vorbei war. Das mag aus Gewohnheit gewesen sein und nicht unbedingt aus Besorgnis wegen meiner Unverfrorenheit. Sie war es gewohnt, sich zurückzunehmen, bis sie sicher war, dass mein Onkel alles gesagt hatte, was er sagen wollte. Sogar wenn ich sie direkt ansprach, wartete sie und schaute zu ihm, um zu sehen, ob er es übernehmen wollte, mir zu antworten. Wenn sie etwas sagte, war es immer etwas Fröhliches, und sie lächelte, sobald sie wusste, dass es in Ordnung war zu lächeln, also fiel es schwer, sie für unterdrückt zu halten. Auch, sie für die Schwester meiner Mutter zu halten, weil sie wesentlich jünger, frischer und adretter aussah, dazu begabt mit diesem strahlenden Lächeln.

Meine Mutter fiel meinem Vater durchaus ins Wort, wenn sie etwas hatte, was sie unbedingt sagen wollte, und das war oft der Fall. Meine Brüder, sogar der, der sagte, er dächte daran, Moslem zu werden, damit er Frauen züchtigen konnte, hörten ihr immer zu als einer ebenbürtigen Autorität.

»Dawns Leben ist ihrem Mann gewidmet«, hatte meine Mutter gesagt, mit einem gewissen Bemühen um Neutralität. Oder, trockener: »Ihr ganzes Leben dreht sich um diesen Mann.«

Das war etwas, was zu jener Zeit gesagt wurde, und es war nicht immer herabsetzend gemeint. Aber ich hatte noch nie eine Frau gesehen, auf die das so zutraf wie auf Tante Dawn. Natürlich wäre es ganz anders gewesen, sagte meine Mutter, wenn sie Kinder gehabt hätte.

Man stelle sich vor. Kinder. Die Onkel Jasper in den Weg gerieten, die greinten, um ein bißchen von der Aufmerksamkeit ihrer Mutter zu erhaschen. Die kotzten, schmollten, Unordnung machten und Essen haben wollten, das er nicht mochte.

Ausgeschlossen. Das Haus war seins, die Wahl der Speisen, der Radio- und Fernsehprogramme, alles seins. Sogar wenn er in seiner Praxis nebenan war oder fort zu einem Hausbesuch, musste alles jederzeit seinen Wünschen entsprechen.

Nach und nach gelangte ich zu der Erkenntnis, dass solch ein Ordnungssystem ganz angenehm sein konnte. Blitzende Silberlöffel und -gabeln, glänzende dunkle Fußböden, frische Bettwäsche – all diese göttliche Vollkommenheit wurde von meiner Tante überwacht und von Bernice, dem Dienstmädchen, umgesetzt. Bernice kochte ohne Dinge aus Dosen, Tuben oder Tiefkühltruhen und bügelte sogar die Geschirrhandtücher. Alle anderen Ärzte in der Stadt gaben ihre Wäsche in die chinesische Wäscherei, während Bernice und Tante Dawn unsere auf die Wäscheleine hängten. Weiß von der Sonne, frisch vom Wind, alle Betttücher und Mullbinden sauber und duftend. Mein Onkel war der Meinung, dass die Schlitzaugen zu großzügig mit der Wäschestärke umgingen.

»Chinesen«, sagte meine Tante mit leiser, koketter Stimme, als müsste sie sich sowohl bei meinem Onkel als auch bei den Leuten von der Wäscherei entschuldigen.

»Schlitzaugen«, sagte mein Onkel übermütig.

Bernice war die Einzige, die das Wort ganz natürlich benutzen konnte.

Nach und nach stand ich weniger fest zu meinem Zuhause mit seiner intellektuellen Ernsthaftigkeit und materiellen Unordnung. Natürlich musste eine Frau für eine so behagliche Heimstatt ihre ganze Kraft aufbieten. Da konnte man keine unitarischen Manifeste abtippen oder sich nach Afrika davonmachen. (Anfangs sagte ich jedes Mal: »Meine Eltern sind nach Afrika gegangen, um zu *arbeiten*«, wenn jemand in diesem Haus davon sprach, dass sie sich davongemacht hatten. Dann wurde ich es leid, sie zu verbessern.)

Heimstatt war das Wort. »Die wichtigste Aufgabe einer Frau ist es, ihrem Mann eine Heimstatt zu bereiten.«

Sagte Tante Dawn das tatsächlich? Ich glaube nicht. Sie scheute sich vor Sentenzen. Ich habe das wahrscheinlich in einer der Hausfrauenzeitschriften gelesen, die ich dort vorfand. Und die bei meiner Mutter Brechreiz auslösten.

Als Erstes erkundete ich die Stadt. Hinten in der Garage fand ich ein schweres altes Fahrrad und fuhr damit los, ohne daran zu denken, um Erlaubnis zu fragen. Als ich auf einer frisch geschotterten Straße über dem Hafen bergab rollte, verlor ich die Kontrolle. Ich schrammte mir ein Knie böse auf, und ich musste meinen Onkel in seiner Praxis neben dem Haus aufsuchen. Er versorgte fachmännisch die Wunde. Er war ganz der behandelnde Arzt, sachlich mit einer Sanftheit, die vollkommen unpersönlich war. Keine Scherze. Er sagte, er könne sich gar nicht daran erinnern, woher das Fahrrad stammte – ein heimtückisches altes Monstrum, und wenn mir viel daran lag, Fahrrad zu fahren, sollten wir schauen, mir ein anständiges zu besorgen. Als ich mich in meiner neuen Schule besser auskannte, auch mit den Regeln über das, was Mädchen dort taten, nachdem sie die Pubertät erreicht hatten, wurde mir klar, dass Radfahren gar nicht in Frage kam, also wurde nichts daraus. Was mich überraschte, war, dass mein Onkel keinerlei Fragen des Anstandes oder dessen, was Mädchen tun sollten und was nicht, zur Sprache brachte. Er schien in seiner Praxis vergessen zu haben, dass ich eine Person war, die in vieler Hinsicht zurechtgebogen werden musste oder die dazu angehalten werden musste, besonders am Esstisch, sich das Benehmen ihrer Tante Dawn zum Vorbild zu nehmen.

»Du bist ganz alleine da raufgefahren?«, fragte sie nur, als sie davon erfuhr. »Was hattest du denn da zu suchen? Keine Sorge, du wirst bald ein paar Freundinnen haben.«

Sie hatte recht, sowohl mit dem Erwerb von Freundinnen als auch damit, wie das die Dinge, die ich tun konnte, einschränken würde.

Onkel Jasper war nicht einfach ein Arzt, er war *der* Arzt. Er war die treibende Kraft hinter der Errichtung des städtischen Krankenhauses gewesen und hatte sich dagegen gewehrt, dass es nach ihm benannt wurde. Er war als armer, aber intelligenter Junge aufgewachsen und hatte als Lehrer gearbeitet, bis er sich das Medizinstudium leisten konnte. Er hatte in der Küche von Farmhäusern Babys auf die Welt geholt und Blinddärme operiert, nachdem er durch Schneestürme gefahren war. Sogar in den fünfziger und sechziger

Jahren hatten sich solche Dinge noch zugetragen. Er stand in dem Ruf, nie aufzugeben, Fälle von Blutvergiftung und Lungenentzündung anzupacken und die Patienten zu retten zu einer Zeit, als die neuen Medikamente noch völlig unbekannt waren.

Dennoch wirkte er, im Gegensatz zu seinem Verhalten zu Hause, in der Praxis sehr umgänglich. Als wäre im Haus eine ständige Aufsicht notwendig, die in der Praxis nicht erforderlich war, obwohl man meinen sollte, dass es eigentlich umgekehrt hätte sein müssen. Die Krankenschwester, die dort arbeitete, behandelte ihn nicht einmal mit besonderer Ehrerbietung – sie war völlig anders als Tante Dawn. Sie steckte den Kopf zur Tür des Zimmers herein, in dem er meine Schürfwunde behandelte, und sagte, dass sie früher nach Hause ging.

»Sie müssen ans Telefon gehen, Dr. Cassel. Sie wissen doch, ich hab's Ihnen gesagt?«

»Mmmhmm«, antwortete er.

Natürlich war sie alt, vielleicht über fünfzig, und Frauen dieses Alters hatten oft etwas Gebieterisches an sich.

Was ich mir bei Tante Dawn überhaupt nicht vorstellen konnte. Sie schien in einer rosigen und schüchternen Jugend zu verharren. Am Anfang meines Aufenthalts, als ich dachte, ich hätte das Recht, überall hinzugehen, war ich in das Schlafzimmer meiner Tante und meines Onkels gegangen, um mir ein Foto von ihr auf seinem Nachttisch anzuschauen.

Die sanften Züge und das dunkle wellige Haar hatte sie immer noch. Aber eine unkleidsame rote Kappe bedeckte einen Teil des Haars, und sie trug ein violettes Cape. Als ich herunterkam, fragte ich sie, was das für ein Kostüm war, und sie sagte: »Welches Kostüm? Ach so. Das war meine Tracht als Lernschwester.«

»Du warst Krankenschwester?«

»Nein, nein.« Sie lachte, als sei es eine absurde Dreistigkeit, das zu behaupten. »Ich hab die Ausbildung abgebrochen.«

»Hast du so Onkel Jasper kennengelernt?«

»Nein, nein. Da hatte er sein Studium schon lange abgeschlossen. Ich habe ihn kennengelernt, als ich eine schwere Blinddarmentzündung hatte. Ich war bei einer Freundin zu Besuch – ich meine, bei der Familie einer Freundin hier oben –, und ich wurde ernsthaft krank, wusste aber nicht, was es war. Er hat es richtig erkannt und den Blinddarm herausgenommen.« Dabei errötete sie noch tiefer als gewöhnlich und fügte hinzu, ich sollte vielleicht nicht ins Schlafzimmer gehen, ohne um Erlaubnis zu fragen. Sogar ich begriff, das bedeutete, überhaupt nicht.

»Und ist deine Freundin noch hier?«

»Ach, weißt du. Sobald man heiratet, hat man nicht mehr so wie vorher Freundinnen.«

Um die Zeit, als ich das auskundschaftete, entdeckte ich auch, dass Onkel Jasper nicht völlig ohne Verwandte war, wie ich angenommen hatte. Er hatte eine Schwester. Sie war ebenfalls in der Welt erfolgreich gewesen, zumindest für meine Begriffe. Sie war Musikerin, eine Geigerin. Sie hieß Mona. Oder so nannte sie sich, obwohl sie auf den Namen Maud getauft war. Mona Cassel. Ich erfuhr zum ersten Mal von ihrer Existenz, nachdem ich schon ein halbes Schuljahr in der Stadt verbracht hatte. Als ich eines Tages von der Schule nach Hause ging, sah ich im Schaufenster des Zeitungsbüros ein Plakat von einem Konzert, das in zwei Wochen im Rathaussaal stattfinden sollte. Drei Musiker aus Toronto. Mona Cassel war die große weißhaarige Dame mit der Geige. Als ich nach Hause kam, erzählte ich Tante Dawn von der Namensgleichheit, und sie sagte:»Ach ja. Das muss die Schwester deines Onkels sein.«

Dann fügte sie hinzu:»Sag hier im Haus nichts davon.« Nach einem Augenblick fühlte sie sich offenbar verpflichtet, mir mehr darüber mitzuteilen.

»Dein Onkel mag solche Musik nicht besonders, weißt du. Symphonische Musik.«

Und noch mehr.

Sie sagte, dass die Schwester ein paar Jahre älter war als Onkel Jasper und dass etwas passiert war, als sie noch Kinder waren. Irgendwelche Verwandte hatten gemeint, dass dieses Mädchen fortmusste, um eine bessere Chance zu bekommen, weil sie so musikalisch war. Also wuchs sie woanders auf, so dass Bruder und Schwester nichts miteinander gemein hatten, und das war wirklich alles, was sie – Tante Dawn – darüber wusste. Sie wusste nur, es würde meinem Onkel nicht gefallen, dass sie mir überhaupt davon erzählt hatte.

»Er mag diese Musik nicht?«, fragte ich.»Welche Musik mag er denn?«

»So altmodischere, könnte man sagen. Jedenfalls keine klassische.«

»Die Beatles?«

»Ach du meine Güte.«

»Doch nicht Lawrence Welk?«

»Wir sollten nicht darüber urteilen. Ich hätte nicht davon anfangen dürfen.«

Ich setzte mich darüber hinweg.

»Was gefällt *dir* denn eigentlich?«

»Mir gefällt so ziemlich alles.«

»Dir muss doch einiges besser gefallen als anderes.«

Sie gewährte mir nur eine Spielart ihres häufigen kurzen Lachens. Diesmal war es das nervöse Lachen, nicht viel anders, aber besorgter als zum Beispiel das Lachen, mit dem sie Onkel Jasper fragte, wie ihm das Abendessen schmeckte. Er äußerte sich fast immer beifällig, aber mit Einschränkungen. Ganz gut, aber ein bisschen zu pikant oder ein bisschen zu fade. Vielleicht ein wenig zu lange oder auch zu kurz gekocht. Einmal sagte er: »Gar nicht«, und verweigerte jede Begründung, und das Lachen verschwand in ihren zusammengepressten Lippen und ihrer heroischen Selbstbeherrschung.

Was mag das für ein Gericht gewesen sein? Ich möchte sagen, eins mit Curry, aber vielleicht, weil mein Vater Curry nicht mochte, obwohl er daraus kein Drama machte. Mein Onkel stand vom Tisch auf und bereitete sich ein Sandwich mit Erdnussbutter zu, mit so viel demonstrativem Getue, dass es einem Drama gleichkam. Was Tante Dawn auch aufgetragen haben mag, es war bestimmt keine absichtliche Zumutung. Vielleicht nur etwas ein wenig Ungewöhnliches, das in einer Zeitschrift gut ausgesehen hatte. Und er hatte, wie ich mich erinnere, alles aufgegessen, bevor er sein Urteil abgab. Also trieb ihn nicht der Hunger, sondern das Bedürfnis, etwas absolut Vernichtendes zu verkünden.

Heute kommt mir der Gedanke, dass an jenem Tag im Krankenhaus etwas schiefgegangen sein konnte, jemand war gestorben, der eigentlich nicht hätte sterben dürfen – vielleicht lag es überhaupt nicht am Essen. Aber ich glaube nicht, dass Tante Dawn dieser Gedanke kam – oder wenn doch, so ließ sie sich nichts davon anmerken. Sie zeigte nur Zerknirschung.

Zu jener Zeit hatte Tante Dawn noch ein weiteres Problem, eines, das ich erst später verstand. Nämlich das Problem mit dem Ehepaar von nebenan. Die beiden waren ungefähr zur selben Zeit eingezogen wie ich. Er war der Kreisschulinspektor, sie Musiklehrerin. Sie waren vielleicht im selben Alter wie Tante Dawn, jünger als Onkel Jasper. Sie hatten ebenfalls keine Kinder, was sie frei für Geselligkeiten machte. Außerdem waren sie in dem Stadium, wo man sich einen neuen Bekanntenkreis erobert und die Aussichten hell und freundlich sind. In diesem Geist hatten sie Tante Dawn und Onkel Jasper zu einem Umtrunk zu sich gebeten. Das Gesellschaftsleben meiner Tante und meines Onkels hielt sich in sehr engen Grenzen, was die ganze Stadt wusste und respektierte, daher hatte meine Tante keine Übung darin, nein zu sagen. Und so fanden sie sich zu Getränken und Geplauder ein, wobei ich mir vorstellen kann, dass Onkel Jasper es genoss, ohne dass er meiner Tante den Schnitzer verzieh, die Einladung angenommen zu haben.

Jetzt steckte sie in der Zwickmühle. Ihr war klar, wenn Leute einen in ihr Haus eingeladen hatten und man hingegangen war, dann wurde erwartet, dass man die Einladung erwiderte. Alkoholisches für Alkoholisches, Kaffee für Kaffee. Keine Mahlzeit erforderlich. Aber sie wusste nicht einmal, wie sie diese geringen Anforderungen erfüllen sollte. Mein Onkel hatte nichts an den Nachbarn auszusetzen gehabt – es war ihm nur absolut zuwider, Leute im Haus zu haben.

Dann ergab sich aus der Neuigkeit, die ich ihr über-brachte, eine mögliche Lösung des Problems. Das Trio aus Toronto – natürlich mit Mona – trat im Rathaussaal nur an einem einzigen Abend auf. Und wie es der Zufall wollte, war das genau der Abend, an dem Onkel Jasper außer Hauses war und erst spät heimkommen sollte. Es war der Abend der Allgemeinen Jahresversammlung der Kreisärzte mit anschlie-ßendem Abendessen. Kein Bankett – die Ehefrauen waren nicht eingeladen.

Die Nachbarn hatten vor, in das Konzert zu gehen. Das mussten sie auch, bei dem Beruf der Frau. Aber sie erklärten sich bereit, danach vorbeizuschauen, auf einen Kaffee und einen Imbiss. Und um – und damit übernahm sich meine Tante – die Mitglieder des Trios kennenzulernen, die auch auf ein paar Minuten vorbeischauen würden.

Ich weiß nicht, wie viel meine Tante den Nachbarn von der Beziehung zu Mona Cassel erzählte. Wenn sie auch nur ein bisschen gesunden Menschenverstand hatte, nichts. Und davon hatte sie eigentlich eine ganze Menge. Sie erklärte ih-nen, da bin ich sicher, warum der Doktor an diesem Abend nicht dabei sein konnte, aber sie wäre nie so weit gegangen, ihnen zu sagen, dass sie das Treffen vor ihm geheim halten mussten. Und was war damit, es vor Bernice geheim zu hal-ten, die zur Abendbrotzeit nach Hause ging und bestimmt etwas von den Vorbereitungen mitbekommen würde? Ich weiß es nicht. Und vor allem weiß ich nicht, wie Tante Dawn den Musikern die Einladung übermitteln wollte. Hatte sie mit Mona die ganze Zeit über in Verbindung ge-standen? Ich glaube eher nicht. Sie war bestimmt nicht dazu fähig, meinem Onkel über einen langen Zeitraum hinweg etwas vorzumachen.

Ich stelle mir vor, sie wurde einfach leichtsinnig und schrieb einen kurzen Brief und brachte ihn in das Hotel, in dem das Trio übernachten würde. Eine Adresse in Toronto hatte sie wohl nicht.

Sogar als sie das Hotel betrat, muss sie sich gefragt haben, von wem sie dabei gesehen wurde, und gefleht haben, dass sie nicht an den Empfangschef geriet, der ihren Mann kannte, sondern an die neue junge Frau, die aus dem Ausland kam und vielleicht gar nicht wusste, dass sie die Frau des Arztes war.

Sie hatte den Musikern zu verstehen gegeben, dass sie nicht von ihnen erwartete, länger als nur für eine kleine Weile zu bleiben. Konzerte sind anstrengend, und sie mussten sich am nächsten Morgen auf den Weg in eine andere Stadt machen.

Warum nahm sie das Risiko auf sich? Warum die Nachbarn nicht allein empfangen? Schwer zu sagen. Vielleicht hatte sie das Gefühl, sie sei nicht fähig, allein eine Unterhaltung zu bestreiten. Vielleicht wollte sie sich vor diesen Nachbarn ein wenig brüsten. Vielleicht – obwohl ich das kaum glaube – ging es ihr um eine kleine Geste der Freundschaft oder Annäherung gegenüber der Schwägerin, der sie, soweit ich weiß, noch nie begegnet war. Sie muss völlig benommen umhergegangen sein, überfordert von ihrem eigenen Komplott. Ganz zu schweigen von den immer wieder gekreuzten Fingern und den Stoßgebeten, in den Tagen davor, als die Gefahr bestand, dass Onkel Jasper zufällig davon erfuhr. Wenn er zum Beispiel der Musiklehrerin auf der Straße begegnete und sie ihn mit ihrem Dank und ihrer Vorfreude überschüttete.

*

Die Musiker waren nach dem Konzert doch nicht so erschöpft wie erwartet. Oder so niedergeschlagen von dem geringen Publikumszuspruch im Rathaussaal, der wahrscheinlich keine Überraschung war. Die Begeisterung der Gäste von nebenan und die Wärme des Wohnzimmers (im Rathaussaal hatte empfindliche Kühle geherrscht) sowie das warme Kirschrot der Samtvorhänge, die bei Tageslicht ein stumpfes Kastanienbraun zeigten, aber nach Einbruch der Dunkelheit festlich aussahen – all diese Dinge müssen ihnen Auftrieb gegeben haben. Die unfreundliche Düsternis draußen bildete einen Kontrast dazu, und der Kaffee erwärmte die von weit her gekommenen und vom Wetter nicht verwöhnten Fremden. Ganz zu schweigen von dem Sherry, der auf den Kaffee folgte. Sherry oder Portwein in Kristallgläsern der korrekten Form und Größe, dazu mit Kokosraspel bestreute Petits Fours, Butterkekse in Stern- oder Mondsichelform und Schokoladenwaffeln. Ich hatte so etwas noch nie gesehen. Meine Eltern veranstalteten Feste, auf denen die Gäste Chili aus Tonnäpfen aßen.

Tante Dawn trug ein sittsam geschnittenes Kleid aus fleischfarbenem Krepp. Ein Kleid, wie eine ältere Frau es hätte tragen können und an der es etwas verspielt, aber korrekt gewirkt hätte, doch meine Tante sah darin aus, als nähme sie an einer etwas gewagten Festivität teil. Die Nachbarin hatte sich auch feingemacht, vielleicht ein bisschen mehr, als der Anlass erforderte. Der kleine dicke Mann, der Cello gespielt hatte, trug einen schwarzen Anzug, in dem er nur wegen der Fliege nicht aussah wie ein Leichenbestatter, und die Pianistin, die seine Frau war, trug ein schwarzes Kleid, das für ihre üppige Figur zu viele Rüschen hatte. Aber Mona Cassel leuchtete wie der Mond in einer gerade geschnittenen Robe aus silbrigem Material. Sie war grobknochig, mit großer Nase ganz wie die ihres Bruders.

Tante Dawn hatte offenbar das Klavier stimmen lassen, sonst hätten sie sich nicht damit abgegeben. (Und falls es seltsam anmutet, dass überhaupt ein Klavier im Haus war, im Hinblick auf die bald zutage tretenden Ansichten meines Onkels zum Thema Musik, so kann ich nur sagen, dass früher in jedem Haus mit einem bestimmten Lebensstil eines stand.)

Die Nachbarin wünschte sich *Eine kleine Nachtmusik*, und ich unterstützte sie angeberisch. Tatsächlich kannte ich die Musik gar nicht, sondern nur den Titel aus dem Deutschunterricht an meiner alten Schule in der Großstadt.

Dann bat der Nachbar um ein Stück, und es wurde gespielt, und als es zu Ende war, entschuldigte er sich bei meiner Tante für seine Unhöflichkeit, sich mit seinem Wunsch vorgedrängt zu haben, bevor die Gastgeberin Gelegenheit hatte, ihren zu äußern.

Tante Dawn sagte, nein, nein, man solle keine Rücksicht auf sie nehmen, ihr gefiele alles. Dann versank sie in tiefem Erröten. Ich weiß nicht, ob ihr überhaupt etwas an der Musik lag, aber es sah ganz danach aus, als regte sie irgendetwas auf. Vielleicht nur, persönlich verantwortlich zu sein für diese Augenblicke, diesen uneingeschränkten Genuss?

Konnte es sein, dass sie es vergessen hatte – wie konnte sie das vergessen haben? Die Jahresversammlung der Kreisärzte mit der Wahl des Vorstandes und dem Abendessen war normalerweise um halb elf zu Ende. Jetzt war es elf.

Zu spät, zu spät schauten wir beide auf die Uhr.

Jetzt geht die Windfangtür auf, dann die Tür zur Diele, und ohne die übliche Pause dort, um Stiefel, Wintermantel und Schal abzulegen, kommt mein Onkel ins Wohnzimmer marschiert.

Die Musiker, mitten in einem Stück, hören nicht auf zu spielen. Die Nachbarn begrüßen meinen Onkel fröhlich, aber mit Rücksicht auf die Musik leise. Er sieht mit dem immer noch zugeknöpften Mantel, dem langen Schal um den Hals und den Stiefeln an den Füßen doppelt so groß aus wie normal. Er zieht ein finsteres Gesicht, schaut aber niemanden an, nicht einmal seine Frau.

Und sie schaut ihn nicht an. Sie hat angefangen, die Teller auf dem Tisch neben ihr einzusammeln, sie stellt einen auf den anderen und bemerkt nicht einmal, dass auf einigen immer noch Petits Fours liegen, die nun zerquetscht werden.

Ohne Eile und ohne Zögern durchmisst er das große Wohnzimmer, dann das Esszimmer und geht durch die Schwingtür in die Küche.

Die Pianistin sitzt reglos da, die Hände auf den Tasten, und der Cellospieler hat auch aufgehört. Die Geigerin spielt allein weiter. Ich habe bis heute keine Ahnung, ob das der Komposition entsprach oder ob sie sich absichtlich über den Auftritt hinwegsetzte. Soweit ich mich erinnern kann, schaute sie überhaupt nicht auf, nahm keinerlei Notiz von diesem finsteren Mann. Ihr großes weißes Haupt, seinem ähnlich, aber verwitterter, zittert ein wenig, hat aber vielleicht schon die ganze Zeit über gezittert.

Er kommt zurück, mit einem Teller voller Bohnen mit Schweinefleisch. Er muss einfach eine Konservendose aufgemacht und den Inhalt kalt auf den Teller gekippt haben. Er hat sich nicht die Zeit genommen, den Wintermantel auszuziehen. Und immer noch ohne jemanden anzuschauen, aber unter großem Geklapper der Gabel isst er, als sei er völlig allein und hungrig. Man könnte meinen, beim Abendessen der Jahresversammlung seien nur leere Teller serviert worden.

Ich habe ihn noch nie so essen sehen. Seine Tischmanieren sind sonst immer herrisch, aber ordentlich gewesen.

Das Musikstück, das seine Schwester spielt, geht zu Ende, wahrscheinlich zu seiner richtigen Zeit. Ein wenig vor den Bohnen mit Schweinefleisch. Die Nachbarn haben sich in die Diele verfügt, ihre Wintersachen übergeworfen und den Kopf nur einmal kurz hereingesteckt, um sich überschwenglich zu bedanken, inmitten ihrer Panik, so schnell wie möglich wegzukommen.

Und jetzt brechen die Musiker ebenfalls auf, wenn auch nicht so überhastet. Instrumente müssen schließlich ordentlich eingepackt werden; man wirft sie nicht einfach in ihren Kasten. Die Musiker machen es wie immer, gehen methodisch zu Werk, und verschwinden dann auch. Ich kann mich nicht an das erinnern, was gesagt wurde, auch nicht daran, ob Tante Dawn sich genug zusammenriss, um ihnen zu danken oder sie zur Tür zu begleiten. Ich kann nicht auf sie achten, denn Onkel Jasper ist dazu übergegangen, sehr laut zu reden, und ich bin diejenige, an die er sich wendet. Ich meine mich zu erinnern, dass die Geigerin ihm einen Blick zuwirft, gerade als er zu sprechen anfängt. Es ist kein zorniger Blick, wie man erwarten könnte, oder auch nur ein erstaunter. Sie ist einfach entsetzlich müde, ihr Gesicht bleicher, als man es sich vorstellen kann.

»Nun sage mir mal«, sagt mein Onkel, sich ausschließlich an mich wendend, als sei niemand sonst da, »sage mir mal, haben deine Eltern etwas übrig für so was? Ich meine, für solche Musik? Für Konzerte und so was? Bezahlen sie je Geld dafür, stundenlang dazusitzen, bis sie Schwielen am Hintern haben, und sich etwas anzuhören, was sie einen halben Tag später nicht mehr wiedererkennen würden? Bezahlen sie Geld dafür, einfach um einem Betrug auf den Leim zu gehen? Haben sie das deines Wissens je getan?«

Ich sagte nein, und das entsprach der Wahrheit. Ich konnte mich nicht daran erinnern, dass sie je ein Konzert besucht hatten, obwohl sie ganz allgemein Konzerte guthießen.

»Siehst du? Sie sind zu vernünftig, deine Eltern. Zu vernünftig, um sich diesen Leuten anzuschließen, die tun und machen und klatschen und sich aufführen, als wär's das größte Weltwunder. Du weißt, welche Leute ich meine? Sie lügen. Ein Haufen Pferdemist. Alles in der Hoffnung, vornehm zu wirken. Oder sie geben wohl eher der Hoffnung ihrer Frauen nach, vornehm zu wirken. Denk immer daran, wenn du in die Welt hinausgehst. Ja?«

Ich versprach es. Das, was er sagte, überraschte mich eigentlich nicht. Viele Menschen dachten so. Besonders Männer. Es gab damals so einige Dinge, die Männer hassten. Oder mit denen sie nichts anfangen konnten, wie sie sagten. Und das stimmte. Sie konnten nichts damit anfangen, also hassten sie es. Vielleicht ging es ihnen so wie mir mit Algebra – ich bezweifelte stark, je etwas damit anfangen zu können. Aber ich ging nicht so weit, zu verlangen, sie sollte deswegen vom Antlitz der Erde getilgt werden.

Als ich am Morgen hinunterging, hatte Onkel Jasper das Haus schon verlassen. Bernice wusch in der Küche das Geschirr ab, und Tante Dawn stellte die Kristallgläser in die Vitrine. Sie lächelte mir zu, aber ihre Hände zitterten ein wenig, so dass die Gläser warnend klirrten.

»Das Heim eines Mannes ist seine Feste«, sagte sie.

Mir fiel ein Wortspiel ein. »Feste muss man feiern, wie sie fallen«, sagte ich, um sie aufzuheitern.

Sie lächelte wieder, aber ich glaube nicht, dass sie überhaupt begriff, was ich sagte.

»Wenn du deiner Mutter schreibst, nach Ghana ...«, sagte sie, »wenn du ihr schreibst, fände ich es besser, wenn du nichts ... ich meine, ich frage mich, ob du etwas von der kleinen Verstimmung hier gestern Abend erwähnen solltest. Wo sie doch so viel echte Not und hungernde Menschen und dergleichen sieht. Ich meine, es würde ihr ein bisschen kleinkariert und egozentrisch vorkommen.«

Ich verstand. Ich hielt es nicht für notwendig, ihr zu sagen, dass es bislang keine Berichte von einer Hungersnot in Ghana gab.

Ich hatte meinen Eltern ohnehin nur im ersten Monat lange Briefe mit Klagen und sarkastischen Schilderungen geschrieben. Inzwischen war alles zu kompliziert geworden, um es zu erklären.

Nach unserem Gespräch über Musik behandelte Onkel Jasper mich mit mehr Achtung. Er hörte sich meine Ansichten über ein staatliches Gesundheitssystem an, als wären es meine eigenen und nicht die von meinen Eltern übernommenen. Einmal sagte er, es sei ein Vergnügen, am Esstisch mit einer intelligenten Person reden zu können. Was meine Tante bekräftigte. Sie tat das nur, um nett zu sein, und als mein Onkel auf gewisse Art lachte, wurde sie rot. Das Leben war schwer für sie, aber am Valentinstag wurde ihr verziehen, mit einem Ohrgehänge aus Blutjaspis, das sie lächelnd entgegennahm, um sich sofort abzuwenden und ein paar Tränen der Erleichterung zu vergießen.

Monas wachsbleiches Gesicht, ihre scharf hervortretenden, von dem Silberkleid nicht völlig kaschierten Knochen mögen Anzeichen einer Krankheit gewesen sein. In jenem Frühling berichtete die Lokalzeitung von ihrem Tod, erwähnte auch das Konzert im Rathaussaal. Ein Nachruf einer Zeitung aus Toronto wurde abgedruckt, mit einem kurzen Abriss ihrer Karriere, die offenbar zwar nicht brillant gewesen war, aber für ihren Lebensunterhalt gereicht hatte. Onkel Jasper drückte sein Erstaunen aus – nicht über ihren Tod, sondern über die Tatsache, dass sie nicht in Toronto beerdigt werden sollte. Die Trauerfeier und die Beisetzung sollten in der Hosianna-Kirche stattfinden, nur wenige Meilen nördlich von seiner Stadt, draußen auf dem Land. Das war die anglikanische Familienkirche gewesen, als Onkel Jasper und Mona/Maud klein waren. Onkel Jasper und Tante Dawn gingen jetzt in die vereinigte Kirche, wie die meisten wohlhabenden Leute in der Stadt. Die Anhänger der vereinigten Kirche waren fest in ihrem Glauben, fanden aber nicht, dass man jeden Sonntag erscheinen musste, und glaubten auch nicht, dass Gott etwas gegen einen ordentlichen Schluck hin und wieder einzuwenden hatte. (Bernice, das Dienstmädchen, besuchte eine andere Kirche und spielte dort Orgel. Diese Gemeinde war klein und seltsam – die Mitglieder hinterließen Pamphlete auf Türschwellen überall in der Stadt, mit Listen von Menschen, die in die Hölle kommen würden. Keine ortsansässigen, sondern allseits bekannte wie Pierre Trudeau.)

»In der Hosianna-Kirche werden gar keine Gottesdienste mehr abgehalten«, sagte Onkel Jasper. »Was soll das, sie hier hochzubringen? Womöglich ist das sogar verboten.«

Aber es stellte sich heraus, dass die Kirche immer noch genutzt wurde. Leute, die sie in ihrer Jugend besucht hatten, hielten dort gerne Trauerfeiern ab, und manchmal ließen ihre Kinder sich dort trauen. Sie war dank eines beträchtlichen Vermächtnisses gut instand gehalten, mit modernisierter Heizung.

Tante Dawn und ich fuhren in ihrem Auto hin. Onkel Jasper hatte bis zur letzten Minute zu tun.

Ich war noch nie auf einer Beerdigung gewesen. Meine Eltern waren nicht der Meinung, dass ein Kind eine solche Erfahrung machen musste, obwohl das in ihren Kreisen – so meine ich mich zu erinnern – als eine Feier des Lebens galt.

Tante Dawn war nicht schwarz gekleidet, wie ich erwartet hatte. Sie trug ein Kostüm in dezentem Lila und eine Persianerjacke mit passender Pillbox-Kappe. Sie sah sehr hübsch aus und schien bester Laune zu sein, die sie kaum unterdrücken konnte.

Ein Dorn war entfernt worden. Ein Dorn war aus Onkel Jaspers Fleisch entfernt worden, und das machte sie einfach glücklich.

Einige meiner Vorstellungen hatten sich in der Zeit, die ich bei meiner Tante und meinem Onkel verbrachte, geändert. Zum Beispiel stand ich Menschen wie Mona nicht mehr völlig unkritisch gegenüber. Oder Mona selbst, ihrer Musik und ihrer Karriere. Ich glaubte nicht, dass sie ein verrücktes Schrapnell war – gewesen war, konnte aber verstehen, dass einige Leute so dachten. Es war nicht nur ihr grober Knochenbau und ihre große weiße Nase und die Geige und die etwas komische Art, wie man sie halten musste – es war die Musik selbst und ihre Hingabe daran. Hingabe an irgendetwas konnte damals einer Frau leicht zur Lächerlichkeit gereichen.

Ich meine damit nicht, dass ich mir Onkel Jaspers Ansichten völlig zu eigen machte – nur, dass sie mir nicht mehr so fremdartig vorkamen wie vorher. Als ich mich an einem Sonntagmorgen in aller Frühe an der geschlossenen Schlafzimmertür meiner Tante und meines Onkels vorbeischlich, um von den kleinen Zimtkuchen zu naschen, die Tante Dawn jeden Samstagabend buk, hörte ich Geräusche, wie ich sie noch nie von meinen Eltern oder irgend sonst jemandem gehört hatte – eine Art von wohligem Knurren und Quietschen, erfüllt von einem innigen Einvernehmen und einer Wonne, die mich verstörten und tief verunsicherten.

»Ich glaube kaum, dass viele Leute aus Toronto den Weg hier hinaus finden«, sagte Tante Dawn. »Nicht einmal die Gibsons werden es schaffen. Er hat eine Konferenz, und sie kann ihren Unterricht nicht verlegen.«

Die Gibsons waren die Nachbarn. Die Freundschaft bestand immer noch, allerdings in distanzierter Form, die gegenseitige Hausbesuche ausschloss.

Ein Mädchen in der Schule hatte zu mir gesagt: »Warte, bis sie dich zum Letzten Blick führen. Ich musste mir meine Oma anschauen, und ich bin in Ohnmacht gefallen.«

Ich hatte noch nichts vom Letzten Blick gehört, aber ich

konnte mir etwas darunter vorstellen. Ich beschloss, die Augen zuzukneifen und nur so zu tun.

»Solange die Kirche nicht diesen moderigen Geruch hat«, sagte Tante Dawn. »Der geht deinem Onkel auf die Nebenhöhlen.«

Kein moderiger Geruch. Keine niederdrückende Feuchtigkeit, die aus den steinernen Wänden und dem Fußboden sickerte. Jemand musste früh aufgestanden und hergekommen sein, um die Heizung anzustellen.

Die Bänke waren fast voll.

»Etliche von den Patienten deines Onkels sind hergekommen«, sagte Tante Dawn leise. »Das ist schön. Es gibt keinen anderen Arzt in der Stadt, für den sie das tun würden.«

Die Organistin spielte einen Choral, den ich kannte. Ein Mädchen, mit dem ich in Vancouver befreundet gewesen war, hatte ihn in einem Osterkonzert gespielt. »Jesus, meine Zuversicht.«

Die Frau an der Orgel war die Pianistin des abrupt beendeten kleinen Hauskonzerts. Der Cellist saß auf einem der Chorstühle in der Nähe. Wahrscheinlich würde er später spielen.

Nachdem wir uns niedergelassen und ein Weilchen gelauscht hatten, gab es hinten in der Kirche etwas Unruhe. Ich drehte mich nicht um, denn mir war gerade die Kiste aus dunklem polierten Holz aufgefallen, die quer unter dem Altar stand. Der Sarg. Manche Leute nannten ihn Sarkophag. Er war geschlossen. Falls er nicht irgendwann geöffnet wurde, musste ich mir keine Sorgen um den Letzten Blick machen. Auch so stellte ich mir Mona darin vor. Ihre große, knochige Nase, die hochstand, das geschwundene Fleisch, die zugedrückten Augen. Ich stellte mir dieses Bild so intensiv wie möglich vor, bis ich das Gefühl hatte, dass mir davon nicht mehr schlecht werden würde.

Tante Dawn drehte sich gleichfalls nicht um, um zu sehen, was hinter uns los war.

Die Quelle der leisen Unruhe kam den Mittelgang herauf und erwies sich als Onkel Jasper. Er blieb nicht bei der Bank stehen, in der Tante Dawn und ich ihm einen Platz freigehalten hatten. Er ging daran vorbei, gemessenen, aber unbeirrbaren Schrittes, und er hatte jemanden bei sich.

Das Dienstmädchen, Bernice. Sie hatte sich feingemacht. Ein marineblaues Kostüm und ein passender Hut mit Blumensträußchen daran. Sie sah weder uns noch irgendjemanden sonst an. Ihr Gesicht war gerötet, ihre Lippen fest zusammengepresst.

Tante Dawn sah auch niemanden an. Sie war gerade damit beschäftigt, in einem Gesangbuch zu blättern, das sie dem Fach im Sitz vor ihr entnommen hatte.

Onkel Jasper blieb nicht am Sarg stehen; er führte Bernice zur Orgel. Es gab in der Musik eine merkwürdige, überraschte Art von Rums. Dann ein Dudeln, ein Aushauchen und eine Stille, nur das Geraschel von Leuten, die sich rührten, um zu erspähen, was vor sich ging.

Jetzt waren die Pianistin, die auf der Orgel gespielt hatte, und der Cellist verschwunden. Dort oben muss eine Seitentür gewesen sein, durch die sie fliehen konnten. Onkel Jasper hatte Bernice auf den Platz der Frau gesetzt.

Als Bernice zu spielen begann, trat mein Onkel vor und machte eine Geste zur Trauergemeinde. Steht auf und singt, besagte diese Geste, und einige taten es. Dann mehr. Dann alle.

Sie blätterten in ihren Gesangbüchern herum, aber die

meisten konnten zu singen anfangen, noch bevor sie den Text gefunden hatten. »Das alte schlichte Kreuz«.

Onkel Jaspers Arbeit ist getan. Er kann zurückkommen und den Platz einnehmen, den wir ihm freigehalten haben.

Bis auf ein Problem. Etwas, womit er nicht gerechnet hat.

Dies ist eine anglikanische Kirche. In der vereinigten Kirche, an die Onkel Jasper gewöhnt ist, kommen die Mitglieder des Chors durch eine Tür hinter der Kanzel herein und lassen sich nieder, bevor der Pfarrer erscheint, damit sie auf freundschaftliche Art, im Sinne von »Hier sind wir nun alle versammelt« zur Gemeinde hinüberschauen können. Dann kommt der Pfarrer, das Signal, dass es losgeht. Aber in der anglikanischen Kirche kommen die Mitglieder des Chors von hinten den Mittelgang herauf, sie singen und geben sich ernst, doch unpersönlich. Sie heben den Blick von ihren Büchern nur, um nach vorn zum Altar zu schauen, und sie wirken ein wenig entrückt, ihrer Alltagsidentität enthoben, nehmen kaum Notiz von ihren Verwandten oder Nachbarn oder sonst jemandem in der Gemeinde.

Jetzt kommen sie den Mittelgang herauf und singen »Das alte schlichte Kreuz« wie alle anderen – Onkel Jasper muss vorher mit ihnen geredet haben. Vielleicht hat er das zum Lieblingslied der Verstorbenen erklärt.

Das Problem besteht aus dem Missverhältnis von vorhandenem Platz und den vielen Anwesenden. Der Chor im Mittelgang versperrt Onkel Jasper den Weg zu unserer Bank. Er weiß nicht, wohin.

Es bleibt nur eins zu tun, und das schnell, also tut er es. Der Chor hat die allererste Bank noch nicht erreicht, also drängt er sich dort hinein. Die Leute, die dort stehen, sind überrascht, machen ihm jedoch Platz. Das heißt, so gut sie können. Zufällig sind sie alle beleibt, und er ist zwar ein magerer, aber breit gebauter Mann.

Ich will es stets bewahren, das alte schlichte Kreuz,
Bis alle Kunstjuwelen der Tod mir nehmen wird.
Ich will's in Ehren halten, das alte schlichte Kreuz,
Bis eines lichten Tages es mir zur Krone wird.

Das sind die Worte, die mein Onkel singt, so kraftvoll, wie er kann bei dem wenigen Platz, den er hat. Er kann sich nicht dem Altar zuwenden, sondern muss sich die Profile der vorbeiziehenden Chorsänger ansehen. Er sieht ein wenig aus, als sitze er in der Falle. Alles hat geklappt, trotzdem ist es nicht ganz so, wie er es sich vorgestellt hat. Auch als der Gesang geendet hat, bleibt er, wo er ist, quetscht sich zwischen diesen Leuten auf die Bank. Vielleicht denkt er, es wäre falsch, jetzt aufzustehen und den Mittelgang hinunter zu uns zu gehen.

Tante Dawn hat nicht mitgesungen, weil sie im Gesangbuch nicht die richtige Seite gefunden hat. Anscheinend brachte sie es nicht fertig, nur die Lippen zu bewegen, wie ich es tat.

Oder vielleicht nahm sie den Anflug von Enttäuschung auf Onkel Jaspers Gesicht wahr, bevor sie ihm selbst bewusst wurde.

Oder vielleicht merkte sie, dass sie das alles zum ersten Mal nicht kümmerte. Nicht im mindesten.

»Lasset uns beten«, sagt der Pfarrer.

STOLZ

Manche Menschen machen alles falsch. Wie soll ich das erklären? Ich meine, es gibt welche, die alles gegen sich haben – ob sie nun zwanzig oder dreißig Schläge abkriegen –, und sie machen sich prima. Die früh Fehler begehen – sich zum Beispiel in der zweiten Klasse in die Hose machen – und dann bis an ihr Ende in einer Kleinstadt wie unserer weiterleben, in der nichts vergessen wird (keine Kleinstadt ist darin anders), und sie kommen zurecht, geben sich herzlich und jovial, behaupten aus Überzeugung, dass sie um nichts in der Welt irgendwo anders leben möchten als hier.

Bei anderen ist es anders. Sie ziehen nicht weg, obwohl man wünscht, sie hätten es getan. Zu ihrem eigenen Besten, möchte man sagen. Welche Grube sie auch angefangen haben, sich zu graben, als sie klein waren – gar nicht unbedingt so offensichtlich wie die eingeferkelte Hose –, sie bleiben dabei, graben weiter, übertreiben es sogar, wenn die Gefahr besteht, dass es nicht wahrgenommen wird.

Natürlich hat sich vieles verändert. Es gibt Therapeuten, die einem zur Seite stehen. Freundlichkeit und Verständnis. Das Leben ist für manch einen schwerer, heißt es heute. Nicht seine Schuld, auch wenn die Schläge reine Einbildung sind. Er spürt sie genauso hart, der Empfänger oder eben Nicht-Empfänger, je nachdem.

Doch alles kann von Nutzen sein, wenn man nur guten Willens ist.

Oneida ging ohnehin nicht mit uns allen zur Schule. Ich meine, da kann nichts passiert sein, was sie fürs Leben geprägt hat. Sie ging auf eine Mädchenschule, eine Privatschule, deren Namen ich vergessen habe, falls ich ihn je wusste. Sogar im Sommer war sie kaum da. Ich glaube, die Familie besaß ein Haus am Lake Simcoe. Sie war sehr reich – so reich, dass keine andere Familie in der Stadt mithalten konnte, auch keine der wohlhabenden.

Oneida war ein ungewöhnlicher Name und ist es noch, hat sich hier in der Gegend nie durchgesetzt. Indianischer Herkunft, fand ich später heraus. Wahrscheinlich entschied sich ihre Mutter für diesen Namen. Die Mutter starb, als Oneida noch ein junges Mädchen war. Ihr Vater nannte sie, glaube ich, Ida.

Ich sammelte früher alle Zeitungen, viele Stapel, für die Stadtgeschichte, an der ich schrieb. Aber sogar darin gab es Lücken. Keine zufriedenstellende Erklärung dafür, wie das Geld verschwand. Was auch gar nicht nötig war. Denn das erzählte man sich damals haarklein von Mund zu Mund. Nur wird dabei immer vergessen, dass alle diese Münder eines Tages verstummen.

Idas Vater leitete die Bank. Auch schon zu jener Zeit kamen und gingen die Bankdirektoren, vermutlich, damit sie den Kunden gegenüber nicht zu nachsichtig wurden. Aber die Jantzens hatten in der Stadt schon zu lange den Ton angegeben, als dass solche Regeln galten, oder so schien es wenigstens. Horace Jantzen besaß jedenfalls ganz das Aussehen eines Mannes, dem es von Geburt an bestimmt war, Macht auszuüben. Ein dichter weißer Bart, auch wenn Fotos bezeugen, dass Bärte schon vor dem Ersten Weltkrieg aus der Mode gekommen waren, Größe und Leibesumfang beeindruckend, und ein nachdenklicher Gesichtsausdruck.

In den schweren Zeiten der dreißiger Jahre ließen sich die Leute immer wieder etwas einfallen. Gefängnisse wurden geöffnet, um den Männern Obdach zu geben, die die Eisenbahngleise abtippelten, aber sogar einige von denen, da kann man sicher sein, hatten insgeheim eine Idee, die ihnen eine Million Doller einbringen musste.

Eine Million Dollar war in jenen Tagen eine Million Dollar.

Es war jedoch kein Eisenbahntippelbruder, der in der Bank erschien, um mit Horace Jantzen zu reden. Wer weiß, ob es ein Einzelner war oder eine Clique. Vielleicht ein Fremder oder irgendwelche Freunde von Freunden. Gut gekleidet und vertrauenswürdig aussehend, darauf kann man sich verlassen. Horace legte Wert aufs Äußere und war kein Einfaltspinsel, aber vielleicht im Kopf nicht schnell genug, um den Braten zu riechen.

Die Idee war die Wiederbelebung der dampfgetriebenen Autos, wie es sie um die Jahrhundertwende gegeben hatte. Horace Jantzen mag selbst eins besessen und eine Schwäche dafür gehabt haben. Dieses neue Modell sollte in vielem verbessert sein und die Vorteile haben, sparsam zu sein und nicht so viel Krach zu machen.

Ich bin nicht mit den Einzelheiten vertraut, da ich zu der Zeit in der Highschool war. Aber ich kann mir die Gerüchte und das Gespött und die Begeisterung vorstellen und das Durchsickern der Neuigkeit, dass Unternehmer aus Toronto oder Windsor oder Kitchener sich bereitmachten, hier einzusteigen. Ganz hohe Tiere, sagten die Leute. Und andere fragten, ob sie überhaupt die nötigen Mittel hatten.

Die hatten sie, denn die Bank gewährte Kredite. Es war Jantzens Entscheidung, und es gab Unklarheiten, ob er auch sein eigenes Geld hineingesteckt hatte. Möglich, dass er es tat, aber später stellte sich heraus, dass er sich auch aus den Bankeinlagen bedient hatte, zweifellos mit dem Gedanken, alles zurückzuzahlen, ehe jemand etwas merkte. Vielleicht waren die Gesetze damals nicht so strikt. Tatsächlich wurden Männer eingestellt, und der alte Mietpferdestall wurde geräumt, um Platz für ihre Werkshalle zu machen. Und hier werden meine Erinnerungen löcherig, denn ich machte meinen Highschool-Abschluss und musste daran denken, Geld zu verdienen, falls das möglich war. Meine Behinderung, auch mit zusammengenähter Oberlippe, schloss alles aus, was vieles Reden mit sich brachte, also entschied ich mich für Buchhaltung, was bedeutete, außerhalb der Stadt bei einer Firma in Goderich in die Lehre zu gehen. Als ich wieder nach Hause kam, wurde über das Dampfauto-Unternehmen von den Leuten, die dagegen gewesen waren, mit Verachtung gesprochen, und von denen, die es befürwortet hatten, überhaupt nicht mehr. Die Besucher der Stadt, die sich dafür begeistert hatten, waren verschwunden.

Die Bank hatte viel Geld verloren.

Es war nicht von Betrug die Rede, aber von schlechter Geschäftsführung. Jemand musste bestraft werden. Jeder normale Bankdirektor wäre gefeuert worden, doch da es sich um Horace Jantzen handelte, wurde das vermieden. Was mit ihm geschah, war fast schlimmer. Er wurde als Bankdirektor in das Dörfchen Hawksburg versetzt, etwa sechs Meilen die Landstraße hoch. Zuvor hatte es dort überhaupt keinen Direktor gegeben, weil keiner nötig war. Es hatte nur eine Ober- und eine Unterkassiererin gegeben.

Sicherlich hätte er das ablehnen können, aber Stolz, war die Meinung, entschied anders. Stolz entschied, dass er sich jeden Morgen die sechs Meilen fahren ließ, um hinter einer Abtrennung aus dünnen, angestrichenen Brettern zu sitzen, nicht mal ein richtiges Büro. Dort saß er und tat nichts, bis es Zeit für ihn war, nach Hause gefahren zu werden.

Die Person, die ihn fuhr, war seine Tochter. Irgendwann in diesen Jahren des Fahrdienstes verwandelte sie sich von Ida in Oneida. Endlich hatte sie etwas zu tun. Sie besorgte nämlich nicht den Haushalt, denn sie konnten Mrs Birch nicht entlassen. Das war eine Möglichkeit, es auszudrücken. Eine andere war, sie hatten Mrs Birch nie genug gezahlt, um sie vor dem Armenhaus zu bewahren, falls sie sie je entlassen sollten.

Wenn ich mir Oneida und ihren Vater auf diesen Fahrten von und nach Hawksburg vorstelle, sehe ich ihn auf dem Rücksitz und sie vorn, wie ein Chauffeur. Es kann sein, dass er zu korpulent war, um neben ihr zu sitzen. Oder vielleicht brauchte sein Bart Platz. In meiner Vorstellung wirkt Oneida nicht bedrückt oder unglücklich darüber, auch ihr Vater wirkt nicht besonders unglücklich. Er hatte eben Würde, und zwar jede Menge. Sie hatte etwas anderes. Wenn sie einen Laden betrat oder auch nur die Straße entlangging, war es, als würden alle um sie herum Platz machen, in Erwartung ihrer Wünsche oder der Begrüßungen, die sie gleich austeilte. Sie wirkte dann ein wenig verlegen, aber wohlwollend, bereit, über sich selbst oder die Situation ein wenig zu lachen. Natürlich hatte sie ihre gute Figur und ihr strahlendes Aussehen, all diesen hellen Glanz von Haut und Haar. Also mag es seltsam anmuten, dass ich Mitleid mit ihr empfinden konnte, so obenauf und vertrauensselig, wie sie war.

Man stelle sich vor, ich und Mitleid.

Der Krieg hatte angefangen, und alles schien sich über Nacht zu verändern. Tippelbrüder zogen nicht mehr den Zügen hinterher. Neue Arbeitsplätze entstanden, und die jungen Männer suchten nicht nach Arbeit oder Mitfahrgelegenheiten, sondern erschienen überall in ihren mattblauen oder khakigelben Uniformen. Meine Mutter meinte, ich könne von Glück sagen, dass ich so war, wie ich war, und ich glaubte, dass sie recht hatte, beschwor sie aber, das nicht außerhalb unseres Hauses zu sagen. Ich war aus Goderich zurück, fertig mit meiner Lehre, und fand sofort Arbeit in der Buchhaltung vom Warenhaus Krebs. Natürlich konnte man sagen und sagte es wahrscheinlich auch, dass ich die Stellung bekam, weil meine Mutter dort in der Textilienabteilung arbeitete, aber zufällig war auch gerade Kenny Krebs, der Hauptbuchhalter, der sich zur Luftwaffe gemeldet hatte, bei einem Übungsflug ums Leben gekommen.

Es gab solche traurigen Dinge und trotzdem überall aufkeimende Energie, und die Leute liefen mit Geld in der Tasche herum. Ich fühlte mich von den Männern meines Alters abgeschnitten, aber dieses Gefühl war nicht besonders neu. Und andere saßen im selben Boot. Die Söhne von Farmern waren vom Wehrdienst freigestellt, damit sie sich um die Ernte und die Tiere kümmern konnten. Ich kannte welche, die sich freistellen ließen, obwohl ein Knecht da war. Ich wusste, falls mich irgendwer fragte, warum ich nicht beim Militär war, dann nur zum Scherz. Und ich hatte die Antwort parat, dass ich mich um die Bücher kümmern musste. Die von Krebs und bald auch die von anderen. Mich um die Zahlen kümmern musste. Es herrschte noch die Meinung, Frauen könnten das nicht. Sogar am Ende des Krieges, als sie einiges davon schon eine Weile lang gemacht hatten. Wo es auf Zuverlässigkeit ankam, so immer noch die allgemeine Überzeugung, da brauchte man einen Mann.

Ich habe mich manchmal gefragt, warum eine Hasenscharte, ordentlich, wenn auch nicht sehr geschickt wegoperiert, und eine Stimme, die etwas seltsam klang, aber sich verständlich machen konnte, als ausreichend galten, um mich zu Hause zu lassen? Ich muss meine Einberufung erhalten haben, ich muss zum Arzt gegangen sein, um freigestellt zu werden. Ich weiß es einfach nicht mehr. Hatte ich mich schon so daran gewöhnt, von diesem oder jenem freigestellt zu werden, dass es für mich, wie vieles andere auch, völlig selbstverständlich war?

Es kann sein, dass ich von meiner Mutter verlangte, über einige Dinge den Mund zu halten, obwohl ich auf das, was sie sagte, meistens nicht viel gab. Sie sah unweigerlich alles in rosigem Licht. Andere Dinge wusste ich, aber nicht von ihr. Ich wusste, dass sie meinetwegen Angst hatte, weitere Kinder zu kriegen, und von einem Mann, der mal an ihr interessiert war, verlassen wurde, als sie ihm das sagte. Aber es kam mir nicht in den Sinn, mit ihr oder mir Mitleid zu empfinden. Ich vermisste weder einen Vater, der gestorben war, bevor ich ihn überhaupt kennenlernen konnte, noch irgendeine Freundin, die ich vielleicht gehabt hätte, wenn ich anders ausgesehen hätte, noch das kurze Herumstolzieren, bevor es an die Front ging.

Meine Mutter und ich hatten Sachen, die wir gerne zu Abend aßen, und Radiosendungen, die wir gerne hörten, dazu immer die Überseenachrichten vom BBC, die wir hörten, bevor wir zu Bett gingen. Die Augen meiner Mutter glänzten, wenn der König sprach oder Winston Churchill. Ich nahm sie in den Film *Mrs Miniver* mit, und der ging auch ihr nahe. Dramen traten in unser Leben, die imaginären und die realen. Der Rückzug aus Dünkirchen, das tapfere Verhalten der königlichen Familie, die Bombardierung von London Nacht für Nacht und das Geläut von Big Ben zur Ankündigung düsterer Nachrichten. Kriegsschiffe, die untergingen, und dann, ganz furchtbar, ein Passagierschiff, eine Fähre, versenkt zwischen Kanada und Neufundland, so dicht vor unserer eigenen Küste.

In der Nacht konnte ich nicht schlafen und lief durch die Straßen der Stadt. Ich musste an die Menschen denken, die auf den Grund des Meeres gesunken waren. Alte Frauen, fast so alt wie meine Mutter, die an ihrem Strickzeug festhielten. Ein Kind mit Zahnweh. Andere, die ihre letzte halbe Stunde vor dem Ertrinken damit zugebracht hatten, über Seekrankheit zu klagen. Mich überkam ein ganz sonderbares Gefühl, das zum Teil Entsetzen war und zum Teil – genauer kann ich es nicht beschreiben – eine Art von schauriger Erregung. Die Vernichtung von allem, die Gleichheit – ich muss es sagen – die Gleichheit, ganz plötzlich, von Leuten wie mir und welchen, die noch schlimmer dran waren als ich, und von Leuten wie denen.

Natürlich verschwand dieses Gefühl, als ich mich an bestimmte Anblicke gewöhnte, später im Krieg. Nackte gesunde Hintern, dünne alte Hintern, alle in die Gaskammern getrieben.

Oder wenn es nicht ganz verschwand, lernte ich, es zu unterdrücken.

Ich muss Oneida in diesen Jahren öfter begegnet sein und gewusst haben, was sich in ihrem Leben tat. Zwangsläufig. Ihr Vater starb unmittelbar vor dem Tag des Sieges in Europa, wodurch seine Beerdigung auf peinliche Art den Siegesfeiern ins Gehege kam. Ähnlich war's beim Tod meiner Mutter, der sich im anschließenden Sommer ereignete, gerade als alle von der Atombombe hörten. Meine Mutter starb allerdings erschreckender und öffentlicher, bei der Arbeit, direkt nachdem sie gesagt hatte: »Ich muss mich mal hinsetzen.«

Von Oneidas Vater war in seinem letzten Lebensjahr kaum noch etwas zu sehen oder zu hören gewesen. Der Mummenschanz von Hawksburg war vorbei, aber Oneida schien mehr denn je zu tun zu haben. Oder vielleicht bekam man damals einfach den Eindruck, dass jeder, den man traf, viel zu tun hatte, man musste mit den Bezugsscheinheften hinterhersein, Briefe an die Front schreiben und aufgeben und von Briefen erzählen, die man von der Front erhalten hatte.

Und in Oneidas Fall war da dieses große Haus, um das sie sich jetzt ganz alleine kümmern musste.

Sie hielt mich eines Tages auf der Straße an und sagte, sie würde gerne meinen Rat haben für den Verkauf. Des Hauses. Ich sagte, ich sei eigentlich nicht derjenige, mit dem sie reden müsse. Sie sagte, vielleicht nicht, aber mich kenne sie. Natürlich kannte sie mich nicht besser als alle anderen in der

Stadt, aber sie blieb dabei und kam zu mir nach Hause, um weiter darüber zu reden. Sie bewunderte meine Malerarbeiten und auch, wie ich die Möbel umgestellt hatte, und sagte dann, dass die Veränderungen mir geholfen haben mussten, meine Mutter nicht allzu sehr zu vermissen.

Was stimmte, aber die meisten Leute hätten das nicht so geradeheraus gesagt.

Ich war Gäste nicht gewohnt, also bot ich keine Erfrischungen an, gab ihr nur ernste und vorsichtige Ratschläge für den Verkauf und erinnerte sie immer wieder daran, dass ich kein Experte war.

Dann aber missachtete sie alles, was ich ihr geraten hatte. Sie verkaufte beim ersten Angebot und tat es hauptsächlich, weil der Käufer ihr vorschwärmte, wie sehr er das Haus liebe und sich darauf freue, seine Kinder dort großzuziehen. Er war der letzte Mensch in der Stadt, dem ich getraut hätte, Kinder hin oder her, und der Preis war kläglich. Ich musste ihr das sagen. Ich sagte, die Kinder würden es verwüsten, und sie sagte, dazu seien Kinder da. Überall herumtoben, das genaue Gegenteil von ihrer eigenen Kindheit. Tatsächlich erhielten sie keine Gelegenheit dazu, denn der Käufer ließ es abreißen und ein Mietshaus errichten, vier Stockwerke hoch mit Fahrstuhl, und machte aus dem Grundstück einen Parkplatz. Das erste Gebäude dieser Art, das die Stadt je gesehen hatte. Als all das anfing, kam sie in einem Schockzustand zu mir und wollte wissen, ob sie etwas tun konnte – ihr Haus unter Denkmalschutz stellen lassen oder den Käufer verklagen, weil er sein nie schriftlich gegebenes Wort gebrochen hatte oder was auch immer. Sie war völlig außer sich, dass ein Mensch so etwas tun konnte. Ein Mensch, der regelmäßig in die Kirche ging.

»Ich hätte so etwas nie getan«, sagte sie, »dabei bin ich viel weniger gut, denn ich gehe nur Weihnachten hin.«

Dann schüttelte sie den Kopf und fing schallend an zu lachen.

»Was bin ich blöde«, sagte sie. »Ich hätte auf dich hören sollen.«

Sie bewohnte zu der Zeit die Hälfte eines kleinen Hauses, beschwerte sich aber, dass sie nichts weiter sehen konnte als das Haus auf der anderen Straßenseite.

Als wäre das nicht alles, was die meisten Leute zu sehen bekommen, was ich aber nicht sagte.

Und als dann alle Wohnungen fertig waren, was tat sie? Zog in eine davon, im obersten Stock. Ich weiß mit Sicherheit, dass sie keinen Mietnachlass erhielt oder auch nur darum bat. Sie hatte sich von ihrem Unmut dem Besitzer gegenüber verabschiedet und war voll des Lobes für die Aussicht und den Kellerraum mit den Waschmaschinen, wo sie für ihre Wäsche jedes Mal mit einem Geldstück zahlen musste.

»Ich lerne, sparsam zu sein«, sagte sie. »Statt einfach was reinzuwerfen, wenn mir gerade danach ist.«

»Schließlich sind es Menschen wie er, die alles voranbringen«, sagte sie über den Mann, der sie übers Ohr gehauen hatte. Sie lud mich ein, sie zu besuchen und mir die Aussicht anzuschauen, aber ich erfand Ausreden.

Da hatte schon eine Zeit angefangen, in der wir uns ziemlich häufig sahen. Sie gewöhnte sich an, vorbeizukommen, um über ihre Wohnungsprobleme und -entscheidungen zu reden, und kam auch weiterhin, als die sich erledigt hatten. Ich hatte mir einen Fernsehapparat gekauft – was sie nicht getan hatte, aus Angst, süchtig zu werden.

Ich hatte davor keine Angst, denn ich war wenig zu Hause. Und in jenen Jahren gab es eine Menge guter Sendungen. Ihr Geschmack stimmte meistens mit meinem überein. Wir sahen beide gerne die staatlichen Sender und besonders gerne die komischen englischen Serien. Manche Folgen davon schauten wir uns immer wieder an. Komische Situationen gefielen uns besser, als wenn einfach nur Witze gerissen wurden. Mich brachte anfangs die britische Freimütigkeit, sogar Obszönität, in Verlegenheit, aber Oneida genoss das in vollen Zügen. Wir stöhnten auf, wenn eine Serie wieder ganz von vorn anfing, aber wir gerieten unweigerlich in ihren Sog und sahen sie uns noch mal an. Wir sahen sogar, wie die Farbe verblasste. Heutzutage stoße ich manchmal auf eine dieser alten Serien, völlig aufpoliert wie neu, und ich schalte um, sie macht mich traurig.

Ich hatte früh gelernt, recht ordentlich zu kochen, und da einige der besten Fernsehsendungen bald nach dem Abendessen kamen, gewöhnte ich mir an, etwas für uns zu kochen, und sie brachte Nachtisch aus der Bäckerei mit. Ich legte mir zwei von diesen Klapptischchen zu, und wir sahen uns beim Essen die Nachrichten an, danach unsere Sendungen. Meine Mutter hatte immer darauf bestanden, am Tisch zu essen, weil sie das für die einzig gesittete Art hielt, aber Oneida schien in der Hinsicht keine Hemmungen zu haben.

Es konnte nach zehn sein, wenn sie ging. Sie hätte nichts dagegen gehabt, nach Hause zu laufen, aber die Vorstellung gefiel mir nicht, also holte ich mein Auto und fuhr sie. Sie hatte sich kein Auto mehr gekauft, nachdem sie den Wagen, mit dem sie früher ihren Vater fuhr, weggegeben hatte. Es machte ihr überhaupt nichts aus, überall in der Stadt zu Fuß unterwegs zu sein, obwohl die Leute über sie lachten. Das war vor der Zeit, in der Laufen und Bewegung in Mode kamen.

Wir gingen nie zusammen irgendwohin. Es gab Zeiten, wo ich sie nicht sah, weil sie wegfuhr oder vielleicht dablieb und Besuch von Leuten hatte, die keine Einheimischen waren. Und die ich nie kennenlernte.

Nein. Das hört sich an, als fühlte ich mich zurückgesetzt. Was nicht stimmt. Neue Menschen kennenzulernen war für mich eine Strafe, das muss sie verstanden haben. Und die Gewohnheit, die wir hatten, zusammen zu essen, den Abend gemeinsam vor dem Fernseher zu verbringen – die war so zwanglos, so ungebunden, dass es schien, als könnte es nie Schwierigkeiten geben. Viele Leute müssen davon gewusst haben, aber weil ich es war, nahmen sie davon kaum Notiz. Es war bekannt, dass ich auch ihre Einkommensteuer machte, aber warum nicht? Ich kannte mich damit aus, und bei ihr wurde das von niemandem erwartet.

Ich weiß nicht, ob bekannt war, dass sie mir nie Geld dafür gab. Ich hätte sie nur um ein nominelles Honorar gebeten, damit alles seine Ordnung hatte, aber das Thema tauchte nie auf. Nicht, dass sie knauserig war. Es kam ihr einfach nicht in den Sinn.

Wenn ich aus irgendeinem Grund ihren Namen nennen musste, rutschte er mir manchmal als Ida heraus. Sie zog mich damit auf, wenn ich das vor ihren Ohren tat. Dann wies sie mich darauf hin, dass ich dazu neigte, immer die alten Spitznamen aus der Schulzeit zu gebrauchen, wenn es irgend ging. Mir war das noch gar nicht aufgefallen.

»Keinen kümmert das mehr«, sagte sie. »Nur dich.«

Das ärgerte mich ein bisschen, obwohl ich mein Möglichstes tat, um es zu verbergen. Welches Recht hatte sie,

Bemerkungen darüber zu machen, wie die Leute etwas auf-
nahmen, was ich tat oder nicht tat? Der tiefere Sinn war
natürlich, dass ich irgendwie dazu neigte, an meiner Kindheit festzuhalten, dort bleiben wollte, und alle anderen sollten mit mir dort bleiben.

Das vereinfachte es zu sehr. So wie ich es sah, hatte ich die
ganze Schulzeit damit zugebracht, mich daran zu gewöhnen,
wie ich war – wie mein Gesicht aussah –, und wie andere
darauf reagierten. Ich gehe davon aus, dass es ein kleiner
Triumph war, das geschafft zu haben, zu wissen, dass ich hier
überleben und Geld verdienen konnte und nicht ständig
neue Leute an mich gewöhnen musste. Aber wir alle, zu-
rückversetzt in die vierte Klasse – nein danke.

Und wer war Oneida, sich solche Meinungen zu bilden?
Es kam mir nicht so vor, als hätte sie schon ihren Platz gefunden. Tatsächlich war jetzt, wo das große Haus fort war,
damit auch viel von ihr fort. Die Stadt veränderte sich, und
ihr Platz darin veränderte sich, ohne dass sie es recht bemerkte. Natürlich hatte es immer Veränderungen gegeben,
aber in der Zeit vor dem Krieg lag es daran, dass die Leute
wegzogen, um sich woanders nach etwas Besserem umzuse-
hen. In den fünfziger, sechziger und siebziger Jahren veränderte sie sich durch neue Leute, die herzogen und anders
waren als die Alteingesessenen. Man sollte meinen, Oneida
hätte dem Rechnung getragen, als sie beschloss, in das
Mietshaus einzuziehen. Aber sie war sich wohl nicht ganz im
Klaren darüber. Sie hatte immer noch diese merkwürdige
Unschlüssigkeit und Sorglosigkeit an sich, als wartete sie
darauf, dass das Leben anfing.

Sie unternahm natürlich Reisen, und vielleicht dachte sie,
da würde es anfangen. Was es nicht tat.

*

Im Laufe dieser Jahre, als das neue Einkaufszentrum am Süd-ende der Stadt gebaut wurde und Krebs dichtmachte (kein Problem für mich, ich hatte auch ohne das Warenhaus genug zu tun), schienen immer mehr Leute aus der Stadt Winter-urlaub zu machen, und das bedeutete, nach Mexiko oder in die Karibik oder an irgendeinen Ort zu fahren, mit dem wir früher nie etwas zu tun gehabt hatten. Mit dem Ergebnis – meiner Meinung nach –, dass Krankheiten eingeschleppt wurden, mit denen wir früher auch nie etwas zu tun gehabt hatten. Eine ganze Weile lang ging das so. Es gab immer wieder eine Krankheit des Jahres mit einem eigenen Namen. Vielleicht machen diese Krankheiten immer noch die Runde, aber niemand achtet mehr besonders darauf. Es kann auch sein, dass Leute in meinem Alter darüber hinaus sind, auf so was zu achten. Man kann sicher sein, dass man nicht von irgendwas Dramatischem dahingerafft wird, sonst wäre es längst passiert.

Eines Abends stand ich am Ende einer Fernsehsendung auf, um uns eine Tasse Tee zu machen, bevor Oneida nach Hause musste. Ich ging zur Küche und fühlte mich plötzlich scheußlich. Ich stolperte und fiel auf die Knie, dann schlug ich der Länge nach hin. Oneida packte mich und hievte mich auf einen Stuhl, und ich kam wieder zu mir. Ich sagte ihr, ich hätte manchmal so ein Unwohlsein, keine Sorge. Das war gelogen, und ich weiß nicht, warum ich das sagte, aber sie glaubte mir sowieso nicht. Sie brachte mich in das Zimmer unten, in dem ich schlief, und zog mir die Schuhe aus. Dann schafften wir es irgendwie zusammen, mit ein bisschen Protest meinerseits, mir die Sachen aus- und den Schlafanzug anzuziehen. Zwischendurch war ich immer wieder mal weg. Ich sagte ihr, sie solle sich ein Taxi nehmen und nach Hause fahren, aber sie kümmerte sich gar nicht darum.

Sie schlief in der Nacht auf der Wohnzimmercouch, und nachdem sie sich am nächsten Tag im Haus umgesehen hatte, quartierte sie sich im Schlafzimmer meiner Mutter ein. Sie muss tagsüber in ihrer Wohnung gewesen sein, um sich die Sachen zu holen, die sie brauchte, und vielleicht auch im Einkaufszentrum für Lebensmittel, die ihrer Meinung nach meine Vorräte abrundeten. Sie sprach auch mit dem Arzt und holte mir eine Medizin, die ich jedes Mal schluckte, wenn sie mir etwas davon an den Mund hielt.

Fast eine Woche lang war ich immer wieder ohne Bewusstsein, musste mich übergeben und hatte Fieber. Hin und wieder sagte ich ihr, dass ich mich besser fühlte und allein zurechtkommen konnte, aber das war Unsinn. Meistens gehorchte ich ihr einfach und wurde von ihr so selbstverständlich abhängig wie von einer Krankenschwester in einem Krankenhaus. Sie war nicht so geschult darin, mit einem Fiebernden umzugehen, wie es eine Krankenschwester gewesen wäre, und manchmal, wenn ich die Kraft dazu hatte, jammerte ich wie ein Sechsjähriger. Dann entschuldigte sie sich, ohne gekränkt zu sein. Zwischen meinen Sprüchen, es gehe mir besser und sie solle überlegen, wieder nach Hause zu ziehen, war ich selbstsüchtig genug, nach ihr zu rufen, nur um mich zu vergewissern, dass sie noch da war.

Dann ging es mir gut genug, um die Sorge zu haben, sie könnte sich mit dem, was ich hatte, anstecken.

»Du solltest eine Schutzmaske tragen.«

»Mach dir keinen Kopf«, sagte sie. »Wenn ich's kriegen soll, hätte ich's schon längst.«

Als es mir zum ersten Mal wirklich besserging, war ich zu

träge, um mir einzugestehen, dass ich Phasen hatte, in denen ich mich wieder wie ein kleines Kind fühlte.

Aber natürlich war sie nicht meine Mutter, und eines Morgens wachte ich auf und kam nicht umhin, das einzusehen. Ich musste an all die Dinge denken, die sie für mich getan hatte, und das brachte mich in große Verlegenheit. Ganz wie jeden Mann, aber mich besonders, weil mir wieder einfiel, wie ich aussah. Das hatte ich mehr oder weniger vergessen, und jetzt hatte ich den Eindruck, dass es ihr nicht peinlich gewesen war, dass sie alles so selbstverständlich hatte tun können, weil ich für sie ein Neutrum war oder ein unglückliches Kind.

Ich war jetzt höflich und ließ zwischen den Dankbarkeitsbekundungen meinen nunmehr sehr echten Wunsch einfließen, sie möge nach Hause gehen.

Sie verstand und war nicht gekränkt. Sie musste erschöpft sein von all dem unterbrochenen Schlaf und der ungewohnten Pflege. Sie ging zum letzten Mal einkaufen, um das zu besorgen, was ich brauchen würde, maß zum letzten Mal meine Temperatur und ging, wie ich dachte, in der zufriedenen Stimmung jemandes, der gute Arbeit getan hat. Unmittelbar bevor sie aufbrach, hatte sie im Vorderzimmer gewartet, um zu sehen, ob ich mich ohne Hilfe anziehen konnte, was ich zu ihrer Zufriedenheit fertigbrachte. Sie war kaum aus dem Haus, da holte ich schon die Geschäftsbücher hervor und machte da weiter, wo ich an dem Tag aufgehört hatte, als ich krank wurde.

Mein Kopf arbeitete langsamer, aber akkurat, und das war für mich eine große Erleichterung.

Sie ließ mich allein bis zu dem Tag – beziehungsweise Abend –, an dem wir sonst immer zusammen fernsahen. Da kam sie mit einer Dose Suppe. Nicht genug, um eine ganze Mahlzeit zu sein, und nicht etwas, was sie selbst gekocht hatte, aber immerhin ein Beitrag zu einer Mahlzeit. Und sie kam zu früh, damit Zeit dafür blieb. Sie machte auch die Dose auf, ohne mich zu fragen. Sie kannte sich in der Küche aus. Sie machte die Suppe heiß, holte die Suppenteller heraus, und wir aßen zusammen. Ihr Verhalten schien mich daran erinnern zu wollen, dass ich ein kranker Mann war, der dringend Nahrung brauchte. Und in gewisser Weise stimmte das auch. An dem Tag hatte ich es mittags wegen meiner zittrigen Hände nicht fertiggebracht, selber den Dosenöffner zu benutzen.

Sonst sahen wir uns immer zwei Serien nacheinander an, aber nicht an dem Abend. Oneida konnte das Ende der zweiten nicht abwarten, sondern fing ein Gespräch an, das mich tief verstörte.

Es ging darum, dass sie zu mir ziehen wollte.

Zum einen, so ihre Worte, war sie in ihrer Wohnung nicht glücklich. Sie hatte einen großen Fehler gemacht. Häuser waren ihr lieber. Was aber nicht bedeutete, dass sie es bedauerte, das Haus verlassen zu haben, in dem sie geboren worden war. Alleine in dem Haus zu leben hätte sie um den Verstand gebracht. Der Fehler war einfach, zu denken, dass eine Wohnung die Antwort sein könnte. Sie war darin nie glücklich gewesen und würde es nie sein. Klargeworden war ihr das durch die Zeit, die sie in meinem Haus verbracht hatte. Während meiner Krankheit. Das hätte ihr schon vor langer Zeit klarwerden müssen. Vor langer Zeit, als sie ein kleines Mädchen war und sich, wenn sie bestimmte Häuser sah, gewünscht hatte, darin zu leben.

Außerdem, so sagte sie, seien wir nicht mehr so recht imstande, für uns selbst zu sorgen. Was, wenn ich krank geworden und ganz allein gewesen wäre? Was, wenn so etwas wieder passierte? Oder ihr passierte?

Wir hätten bestimmte Gefühle füreinander, sagte sie. Wir hätten ein Gefühl, das nicht das übliche sei. Wir könnten wie Bruder und Schwester zusammenleben und uns wie Bruder und Schwester umeinander kümmern, und es wäre das Natürlichste auf der Welt. Alle würden das so hinnehmen. Wie sollten sie auch nicht?

Während sie so redete, fühlte ich mich die ganze Zeit über grauenhaft. Wütend, erschrocken, entsetzt. Am schlimmsten war, als sie gegen Ende davon sprach, dass niemand sich etwas dabei denken würde. Dabei verstand ich, was sie meinte, und konnte mir auch vorstellen, dass die Leute sich daran gewöhnen würden. Ein oder zwei schmutzige Witze, die uns vielleicht sogar nie zu Ohren kommen würden.

Möglich, dass sie recht hatte. Möglich, dass es sinnvoll war.

Dabei fühlte ich mich, als hätte man mich in einen Keller geworfen und die Falltür über meinem Kopf zugeschlagen.

Was sie auf keinen Fall erfahren durfte.

Ich sagte, das sei eine interessante Idee, aber etwas mache es unmöglich.

Was denn?

Ich hätte versäumt, es ihr zu sagen. Wegen der Krankheit und dem Durcheinander und allem. Aber ich hätte das Haus zum Verkauf angeboten. Dieses Haus sei verkauft.

Ach. Ach. Warum hatte ich ihr das nicht gesagt?

Ich hatte ja keine Ahnung, antwortete ich wahrheitsgemäß. Keine Ahnung, dass sie so etwas plante.

»Also ist es mir einfach zu spät eingefallen«, sagte sie. »Wie so oft in meinem Leben. Mit mir muss irgendwas nicht stimmen. Ich komme nie dazu, über alles richtig nachzudenken. Ich denke immer, es ist noch viel Zeit.«

Ich hatte mich gerettet, aber nicht ohne einen Preis. Ich musste das Haus – dieses Haus – wirklich auf den Markt bringen und so schnell wie möglich verkaufen. Fast so, wie sie es mit ihrem gemacht hatte.

Und ich verkaufte es auch fast genauso schnell, obwohl ich nicht gezwungen war, ein so lächerliches Angebot anzunehmen wie sie. Dann musste ich mich um all den Krempel kümmern, der sich angehäuft hatte, seit meine Eltern gleich nach der Heirat hier eingezogen waren, weil sie kein Geld für irgendeine Hochzeitsreise gehabt hatten.

Die Nachbarn waren verblüfft. Es waren keine alteingesessenen Nachbarn, sie hatten meine Mutter nicht gekannt, aber sie sagten, sie hätten sich so an mein Kommen und Gehen gewöhnt, an meine Regelmäßigkeit.

Sie wollten wissen, was ich jetzt für Pläne hätte, und mir wurde klar, dass ich überhaupt keine hatte. Außer die Arbeit zu tun, die ich immer getan und schon etwas eingeschränkt hatte, mit Rücksicht auf mein zunehmendes Alter.

Ich sah mich in der Stadt nach einer neuen Behausung um, und es stellte sich heraus, dass von allen Quartieren, die mir annähernd gefielen, nur eines leer stand. Und das war eine Wohnung in dem Gebäude auf dem Grundstück von Oneidas altem Haus. Nicht im obersten Stock mit der Aussicht, wo sie wohnte, sondern im Erdgeschoss. Ich hatte ohnehin nie viel für eine schöne Aussicht übriggehabt und nahm sie. Zumal ich nicht wusste, was ich anderes tun sollte.

Natürlich hatte ich vor, es ihr zu sagen. Aber es wurde bekannt, bevor ich mich dazu durchringen konnte. Sie hatte sowieso ihre eigenen Pläne. Inzwischen war Sommer, unsere Fernsehserien pausierten. Es war eine Zeit, in der wir uns nicht regelmäßig sahen. Und außerdem, im Grunde genommen fand ich nicht, dass ich mich bei ihr entschuldigen oder sie um Erlaubnis fragen musste. Als ich da war, um mir die Wohnung anzuschauen und den Mietvertrag zu unterschreiben, war sie nirgendwo zu sehen.

Eines begriff ich bei diesem Besuch, oder als ich später darüber nachdachte. Ein Mann, den ich nicht gleich einordnen konnte, sprach mich an, und nach einigen Augenblicken merkte ich, dass es jemand war, den ich seit langem kannte und mein halbes Leben lang auf der Straße gegrüßt hatte. Wenn ich dort auf ihn getroffen wäre, hätte ich ihn vielleicht erkannt, trotz der Verwüstungen des Alters. Aber hier nicht, und wir lachten darüber, und er wollte wissen, ob ich in den Totenhügel einzog.

Ich sagte, ich hätte nicht gewusst, dass das Haus so genannt wurde, aber ja, wohl schon.

Dann wollte er wissen, ob ich Whist spielte, und ich sagte, ja, hin und wieder.

»Das ist gut«, sagte er.

Und dann dachte ich: Einfach lange genug am Leben zu bleiben beseitigt die Probleme. Bringt dich in einen exklusiven Club. Ganz egal, mit welchen Benachteiligungen du behaftet warst, einfach immer noch am Leben zu sein beseitigt sie fast völlig. Jedermanns Gesicht ist inzwischen verunstaltet, nicht immer nur deins.

Da musste ich an Oneida denken und daran, wie sie ausgesehen hatte, als sie mit mir darüber sprach, bei mir einzuziehen. Nicht mehr schlank, sondern ausgemergelt, ohne Zweifel überanstrengt von den Nächten, in denen sie meinetwegen aufstehen musste, aber darüber hinaus machte sich ihr Alter bemerkbar. Ihre Schönheit war seit jeher zart gewesen. Eine blonde Frau, die leicht errötet, mit dieser eigenartigen Mischung aus Befangenheit und großbürgerlichem Selbstvertrauen, diese Schönheit hatte sie gehabt und verloren. Als sie mir ihren Vorschlag unterbreitete, sah sie angestrengt aus, und ihr Gesichtsausdruck war sonderbar.

Wenn mir je die Wahl geblieben wäre, hätte ich mir natürlich entsprechend meiner Größe ein kleineres Mädchen ausgesucht. Wie die College-Studentin, zierlich und dunkelhaarig, die mit Krebs verwandt war und einen Sommer lang bei ihm gearbeitet hatte.

Eines Tages hatte dieses Mädchen ganz freundlich zu mir gesagt, dass man heutzutage mein Gesicht viel besser hinkriegen könnte. Und es würde auch nichts kosten, dank der staatlichen Gesundheitsfürsorge.

Sie hatte recht. Aber wie konnte ich erklären, dass ich einfach nicht imstande war, in eine Arztpraxis zu spazieren und zuzugeben, dass ich mich nach etwas sehnte, was ich nicht hatte?

Oneida sah wieder besser aus, als sie mitten in meiner Packerei und Wegwerferei erschien. Sie hatte sich die Haare machen lassen, und die Farbe war ein bißchen anders, brauner vielleicht.

»Du musst nicht alles auf einen Schlag wegschmeißen«, sagte sie. »All das, was du für diese Stadtgeschichte gesammelt hast.«

Ich sagte, ich träfe eine Auswahl, obwohl das nicht ganz stimmte. Mein Eindruck war, wir gaben beide vor, das, was geschehen war, wichtiger zu nehmen, als wir es eigentlich taten. Wenn ich jetzt an die Stadtgeschichte dachte, dann mit der Einstellung, eigentlich war eine Kleinstadt nicht viel anders als jede andere.

Wir erwähnten mit keinem Wort meinen Einzug in das Mietshaus. Als wäre das längst ausführlich besprochen und inzwischen selbstverständlich.

Sie sagte, sie gehe auf eine ihrer Reisen, und diesmal nannte sie das Ziel. Savary Island, als wäre das genug.

Ich fragte höflich, wo das sei, und sie sagte: »Ach, vor der Küste.«

Als beantwortete das die Frage.

»Wo eine alte Freundin von mir wohnt«, sagte sie.

Was natürlich stimmen konnte.

»Sie hat E-Mail. Sie sagt, ich soll das machen. Ich bin irgendwie nicht scharf darauf. Aber ich kann's ja mal probieren.«

»Man weiß es eben erst, wenn man's probiert hat.«

Ich hatte das Gefühl, ich müsste noch mehr sagen. Mich nach dem Wetter erkundigen oder so, dort, wo sie hinfuhr. Aber bevor mir etwas einfiel, stieß sie einen äußerst ungewöhnlichen kleinen heiseren Schrei aus, dann hielt sie sich die Hand vor den Mund und ging mit großen, vorsichtigen Schritten an mein Fenster.

»Leise, leise«, sagte sie. »Schau doch mal.«

Sie lachte fast geräuschlos, ein Lachen, das sogar auf körperliche Schmerzen hindeuten konnte. Sie bewegte eine Hand hinter dem Rücken, um mich zu Stille zu ermahnen, als ich aufstand.

Im Hof hinter meinem Haus war ein Vogelbad. Ich hatte es vor Jahren dort aufgestellt, damit meine Mutter die Vögel beobachten konnte. Sie mochte Vögel sehr und erkannte sie an ihrem Gesang und auch an ihrem Gefieder. Ich hatte es eine ganze Weile lang vernachlässigt und gerade an jenem Morgen frisch gefüllt.

Und jetzt?

Es war voller Vögel. Schwarzweiße, die wüst planschten.

Keine Vögel. Etwas anderes, größer als Drosseln, kleiner als Krähen.

Sie sagte: »Skunks. Kleine Skunks. Mit mehr Weiß als Schwarz im Fell.«

Aber wie schön. Sie flitzten und tanzten und gerieten einander nie in den Weg, so dass man nicht sagen konnte, wie viele es waren, wo jeder anfing oder aufhörte.

Während wir zuschauten, richteten sie sich einer nach dem anderen auf, verließen das Wasser und liefen hintereinander über den Hof, rasch, aber in einer geraden, diagonalen Linie. Als wären sie stolz auf sich, ohne damit anzugeben. Sie waren zu fünft.

»Mein Gott«, sagte Oneida. »Mitten in der Stadt.«

Ihr Gesicht strahlte.

»Hast du je so etwas gesehen?«

Ich sagte, nein. Noch nie.

Ich dachte, vielleicht sagt sie noch etwas und verdirbt es, doch nein. Keiner von uns sagte etwas.

Wir waren so froh, wie man nur sein kann.

CORRIE

Es ist nicht gut, wenn das ganze Geld bei einer Familie ist, in so einem Ort wie dem hier«, sagte Mr Carlton. »Ich meine, für ein Mädchen wie meine Tochter Corrie. Zum Beispiel. Es ist nicht gut. Niemand auf demselben Niveau.«

Corrie saß direkt gegenüber am Tisch und sah dem Gast in die Augen. Sie schien das komisch zu finden.

»Wen soll sie heiraten?«, fuhr ihr Vater fort. »Sie ist fünfundzwanzig.«

Corrie hob die Augenbrauen, zog ein Gesicht.

»Du hast ein Jahr unter den Tisch fallen lassen«, sagte sie. »Sechsundzwanzig.«

»Mach doch«, sagte ihr Vater. »Lach dich schief.«

Sie lachte laut auf, und was, dachte der Gast, konnte sie schon anderes tun? Er hieß Howard Ritchie, und er war nur ein paar Jahre älter als sie, aber schon mit einer Frau und kleinen Kindern ausgestattet, wie der Vater sofort herausgefunden hatte.

Ihre Miene veränderte sich sehr rasch. Sie hatte leuchtend weiße Zähne und kurze lockige, fast schwarze Haare. Hohe Wangenknochen, die vom Licht betont wurden. Keine weiche Frau. Nicht viel Fleisch auf den Rippen, eine Formulierung, wie sie gut und gerne aus dem Mund ihres Vaters kommen konnte. Howard Ritchie hielt sie für eine jener jungen Frauen, die viel Zeit damit verbrachten, Golf und Tennis zu spielen. Trotz ihrer spitzen Zunge zweifelte er nicht an ihrer konventionellen Geisteshaltung.

Er war Architekt und stand noch am Beginn seiner Laufbahn. Mr Carlton beharrte darauf, ihn als Kirchenarchitekten zu bezeichnen, weil er zu jener Zeit den Turm der anglikanischen Kirche in der Stadt restaurierte. Ein Turm, der kurz vor dem Einsturz gestanden hatte, bis Mr Carlton sich seiner erbarmte. Mr Carlton war kein Anglikaner – darauf hatte er mehrmals hingewiesen. Seine Kirche war die methodistische, und er war mit Leib und Seele Methodist, weshalb es in seinem Haus keinen Alkohol gab. Aber eine schöne Kirche wie die anglikanische durfte nicht völlig verfallen. Sinnlos, etwas von den Anglikanern zu erwarten – das waren hier arme irische Protestanten, die den Turm abgerissen und an seiner Stelle etwas hingesetzt hätten, das für die Stadt ein Schandfleck gewesen wäre. Sie hatten natürlich nicht die entsprechenden Moneten und verstanden gar nicht, dass dafür nicht bloß ein Schreiner gebraucht wurde, sondern ein Architekt. Ein Kirchenarchitekt.

Das Esszimmer war scheußlich, wenigstens für Howards Begriffe. Das war Mitte der fünfziger Jahre, aber alles sah aus, als wäre es schon vor der Jahrhundertwende an Ort und Stelle gewesen. Das Essen war eher schlecht als recht. Der Mann am Kopfende des Tisches redete pausenlos. Man sollte meinen, die Tochter hätte die Nase voll davon, aber sie schien meistens drauf und dran zu sein, loszulachen. Bevor sie mit der Nachspeise fertig war, zündete sie sich eine Zigarette an. Sie bot Howard auch eine an und sagte nicht gerade leise: »Kümmern Sie sich nicht um Daddy.« Er nahm das Angebot an, aber sie stieg danach nicht in seiner Achtung.

Verwöhnte höhere Tochter. Ungehörig.

Aus heiterem Himmel fragte sie ihn, was er von dem Premierminister von Saskatchewan, Tommy Douglas, hielt.

Er sagte, dass seine Frau ihn unterstützte. Douglas war seiner Frau eigentlich nicht links genug, aber darauf wollte er nicht näher eingehen.

»Daddy liebt ihn. Daddy ist Kommunist.«

Worauf Mr Carlton verächtlich prustete, was ihr nicht den Mund stopfte.

»Jedenfalls lachst du über seine Witze«, sagte sie zu ihrem Vater.

Kurz danach nahm sie Howard mit hinaus zu einer Besichtigung des Geländes. Das Haus lag an der Straße, direkt gegenüber von der Fabrik, die Männerstiefel und Arbeitsschuhe herstellte. Hinter dem Haus jedoch erstreckten sich weite Rasenflächen bis zum Fluss, der sich um die halbe Stadt wand. Es gab einen ausgetretenen Pfad hinunter zum Ufer. Sie ging voran, und so konnte er etwas sehen, dessen er vorher nicht sicher war. Sie lahmte auf einem Bein.

»Ist der Rückweg nicht ziemlich steil?«, fragte er.

»Ich bin kein Krüppel.«

»Wie ich sehe, haben Sie ein Ruderboot«, sagte er und meinte das als halbe Entschuldigung.

»Ich würde Sie hinausrudern, aber nicht gerade jetzt. Jetzt müssen wir uns den Sonnenuntergang anschauen.« Sie zeigte auf einen alten Küchenstuhl, der, sagte sie, eigens für den Sonnenuntergang da stand, und verlangte, dass er darauf Platz nahm. Sie selbst setzte sich ins Gras. Er wollte sie schon fragen, ob sie allein aufstehen konnte, besann sich aber eines Besseren.

»Ich hatte Kinderlähmung«, sagte sie. »Das ist alles. Meine Mutter hatte sie auch und ist daran gestorben.«

»Wie schrecklich.«

»Ja. Ich kann mich nicht an sie erinnern. Ich fahre nächste Woche nach Ägypten. Ich wollte unbedingt hin, aber jetzt liegt mir nicht mehr so viel daran. Hätten Sie Lust dazu?«

»Ich muss leider Geld verdienen.«

Ihn erstaunte, was er gesagt hatte, und natürlich brachte es sie zum Kichern.

»Ich habe ganz allgemein gesprochen«, sagte sie majestätisch, als das Kichern beendet war.

»Ich auch.«

Es war unvermeidlich, dass sie einem schleimigen Mitgiftjäger in die Hände fiel, einem Ägypter oder dergleichen. Sie wirkte keck und zugleich kindisch. Das mochte einen Mann anfangs reizen, aber dann würden ihre vorlaute Art sowie ihre Selbstgefälligkeit, wenn sie denn echt war, langweilig werden. Immerhin war Geld da, und das wurde manchen Männern nie langweilig.

»Sie dürfen vor Daddy nie etwas über mein Bein sagen, sonst kriegt er einen Tobsuchtsanfall«, sagte sie. »Einmal hat er nicht nur einen Jungen rausgeschmissen, der mich gehänselt hat, sondern seine ganze Familie. Ich meine, mit Nichten und Neffen.«

Aus Ägypten trafen sonderbare Postkarten ein, in seinem Büro, nicht in seinem Haus. Aber wie hätte sie auch seine Privatadresse wissen sollen?

Ohne eine einzige Pyramide. Ohne Sphinx.

Stattdessen war auf einer Gibraltar abgebildet, mit dem Hinweis, das sei eine zusammenfallende Pyramide. Auf einer anderen waren ebene, dunkelbraune Felder abgebildet, Gott weiß wo, und darunter stand:»Meer der Melancholie.« Dann noch eine Botschaft in zierlicher Druckschrift:»Lupe gegen Geld erhältlich.« Zum Glück gerieten sie niemandem in seinem Büro in die Hände.

Er hatte nicht vor, zu antworten, tat es aber doch:»Lupe fehlerhaft, erbitte Geld zurück.«

Er fuhr zu einer unnötigen Inspektion des Kirchturms in ihre Stadt, denn er wusste, dass sie von den Pyramiden zurück sein musste, wusste aber nicht, ob sie zu Hause sein würde oder schon wieder auf Reisen.

Sie war zu Hause und würde es für einige Zeit bleiben. Ihr Vater hatte einen Schlaganfall erlitten.

Es gab eigentlich nicht viel für sie zu tun. Eine Pflegerin kam jeden zweiten Tag ins Haus. Und ein Mädchen namens Lillian Wolfe besorgte das Feuer im Küchenherd und in den Öfen, die immer angezündet wurden, wenn Howard eintraf. Natürlich erledigte sie auch anderes im Haushalt. Corrie selbst schaffte es nicht recht, ein anständiges Feuer in Gang zu bringen oder eine Mahlzeit zuzubereiten; sie konnte nicht Schreibmaschine schreiben und nicht Auto fahren, nicht mal mit einem orthopädischen Schuh. Howard nahm alles in die Hand, wenn er kam. Er schaute nach den Öfen und kümmerte sich um verschiedene andere Dinge im Haus und wurde sogar in das Zimmer von Corries Vater gebeten, wenn der alte Mann in der Lage war, Besuch zu empfangen.

Howard war sich nicht sicher gewesen, wie er auf den Fuß

reagieren würde, im Bett. Aber irgendwie fand er ihn rührender, einzigartiger als alles andere an ihr.

Sie hatte ihm gesagt, sie sei keine Jungfrau mehr. Aber das erwies sich als komplizierte Halbwahrheit, infolge der Zudringlichkeit eines Klavierlehrers, als sie fünfzehn war. Sie hatte zugelassen, was der Klavierlehrer wollte, weil ihr Menschen leidtaten, die sich so sehr nach etwas sehnten.

»Fass das nicht als Beleidigung auf«, sagte sie und erklärte, dass sie aufgehört hatte, Menschen auf diese Weise zu bemitleiden.

»Das will ich hoffen«, sagte er.

Dann musste er ihr etwas von sich erzählen. Nur weil er ein Kondom dabeihatte, hieß das nicht, dass er ein gewohnheitsmäßiger Verführer war. Tatsächlich war sie erst die zweite Frau, mit der er ins Bett ging, nach der ersten, seiner Ehefrau. Er war in einem erzfrommen Haushalt aufgewachsen und glaubte bis zu einem gewissen Grad immer noch an Gott. Er hielt das vor seiner Frau geheim, die als Ultralinke darüber Witze gemacht hätte.

Corrie sagte, sie sei froh, dass das, was sie taten – gerade getan hatten –, ihm keine Probleme zu bereiten schien, trotz seines Glaubens. Sie sagte, sie habe nie Zeit für Gott gehabt, denn sie habe mit ihrem Vater alle Hände voll zu tun.

Es war nicht schwierig für die beiden. Howards Beruf erforderte es, oft zu Inspektionen und Kunden unterwegs zu sein. Die Fahrt von Kitchener dauerte nicht lange. Und Corrie war jetzt allein im Haus. Ihr Vater war gestorben, und das Mädchen, das für sie gearbeitet hatte, war fort, um sich Arbeit in der Stadt zu suchen. Corrie hatte das befürwortet, ihr sogar Geld für Unterricht im Schreibmaschineschreiben gegeben, damit sie sich verbesserte.

»Du bist zu intelligent, um dich im Haushalt abzuplagen«, hatte sie gesagt. »Lass mich wissen, wie du vorankommst.«

Ob Lillian Wolfe das Geld für Unterricht im Schreibmaschineschreiben oder für etwas anderes ausgab, wurde nicht bekannt, aber sie arbeitete weiter in einem Haushalt. Was ans Licht kam, als Howard und seine Frau zusammen mit anderen zum Abendessen bei neuerdings wichtigen Leuten in Kitchener eingeladen waren. Dort bediente Lillian die Gäste, darunter auch den Mann, den sie in Corries Haus gesehen hatte. Den Mann, den sie mit dem Arm um Corrie gesehen hatte, wenn sie ins Zimmer kam, um das Geschirr abzuräumen oder das Feuer zu schüren. Aus den Gesprächen ging klar hervor, dass seine Tischdame, wie auch damals schon, seine Ehefrau war.

Howard sagte Corrie, dass er ihr nicht sofort von dem Abendessen berichtet hatte, weil er hoffte, es würde unwichtig werden. Die Gastgeber des Abends waren keineswegs gute Freunde, weder von ihm noch von seiner Frau. Ganz gewiss nicht von seiner Frau, die sich hinterher aus politischen Gründen über sie lustig machte. Ein rein gesellschaftlicher Anlass. Und der Haushalt war wohl kaum einer, in dem die Dienstmädchen mit der Dame des Hauses klatschten.

Was auch stimmte. Lillian teilte mit, dass sie überhaupt nicht geklatscht hatte. Und zwar in einem Brief. Sie habe nicht die Absicht, mit ihrer Dienstherrin zu reden, falls sie reden musste. Sondern mit seiner Frau. Wäre seine Frau daran interessiert, diese Information zu erhalten?, so drückte sie es aus. Der Brief war an die Adresse seines Büros gerichtet, die sie schlauerweise in Erfahrung gebracht hatte. Aber sie hatte auch seine Privatanschrift ausgekundschaftet. Die sie erwähnte, ebenso wie den Mantel seiner Frau mit dem Silberfuchskragen. Dieser Mantel machte seiner Frau zu schaffen, und sie fühlte sich oft verpflichtet, anderen zu sagen, dass sie ihn geerbt, nicht gekauft hatte. Was die Wahrheit war. Trotzdem trug sie ihn zu bestimmten Anlässen wie jenem Abendessen gern, anscheinend, um vor Leuten zu bestehen, mit denen sie eigentlich nichts zu tun haben mochte.

»Ich würde äußerst ungern einer so netten Dame mit einem großen Silberfuchskragen am Mantel das Herz brechen müssen«, hatte Lillian geschrieben.

»Wie soll Lillian einen Silberfuchskragen von einem Loch im Boden unterscheiden können?«, fragte Corrie, als er meinte, es ihr nicht länger verschweigen zu dürfen. »Bist du sicher, sie hat es so geschrieben?«

»Ganz sicher.«

Er hatte den Brief sofort verbrannt, hatte sich davon besudelt gefühlt.

»Dann hat sie einiges dazugelernt«, sagte Corrie. »Ich habe sie immer für verschlagen gehalten. Ich nehme an, sie umzubringen kommt nicht in Betracht?«

Er lächelte nicht einmal, also sagte sie ganz ernst: »Ich mache nur Spaß.«

Es war April, aber immer noch kalt genug, um sich ein Feuer zu wünschen. Sie hatte vorgehabt, ihn darum zu bitten, das ganze Abendbrot über, aber seine sonderbare, düstere Stimmung hatte sie davon abgehalten.

Er erzählte ihr, dass seine Frau eigentlich gar nicht zu dem

Essen hatte hingehen wollen. »Es ist alles einfach schieres Pech.«

»Du hättest auf sie hören sollen«, sagte sie.

»Es ist das Schlimmste«, sagte er. »Das Schlimmste, was passieren konnte.«

Beide starrten in den schwarzen Kamin. Er hatte sie nur einmal berührt, zur Begrüßung.

»Das nicht«, sagte Corrie. »Nicht das Schlimmste. Nein.«

»Nein?«

»Nein«, sagte sie. »Wir könnten ihr das Geld geben. Es ist eigentlich nicht viel.«

»Ich habe nicht …«

»Nicht du. Ich.«

»Auf keinen Fall.«

»Doch.«

Sie zwang sich, leichthin zu sprechen, aber ihr war eiskalt geworden. Denn was, wenn er nein sagte? Nein, das kann ich nicht zulassen. Nein, das ist ein Zeichen. Ein Zeichen, dass wir aufhören müssen. Sie war sicher, etwas Ähnliches hatte sich in seiner Stimme, in seinem Gesicht niedergeschlagen. All das alte Zeug über die Sünde. Das Böse.

»Für mich ist das nichts«, sagte sie. »Und selbst, wenn du es dir leicht beschaffen könntest, wärst du nicht fähig, es zu tun. Du hättest das Gefühl, du nimmst es deiner Familie weg – wie könntest du?«

Familie. Das hätte sie nicht sagen dürfen. Nicht dieses Wort.

Doch sein Gesicht hellte sich auf. Er sagte: Nein, nein, aber in seiner Stimme lag Zweifel. Und da wusste sie, es würde kein Problem sein. Nach einer Weile, als er wieder fähig war, an Praktisches zu denken, fiel ihm noch etwas aus dem Brief ein. Es musste in Scheinen sein. Schecks konnte sie nicht gebrauchen.

Er sprach, ohne aufzuschauen, wie über etwas Geschäftliches. Scheine waren auch für Corrie am besten. Die würden sie nicht kompromittieren.

»Prima«, sagte sie. »Es ist sowieso keine astronomische Summe.«

»Aber sie darf nicht erfahren, dass wir es so sehen«, warnte er.

Ein Postfach sollte auf Lillians Namen eingerichtet werden. Die Scheine sollten in einem an sie adressierten Umschlag dort zwei Mal jährlich hinterlegt werden. Die Daten würden von ihr festgelegt werden. Nie einen Tag zu spät. Oder, wie sie sich ausgedrückt hatte, sie könnte sonst anfangen, sich Sorgen zu machen.

Er berührte Corrie immer noch nicht, außer bei dem dankbaren, fast förmlichen Abschied. Das Thema muss von dem, was zwischen uns ist, getrennt bleiben, schien er sagen zu wollen. Wir fangen ganz neu an. Wir werden wieder das Gefühl haben können, dass wir niemandem weh tun. Nichts Falsches tun. So hätte er es mit seinen Worten gesagt, die unausgesprochen blieben. Mit ihren eigenen Worten machte sie eine halb scherzhafte Bemerkung, deren Witz nicht ankam.

»Wir haben jetzt schon zu Lillians Ausbildung beigetragen – so schlau war sie früher nicht.«

»Wir wollen aber nicht, dass sie noch schlauer wird. Und noch mehr verlangt.«

»Das lassen wir auf uns zukommen. Außerdem können wir damit drohen, zur Polizei zu gehen. Sogar jetzt schon.«

»Aber das wäre das Ende von dir und mir«, sagte er. Er

hatte sich schon verabschiedet und wandte den Kopf ab. Sie standen auf der windigen Veranda.

Er sagte: »Ich könnte ein Ende von dir und mir nicht ertragen.«

»Ich bin froh, das zu hören«, sagte Corrie.

Rasch kam die Zeit, da sie nicht einmal mehr darüber sprachen. Sie händigte ihm die Scheine aus, die schon in einem Umschlag steckten. Anfangs gab er ein kurzes, widerwilliges Knurren von sich, das sich aber später in einen gottergebenen Seufzer verwandelte, als wäre er an eine lästige Pflicht erinnert worden.

»Wie die Zeit vergeht.«

»Ja, nicht wahr?«

»Lillians unrecht Gut«, sagte Corrie gern, und obwohl er diesen Ausdruck anfangs nicht mochte, gewöhnte er sich an, ihn selbst zu benutzen. In der ersten Zeit fragte sie ihn, ob er Lillian je wiedergesehen hatte, ob es weitere Dinnergesellschaften gegeben hatte.

»So gute Freunde waren das nicht«, rief er ihr ins Gedächtnis. Er sah die Leute kaum noch, wusste nicht, ob Lillian noch bei ihnen arbeitete.

Corrie hatte sie auch nicht mehr gesehen. Lillians Familie lebte draußen auf dem Land, und falls sie ihre Angehörigen besuchte, so fuhren sie mit ihr eher nicht in diese Stadt zum Einkaufen, denn mit der war es rapide bergab gegangen. In der Hauptstraße gab es jetzt nur noch ein Lädchen, in dem die Leute Lotto spielten und Dinge einkauften, die ihnen gerade ausgegangen waren, sowie ein Möbelgeschäft, in dem immer dieselben Tische und Sofas unverändert im Schaufenster standen und dessen Tür nie offen zu sein schien – und vielleicht auch nie sein würde, bis der Besitzer in Florida starb.

Nachdem Corries Vater gestorben war, hatte eine große Firma die Schuhfabrik übernommen und versprochen – wie Corrie meinte –, den Betrieb aufrechtzuerhalten. Innerhalb eines Jahres jedoch war das Gebäude leer, alle brauchbaren Maschinen in eine andere Stadt fortgeschafft, nichts übrig bis auf ein paar altmodische Werkzeuge, die früher einmal etwas mit der Herstellung von Stiefeln und Schuhen zu tun gehabt hatten. Corrie setzte sich in den Kopf, ein kleines Museum für diese Dinge einzurichten. Sie selbst würde es betreiben und Führungen geben, bei denen sie beschrieb, wie früher dort gearbeitet wurde. Es war erstaunlich, wie sachkundig sie wurde, mit Hilfe einiger Fotografien, die ihr Vater zur Illustrierung eines Vortrags hatte anfertigen lassen, den er vielleicht selbst – das Manuskript war schlecht getippt – vor dem Frauenbildungsverein gehalten hatte, als der sich mit dem örtlichen Handwerk beschäftigte. Am Ende des Sommers hatte Corrie schon ein paar Besucher herumgeführt. Sie war überzeugt, dass es im nächsten Jahr vorangehen würde, nachdem sie ein Schild an der Landstraße aufgestellt und einen Artikel für einen Touristenprospekt geschrieben hatte.

Im zeitigen Frühjahr schaute sie eines Morgens aus ihrem Fenster und sah mehrere Fremde, die anfingen, das Fabrikgebäude abzureißen. Es stellte sich heraus, dass der Vertrag, von dem sie meinte, er erlaubte ihr die Benutzung des Gebäudes, solange sie dafür Miete zahlte, ihr nicht gestattete, irgendwelche Gegenstände, die sich darin befanden, auszustellen oder sich anzueignen, ganz egal, wie lange sie als wertlos gegolten hatten. Ohne Frage gehörte ihr dieses alte Eisenzeug nicht, und sie konnte sogar von Glück sagen, dass die Firma – die früher so entgegenkommend zu sein schien – sie nicht vor Gericht zerrte, nachdem bekanntgeworden war, was sie vorhatte.

Wenn Howard nicht gerade den Sommer, in dem sie dieses Projekt in Angriff nahm, mit seiner Familie in Europa verbracht hätte, hätte er sich ihren Vertrag mit der Firma genau ansehen können, und ihr wäre eine Menge Ärger erspart geblieben.

Macht nichts, sagte sie, als sie sich beruhigt hatte, und bald fand sie ein neues Betätigungsfeld.

Es begann mit ihrer Entscheidung, dass sie ihr großes leeres Haus satthatte – sie wollte hinaus, und so nahm sie die öffentliche Bücherei am Ende der Straße ins Visier.

Die befand sich in einem hübschen, überschaubaren Backsteinbau und war eine Carnegie-Stiftung, also nicht leicht abzuschaffen, auch wenn sie nur noch von wenigen Leuten benutzt wurde – nicht annähernd genug, um das Gehalt einer Bibliothekarin zu rechtfertigen.

Corrie ging zwei Mal pro Woche hin, schloss die Türen auf und setzte sich an den Schreibtisch der Bibliothekarin. Sie wischte in den Regalen Staub, wenn sie Lust dazu hatte, und rief Leute an, die laut der Unterlagen seit Jahren Bücher ausgeliehen hatten. Manchmal behaupteten die Leute, die sie erreichte, dass sie von dem Buch noch nie gehört hatten – es war von einer Tante oder Großmutter ausgeliehen worden, die früher gerne las und jetzt tot war. Sie sprach dann von Bibliothekseigentum, und manchmal tauchte das Buch tatsächlich im Rückgabefach auf.

Das einzig Unangenehme daran, in der Bibliothek zu sitzen, war der Lärm. Der wurde von Jimmy Cousins veranstaltet, der den Rasen um das Bibliotheksgebäude mähte und immer wieder von vorn anfing, wenn er damit fertig war, weil er nichts anderes zu tun hatte. Also beauftragte sie ihn damit, die Rasenflächen um ihr Haus zu mähen – was sie sonst selbst getan hatte, um sich Bewegung zu verschaffen, aber bei ihrer Figur hatte sie das eigentlich nicht nötig, und bei ihrer Lahmheit brauchte sie dafür ewig.

Howard war ein wenig irritiert von der Veränderung in ihrem Leben. Er kam jetzt seltener, konnte dafür aber länger bleiben. Er wohnte inzwischen in Toronto, arbeitete aber immer noch für dieselbe Firma. Seine Kinder waren Teenager oder schon auf dem College. Die Mädchen machten sich sehr gut, die Jungen nicht ganz so, wie er es sich gewünscht hätte, aber so waren Jungen eben. Seine Frau arbeitete in Vollzeit und manchmal darüber hinaus im Büro eines Provinzpolitikers. Ihr Gehalt war lächerlich, aber sie war glücklich. Glücklicher, als er sie je erlebt hatte.

Im letzten Frühling war er mit ihr nach Spanien geflogen, als Geburtstagsüberraschung. Corrie hatte einige Zeit lang nichts von ihm gehört. Er hätte es geschmacklos gefunden, ihr aus dem Geburtstagsurlaub zu schreiben. So etwas würde er nie tun, und sie hätte es auch nicht gern gesehen.

»Man sollte meinen, mein Haus ist ein Heiligtum, so, wie du dich aufführst«, sagte Corrie, als er zurück war, und er sagte: »Ganz recht.« Er liebte inzwischen alles an diesen großen Räumen mit den stuckverzierten Decken und den dunklen, düsteren Täfelungen. Sie hatten etwas vollkommen Absurdes. Aber er konnte nachvollziehen, dass es für sie anders war und dass sie hin und wieder hinausmusste. Sie fingen an, kleine Fahrten zu unternehmen, dann etwas längere mit

Übernachtungen in Motels – obwohl immer nur für eine Nacht – und Mahlzeiten in gehobeneren Restaurants.

Sie begegneten nie jemandem, den sie kannten. Früher wäre ihnen das passiert – davon waren sie überzeugt. Jetzt war alles anders, obwohl sie nicht wussten, warum. Etwa, weil es für sie nicht mehr so gefährlich war, selbst wenn es geschah? Denn die Leute, denen sie hätten begegnen können und es nie taten, hätten sie nicht verdächtigt, das sündige Paar zu sein, das sie immer noch waren. Er hätte sie, ohne Probleme zu bekommen, als eine Cousine vorstellen können – eine lahme Verwandte, bei der er eben mal vorbeischaute. Er hatte tatsächlich Verwandte, von denen seine Frau nie etwas hatte wissen wollen. Und wen hätte eine angejahrte Geliebte, die ein Bein nachzog, gekümmert? Niemand hätte sich so etwas gemerkt, um es in einem gefährlichen Moment auszuplaudern.

Wir haben neulich Howard getroffen, in Bruce Beach, war das seine Schwester, die er dabeihatte? Er sah gut aus. Vielleicht seine Cousine. Die hat doch gehinkt?

Spekulationen darüber schienen kaum der Rede wert.

Sie schliefen natürlich immer noch miteinander. Manchmal mit Rücksicht auf eine schmerzende Schulter, ein empfindliches Knie. Sie waren in der Hinsicht immer konventionell gewesen und blieben es, sie beglückwünschten sich dazu, dass sie keine künstlichen Stimulantien brauchten. Die waren für Verheiratete.

Manchmal füllten sich Corries Augen mit Tränen, und sie barg ihr Gesicht an seiner Schulter.

»Es ist bloß, dass wir so glücklich sind«, sagte sie.

Sie fragte ihn nie, ob er glücklich sei, aber er gab ihr indirekt zu verstehen, dass er es war. Er sagte, er habe in seiner

Arbeit konservativere oder vielleicht auch nur weniger opti-
mistische Ideen entwickelt. (Sie behielt den Gedanken, er sei
schon immer recht konservativ gewesen, für sich.) Er nahm
Klavierstunden, zur Überraschung seiner Frau und seiner
Kinder. Es war gut, so ein eigenes Interessengebiet zu haben,
in einer Ehe.

»Bestimmt«, sagte Corrie.

»Ich wollte damit nicht sagen …«

»Ich weiß.«

Eines Tages – es war im September – kam Jimmy Cousins in
die Bibliothek, um ihr zu sagen, dass er ihren Rasen an diesem Tag nicht mähen konnte. Er musste auf dem Friedhof ein
Grab ausheben. Für jemanden, der früher hier gelebt hatte.

Corrie, mit dem Finger in *Der große Gatsby*, erkundigte
sich nach dem Namen des Verstorbenen. Sie sagte, es sei interessant, wie viele Leute – oder jedenfalls deren Leichen –
hier wieder auftauchten und mit dieser letzten Bitte ihre
Verwandten plagten. Sie mochten ihr ganzes Leben in nähe-
ren oder ferneren Großstädten verbracht haben und dort
ganz zufrieden gewesen sein, hatten aber kein Verlangen danach, dort zu bleiben, wenn sie tot waren. Alte Leute setzten
sich so was in den Kopf.

Jimmy sagte, es sei keine so alte Person. Der Name lautete
Wolfe. Der Vorname war ihm entfallen.

»Nicht etwa Lillian? Lillian Wolfe?«

Konnte sein.

Und ihr Name stand tatsächlich da, im Bibliotheksexemplar der Lokalzeitung, die Corrie nie las. Lillian war in Kitchener gestorben, im Alter von sechsundvierzig Jahren. Sie

sollte in der Kirche der Gesalbten des Herrn beigesetzt werden, Trauerfeier um zwei Uhr.

Na gut.

Dies war einer der beiden Tage in der Woche, an denen die Bibliothek laut Plan geöffnet war. Corrie konnte nicht hingehen.

Die Kirche der Gesalbten des Herrn war eine der neuen in der Stadt. Nichts florierte hier mehr, nur noch das, was ihr Vater »Spinner-Religionen« genannt hatte. Sie konnte das Gebäude von einem der Bibliotheksfenster aus sehen.

Sie stand vor zwei Uhr am Fenster und sah eine beachtliche Anzahl von Leuten hineingehen.

Hüte schienen heutzutage nicht mehr erforderlich zu sein, weder auf Frauen noch auf Männern.

Wie sollte sie es ihm mitteilen? Am besten wohl in einem Brief an sein Büro. Sie konnte ihn dort anrufen, aber dann musste er so beherrscht, so nüchtern reagieren, dass von dem Wunder ihrer Erlösung kaum etwas übrig blieb.

Sie kehrte zu ihrem *Gatsby* zurück, doch sie las nur Wörter, sie war zu unruhig. Sie schloss die Bibliothek ab und lief durch die Stadt.

Es hieß immer, dass diese Stadt wie ein Leichenbegängnis war, wenn jedoch ein richtiges Leichenbegängnis stattfand, dann zeigte sie sich so lebendig, wie sie nur konnte. Daran wurde Corrie erinnert, als sie aus einiger Entfernung beobachtete, wie die Trauergäste aus der Kirche kamen und stehen blieben, um zu plaudern und den feierlichen Ernst abzulegen. Dann sah sie überrascht mit an, dass viele von ihnen um die Kirche herum zu einer Seitentür spazierten und wieder darin verschwanden.

Natürlich. Das hatte sie vergessen. Nach der Trauerfeier,

nachdem der geschlossene Sarg auf die Bahre gestellt worden war, folgten jene, die der Toten nahe genug gestanden hatten, dem Sarg, bis er in die Erde gesenkt wurde, während alle anderen sich zum Leichenschmaus begaben. Der würde sie in einem anderen Teil der Kirche erwarten, wo sich eine Sonntagsschule befand sowie eine Teeküche.

Sie sah keinen Grund, warum sie sich ihnen nicht anschließen sollte.

Aber im letzten Augenblick wäre sie lieber vorbeigegangen.

Zu spät, eine Frau rief sie mit herausfordernder – oder zumindest sehr diesseitiger – Stimme von der Tür aus, zu der die anderen hineingegangen waren.

Diese Frau sagte zu ihr, als sie nahe genug war: »Wir haben Sie auf der Trauerfeier vermisst.«

Corrie hatte keine Ahnung, wer die Frau war. Sie sagte, dass es ihr sehr leidtat, nicht teilgenommen zu haben, aber sie hatte die Bibliothek offenhalten müssen.

»Ja, natürlich«, sagte die Frau, hatte sich aber schon abgewandt, um einer Frau zu antworten, die einen Kuchen trug.

»Ist dafür noch Platz im Kühlschrank?«

»Ich weiß nicht, Liebchen, Sie müssen einfach mal nachschauen.«

Corrie hatte, ausgehend von dem geblümten Kleid der Frau an der Tür, angenommen, dass die Frauen drinnen alle etwas Ähnliches tragen würden. Sonntagsstaat, wenn nicht Trauerstaat. Aber vielleicht waren ihre Vorstellungen von Sonntagsstaat veraltet. Einige der Frauen trugen Hosen, wie sie selbst auch.

Eine andere Frau brachte ihr ein Stück Gewürzkuchen auf einem Plastikteller.

»Sie müssen doch Hunger haben«, sagte sie. »Alle anderen haben jedenfalls welchen.«

Eine Frau, die früher Corries Friseuse war, sagte: »Ich hab allen gesagt, Sie würden wahrscheinlich vorbeischauen. Ich hab denen gesagt, Sie können erst, wenn Sie die Bibliothek zugemacht haben. Ich hab gesagt, zu schade, dass Sie den Trauergottesdienst versäumen müssen. Hab ich gesagt.«

»Es war ein wunderschöner Trauergottesdienst«, sagte eine andere Frau. »Sie möchten bestimmt einen Tee, wenn Sie mit dem Kuchen fertig sind.«

Und so weiter. Ihr fiel kein einziger Name ein. Die vereinigte und die presbyterianische Kirche hielten sich gerade noch so, die anglikanische Kirche hatte schon vor langer Zeit dichtgemacht. Gingen jetzt alle hierher?

Es gab nur eine andere Frau in der Runde, die ähnlich viel Aufmerksamkeit erhielt wie Corrie und die so gekleidet war, wie Corrie es von einer Frau auf einer Beerdigung erwartete. Ein hübsches fliedergraues Kleid und ein dezenter grauer Sommerhut.

Die Frau wurde zu ihr herübergeführt, um ihre Bekanntschaft zu machen. Eine Kette von bescheidenen echten Perlen um den Hals.

»Ah, ja.« Sie sprach mit leiser Stimme, so erfreut, wie es der Anlass gestattete. »Sie müssen Corrie sein. Die Corrie, von der ich schon so viel gehört habe. Obwohl wir uns nie begegnet sind, hatte ich immer das Gefühl, Sie zu kennen. Aber Sie wollen bestimmt wissen, wer ich bin.« Sie nannte einen Namen, der Corrie nichts sagte. Dann schüttelte sie den Kopf und lächelte bedauernd.

»Lillian hat für uns gearbeitet, seit sie nach Kitchener kam«, sagte sie. »Die Kinder haben sie geliebt. Dann die Enkelkinder. Die haben sie sehr geliebt. Du meine Güte. An ihrem freien Tag war ich ein nur höchst unbefriedigender Ersatz für Lillian. Wir alle haben sie geliebt.«

Sie sagte das auf eine Art, die verwundert, aber voller Anerkennung war. Auf eine Art, die solche Frauen an den Tag legen konnten, voll charmanter Selbstkritik. Sie hätte Corrie sofort als die einzige Person im Raum erkannt, die ihre Sprache sprach und ihre Worte nicht für bare Münze nahm.

Corrie sagte: »Ich wusste gar nicht, dass sie krank war.«

»Das ging ganz schnell bei ihr«, sagte die Frau mit der Teekanne und bot der Dame mit den Perlen davon an, die dankend ablehnte. »Wie lange war sie im Krankenhaus?«, fragte sie in leicht drohendem Ton die Perlen.

»Ich muss überlegen. Zehn Tage?«

»Weniger, hab ich gehört. Und noch weniger, nachdem dann endlich ihre Familie verständigt worden ist.«

»Sie war sehr verschwiegen.« Dies von der Arbeitgeberin, die leise sprach, sich aber behauptete. »Sie war absolut kein Mensch, der viel Aufhebens von sich machte.«

»Nein, war sie nicht«, sagte Corrie.

In diesem Augenblick trat eine füllige, lächelnde junge Frau dazu und stellte sich als die Pfarrerin vor.

»Wir sprechen von Lillian?«, fragte sie. Sie schüttelte verwundert den Kopf. »Lillian war gesegnet. Lillian war ein außergewöhnlicher Mensch.«

Alle stimmten zu. Auch Corrie.

»Ich habe Madame Pfarrerin im Verdacht«, schrieb Corrie an Howard, in dem langen Brief, den sie auf dem Heimweg im Kopf entwarf.

Später am Abend setzte sie sich hin und fing mit der Niederschrift an, obwohl sie den Brief noch nicht abschicken durfte – Howard verbrachte zwei Wochen mit seiner Familie im Ferienhaus am Muskoka-See. Alle etwas missvergnügt, wie er es im Vorhinein beschrieben hatte – seine Frau ohne ihre Politik, er ohne sein Klavier –, aber nicht bereit, auf das Ritual zu verzichten.

»Natürlich ist der Gedanke absurd, dass Lillians unrecht Gut in den Bau einer Kirche geflossen ist«, schrieb sie. »Aber ich wette, sie hat den Turm bezahlt. Jedenfalls ist es ein lächerlicher Turm. Ich hätte nie gedacht, wie verräterisch diese umgekehrten Eiscremetüten-Türme sind. Der Verlust des Glaubens steht einem doch vor Augen, oder? Sie wissen es nicht, aber sie verkünden es.«

Sie zerknüllte den Brief und fing von vorn an, triumphierender.

»Die Tage der Erpressung sind vorüber. Der Ruf des Kuckucks hallt durchs Land.«

Sie hatte sich nie eingestanden, wie sehr sie das belastete, schrieb sie, aber jetzt war es ihr klar. Nicht das Geld – wie er sehr wohl wusste, lag ihr nichts an dem Geld, außerdem hatte sich der reale Gegenwert des Betrages im Laufe der Jahre verringert, was Lillian offenbar nie erkannt hatte. Es war das ungute Gefühl, die nie endende Unsicherheit, die Bürde auf ihrer langen Liebe, die sie unglücklich gemacht hatten. Dieses Gefühl hatte sie jedes Mal, wenn sie an Postfächern vorbeikam.

Sie überlegte, ob er die Neuigkeit durch Zufall erfahren konnte, bevor ihr Brief ihn erreichte. Unmöglich. Er hatte noch nicht das Stadium erreicht, in dem man die Todesanzeigen liest.

Im Februar und dann wieder im August eines jeden Jahres hatte sie die erforderlichen Geldscheine in einen Umschlag getan, und er hatte den Umschlag in die Tasche gesteckt. Später hatte er wahrscheinlich die Geldscheine nachgezählt und Lillians Namen auf den Umschlag getippt, bevor er ihn zu ihrem Postfach brachte.

Die Frage war, hatte er inzwischen in dem Fach nachgesehen, ob das Geld dieses Sommers abgeholt worden war? Lillian war noch am Leben gewesen, als Corrie das Geld bereitstellte, aber bestimmt nicht mehr in der Lage, das Postfach aufzusuchen. Bestimmt nicht mehr.

Kurz vor Howards Abreise ins Ferienhaus hatte Corrie ihn zuletzt gesehen, und da hatte auch die Geldübergabe stattgefunden. Sie versuchte auszurechnen, wann genau das gewesen sein musste, ob er Zeit gehabt hätte, das Postfach nach der Hinterlegung des Geldes zu überprüfen, oder ob er gleich zum Ferienhaus aufgebrochen war. Manchmal fand er während seines Aufenthalts dort Zeit, Corrie einen Brief zu schreiben. Aber diesmal nicht.

Sie geht zu Bett, obwohl der Brief an ihn noch nicht beendet ist.

Und wacht früh auf, als der Himmel hell wird, obwohl die Sonne noch nicht aufgegangen ist.

Es gibt immer einen Morgen, an dem einem klar wird, dass die Vögel alle fort sind.

Sie weiß etwas. Sie ist im Schlaf darauf gekommen.

Es gibt keine Neuigkeit, die sie ihm mitteilen muss. Es gibt keine Neuigkeit, weil es nie eine gab.

Keine Neuigkeit über Lillian, weil Lillian keine Rolle

spielt und nie eine gespielt hat. Kein Postfach, weil das Geld sofort auf ein Konto wandert oder vielleicht nur in eine Brieftasche. Allgemeine Ausgaben. Oder ein Notgroschen. Eine Reise nach Spanien. Egal. Männer mit Familien, Ferienhäusern, Kindern in der Ausbildung, unbezahlten Rechnungen – die brauchen nicht darüber nachzudenken, wie sie dieses Geld ausgeben sollen. Es kann nicht mal ein warmer Regen genannt werden. Nicht nötig, es zu erklären.

Sie steht auf, zieht sich rasch an, geht durch jedes Zimmer im Haus und stellt den Wänden und Möbeln diese neue Idee vor. Ein Hohlraum überall, vor allem in ihrer Brust. Sie kocht Kaffee und trinkt ihn nicht. Sie landet wieder in ihrem Schlafzimmer und stellt fest, dass die Umstellung auf die neue Wirklichkeit ganz von vorn anfangen muss.

Die kürzeste Mitteilung, in den Briefkasten eingeworfen.

»Lillian ist tot, gestern beerdigt.«

Sie schickt den Brief an sein Büro, es kommt nicht darauf an. Per Einschreiben? Ach was.

Sie stellt das Telefon ab, um nicht unter dem Warten zu leiden. Dem Schweigen. Es kann sein, dass sie nie wieder etwas hört.

Doch bald ein Brief, kaum länger als ihrer.

»Jetzt alles gut, sei froh. Bald.«

Dabei werden sie es also belassen. Zu spät, um etwas anderes zu tun. Denn es hätte schlimmer kommen können, viel schlimmer.

ZUG

Das ist ohnehin ein langsamer Zug, und er hat vor der Kurve noch abgebremst. Jackson ist inzwischen der einzige Fahrgast, bis zum nächsten Halt in Clover sind es noch ungefähr zwanzig Meilen. Danach kommen Ripley, Kincardine und der See. Er hat also Glück, und das muss man nutzen. Schon hat er seine Fahrkarte aus dem Schlitz über seinem Platz herausgezogen.

Er wirft seine Tasche hinaus und sieht sie gut landen, zwischen den Gleisen. Jetzt bleibt ihm keine Wahl – langsamer wird der Zug nicht mehr.

Er ergreift die Gelegenheit. Ein junger Mann, gut in Form, so gelenkig, wie er je sein wird. Aber der Sprung, die Landung enttäuschen ihn. Er ist steifer, als er dachte, der abrupte Stillstand schleudert ihn nach vorn, seine Handflächen treffen hart auf den Schotter zwischen den Schwellen, er schrammt sich die Haut auf. Schlechte Nerven.

Der Zug ist nicht mehr zu sehen, er hört ihn hinter der Kurve etwas beschleunigen. Er spuckt auf seine schmerzenden Hände, polkt den Schotter heraus. Greift sich dann seine Tasche und läuft zurück in die Richtung, aus der er eben mit dem Zug gekommen ist. Wenn er dem Zug nachginge, würde er im Bahnhof von Clover lange nach Einbruch der Dunkelheit auftauchen. Aber er könnte immer noch behaupten, er sei eingeschlafen und ganz durcheinander aufgewacht, in der Meinung, er habe seine Station verschlafen, was gar nicht stimmte. Sei völlig verwirrt abgesprungen und musste dann laufen.

Man hätte ihm geglaubt. Von so weit fort nach Hause kommen, aus dem Krieg, das konnte einen durcheinanderbringen. Es ist noch nicht zu spät, er würde vor Mitternacht dort sein, wo er sein soll.

Aber während er das denkt, läuft er in die entgegengesetzte Richtung.

Er weiß nur von wenigen Bäumen, wie sie heißen. Ahornbäume, die kennt jeder. Fichten. Viel mehr nicht. Als er vom Zug sprang, dachte er, das wäre in einem Wald. War es aber nicht. Die Bäume stehen nur entlang der Gleise, dicht an dicht auf der Böschung, aber dahinter kann er Felder aufleuchten sehen. Grüne oder rostbraune oder gelbe Felder. Viehweiden, Mais, Stoppelfelder. So viel weiß er. Es ist immer noch August.

Und sobald das Geräusch des Zuges verstummt ist, merkt er, dass ihn, anders als erwartet, nicht vollkommene Stille umgibt. Viele kleine Störungen, hier und da, ein Rascheln des trockenen Augustlaubs, das nicht vom Wind kommt, der Lärm unsichtbarer Vögel, die ihn beschimpfen.

Vom Zug abspringen sollte eine Verweigerung sein. Man straffte seinen Körper und ging in die Knie, um in einen anderen Luftraum einzudringen. Man war gespannt auf die Leere. Und was bekam man dann? Eine unerhört vielfältige neue Umgebung, die einem so viel Aufmerksamkeit abverlangte, wie sie es nie tat, wenn man im Zug saß und nur aus dem Fenster schaute. Was machst du hier? Wohin gehst du? Ein Gefühl, beobachtet zu werden, ohne zu wissen, von wem oder was. Zu stören. Leben rundum kommt zu Schlüssen über dich von Aussichtspunkten, die du nicht sehen kannst.

Leute, denen er in den letzten paar Stunden begegnet war, dachten offenbar, wenn du nicht aus der Großstadt kamst, dann kamst du vom Land. Und das stimmte nicht. Es gab Unterschiede, die man übersehen konnte, wenn man nicht dort lebte, zwischen Stadt und Land. Jackson selbst war der Sohn eines Klempners. Er hatte nie im Leben einen Stall betreten oder Kühe gehütet oder Korn zu Garben gebunden. Oder war je wie jetzt auf Eisenbahngleisen entlanggestapft, die sich von ihrem normalen Daseinszweck, Menschen und Lasten zu tragen, zurückverwandelt hatten in ein Reich wilder Apfelbäume, dorniger Beerensträucher, wuchernder Ranken und Krähen – wenigstens die Vögel kannte er –, die von unsichtbaren Hochsitzen aus schimpften. Und gerade eben schlängelt sich zwischen den Gleisen eine Ringelnatter, vollkommen sicher, dass er nicht schnell genug ist, um sie totzutreten. Er weiß immerhin, dass sie harmlos ist, aber ihre Selbstsicherheit ärgert ihn.

Bei der kleinen Jersey-Kuh, die Margaret Rose hieß, konnte man sich eigentlich darauf verlassen, dass sie zwei Mal am Tag an der Stalltür zum Melken erschien, morgens und abends. Belle brauchte sie nicht oft zu rufen. Aber an diesem Morgen interessierte sie sich zu sehr für etwas unten bei der Mulde auf der Weide oder zwischen den Bäumen, die die Eisenbahngleise auf der anderen Seite des Zauns verdeckten. Sie hörte Belle pfeifen und dann rufen, kam widerwillig ein wenig heran. Beschloss aber dann, zurückzukehren und noch mal nachzuschauen.

Belle stellte den Eimer und den Schemel hin und machte sich auf den Weg durch das vom Morgentau nasse Gras.

»Kuh komm, Kuh komm.«

Halb lockte sie, halb schimpfte sie.

Etwas bewegte sich zwischen den Bäumen. Die Stimme eines Mannes rief, dass alles gut war.

Natürlich war alles gut. Dachte er, dass sie Angst vor ihm hatte? Er sollte lieber Angst vor der Kuh haben und vor ihren Hörnern.

Er kletterte über den Zaun des Eisenbahngeländes und winkte in einer Weise, die wohl beruhigend wirken sollte.

Das war zu viel für Margaret Rose, sie musste einen Tanz aufführen. Hierhin springen, dann dorthin. Die bösen kleinen Hörner schleudern. Nichts Großes, aber Jerseys können einen immer unangenehm überraschen, mit ihrer Schnelligkeit und ihren Temperamentsausbrüchen. Belle rief etwas, um mit ihr zu schimpfen und ihn zu beruhigen.

»Sie tut Ihnen nichts. Bleiben Sie einfach stehen. Das ist bloß Aufregung.«

Jetzt bemerkte sie die Tasche in seiner Hand. Das war also der Auslöser. Sie hatte gedacht, er lief einfach auf den Gleisen herum, aber er lief irgendwohin.

»Sie regt sich über Ihre Tasche auf. Wenn Sie sie einfach kurz abstellen könnten. Ich muss sie zur Scheune zurückbringen, um sie zu melken.«

Er tat wie geheißen und sah zu, rührte sich nicht vom Fleck.

Sie lenkte Margaret Rose dahin zurück, wo der Eimer und der Schemel standen, auf dieser Seite der Scheune.

»Sie können sie jetzt wieder nehmen«, rief sie. Und sprach

freundlicher, als er näher kam. »Solange Sie damit nicht vor ihr herumwedeln. Sie sind doch Soldat, nicht? Wenn Sie warten, bis ich sie gemolken habe, kann ich Ihnen Frühstück machen. Ein blöder Name, wenn man sie anbrüllen muss. Margaret Rose.«

Sie war eine kleine, stämmige Frau mit glatten Haaren, grau durchsetztes Blond mit kindlichem Pony.

»Ich bin dafür verantwortlich«, sagte sie, als sie sich niederließ.»Ich bin Royalistin. Oder war es. Ich habe Porridge gemacht, hinten auf dem Herd. Das Melken dauert nicht lange. Wenn's Ihnen nichts ausmacht, um die Scheune rumzugehen und zu warten, wo sie Sie nicht sehen kann. Bedaure, aber ich kann Ihnen kein Ei anbieten. Früher hatten wir Hühner, aber die Füchse haben sie immer wieder geholt, bis wir's leid waren.«

Wir. Früher hatten wir Hühner. Das bedeutete, sie war mit einem Mann zusammen.

»Porridge ist gut. Ich bezahle auch gerne dafür.«

»Brauchen Sie nicht. Verschwinden Sie einfach ein Weilchen. Sie ist zu abgelenkt, um ihre Milch herzugeben.«

Er verfügte sich um die Scheune herum. Sie war in schlechtem Zustand. Er spähte zwischen den Brettern hindurch, um zu sehen, was für ein Auto sie hatte, konnte aber nur eine alte, einspännige Kutsche ausmachen und irgendwelche verrosteten Gerätschaften.

Der ganze Hof zeigte ein gewisses Maß an Ordnung, zeugte aber nicht von Arbeitseifer. Am Haus blätterte weiße Farbe ab und wurde grau. Ein Fenster, dessen Scheibe zerbrochen sein musste, war mit Brettern vernagelt. Der verfallene Hühnerstall, aus dem die Füchse die Hühner geholt hatten. Ein Haufen Schindeln.

Wenn ein Mann auf dem Hof war, musste er ein Invalide sein oder ein ausgemachter Faulpelz.

Eine Straße führte daran vorbei. Eine kleine eingezäunte Wiese vor dem Haus, ein Schotterweg. Und auf der Wiese ein scheckiges, friedlich aussehendes Pferd. Er konnte verstehen, warum man sich eine Kuh hielt, aber ein Pferd? Sogar schon vor dem Krieg hatten die Farmer sie abgeschafft, die Zukunft gehörte den Traktoren. Und sie hatte nicht danach ausgesehen, als würde sie nur zu ihrem Vergnügen auf einem Pferd umherreiten.

Dann dämmerte es ihm. Die Kutsche in der Scheune. Das war kein altes Gerümpel, das war alles, was sie hatte.

Schon seit einer Weile hatte er ein sonderbares Geräusch gehört. Die Straße führte eine Anhöhe hinauf, und von der anderen Seite der Anhöhe kam ein Klick-klack, Klick-klack. Außer dem Klick-klack noch ein leises Zirpen oder Pfeifen.

Und dann. Über die Anhöhe kam eine Kiste auf Rädern, gezogen von zwei kleinen Pferden. Viel kleiner als das auf der Weide, aber unendlich viel lebhafter. Und in der Kiste saßen etwa ein halbes Dutzend kleine Männer. Alle schwarz gekleidet, mit ordentlichen schwarzen Hüten auf den Köpfen.

Das Geräusch kam von ihnen. Es war Gesang. Weiche, hohe, leise Stimmen, unsagbar lieblich. Die Männlein würdigten ihn keines Blickes, als sie vorbeifuhren.

Ein Schauder lief ihm über den Rücken. Im Vergleich dazu waren die Kutsche in der Scheune und das Pferd auf der Wiese gar nichts.

Er stand immer noch da und schaute hin und her, als er die Frau rufen hörte: »Alles fertig.« Sie stand neben dem Haus.

»Hier geht's rein und raus«, sagte sie an der Hintertür.

»Die Vordertür klemmt seit letztem Winter, will einfach nicht mehr aufgehen, als wär sie immer noch festgefroren.«

Sie gingen auf Brettern, die über unebenem Erdboden lagen, in der Dunkelheit, die das vernagelte Fenster spendete. Es war hier so frostig wie in der Mulde, in der er geschlafen hatte. Er war immer wieder aufgewacht, hatte versucht, sich so zusammenzukrümmen, dass ihm nicht kalt wurde. Die Frau fröstelte hier nicht – sie roch nach gesunder Anstrengung und wahrscheinlich nach Kuhfell.

Sie goss frische Milch in eine Schüssel und bedeckte sie mit einem Stück Gaze, das bereitlag, dann führte sie ihn in den Hauptteil des Hauses. Die Fenster hier hatten keine Gardinen, so dass das Licht hereinströmte. Der Herd, der mit Holz beheizt wurde, war gerade benutzt worden. Es gab ein Spülbecken mit einer Handpumpe, einen Tisch mit einer Wachstuchdecke darauf, die an einigen Stellen völlig durchgescheuert war, und ein Sofa, auf dem eine vielfach geflickte alte Patchworkdecke lag.

Auch ein Kissen, das etliche Federn verloren hatte.

So weit, nicht so schlecht, wenn auch alt und verrottet. Alles, was man sehen konnte, war nützlich und in Gebrauch. Aber schaute man hoch, dann stapelten sich auf Borden dicht an dicht Zeitungen oder Zeitschriften oder einfach irgendwelche Papiere bis hoch zur Decke.

Er musste sie fragen: Hatte sie nicht Angst, dass ein Feuer ausbrach? Beim Herd, zum Beispiel.

»Ach, ich bin immer hier. Ich meine, ich schlafe hier. Es gibt keine andere Stube, wo ich die Zugluft aussperren kann. Ich pass schon auf. Ich hab noch nicht mal einen Ofenrohrbrand gehabt. Ein paarmal ist es zu heiß geworden, da hab ich einfach Backpulver draufgeschüttet. Nichts passiert.

Meine Mutter musste sowieso hier sein«, sagte sie. »Gab keinen andren Platz, wo sie's gemütlich hatte. Ich hab immer aufgepasst. Natürlich hab ich dran gedacht, die Zeitungen alle ins Wohnzimmer zu räumen, aber da ist es wirklich zu feucht, die würden völlig verschimmeln.«

Dann sagte sie, sie hätte es erklären müssen. »Meine Mutter ist tot. Sie ist im Mai gestorben. Gerade als das Wetter anständig wurde. Sie hat noch im Radio vom Ende des Krieges gehört. Sie hat immer noch alles verstanden. Sprechen konnte sie schon lange nicht mehr, aber sie hat alles verstanden. Ich hab mich so an ihr Schweigen gewöhnt, dass ich manchmal denke, sie ist noch hier, aber das ist natürlich Quatsch.«

Jackson fühlte sich verpflichtet, ihr sein Beileid auszusprechen.

»Na ja. Es war abzusehen. Bloß gut, dass es nicht im Winter passiert ist.«

Sie tat ihm von dem Haferbrei auf und goss ihm Tee ein.

»Nicht zu stark? Der Tee?«

Mit dem Mund voll Brei schüttelte er den Kopf.

»Ich spare nie am Tee. Wenn man daran sparen will, warum nicht gleich heißes Wasser trinken? Aber wir hatten wirklich keinen mehr, als letzten Winter das Wetter so schlimm wurde. Das Wasser ging nicht mehr, und das Radio ging nicht mehr, und der Tee war alle. Ich hatte ein Seil an die Hintertür gebunden, an dem ich mich festhalten konnte, wenn ich zum Melken rausging. Ich wollte Margaret Rose in die Waschküche bringen, aber ich dachte mir, der Sturm wird sie zu sehr aufregen, und dann kann ich sie nicht mehr halten. Jedenfalls hat sie überlebt. Wir haben alle überlebt.«

Als er eine Lücke in ihrem Gesprächsfluss fand, fragte er, ob es hier in der Gegend irgendwelche Zwerge gab.

»Nicht, dass ich wüsste.«

»Auf einem Karren?«

»Ah. Haben sie gesungen? Das müssen die kleinen Mennonitenjungen gewesen sein. Die fahren mit ihrem Karren zur Kirche, und sie singen den ganzen Weg über. Die Mädchen müssen in der Kutsche mit den Eltern sitzen, aber sie lassen die Jungen im Karren fahren.«

»Die taten, als würden sie mich gar nicht sehen.«

»So sind die. Ich hab immer zu Mutter gesagt, dass wir an der richtigen Straße wohnen, weil wir genau wie die Mennoniten sind. Das Pferd und die Kutsche, und wir trinken unsere Milch, ohne sie keimfrei gemacht zu haben. Das Einzige ist, wir können beide nicht singen.

Als Mutter starb, haben sie so viel vorbeigebracht, dass ich wochenlang zu essen hatte. Sie müssen gedacht haben, es gibt einen Leichenschmaus oder so was. Ich habe Glück, dass sie da sind. Aber dann sage ich mir, sie haben auch Glück. Denn sie sollen Gutes tun, und hier bin ich, praktisch auf ihrer Türschwelle und die beste Gelegenheit, Gutes zu tun.«

Er bot ihr Bezahlung an, als er fertig war, aber sie winkte ab.

Es gebe aber etwas, sagte sie. Wenn er, bevor er ging, den Pferdetrog reparieren könnte.

Wie sich herausstellte, lief das darauf hinaus, einen neuen Pferdetrog zu zimmern, und so musste er alles durchstöbern, um Material und Werkzeuge dafür zu finden. Er brauchte den ganzen Tag, und zum Abendbrot setzte sie ihm Pfannkuchen mit Ahornsirup von den Mennoniten vor. Sie sagte, wenn er nur eine Woche später gekommen wäre, hätte es frische Marmelade gegeben. Sie pflückte nämlich die wilden Beeren, die entlang der Bahngleise wuchsen.

Sie saßen auf Küchenstühlen draußen vor der Hintertür bis nach dem Sonnenuntergang. Sie erzählte ihm davon, wie sie hierhergelangt war, und er hörte nur mit halbem Ohr zu, weil er sich umschaute und dachte, dass der Hof auf dem letzten Loch pfiff, aber nicht völlig hoffnungslos war, wenn jemand Lust hatte, sich hier niederzulassen und alles in Ordnung zu bringen. Man musste einiges Geld hineinstecken, aber noch mehr Zeit und Energie. Es konnte eine Herausforderung sein. Fast bedauerte er, dass er weiterzog.

Ein weiterer Grund, warum er nur halb auf das hörte, was Belle – sie hieß Belle – ihm erzählte, war, dass er sich ihr Leben, so, wie sie es beschrieb, nicht gut vorstellen konnte.

Ihr Vater – sie nannte ihn ihren Daddy – hatte diesen Hof eigentlich nur für Sommeraufenthalte gekauft, aber dann beschlossen, mit der Familie das ganze Jahr über hier zu wohnen. Er konnte überall arbeiten, weil er sein Geld damit verdiente, eine Kolumne für die Zeitung *Toronto Evening Telegram* zu schreiben. Der Briefträger nahm seine Artikel mit und tat sie zu der Post, die der Zug beförderte. Er schrieb über alles Mögliche. Er brachte sogar Belle darin unter, als »Kätzchen«. Und gelegentlich auch Belles Mutter, die er aber Prinzessin Casamassima nannte, nach einem Buch, sagte sie, dessen Titel heute niemandem mehr etwas bedeutete. Ihre Mutter konnte der Grund dafür gewesen sein, warum sie das ganze Jahr über blieben. Sie war an der schrecklichen Grippe von 1918 erkrankt, an der so viele Menschen gestorben waren, und als sie die überstanden hatte, war sie sonderbar. Nicht wirklich stumm, denn sie konnte einige Wörter sagen, aber viele waren ihr abhandengekommen. Oder sie denen. Sie musste ganz von vorne lernen, wie man isst oder auf die Toilette geht. Außer den Wörtern musste sie lernen, ihre Kleidung anzubehalten, wenn es heiß war. Denn man wollte ja nicht, dass sie in der Stadt auf den Straßen herumlief und zum Gespött wurde.

Belle war im Winter immer weg auf einer Schule. Die Schule hieß nach Bischof Strachan, und sie war überrascht, dass er noch nie davon gehört hatte. Sie buchstabierte den Namen. Die Schule war in Toronto und voll reicher Mädchen, aber es gab auch Mädchen wie sie, deren Schulgeld von Verwandten oder aus Nachlässen bezahlt wurde. Da wurde ihr beigebracht, ziemlich hochnäsig zu sein, sagte sie, und sonst nichts, womit sie ihren Lebensunterhalt verdienen konnte.

Aber das erledigte sich alles durch den Unfall. Bei einem Spaziergang auf den Bahngleisen, wie er ihn an Sommerabenden gern unternahm, war ihr Vater von einem Zug erfasst worden. Sie und ihre Mutter waren schon zu Bett gegangen, als es passierte, und Belle dachte, es musste eine Kuh sein, die auf die Gleise geraten war, aber ihre Mutter stöhnte entsetzlich und schien es sofort zu wissen.

Manchmal schrieb ihr eines der Mädchen, mit denen sie in der Schule befreundet gewesen war, und fragte, was in aller Welt sie denn da oben zu tun fand, aber was wussten die schon! Da war das Melken und das Kochen und die Pflege ihrer Mutter, und sie hatte zu der Zeit auch noch die Hühner. Sie lernte, Kartoffeln zu zerschneiden, so dass jedes Teil ein Auge hatte, sie einzupflanzen und im nächsten Sommer auszugraben. Sie hatte nie Autofahren gelernt, und als der Krieg kam, verkaufte sie das Auto ihres Vaters. Die Mennoniten überließen ihr ein Pferd, das nicht mehr zur Feldarbeit taugte, und einer von ihnen brachte ihr bei, es vor die Kutsche zu spannen und damit zu fahren.

Eine ihrer alten Freundinnen namens Robin kam sie besuchen und fand ihre Lebensweise einen Witz. Sie wollte, dass Belle nach Toronto zurückkehrte, aber wo sollte ihre Mutter hin? Ihre Mutter war jetzt viel ruhiger und behielt ihre Kleidung an, außerdem hörte sie gerne Radio, die Oper am Sonntagnachmittag. Natürlich konnte sie das auch in Toronto, aber Belle mochte sie nicht entwurzeln. Robin sagte, dass sie von sich selbst sprach, dass sie selbst Angst vor Entwurzelung hatte. Sie – Robin – ging fort und meldete sich zum Militär für die sogenannte Frauenbrigade.

Das Erste, was er machen musste, war, außer der Küche andere Zimmer so herzurichten, dass man darin schlafen konnte, bevor das kalte Wetter einsetzte. Er musste einige Mäuse beseitigen und sogar einige Ratten, die jetzt, wo es kühler wurde, hereinkamen. Er fragte Belle, warum sie sich nie eine Katze zugelegt hatte, und bekam ein Beispiel ihrer eigentümlichen Logik zu hören. Sie sagte, dass eine Katze immer Tierchen tötete und hereinschleppte, um sie ihr vorzulegen, dabei wollte sie die gar nicht sehen. Er hielt die Ohren offen für das Zuschnappen der Fallen und leerte sie, bevor sie mitbekam, was passiert war. Dann hielt er ihr eine Strafpredigt über die Papierstapel in der Küche, deren Feuergefahr, und sie willigte ein, sie umzuräumen, falls das Wohnzimmer trockengelegt werden konnte. Das wurde zu seiner Hauptaufgabe. Er kaufte ein Heizgerät, reparierte die Wände und erreichte, dass sie fast einen ganzen Monat lang hinaufkletterte, die Zeitungen herunterholte, sichtete, ordnete und in den Regalen unterbrachte, die er angefertigt hatte.

Dann erzählte sie ihm, dass in den Zeitungen das Buch ihres Vaters abgedruckt war. Manchmal nannte sie es einen Roman. Ihm kam nicht in den Sinn, ihr Fragen danach zu stellen, aber eines Tages erzählte sie ihm, dass es darin um zwei Menschen namens Mathilde und Stephan ging. Ein historischer Roman.

»Wissen Sie noch, was Sie in Geschichte gelernt haben?«

Er hatte fünf Jahre Highschool mit achtbaren Noten und sehr guten Leistungen in Mathematik und Erdkunde abgeschlossen, aber von Geschichte war kaum etwas hängengeblieben. In seinem letzten Schuljahr konnte er sowieso nur noch daran denken, dass er in den Krieg zog.

Er sagte: »Nicht so richtig.«

»Sie würden's wissen, wenn Sie auf die Bischof Strachan gegangen wären. Da wurde uns Geschichte eingetrichtert. Jedenfalls die englische.«

Sie sagte, dass Stephan ein Held gewesen war. Ein Mann von Ehre, viel zu gut für seine Zeit. Er war einer der wenigen Menschen, denen es nicht um sich selbst geht und die nicht danach trachten, ihr Wort zu brechen, sobald sich ihnen die Gelegenheit bietet. Infolgedessen war er letzten Endes nicht erfolgreich.

Und dann Mathilde. Sie war eine direkte Nachfahrin von Wilhelm dem Eroberer und so grausam und hochmütig, wie man sich nur vorstellen kann. Obwohl es Leute geben mag, die dumm genug sind, sie zu verteidigen, weil sie eine Frau war.

»Wenn er ihn hätte beenden können, wäre es ein sehr guter Roman geworden.«

Jackson wusste natürlich, dass es Bücher gab, weil Leute sich hinsetzten und sie schrieben. Sie kamen nicht aus dem

Nichts. Aber warum, war die Frage. Es gab doch schon Bücher, und zwar ziemlich viele. Zwei davon hatte er in der Schule lesen müssen. *Eine Geschichte zweier Städte* und *Huckleberry Finn*, jedes davon in Sprache, die einen fertigmachte, wenn auch auf unterschiedliche Weise. Und das war begreiflich. Sie waren in der Vergangenheit geschrieben worden.

Was ihm Rätsel aufgab, obwohl er nicht vorhatte, das zuzugeben, war, warum irgendjemand sich hinsetzen und noch eins schreiben sollte, in der Gegenwart. Jetzt.

Eine Tragödie, sagte Belle munter, und Jackson wusste nicht, ob sie von ihrem Vater sprach oder von den Leuten in dem Roman, den er nicht beendet hatte.

Jedenfalls war er jetzt, wo dieses Zimmer bewohnbar war, in Gedanken beim Dach. Sinnlos, ein Zimmer herzurichten, wenn der Zustand des Daches es in ein oder zwei Jahren wieder unbewohnbar machte. Er hatte geschafft, es so zu flicken, dass sie zwei Winter lang Ruhe haben würde, aber für mehr konnte er nicht garantieren. Und er hatte immer noch vor, sich vor Weihnachten auf den Weg zu machen.

Die Mennoniten-Familien auf der benachbarten Farm hatten zwar viele Kinder, aber die älteren waren alle Mädchen, und die Jungen, die er gesehen hatte, waren noch nicht kräftig genug, um die schwereren Arbeiten zu übernehmen. Jackson war es gelungen, sich bei ihnen für die Herbsternte zu verdingen. Sie nahmen ihn mit ins Haus zur gemeinsamen Mahlzeit, und zu seiner Überraschung stellte er fest, dass die Mädchen ganz aufgekratzt waren, als sie ihm auftaten, sie waren überhaupt nicht so stumm, wie er erwartet hatte. Die Mütter hielten ein wachsames Auge auf sie, und die Väter hielten ein wachsames Auge auf ihn. Es freute ihn, dass er beide Elternteile zufriedenstellen konnte. Sie konnten sehen, dass sich bei ihm nichts rührte. Keine Gefahr.

Und zu Belle brauchte natürlich kein Wort gesagt zu werden. Sie war – das hatte er herausbekommen – sechzehn Jahre älter als er. Das zu erwähnen oder auch nur Witze darüber zu machen, hätte alles verdorben. Sie war eben eine bestimmte Art von Frau, er eine bestimmte Art von Mann.

Die Stadt, in der sie einkauften, wenn sie etwas brauchten, hieß Oriole. Sie lag in der entgegengesetzten Richtung von der Stadt, in der er aufgewachsen war. Er band das Pferd im Stall der vereinigten Kirche dort an, da die Pferdepfosten auf der Hauptstraße natürlich verschwunden waren. Anfangs traute er sich nicht recht in den Eisenwarenladen oder zum Friseur. Aber bald begriff er etwas über Kleinstädte, was ihm eigentlich hätte klar sein müssen, weil er in einer aufgewachsen war. Die Bewohner der einen hatten nicht viel mit denen der anderen zu tun, außer bei Spielen im Baseballstadion oder in der Eishockeyarena, wo eine künstlich hergestellte erbitterte Feindschaft herrschte. Wenn sie etwas kaufen mussten, was es in ihren eigenen Läden nicht gab, fuhren sie in eine Großstadt. Genauso, wenn sie einen anderen Arzt konsultieren wollten als die Ärzte, die ihre Stadt ihnen zu bieten hatte. Er begegnete niemandem, den er kannte, und niemand interessierte sich für ihn, obwohl es sein konnte, dass sie sich das Pferd etwas genauer ansahen. Aber in den Wintermonaten nicht einmal das, denn die Nebenstraßen wurden nicht geräumt, und Farmer, die ihre Milch zur Molkerei oder Eier zum Lebensmittelladen bringen wollten, mussten es mit Pferden tun, geradeso wie Belle und er.

Belle hielt immer an, um zu sehen, welcher Film lief, obwohl sie nie die Absicht hatte, ihn sich anzusehen. Ihre Kenntnisse von Filmen und Filmstars waren umfassend, stammten aber aus vergangener Zeit, so was wie Mathilde und Stephan. Zum Beispiel konnte sie einem sagen, mit wem Clark Gable im wahren Leben verheiratet war, bevor er Rhett Butler wurde.

Bald ließ Jackson sich die Haare schneiden, wenn es nötig war, und kaufte sich Tabak, wenn er keinen mehr hatte. Er rauchte inzwischen wie ein Farmer, drehte sich seine Zigaretten selbst und rauchte nie im Haus.

Gebrauchte Autos gab es noch eine Weile lang nicht zu kaufen, aber als es sie gab, weil die neuen Modelle endlich auf den Markt kamen und Farmer, die im Krieg gutes Geld verdient hatten, ihre alten Autos gegen neue eintauschten, führte er mit Belle ein Gespräch. Das Pferd namens Sommersprosse war Gott weiß wie alt und hatte einen starken Widerwillen gegen jede Steigung.

Er stellte fest, dass er dem Autohändler schon aufgefallen war, ohne dass der mit seinem Besuch gerechnet hatte.

»Ich hab immer gedacht, Sie und Ihre Schwester sind Mennoniten, aber welche, die sich anders kleiden«, sagte der Händler.

Das erschütterte Jackson ein bißchen, aber zumindest hielt der Händler sie nicht für ein Ehepaar. Ihm wurde schlagartig klar, wie sehr er über die Jahre hin gealtert war und sich verändert hatte, und dass kaum jemand den Mann, der damals vom Zug abgesprungen war, diesen ausgemergelten, übernervösen Soldaten, heute in ihm wiedererkennen würde. Während Belle, jedenfalls in seinen Augen, an einem bestimmten Punkt im Leben haltgemacht hatte und ein großes Kind blieb. Und ihr Gerede verstärkte diesen Eindruck, ihre Art, hin und her zu springen, in die Vergangenheit und zurück, so dass es schien, als gäbe es für sie keinen Unterschied zwischen ihrer letzten Fahrt in die Stadt und dem letzten Film, den sie mit ihren Eltern gesehen hatte, oder der komischen Situation, als Margaret Rose – die inzwischen tot war – ihre Hörner gegen einen eingeschüchterten Jackson gesenkt hatte.

Es war das zweite Auto in ihrem Besitz, natürlich ein gebrauchtes, das sie im Sommer 1962 nach Toronto brachte. Das war eine Fahrt, mit der sie nicht gerechnet hatten, und sie kam Jackson sehr ungelegen. Zum einen baute er für die Mennoniten, die alle bei der Ernte waren, einen neuen Pferdestall, und zum anderen stand er kurz vor seiner eigenen Ernte des Gemüses, das bereits an den Lebensmittelladen in Oriole verkauft war. Aber Belle hatte eine Geschwulst und sich schließlich dazu überreden lassen, sich darum zu kümmern, und sie hatte jetzt einen Termin für eine Operation in Toronto.

Wie sich alles verändert hat, sagte Belle immer wieder. Bist du sicher, dass wir noch in Kanada sind?

Das war, bevor sie Kitchener passiert hatten. Sobald sie auf die neue Autobahn gelangten, geriet Belle vollends in Panik, flehte ihn an, eine ruhige Landstraße zu suchen oder umzukehren und nach Hause zu fahren. Er merkte, dass er heftig darauf reagierte und sie anschnauzte – der Verkehr überraschte ihn auch. Sie blieb danach den ganzen Weg über still, und er hatte keine Ahnung, ob sie die Augen geschlossen hielt, weil sie aufgegeben hatte oder weil sie betete. Er hatte noch nie erlebt, dass sie betete.

Noch an diesem Morgen hatte sie versucht, ihn von der Fahrt abzubringen. Sie behauptete, die Geschwulst werde kleiner, nicht größer. Seit die Krankenversicherung für alle eingeführt worden war, sagte sie, rannten alle nur noch zu den Ärzten und machten ihr Leben zu einem einzigen langen Drama aus Krankenhäusern und Operationen, was nur dazu beitrug, die Phase zu verlängern, in der sie am Ende ihres Lebens anderen zur Last fielen.

Sie beruhigte sich und wurde sogar fröhlich, sobald sie ihre Abfahrt erreicht hatten und in die Stadt gelangten. Sie fuhren die Avenue Road hinunter, und trotz ihrer Ausrufe, wie sich alles verändert hatte, erkannte sie ständig etwas wieder. Da war das Haus, in dem eine der Lehrerinnen aus der Bischof Strachan gewohnt hatte. Im Erdgeschoss war früher ein Laden, in dem man Milch, Zigaretten und die Zeitung kaufen konnte. Wäre es nicht witzig, sagte sie, wenn man da reingehen könnte und immer noch das *Telegram* finden würde, nicht nur mit dem Namen ihres Vaters drin, sondern auch mit einem verschwommenen Foto von ihm, aufgenommen, als er noch alle Haare hatte?

Dann ein kleiner Aufschrei, denn am Ende einer Seitenstraße hatte sie genau die Kirche gesehen – sie hätte schwören können, dass es genau die Kirche war –, in der ihre Eltern geheiratet hatten. Sie hatten sie dorthin mitgenommen, um sie ihr zu zeigen, obwohl sie nicht vor dem Altar geheiratet hatten. Sie gingen nämlich nicht in die Kirche, nie. Es war eine Art Witz. Ihr Vater sagte, sie hätten im Keller geheiratet, aber ihre Mutter sagte, in der Sakristei.

Ihre Mutter konnte damals ganz normal reden, sie war wie alle anderen.

Vielleicht gab es zu der Zeit ein Gesetz, dass man in der Kirche heiraten musste, oder es war nicht gültig.

An der Eglinton sah sie ein U-Bahn-Schild.

»Stell dir vor, ich bin noch nie U-Bahn gefahren.«

Sie sagte das mit einer Mischung aus Kummer und Stolz.

»Wie kann man nur so hinter dem Mond sein.«

Im Krankenhaus wurde sie schon erwartet. Sie war weiterhin lebhaft, erzählte allen von ihren Angstzuständen im Verkehr und von den Veränderungen, fragte, ob das Warenhaus Eaton zu Weihnachten seine Schaufenster immer noch so schön schmückte. Und las irgendjemand noch das *Telegram*?

»Sie hätten durch Chinatown hereinfahren sollen«, sagte eine der Krankenschwestern. »Das ist erst was!«

»Dann freue ich mich darauf, das zu sehen, wenn ich wieder nach Hause fahre.« Sie lachte und sagte: »Falls ich je wieder nach Hause fahre.«

»Reden Sie keinen Unsinn.«

Eine andere Krankenschwester sprach mit Jackson darüber, wo er das Auto geparkt hatte, und erklärte ihm, wo er es abstellen sollte, damit er keinen Strafzettel bekam. Erkundigte sich auch, ob er über die Unterbringungsmöglichkeiten Verwandter von außerhalb Bescheid wusste, wesentlich billiger als jedes Hotel.

Belle würde jetzt zu Bett gebracht werden, hieß es. Ein Arzt würde sie sich ansehen, und Jackson konnte später wiederkommen und ihr gute Nacht sagen. Es konnte sein, dass er sie dann ein wenig benebelt vorfinden würde.

Sie hörte das mit an und sagte, sie sei sowieso die ganze

Zeit über benebelt, also werde ihn das nicht überraschen, was bei allen ein wenig Heiterkeit auslöste.

Die Krankenschwester wollte von ihm noch eine Unterschrift haben, bevor er ging. Er zögerte bei der Frage nach dem Verwandtschaftsgrad. Dann schrieb er »Freund«.

Als er am Abend wiederkam, bemerkte er tatsächlich eine Veränderung, obwohl er Belle nicht als benebelt beschrieben hätte. Man hatte sie in eine Art grünen Stoffsack gesteckt, der ihren Hals und den größten Teil ihrer Arme frei ließ. Er hatte sie selten so unbekleidet gesehen, und ihm fielen die hervortretenden Sehnen zwischen Kinn und Schlüsselbein auf.

Sie war wütend, weil ihr Mund trocken war.

»Die geben mir nichts, nur ein mieses Schlückchen Wasser.«

Sie wollte, dass er ihr eine Cola holte, etwas, das sie, soweit er wusste, noch nie in ihrem Leben getrunken hatte.

»Am Ende vom Flur steht ein Automat – da muss einer stehen. Ich sehe Leute mit einer Flasche in der Hand vorbeigehen, und das macht mich so durstig.«

Er sagte, er dürfe nicht gegen die Anweisungen verstoßen.

Tränen stiegen ihr in die Augen, und sie wandte sich enttäuscht ab.

»Ich will nach Hause.«

»Kommst du ja bald.«

»Du kannst mir helfen, meine Sachen zusammenzusuchen.«

»Nein, kann ich nicht.«

»Wenn du's nicht machst, mach ich's eben allein. Ich geh allein zum Bahnhof.«

»Es geht gar kein Zug mehr in unsere Richtung.«

Darauf schien sie abrupt ihre Fluchtpläne aufzugeben. Nach einigen Augenblicken fing sie an, sich an das Haus und all die Verbesserungen zu erinnern, die sie beide – oder überwiegend er – daran vorgenommen hatten. Die Außenwände leuchtend weiß, und sogar die Waschküche weiß getüncht und mit Bretterfußboden versehen. Das Dach neu gedeckt und die Fenster wiederhergestellt in ihrem schlichten alten Stil, und als Allergrößtes die Wasserleitungen, die im Winter solch eine Erleichterung waren.

»Wenn du nicht aufgetaucht wärst, wäre ich bald ins absolute Elend geraten.«

Darin hatte sie schon gesessen, seiner Meinung nach, aber er sprach es nicht aus.

»Wenn ich hier herauskomme, mache ich ein Testament«, sagte sie. »Alles deins. Deine Mühen sollen nicht umsonst gewesen sein.«

Er hatte natürlich daran gedacht, und man sollte erwarten, dass die Aussichten auf Eigentum ihm eine solide Befriedigung verschafften, auch wenn er der ehrlichen und freundschaftlichen Hoffnung Ausdruck gegeben hätte, dass nichts allzu bald passieren möge. Doch nicht jetzt. Es schien wenig mit ihm zu tun zu haben, ganz weit fort zu sein.

Sie überließ sich wieder ihrer Verärgerung.

»Ach, ich wünschte, ich wäre dort und nicht hier.«

»Du wirst dich viel besser fühlen, wenn du nach der Operation wieder aufwachst.«

Obwohl das nach allem, was er gehört hatte, eine faustdicke Lüge war.

Plötzlich fühlte er sich sehr müde.

*

Seine Vorhersage kam der Wahrheit näher, als er ahnen konnte. Zwei Tage nach der Entfernung der Geschwulst saß Belle aufrecht im Bett in einem anderen Zimmer, hatte ihn ungeduldig erwartet und störte sich überhaupt nicht an dem Stöhnen, das von einer Frau hinter dem Vorhang im nächsten Bett kam. Gestern noch hatte sie – Belle – sich mehr oder weniger so angehört, und er hatte sie nicht dazu bringen können, die Augen aufzuschlagen oder überhaupt von ihm Notiz zu nehmen.

»Kümmre dich nicht um die«, sagte Belle. »Die ist völlig weg. Spürt wahrscheinlich gar nichts. Morgen ist sie wieder munter wie ein Fisch im Wasser. Oder auch nicht.«

Ihre Worte klangen ein wenig nach sicherem Fachwissen, nach der Abgeklärtheit eines ehemaligen Frontkämpfers. Sie saß im Bett und trank etwas Orangegelbes durch einen bequem geknickten Strohhalm. Sie sah viel jünger aus als die Frau, die er erst vor so kurzer Zeit ins Krankenhaus gebracht hatte.

Sie wollte wissen, ob er genug Schlaf bekam, ob er einen Imbiss gefunden hatte, der ihm gefiel, ob das Wetter nicht zu heiß für Spaziergänge war, ob er Zeit gefunden hatte, das Königliche Museum von Ontario zu besuchen, wie sie ihm geraten hatte.

Aber sie konnte sich nicht auf seine Antworten konzentrieren. Sie schien in einem Zustand ständiger Verwunderung zu sein. Beherrschter Verwunderung.

»Ach, das muss ich dir erzählen«, sagte sie und unterbrach ihn mitten in seiner Erklärung, warum er nicht ins Museum gegangen war. »Nun schau nicht so besorgt drein.

Du bringst mich zum Lachen, wenn du dieses Gesicht aufsetzt, und dann tut meine Naht weh. Warum in aller Welt soll ich überhaupt auf die Idee kommen, zu lachen. Eigentlich ist es nämlich eine fürchterlich traurige Angelegenheit, eine Tragödie. Du weißt doch von meinem Vater, was ich dir von meinem Vater erzählt habe …«

Ihm fiel auf, dass sie Vater sagte und nicht Daddy.

»Mein Vater und meine Mutter …«

Sie schien nach Worten zu suchen und fing von vorn an.

»Das Haus war damals in besserem Zustand als bei deiner Ankunft. Ist ja klar. Wir haben das Zimmer oben im ersten Stock als Badezimmer benutzt. Natürlich mussten wir das Wasser rauf- und runtertragen. Erst später, als du kamst, habe ich das unten benutzt. Das mit den Regalen drin, weißt du, dass das die Speisekammer war?«

Wie konnte sie vergessen haben, dass er es war, der die Regale herausgenommen und das Badezimmer eingebaut hatte?

»Na, kommt ja nicht drauf an«, sagte sie, als hätte sie seine Gedanken gelesen. »Ich hatte mir also Wasser heiß gemacht, und ich trug es nach oben, um mich abzuseifen. Und ich zog mich aus. Musste ich ja. Über dem Waschbecken war ein großer Spiegel, weißt du, es hatte ein Waschbecken wie ein richtiges Badezimmer, nur dass man den Stöpsel rausziehen und das Wasser wieder in den Eimer laufen lassen musste, wenn man fertig war. Die Toilette war woanders. Jetzt hast du eine Vorstellung. Ich machte mich also daran, mich zu waschen, und ich war natürlich splitternackt. Es muss gegen neun Uhr abends gewesen sein, also noch hell. Es war im Sommer, hab ich das erwähnt? Das kleine Zimmer, das nach Westen geht?

Dann hab ich Schritte gehört, und natürlich war es Daddy. Mein Vater. Er war also damit fertig, Mutter zu Bett zu bringen. Ich hörte die Schritte die Treppe raufkommen, und mir fiel auf, dass sie schwerer klangen. Irgendwie ungewöhnlich. So voller Absicht. Oder vielleicht war das nur hinterher mein Eindruck. Man neigt dazu, die Dinge hinterher zu dramatisieren. Die Schritte hielten direkt vor der Badezimmertür an, und wenn ich überhaupt was dachte, dann dachte ich: Ach, er muss müde sein. Ich hatte die Tür nicht abgeriegelt, weil es natürlich gar keinen Riegel gab. Man nahm einfach an, dass jemand drin war, wenn die Tür zu war.

Er stand also draußen vor der Tür, und ich dachte mir nichts dabei, und dann machte er die Tür auf und stand einfach da und sah mich an. Ich muss erklären, was ich meine. Er sah mich von oben bis unten an, nicht nur mein Gesicht. Ich schaute in den Spiegel, und er sah mich im Spiegel an und alles, was hinten war und was ich nicht sehen konnte. Es war überhaupt kein normaler Blick.

Ich werd dir sagen, was ich dachte, ich dachte: Er schlafwandelt. Ich wusste nicht, was ich tun sollte, denn man soll jemanden, der schlafwandelt, nicht erschrecken.

Aber dann sagte er: ›Entschuldige‹, und da wusste ich, dass er nicht schlief. Aber er sprach mit so einer komischen Stimme, ich meine, seine Stimme war so seltsam, ganz, als wäre er sauer auf mich. Oder wütend. Keine Ahnung. Dann ließ er die Tür auf und ging einfach den Flur hinunter. Ich hab mich abgetrocknet und mein Nachthemd angezogen, bin ins Bett gegangen und gleich eingeschlafen. Als ich am Morgen aufstand, war das Waschwasser immer noch da, und ich mochte nicht ran, aber schließlich hab ich's runtergebracht.

Doch alles schien ganz normal zu sein, er war schon auf und tippte. Er hat nur guten Morgen gerufen und mich dann gefragt, wie man ein Wort buchstabiert. Wie er's oft gemacht hat, weil ich besser buchstabieren konnte. Also hab ich's ihm gesagt, und dann hab ich gesagt, er soll richtig buchstabieren lernen, wenn er Schriftsteller werden will, sonst wird das nichts. Aber später an dem Tag, als ich Geschirr abwusch, kam er und stellte sich dicht hinter mich, und ich bin erstarrt. Er sagte nur: ›Belle, es tut mir leid.‹ Und ich dachte: Hätte er das bloß nicht gesagt. Es machte mir Angst. Ich wusste, er meinte es ehrlich, aber er brachte es so zur Sprache, dass ich reagieren musste. Ich sagte nur: ›Schon gut‹, aber ich brachte es nicht fertig, das mit ungezwungener Stimme zu sagen, als wäre es wirklich wieder gut.

Ich konnte es einfach nicht. Ich musste ihm zu verstehen geben, dass er uns verändert hatte. Ich ging raus, das Spülwasser wegschütten, dann machte ich mich wieder an die Arbeit, und kein Wort mehr. Später half ich Mutter von ihrem Schläfchen auf, und ich hatte das Abendessen fertig, und ich rief ihn, aber er kam nicht. Ich sagte zu Mutter, dass er spazieren gegangen sein musste. Das machte er oft, wenn er beim Schreiben nicht vorankam. Ich schnitt Mutter das Essen auf ihrem Teller klein, aber ich musste die ganze Zeit an widerwärtige Dinge denken. Vor allem an Geräusche, die ich manchmal aus dem Schlafzimmer hörte, wo ich mir dann die Ohren zuhielt, um sie nicht zu hören. Jetzt stellte ich mir Fragen über Mutter, die dasaß und ihr Abendbrot aß, und ich fragte mich, was sie darüber dachte oder überhaupt davon begriff.

Ich hatte keine Ahnung, wohin er gegangen war. Ich machte Mutter fertig fürs Bett, obwohl das seine Aufgabe war. Dann hörte ich den Zug kommen und ganz plötzlich den Lärm und das Kreischen, das waren die Bremsen, und ich muss gewusst haben, was passiert war, aber ich weiß nicht genau, ab wann ich's wusste.

Ich hab dir's schon erzählt. Ich hab dir erzählt, er wurde vom Zug überfahren.

Aber ich sag dir was, und ich sag's dir nicht, um dich zu quälen. Anfangs konnte ich es nicht ertragen, und so lange wie möglich redete ich mir ein, dass er zwischen den Gleisen ging und völlig in Gedanken war und den Zug überhaupt nicht hörte. So hieß es jedenfalls. Ich mochte nicht daran denken, dass es darin um mich ging, oder gar an das, worum es eigentlich ging.

Sex.

Jetzt weiß ich es. Jetzt habe ich es wirklich verstanden und auch, dass niemand schuld war. Schuld daran war Sex, in einer tragischen Situation. Ich, die aufwuchs, und Mutter so, wie sie war, und Daddy natürlich so, wie er war. Nicht meine Schuld oder seine.

Man sollte das zugeben, meine ich nur, es sollte Orte geben, wo man hingehen kann, wenn man in so einer Situation ist. Und sich nicht schämen und deswegen Schuldgefühle haben muss. Wenn du denkst, dass ich Bordelle meine, hast du recht. Falls du an Freudenmädchen denkst, hast du wieder recht. Verstehst du?«

Jackson, der über ihren Kopf hinwegsah, sagte ja.

»Ich fühle mich so befreit. Nicht, dass ich die Tragödie nicht mehr empfinde, aber ich bin raus aus der Tragödie, das meine ich. Es sind nur die Fehler der Menschheit. Du darfst nicht denken, bloß weil ich lächle, dass ich kein Mitleid habe. Ich habe großes Mitleid. Aber ich muss sagen, ich bin

230

erleichtert. Ich muss sagen, ich fühle mich irgendwie glücklich. Es ist dir doch nicht peinlich, dir das alles anzuhören?«

»Nein.«

»Dir ist klar, dass ich in einem Ausnahmezustand bin. Ich weiß, ich bin's. Alles so klar. Ich bin so dankbar dafür.«

Die Frau im Bett nebenan hatte währenddessen nicht mit ihrem regelmäßigen Stöhnen nachgelassen. Jackson hatte das Gefühl, der Rhythmus sei in seinen Kopf eingedrungen.

Er hörte die schmatzenden Schuhe der Krankenschwester auf dem Flur und hoffte, sie würden in dieses Zimmer kommen. Was sie taten.

Die Schwester sagte, dass es Zeit sei für die Schlaftablette. Er hatte Angst, es würde von ihm verlangt werden, Belle einen Gutenachtkuss zu geben. Ihm war aufgefallen, dass im Krankenhaus viel geküsst wurde. Er war froh, dass, als er aufstand, davon keine Rede war.

»Dann bis morgen.«

Er wurde früh wach und beschloss, vor dem Frühstück einen Spaziergang zu machen. Er hatte ganz gut geschlafen, sagte sich aber, er sollte sich eine Pause von der Krankenhausluft gönnen. Nicht, dass er sich wegen Belles verändertem Wesen große Sorgen machte. Er dachte, es war gut möglich oder sogar wahrscheinlich, dass sie zu ihrem normalen Ich zurückkehrte, entweder heute oder in ein bis zwei Tagen. Vielleicht würde sie sich an die Geschichte, die sie ihm erzählt hatte, überhaupt nicht erinnern. Was ein Segen wäre.

Die Sonne stand schon so hoch, wie man es zu dieser Jahreszeit erwarten konnte, und die Busse und Straßenbahnen waren bereits ziemlich voll. Er ging ein Stück weit nach Süden, dann nach Westen in die Dundas Street, und nach einer Weile befand er sich im Chinatown-Viertel, von dem er gehört hatte. Karren, beladen mit bekannten und weniger bekannten Gemüsesorten, wurden in Läden geschoben, und kleine gehäutete, offenbar essbare Tiere hingen zum Verkauf bereit. Die Straßen standen voll mit falsch geparkten Lieferwagen und hallten wider von lauten, verzweifelt klingenden chinesischen Rufen. Chinesisch. Dieser hohe Stimmenlärm hörte sich an, als wäre ein Krieg im Gange, aber für sie war das wahrscheinlich nur Alltag. Trotzdem hatte er das Gefühl, Platz machen zu müssen, und er ging in ein Restaurant, das von Chinesen betrieben wurde, aber ein normales Frühstück mit Rühreiern und Schinken versprach. Als er wieder herauskam, hatte er vor, kehrtzumachen und zurückzugehen.

Doch stattdessen wandte er sich wieder nach Süden. Er gelangte in eine Wohngegend, in eine Straße, gesäumt von hohen und ziemlich schmalen Backsteinhäusern. Sie mussten erbaut worden sein, bevor die Anwohner es notwendig fanden, Garagen anzulegen, oder bevor sie auch nur Autos besaßen. Bevor es solche Dinge wie Automobile gab. Er lief weiter, bis er ein Schild zur Queen Street sah, von der er gehört hatte. Er wandte sich wieder nach Westen, und nach ein paar Querstraßen geriet er an ein Hindernis. Vor einem Donut-Laden hatte sich ein kleiner Auflauf gebildet.

Die Leute wurden von einem Rettungswagen aufgehalten, der quer auf dem Bürgersteig stand, so dass man nicht vorbeikonnte. Einige beschwerten sich über die Verzögerung und fragten laut, ob es überhaupt erlaubt war, einen Rettungswagen auf dem Bürgersteig zu parken, andere sahen ganz friedlich aus, während sie sich darüber unterhielten, was passiert sein konnte. Ein Todesfall wurde für möglich gehalten, manche erörterten verschiedene Kandidaten, andere sagten, das sei die einzig zulässige Rechtfertigung dafür, dass der Wagen da stand, wo er stand.

Der Mann, der schließlich auf einer Bahre herausgetragen wurde, war offenbar nicht tot, sonst hätte man sein Gesicht zugedeckt. Er war jedoch bewusstlos und seine Haut grau wie Beton. Er wurde nicht zur Tür des Donut-Ladens herausgetragen, wie einige scherzhaft vorausgesagt hatten – eine Stichelei gegen die Qualität der Donuts –, sondern zur Haustür. Das Haus war ein solide aussehender, vier Stockwerke hoher Backsteinbau mit einem Waschsalon und eben dem Donut-Laden im Erdgeschoss. Der Name, der über der Haustür stand, deutete auf Stolz und auch ein gewisses Maß an Torheit in der Vergangenheit.

Bonnie Dundee.

Ein Mann, der keine Sanitäteruniform trug, kam als Letzter aus dem Haus. Er betrachtete verzweifelt die Menge, die sich nun langsam auflöste. Denn das Einzige, worauf sich jetzt noch warten ließ, war das laute Aufheulen des Rettungswagens, während er seinen Weg auf die Straße nahm und davonraste.

Jackson war einer von denen, die nicht sofort weitergingen. Er hätte nicht gesagt, dass Neugier ihn festhielt, eher, dass er nur auf die unvermeidliche Kehrtwendung wartete, um dorthin zurückzugelangen, von wo er gekommen war. Der Mann, der aus dem Haus getreten war, ging auf ihn zu und fragte ihn, ob er es eilig habe.

Nein. Nicht besonders.

Dieser Mann war der Hausbesitzer. Der Mann, den die Sanitäter im Rettungswagen fortgebracht hatten, war der Hausmeister und Portier.

»Ich muss ins Krankenhaus und sehen, was mit ihm los ist. Gestern noch kerngesund. Hat nie geklagt. Soweit ich weiß, keine Verwandten, an die ich mich wenden kann. Das Schlimmste, ich kann die Schlüssel nicht finden. Er hatte sie nicht bei sich, und sie sind nicht da, wo er sie sonst immer aufbewahrt. Also muss ich nach Hause und meine Ersatzschlüssel holen, und ich habe mich gerade gefragt, könnten Sie solange auf alles aufpassen? Ich muss nach Hause, und ich muss auch ins Krankenhaus. Ich könnte einen von den Mietern bitten, aber das möchte ich lieber nicht, wenn Sie verstehen, was ich meine. Ich will nicht gelöchert werden, was los ist, wo ich selber nicht mehr weiß als die.«

Er fragte wieder, ob Jackson das auch bestimmt nichts ausmachte, und Jackson sagte, nein, geht schon klar.

»Haben Sie einfach ein Auge auf jeden, der rein- und rausgeht, lassen Sie sich die Schlüssel zeigen. Sagen Sie ihnen, es ist ein Notfall, wird nicht lange dauern.«

Er wollte schon gehen, drehte sich aber noch einmal um.

»Sie können sich ebenso gut hinsetzen.«

Da war ein Stuhl, den Jackson noch nicht bemerkt hatte. Zusammengeklappt und aus dem Weg geräumt, damit der Rettungswagen Platz hatte. Es war nur einer von diesen Segeltuchstühlen, aber bequem genug und stabil. Jackson stellte ihn dankend an einer Stelle auf, wo er Passanten oder Hausbewohner nicht störte. Niemand nahm von ihm Notiz. Er wollte schon das Krankenhaus erwähnen und die Tatsache, dass er selbst bald dorthin zurückmusste. Aber der Mann hatte es eilig gehabt und schon genug Sorgen, und er hatte versichert, dass er so schnell, wie er konnte, wieder da sein würde.

Sobald Jackson sich hingesetzt hatte, merkte er, wie lange

er schon auf den Beinen gewesen war auf seinem ziellosen Spaziergang.

Der Mann hatte ihm gesagt, er könne sich einen Kaffee oder etwas zu essen holen aus dem Donut-Laden, wenn ihm danach war.

»Sie brauchen denen bloß meinen Namen zu sagen.«

Aber diesen Namen wusste Jackson natürlich nicht.

Als der Hausbesitzer zurückkam, entschuldigte er sich für seine Verspätung. Der Mann, den der Rettungswagen fortgebracht hatte, war gestorben. Es gab vieles zu regeln. Ein neuer Satz Schlüssel wurde gebraucht. Da war er. Dann die Beerdigung und zuvor Benachrichtigungen an die im Haus, die schon lange hier wohnten. Dazu eine Anzeige in der Zeitung, falls noch jemand kommen wollte. Eine schwierige Zeit, bis das alles erledigt war.

Es würde das Problem lösen. Falls Jackson konnte. Vorübergehend. Es brauchte nur vorübergehend zu sein.

Jackson hörte sich sagen: Ja, einverstanden.

Wenn er ein bisschen Zeit benötigte, das ließ sich einrichten. So hörte er diesen Mann – seinen neuen Chef – sagen. Gleich nach der Beerdigung und der Entsorgung einiger Dinge. Dann konnte er ein paar Tage haben, um seine Angelegenheiten zu regeln und richtig einzuziehen.

Das war nicht notwendig, sagte Jackson. Seine Angelegenheiten waren geregelt, und alles, was ihm gehörte, trug er am Leib.

Natürlich weckte das Misstrauen. Jackson war nicht überrascht, als er ein paar Tage später hörte, dass sein neuer Arbeitgeber sich bei der Polizei erkundigt hatte. Aber offenbar war alles in Ordnung. Er war eben nur einer von diesen Einzelgängern, die sich vielleicht auf die eine oder andere Art in

Schwierigkeiten gebracht, aber nie gegen irgendein Gesetz verstoßen hatten.

Außerdem sah es ganz so aus, als würde er von niemandem gesucht.

In der Regel war es Jackson lieber, ältere Leute im Haus zu haben. Die noch dazu alleinstehend waren. Allerdings keine Stumpfsinnigen. Sondern Leute mit Interessen. Oder auch manchmal mit einer Begabung. Einem Talent, mit dem sie sich früher hervorgetan und Geld verdient hatten, auch wenn es sie nicht durchs ganze Leben getragen hatte. Ein Sprecher, dessen Stimme im Radio vor vielen Jahren während des Krieges vertraut gewesen war, dessen Stimmbänder jedoch inzwischen zerfetzt waren. Die meisten Leute hielten ihn wahrscheinlich für tot. Aber hier war er in seiner Junggesellenwohnung, hielt sich auf dem Laufenden und hatte *The Globe and Mail* abonniert, die er an Jackson weiterreichte für den Fall, dass etwas drinstand, was ihn interessierte.

Einmal stand tatsächlich etwas drin.

Marjorie Isabella Treece, Tochter von Willard Treece, langjähriger Kolumnist des *Toronto Evening Telegram*, und seiner Frau Helena (geborene Abbott) Treece, Jugendfreundin von Robin (geborene Shillingham) Ford, ist nach tapferem Kampf gegen den Krebs von uns gegangen. Bitte in Oriole-Lokalausgabe übernehmen. 18. Juni 1965.

Nichts davon, wo sie zuletzt gewohnt hatte. Wahrscheinlich in Toronto, nach dieser Erwähnung von Robin. Sie hatte also länger durchgehalten, als zu erwarten war, und sich vielleicht halbwegs wohl gefühlt, bis kurz vor dem Ende natürlich. Sie hatte viel Begabung dafür gezeigt, sich den Umständen anzupassen. Vielleicht mehr, als er selbst besaß.

Nicht, dass er seine Zeit damit verbrachte, sich die Zimmer vorzustellen, die er mit ihr geteilt hatte, oder die Arbeit, die er in ihr Haus gesteckt hatte. Das brauchte er auch nicht – solche Dinge kamen oft in seinen Träumen vor, und er empfand dann kaum Sehnsucht, sondern eher Widerwillen, als müsste er sich sofort an etwas machen, das immer noch unerledigt war.

Im Bonnie Dundee waren die Mieter größtenteils allem abgeneigt, was eine Verbesserung genannt werden konnte, aus der Befürchtung, das könnte zu einer Mieterhöhung führen. Es gelang ihm, sie mit respektvollen Manieren und vernünftigen Kalkulationen dazu zu überreden. Das Haus mauserte sich und wurde zu einem mit einer Warteliste. Der Besitzer klagte, es werde zu einer Heimstatt für Spinner. Aber Jackson sagte, sie seien überdurchschnittlich ordentlich und zu alt für Ungehörigkeiten. Da war eine Frau, die früher im Symphonieorchester von Toronto gespielt hatte, ein Erfinder, der mit seinen Erfindungen bislang kein Glück gehabt, die Hoffnung aber noch nicht aufgegeben hatte, und ein Schauspieler, ein ungarischer Flüchtling, dem sein Akzent im Weg stand, mit dem aber immer noch irgendwo auf der Welt ein Werbespot lief. Alle hatten sie gute Umgangsformen und kratzten irgendwie das Geld zusammen, um ins Restaurant Epikur zu gehen und den ganzen Nachmittag lang ihre Geschichten zu erzählen. Außerdem hatten sie ein paar Freunde, die wirklich prominent waren und durchaus einmal zu einem Besuch hereinschneien konnten. Und nicht zu verachten war die Tatsache, dass das Bonnie Dundee über einen hauseigenen Geistlichen verfügte, dessen

Verhältnis zu seiner Kirche – welche es nun auch sein mochte – zwar etwas gestört war, der aber immer, wenn es erforderlich war, seines Amtes walten konnte.

Die Leute gewöhnten sich tatsächlich an, zu bleiben, bis er ihnen die Sterbesakramente erteilen musste, aber das war immer noch besser, als die Miete schuldig zu bleiben und abzuhauen.

Eine Ausnahme dieser Art war das junge Paar namens Candace und Quincy, das nie Miete bezahlte und mitten in der Nacht abgehauen war. Der Hausbesitzer war zufällig da gewesen, als die beiden kamen und eine Wohnung suchten, und er entschuldigte sich für seine schlechte Wahl damit, dass im Haus ein frisches Gesicht nottat. Das von Candace, nicht das des Freundes. Der war ein Hallodri.

An einem heißen Sommertag hatte Jackson beide Flügel der Hintertür, der Lieferantentür, geöffnet, um so viel Luft wie möglich hereinzulassen, während er daran arbeitete, einen Tisch zu firnissen. Es war ein hübscher Tisch, den er umsonst bekommen hatte, weil der Firnis völlig abgenutzt war. Er dachte, er würde sich gut im Foyer machen, um die Post darauf abzulegen.

Er brauchte nicht im Büro zu sein, weil der Hausbesitzer darin saß und einige Mieten überprüfte.

Es klingelte kurz an der Haustür. Jackson wischte den Pinsel ab und wollte schon aufstehen, weil er sich dachte, der Hausbesitzer wollte mitten in seinen Zahlen vielleicht nicht gestört werden. Aber es hatte sich erledigt, er hörte, wie die Tür aufgemacht wurde und dann die Stimme einer Frau. Eine Stimme am Rande der Erschöpfung, doch fähig, etwas von ihrem Charme zu bewahren, von ihrer felsenfesten Überzeugung, ganz egal, was sie sagte, sie würde jeden für sich gewinnen, der in Hörweite war.

Das hatte sie wahrscheinlich von ihrem Vater, dem Prediger. Jackson dachte das, bevor ihn die volle Wucht der Bedeutung traf.

Dies war die letzte Adresse, sagte sie, die sie von ihrer Tochter hatte. Sie war auf der Suche nach ihr. Ihrer Tochter Candace. Die möglicherweise mit einem Freund unterwegs war. Sie, die Mutter, war aus British Columbia hierhergekommen. Aus Kelowna, wo sie und der Vater des Mädchens lebten.

Ileane. Jackson erkannte ihre Stimme ohne jeden Zweifel. Diese Frau war Ileane.

Er hörte sie fragen, ob sie sich vielleicht hinsetzen könnte. Dann den Hausbesitzer, der ihr seinen – Jacksons – Stuhl zurechtrückte.

Toronto war viel heißer, als sie erwartet hatte, obwohl sie Ontario kannte, denn sie war ja hier aufgewachsen.

Sie fragte, ob sie wohl um ein Glas Wasser bitten dürfte.

Sie musste den Kopf in die Hände gelegt haben, denn ihre Stimme wurde leiser und undeutlich. Der Hausbesitzer ging hinaus auf den Flur und warf Münzen in den Automaten für eine Flasche 7 Up. Vielleicht hielt er das für damenhafter als eine Cola.

Um die Ecke sah er Jackson und winkte, dass er – Jackson – übernehmen sollte, da er vielleicht eher an verstörte Mieter gewöhnt war. Aber Jackson schüttelte heftig den Kopf.

Nein.

Ihre Verstörung gab sich bald.

Sie bat den Hausbesitzer um Verzeihung, und er sagte, dass die Hitze einem schon zusetzen konnte.

Jetzt zu Candace. Die beiden waren noch im ersten Monat wieder verschwunden, das konnte drei Wochen her sein. Keine Nachsendeadresse.

»Wie in solchen Fällen üblich.«

Sie verstand den Wink.

»Ach, das regle ich natürlich ...«

Einiges Gemurmel und Geraschel, während das erledigt wurde.

Dann: »Sie könnten mich wohl nicht sehen lassen, wo sie gewohnt haben ...«

»Der Mieter ist gerade nicht da. Aber selbst wenn er da wäre, glaube ich, er wäre nicht einverstanden.«

»Natürlich. Dumm von mir.«

»Ist da was, woran Sie besonders interessiert sind?«

»Oh, nein. Nein. Sie waren sehr freundlich. Ich habe Ihre Zeit in Anspruch genommen.«

Sie war jetzt aufgestanden, und beide bewegten sich. Aus dem Büro hinaus, die Stufen zur Haustür hinunter. Dann wurde die Tür aufgemacht, und der Straßenlärm verschluckte ihre Abschiedsworte, falls es welche gab.

Wie groß die Enttäuschung auch gewesen sein mochte, sie hatte sich bestimmt mit Anstand aus der Affäre gezogen.

Jackson kam aus seinem Versteck, als der Hausbesitzer ins Büro zurückkehrte.

»Überraschung«, sagte er nur. »Wir haben unser Geld.«

Er war ein Mann, der im Prinzip nicht neugierig war, zumindest nicht in Hinsicht auf persönliche Angelegenheiten. Eine Eigenschaft, die Jackson an ihm schätzte.

Natürlich hätte Jackson sie gerne gesehen. Jetzt, wo sie

fort war, bedauerte er es fast, die Gelegenheit nicht genutzt zu haben. Er würde sich jedoch nie so weit erniedrigen, den Hausbesitzer zu fragen, ob ihre Haare immer noch dunkel waren, fast schwarz, ihr Körper rank und schlank mit sehr wenig Busen. Er hatte sich von ihrer Tochter kein genaues Bild machen können. Ihre Haare waren blond, aber sehr wahrscheinlich gefärbt. Nicht mehr als zwanzig Jahre alt, obwohl das heutzutage manchmal schwer zu sagen war. Sehr unter der Fuchtel ihres Freundes. Lauf von zu Hause weg, lauf vor deinen Rechnungen weg, brich deinen Eltern das Herz, alles für ein mürrisches Exemplar wie diesen Freund.

Wo war Kelowna? Irgendwo im Westen. Alberta, British Columbia. Eine weite Reise, um jemanden zu suchen. Natürlich war die Mutter eine hartnäckige Frau. Eine Optimistin. Wahrscheinlich traf das immer noch auf sie zu. Sie hatte also geheiratet. Es sei denn, das Mädchen war unehelich geboren worden, was ihm sehr unwahrscheinlich vorkam. Sie wäre auf Nummer sicher gegangen, beim nächsten Mal, sie hatte nichts für Tragödien übrig. Das Mädchen bestimmt auch nicht. Sie würde nach Hause kommen, wenn sie genug hatte. Möglich, dass sie ein Baby mitbrachte, aber das war ja heute so üblich.

Kurz vor Weihnachten im Jahre 1940 hatte es einen Tumult in der Highschool gegeben. Er hatte sogar den vierten Stock erreicht, wo das Geklapper der Schreib- und Rechenmaschinen sonst alle Geräusche von unten übertönte. Die ältesten Mädchen der Schule waren da oben – Mädchen, die im vorigen Jahr Latein und Biologie und europäische Geschichte gelernt hatten und jetzt Schreibmaschine schreiben lernten.

Eine von ihnen war Ileane Bishop, die seltsamerweise die Tochter eines Geistlichen war, obwohl es in der vereinigten Kirche ihres Vaters keine Bischöfe gab. Ileane war mit ihrer Familie hier angekommen, als sie in der neunten Klasse war, und fünf Jahre lang hatte sie aufgrund der alphabetischen Sitzordnung hinter Jackson Adams gesessen. Zu der Zeit hatten sich alle in der Klasse an Jacksons phänomenale Schüchternheit und Schweigsamkeit gewöhnt, aber ihr waren sie neu, und im Laufe der nächsten fünf Jahre bewirkte sie dadurch, dass es sie einfach nicht kümmerte, ein Auftauen. Sie borgte sich von ihm Radiergummis, Schreibfedern und Winkelmesser, weniger, um das Eis zu brechen, sondern weil sie von Natur aus schusselig war. Sie tauschten die Lösungen von Aufgaben aus und kontrollierten gegenseitig ihre Klassenarbeiten. Wenn sie sich auf der Straße begegneten, sagten sie Hallo, und für sie brachte er tatsächlich ein Hallo heraus, das nicht nur gemurmelt war – es bestand aus zwei Silben und hatte Nachdruck. Darüber hinaus lief wenig, außer ein paar gemeinsamen Witzen. Ileane war kein schüchternes Mädchen, aber intelligent, zurückhaltend und nicht besonders beliebt, und das konnte ihm gefallen haben.

Von ihrem Beobachtungspunkt oben an der Treppe, als alle herausgekommen waren, um sich den Krawall anzuschauen, sah Ileane zu ihrer Überraschung, dass einer der beiden Jungen, die ihn veranstalteten, Jackson war. Der andere war Billy Watts. Jungen, die noch vor einem Jahr über ihren Büchern gesessen hatten und gehorsam von einem Klassenzimmer ins andere geschlurft waren, hatten sich verwandelt. In der Armeeuniform sahen sie doppelt so groß aus wie vorher, und ihre Stiefel machten mächtigen Lärm, während sie umhersprangen. Sie verkündeten lauthals, dass die Schule für diesen Tag aus war, weil alle in den Krieg mussten. Sie verteilten überall Zigaretten, warfen sie auf den Fußboden, wo sie von den Jungen aufgehoben werden konnten, die sich noch gar nicht rasierten.

Unbekümmerte Krieger, johlende Angreifer. Sturzbetrunken.

»Ich bin kein Drückeberger«, brüllten sie immer wieder.

Der Rektor versuchte, sie hinauszubefördern. Aber da der Krieg erst vor kurzem angefangen hatte und es noch Ehrfurcht und besondere Achtung vor den Jungen gab, die sich zur Front gemeldet hatten, brachte er es nicht fertig, sie so gebieterisch zu behandeln, wie er es ein Jahr später getan hätte.

»Aber, aber«, sagte er.

»Ich bin kein Drückeberger«, teilte Billy Watts ihm mit.

Jackson machte den Mund auf, um wahrscheinlich dasselbe zu sagen, aber in diesem Moment begegnete sein Blick dem Blick von Ileane Bishop und teilte ihr etwas mit.

Ileane Bishop verstand, dass Jackson eigentlich betrunken war, dass dieser Zustand ihm aber erlaubte, betrunken zu spielen, und er seine zur Schau gestellte Trunkenheit im Griff hatte. (Billy Watts dagegen war einfach nur volltrunken.) Mit diesem Wissen ging Ileane die Treppe hinunter und nahm lächelnd eine Zigarette an, die sie unangezündet zwischen den Fingern hielt. Sie hakte beide Helden unter und marschierte mit ihnen zur Schule hinaus.

Sobald sie draußen waren, zündete sie sich ihre Zigarette an.

Darüber gab es später in der Gemeinde von Ileanes Vater Meinungsverschiedenheiten. Einige sagten, Ileane hätte die Zigarette nicht wirklich geraucht, sondern nur so getan, um die Jungen zu besänftigen, während andere sagten, doch, sie hätte sie geraucht. Die Tochter ihres Pfarrers hatte geraucht!

Was stimmte, war, dass Billy die Arme um Ileane legte und sie zu küssen versuchte, aber er geriet ins Stolpern, setzte sich auf die Stufen vor der Schule und krähte wie ein Hahn.

Keine zwei Jahre später war er tot.

Aber erst einmal musste er nach Hause geschafft werden, und Jackson zog ihn hoch, so dass sie sich seine Arme über die Schultern legen und ihn abschleppen konnten. Zum Glück war es von der Schule nicht weit bis zu seinem Haus. Dort ließen sie ihn vor der Haustür liegen, völlig weggetreten. Dann kamen sie ins Gespräch.

Jackson wollte nicht nach Hause. Warum nicht? Weil seine Stiefmutter da war, sagte er. Er hasste seine Stiefmutter. Warum? Kein Grund.

Ileane wusste, dass seine Mutter bei einem Autounfall das Leben verloren hatte, als er noch ganz klein war – das wurde immer erwähnt, um seine Schüchternheit zu erklären. Sie dachte, dass der Alkohol ihn wahrscheinlich zu Übertreibungen aufstachelte, aber sie versuchte nicht, ihn dazu zu bringen, weiter darüber zu reden.

»Na gut«, sagte sie. »Du kannst zu uns kommen.«

Zufällig war Ileanes Mutter gerade fort und pflegte Ileanes kranke Großmutter. Ileane besorgte zu der Zeit für ihren Vater und ihre beiden jüngeren Brüder aufs Geratewohl den Haushalt. Das war nach Meinung einiger ein Unglück. Nicht, dass ihre Mutter Theater gemacht hätte, aber sie hätte acht auf das Kommen und Gehen gehabt und hätte wissen wollen, wer dieser Junge war. Zumindest hätte sie dafür gesorgt, dass Ileane weiter regelmäßig zur Schule ging.

Ein Soldat und ein Mädchen, plötzlich so nah beieinander. Wo sonst die ganze Zeit über nichts gewesen war als Logarithmen und Deklinationen.

Ileanes Vater kümmerte sich nicht um die beiden. Er interessierte sich mehr für den Krieg, als es sich nach Meinung einiger seiner Gemeindemitglieder für einen Pfarrer schickte, und das machte ihn stolz, einen Soldaten im Haus zu haben. Außerdem war er unglücklich darüber, seine Tochter nicht aufs College schicken zu können. Er musste sparen, damit eines Tages ihre Brüder aufs College konnten, denn sie würden einen guten Beruf brauchen. Das machte ihn nachsichtig gegenüber Ileane und allem, was sie tat.

Jackson und Ileane gingen nicht ins Kino. Sie gingen nicht tanzen. Sie gingen spazieren, bei jedem Wetter und oft nach Einbruch der Dunkelheit. Manchmal gingen sie in ein Restaurant und tranken Kaffee, mochten aber nie mit jemand anderem reden. Was war mit ihnen, waren sie dabei, sich zu verlieben? Wenn sie spazieren gingen, konnte es sein, dass ihre Hände sich streiften, und mit etwas Mühe gewöhnte er sich daran. Als Ileane dann vom Zufälligen zum Absichtlichen überging, fand er das anfangs ein wenig unangenehm, merkte aber, dass er sich auch daran gewöhnen konnte.

Er wurde gelassener und war sogar auf Küsse gefasst.

Ileane ging allein zu Jacksons Haus, um seine Tasche abzuholen. Seine Stiefmutter zeigte ihre leuchtend weißen falschen Zähne und versuchte dreinzuschauen, als sei sie zu Späßen aufgelegt.

Sie fragte, was Ileane mit Jackson vorhätte.

»Pass bloß dabei auf«, sagte sie.

Sie stand in dem Ruf, ein loses Maul zu haben. Sogar ein dreckiges.

»Frag ihn, ob er sich daran erinnert, dass ich ihm den Hintern abgeputzt habe«, sagte sie.

Was Ileane berichtete und betonte, dass sie selbst besonders höflich, sogar herablassend gewesen sei, weil sie die Frau nicht ausstehen konnte.

Aber Jackson wurde rot, fühlte sich in die Ecke getrieben und verzweifelt, wie früher, wenn man ihm in der Schule eine Frage stellte.

»Ich hätte gar nicht von ihr anfangen sollen«, sagte Ileane. »Aber es wird einem zur Gewohnheit, andere zu parodieren, wenn man in einem Pfarrhaus lebt.«

Er sagte, es sei schon gut.

Wie sich herausstellte, war das Jacksons letzter Tag, bevor es an die Front ging. Sie schrieben einander. Ileane berichtete, dass sie ihren Kurs in Steno und Schreibmaschine abgeschlossen und eine Stellung in der Stadtverwaltung angenommen hatte. Sie behandelte alles entschieden satirisch, stärker als zuvor in der Schule. Vielleicht dachte sie, dass jemand im Krieg Aufheiterung brauchte. Und sie bestand darauf, nun Bescheid zu wissen. Wenn der Vater eilige Eheschließungen vornehmen musste, schrieb sie von der »jungfräulichen Braut«.

Und wenn sie vom Besuch eines anderen Geistlichen im Pfarrhaus berichtete, der im Gästezimmer schlief, dann überlegte sie, ob die Matratze ihm wohl »gewisse Träume« bescheren würde.

Er berichtete von den Menschenmassen auf der *Ile de France* und den Ausweichmanövern, um den U-Booten zu entgehen. Als er in England ankam, kaufte er sich ein Fahrrad und erzählte ihr von Orten, zu denen er geradelt war, falls sie nicht im Sperrgebiet lagen.

Diese Briefe, obwohl prosaischer als ihre, waren immer unterschrieben mit »In Liebe«. Als der Tag der Landung in der Normandie kam, entstand ein, wie sie es nannte, unerträgliches Schweigen, doch sie verstand den Grund dafür, und als er wieder schrieb, war alles gut, auch wenn keine Einzelheiten erlaubt waren.

In diesem Brief schrieb er, wie sie es schon getan hatte, von Heirat.

Und schließlich der Tag des Sieges der Alliierten und die Heimreise. Schwärme von Sternschnuppen, schrieb er, am ganzen Himmel.

Ileane hatte nähen gelernt. Sie schneiderte sich ein neues Sommerkleid zu Ehren seiner Heimkehr, ein Kleid aus lindgrüner Kunstseide mit weitem Rock und kurzen Glockenärmeln, getragen mit einem schmalen Gürtel aus goldfarbenem Kunstleder. Sie wollte sich noch einen Streifen aus demselben grünen Stoff um ihren Sommerhut winden.

»Diese ganze Beschreibung dient dazu, dass Du mich siehst und weißt, ich bin's, und nicht mit einer anderen schönen Frau davonläufst, die zufällig auf dem Bahnsteig steht.«

Er gab seinen Brief an sie in Halifax auf, teilte ihr mit, dass er am Samstag im Abendzug sitzen werde. Er schrieb, dass er sich sehr gut an sie erinnerte und nicht in Gefahr stand, sie mit einer anderen Frau zu verwechseln, selbst wenn an dem Abend der Bahnsteig davon wimmeln sollte.

Am letzten Abend vor seiner Abreise hatten sie bis spät in die Nacht in der Küche des Pfarrhauses gesessen, wo ein Foto von König Georg VI. hing, das man in dem Jahr überall sah. Ebenso wie die Worte, die darunter standen.

Und ich sagte zu dem Mann, der das Tor zum neuen Jahr hütete:
»Gib mir ein Licht, dass ich sicher ins Unbekannte ausschreiten kann.«
Und er antwortete: »Geh hinaus in die Dunkelheit und lege deine Hand in die Hand Gottes. Das wird für dich besser sein als Licht und sicherer als ein bekannter Weg.«

Dann stiegen sie sehr leise die Treppe hinauf, und er ging im Gästezimmer zu Bett. Dass sie zu ihm kam, mussten sie miteinander vereinbart haben, aber vielleicht hatte er nicht ganz verstanden, wozu.

Es war ein Fiasko. Aber so, wie sie sich verhielt, bekam sie es vermutlich gar nicht mit. Je länger das Fiasko dauerte, desto wilder machte sie weiter. Unmöglich, sie von weiteren Versuchen abzubringen oder es ihr zu erklären. Konnte es sein, dass ein Mädchen so wenig wusste? Sie trennten sich schließlich, als wäre alles gutgegangen. Und verabschiedeten sich am nächsten Morgen in Gegenwart ihres Vaters und ihrer Brüder. Kurze Zeit darauf begannen die Briefe.

Er betrank sich und versuchte es noch einmal, in Southampton. Aber die Frau sagte: »Das reicht, Kleiner, du bringst es nicht.«

Es gefiel ihm gar nicht, wenn Frauen oder Mädchen sich herausputzten. Handschuhe, Hüte, raschelnde Röcke, alles eine Forderung und dann Scherereien. Aber wie sollte sie das wissen? Lindgrün. So sah man doch nur nach einer schweren Magenverstimmung aus.

Dann kam ihm der Einfall, dass jemand sich einfach nicht einfinden konnte.

Würde sie sich selbst oder irgendjemand anderem sagen, dass sie sich im Datum geirrt haben musste? Er konnte sich einreden, dass sie sich bestimmt eine Lüge ausdenken würde. Sie war schließlich erfinderisch.

Jetzt, wo sie auf die Straße hinausgegangen ist, verspürt Jackson den Wunsch, sie zu sehen. Er hätte den Hausbesitzer nie fragen können, wie sie aussah, ob ihre Haare dunkel oder grau waren und ob sie schlank oder inzwischen mollig war. Ihre Stimme hatte sogar unter Druck wunderbar unverändert geklungen. Alle Aufmerksamkeit auf sich ziehend, auf ihre Musikalität, und gleichzeitig alle Entschuldigungen vorwegnehmend.

Sie war von weit her gekommen, aber sie war eine hartnäckige Frau. Konnte man wohl sagen.

Und die Tochter würde zurückkommen. Zu verwöhnt, um wegzubleiben. Jede Tochter von Ileane wäre verwöhnt, würde sich die Welt und die Wahrheit ganz nach ihren Bedürfnissen zurechtrücken, als könnte nichts sie lange aus der Bahn werfen.

Wenn sie ihn gesehen hätte, hätte sie ihn erkannt? Er meinte, ja. Ganz egal, wie sehr er sich verändert hatte. Und sie hätte ihm verziehen, jawohl, auf der Stelle. Um sich ihr Selbstbild für immer zu bewahren.

Am nächsten Tag hatte sich jede Erleichterung darüber, dass Ileane aus seinem Leben fortgegangen war, verflüchtigt.

Sie kannte dieses Haus, sie konnte zurückkommen. Sie konnte sich für eine Weile hier einnisten, die Straßen hier abgehen, auf der Suche nach einer Spur, die noch warm war. Mit gespielter Bescheidenheit bei den Leuten Erkundigungen einholen, mit dieser sich einschmeichelnden, aber verwöhnten Stimme. Es war möglich, dass sie ihm direkt vor dieser Haustür begegnete. Nur für einen Augenblick überrascht, als hätte sie ihn immer erwartet. Ihm die Möglichkeiten des Lebens entgegenhielt, wie sie es zu können vermeinte.

Dinge konnten beendet werden, das erforderte nur einige Entschlossenheit. Als er erst sechs oder sieben Jahre alt war, hatte er die Spielereien seiner Stiefmutter, das, was sie ihre Spielereien oder Neckereien nannte, beendet. Er war nach Einbruch der Dunkelheit auf die Straße hinausgelaufen, und sie hatte ihn zurückgeholt, aber sie sah ein, es würde ernsthaftes Weglaufen geben, wenn sie nicht aufhörte, also hörte sie auf. Und sagte, dass er ein Spaßverderber war, weil sie nie zugeben konnte, dass jemand sie hasste.

Er verbrachte drei weitere Nächte in dem Haus namens Bonnie Dundee. Er schrieb für den Hausbesitzer einen Bericht über jede Wohnung mit Angaben über die Fälligkeit der Renovierung und deren Umfang. Er behauptete, er sei abberufen worden, ohne anzugeben, warum oder wohin. Er räumte sein Bankkonto leer und packte die wenigen Dinge, die ihm gehörten. Am Abend, spät am Abend, stieg er in den Zug.

Im Laufe der Nacht nickte er immer wieder ein, und im Kurzschlaf sah er die kleinen Mennonitenjungen auf ihrem

Karren vorbeifahren. Er hörte den Gesang ihrer hohen Stimmen.

Am Morgen stieg er in Kapuskasing aus. Er konnte die Sägewerke riechen, und die kühlere Luft munterte ihn auf. Hier gab es bestimmt Arbeit, in einer Stadt mit Holz-industrie.

MIT SEEBLICK

Eine Frau geht zu ihrer Ärztin, um sich ein neues Rezept geben zu lassen. Aber die Ärztin ist nicht da. Es ist ihr freier Tag. Die Frau hat sich im Tag geirrt, sie hat den Montag mit dem Dienstag verwechselt.

Das ist genau das, worüber sie mit der Ärztin reden wollte, nicht nur über das neue Rezept. Sie hat sich gefragt, ob ihr Verstand sich ein wenig trübt.

»Ist ja lachhaft«, hat sie von der Ärztin als Antwort erwartet. »Ihr Verstand. Ausgerechnet bei Ihnen!«

(Nicht, dass die Ärztin sie so gut kennt, doch immerhin haben sie gemeinsame Bekannte.)

Stattdessen ruft die Sprechstundenhilfe der Ärztin einen Tag später an, um mitzuteilen, dass das Rezept bereitliegt und dass für die Frau – sie heißt Nancy – ein Termin gemacht worden ist, für eine Untersuchung ihres Problems mit dem Verstand bei einem Spezialisten.

Es ist nicht der Verstand. Nur das Gedächtnis.

Wie auch immer. Der Spezialist behandelt ältere Patienten.

Ah ja. Ältere Patienten mit weicher Birne.

Die Sprechstundenhilfe lacht. Endlich lacht mal jemand.

Sie sagt, dass die Praxis des Spezialisten sich in einem kleinen Ort namens Hymen befindet, ungefähr zwanzig Meilen von Nancys Wohnort entfernt.

»Oh je, ein Ehespezialist«, sagt Nancy.

Die Sprechstundenhilfe begreift nicht, fragt: »Wie bitte?«

»Schon gut, ich werde hinfahren.«

Die Spezialisten haben sich im Laufe der letzten Jahre überallhin ausgebreitet. Der Computertomograph steht in der einen Stadt, der Onkologe ist in einer anderen, der Lungenfacharzt in einer dritten, und so weiter. Alles nur, damit man nicht bis in das Großstadtklinikum fahren muss, dabei kann es genauso viel Zeit in Anspruch nehmen, da nicht alle diese Kleinstädte Krankenhäuser haben und man sich dann mühsam bis zu der Arztpraxis durchfragen muss.

Aus diesem Grund beschließt Nancy, am Abend vor ihrem Termin in die Kleinstadt des Seniorenspezialisten – wie sie ihn zu nennen beschließt – zu fahren. Das soll ihr genug Zeit geben, um seine Praxis ausfindig zu machen, damit sie nicht völlig aufgelöst oder sogar zu spät dort ankommt und von Anfang an einen schlechten Eindruck macht.

Ihr Mann könnte sie begleiten, aber sie weiß, dass er sich das Fußballspiel im Fernsehen ansehen möchte. Er ist Wirtschaftswissenschaftler, der die halbe Nacht lang Sportsendungen guckt und dann den Rest der Nacht über an seinem Buch arbeitet, obwohl er ihr aufgetragen hat, zu sagen, er sei im Ruhestand.

Sie sagt, sie möchte die Praxis alleine finden. Die Sprechstundenhilfe hat ihr eine Wegbeschreibung zu dem Ort gegeben.

Der Abend ist schön. Aber als sie von der Autobahn nach Westen abbiegt, steht die Sonne schon so tief, dass sie ihr ins

Gesicht scheint. Wenn sie sich jedoch gerade aufsetzt und das Kinn hebt, sind ihre Augen im Schatten. Außerdem hat sie eine gute Sonnenbrille. Sie kann das Schild lesen, auf dem steht, dass es noch acht Meilen sind bis zu der Ortschaft Highman.

Highman. Das war es also, doch kein Witz. 1553 Einwohner.

Warum machen sie sich die Mühe, auch noch die 3 hinzuschreiben?

Jede Seele zählt.

Sie hat die Angewohnheit, nur zum Spaß kleine Ortschaften zu erkunden, um zu schauen, ob sie dort leben könnte. Diese scheint in Frage zu kommen. Ein vernünftiger Supermarkt, wo man einigermaßen frisches Gemüse bekommt, wenn auch wahrscheinlich nicht von den Feldern ringsum, Kaffee genießbar. Dann ein Waschsalon und ein Drugstore, wo man seine Rezepte einlösen kann, obwohl er die besseren Zeitschriften bestimmt nicht führt.

Es gibt natürlich Anzeichen dafür, dass der Ort bessere Tage gesehen hat. Eine Uhr, die nicht mehr funktioniert, thront über einem Schaufenster, das Edlen Schmuck verspricht, aber jetzt nichts weiter vorzuweisen hat als irgendwelches alte Porzellan und Steingut, alte Eimer und aus Draht gewundene Kränze.

Sie kommt dazu, diesen Krempel zu betrachten, weil sie sich entschieden hat, vor dem Laden, der ihn zur Schau stellt, zu parken. Sie denkt, sie kann die Praxis dieses Arztes genauso gut zu Fuß suchen. Und fast zu früh, um ihr Genugtuung zu verschaffen, sieht sie ein zweigeschossiges Haus aus dunklem Backstein, erbaut im zweckmäßigen Stil des zu Ende gegangenen Jahrhunderts, und könnte wetten, das ist sie. Ärzte in Kleinstädten hatten früher ihre Praxisräume in einem Teil ihres Wohnhauses, aber dann brauchten sie Platz für parkende Autos und richteten sich in so etwas wie dem hier ein. Rotbrauner Backstein, und da ist auch schon das Schild, Arzt/Zahnarzt. Ein Parkplatz hinter dem Haus.

In der Tasche hat sie einen Zettel mit dem Namen des Arztes, und sie holt ihn heraus, um sich zu vergewissern. Die Namen auf der Milchglastür lauten Dr. H. W. Forsyth, Zahnarzt, und Dr. Donald McMillen, Arzt.

Diese Namen stehen nicht auf Nancys Zettel. Kein Wunder, denn darauf steht nur eine Zahl. Es ist die Schuhgröße der verstorbenen Schwester ihres Mannes. O 7 ½. Sie braucht eine Weile, um das zu entziffern, dass die Null also für das hastig hingeschriebene O von Olivia steht. Sie kann sich nur dunkel daran erinnern, Pantoffeln gekauft zu haben, als Olivia im Krankenhaus lag.

Das nutzt ihr ohnehin nichts.

Kann sein, dass der Arzt, den sie aufsuchen soll, erst vor kurzem in dieses Haus gezogen ist und dass der Name auf der Tür noch nicht geändert worden ist. Sie muss jemanden fragen. Als Erstes muss sie klingeln, für den Fall, dass jemand Überstunden macht und noch da ist. Das tut sie, und es ist eigentlich ganz gut, dass ihr niemand aufmacht, denn der Name des Arztes, zu dem sie muss, ist ihr im Moment entfallen.

Eine andere Idee. Ist es nicht gut möglich, dass dieser Doktor – der Irrenarzt, wie sie ihn bereits im Stillen nennt –, wäre es nicht gut möglich, dass er (oder sie – wie die meisten Menschen ihres Alters zieht sie diese Möglichkeit nicht automatisch in Betracht), dass er oder sie in Privaträumen praktiziert? Es wäre sinnvoll und billiger. Man braucht nicht viele Geräte für das Verarzten von Irren.

Also setzt sie ihren Spaziergang abseits der Hauptstraße fort. Der Name des fraglichen Arztes ist ihr inzwischen wieder eingefallen, wie es solche Dinge zu tun pflegen, sobald sie nicht mehr unter Druck steht. Die Häuser, an denen sie vorbeigeht, wurden fast alle im neunzehnten Jahrhundert erbaut. Einige aus Holz, andere aus Ziegeln. Die aus Ziegeln haben oft ein volles Obergeschoss, die aus Holz sind etwas bescheidener, nur ein halbes Obergeschoss mit schrägen Decken in den oberen Räumen. Manche Haustüren sind nur ein bis zwei Meter vom Bürgersteig entfernt. Andere haben eine breite Veranda vor sich, die hin und wieder verglast ist. Vor hundert Jahren hätten an einem Abend wie diesem die Leute auf ihrer Veranda gesessen oder vielleicht auf den Stufen vor der Tür. Hausfrauen, die mit dem Abwasch fertig waren und zum letzten Mal an dem Tag die Küche gefegt hatten, Männer, die nach gründlicher Wässerung des Rasens den Gartenschlauch aufgerollt hatten. Keine Gartenmöbel standen so wie heute leer und protzend herum. Nur die Holzstufen oder herausgetragene Küchenstühle. Gespräche über das Wetter oder ein entlaufenes Pferd oder jemanden, der das Bett hüten muss und sich wahrscheinlich nicht wieder erholen wird. Vermutungen über sie selbst, sobald sie außer Hörweite ist.

Aber hätte sie da nicht schon mit ihnen gesprochen, wäre stehen geblieben und hätte gefragt: Bitte, können Sie mir sagen, wo das Haus des Arztes ist?

Neues Gesprächsthema: Wozu braucht die den Arzt?

(Diese Frage hat sie selbst schon einmal außer Hörweite gestellt.)

Jetzt sitzen alle Leute im Haus, wo ihre Ventilatoren oder Klimaanlagen laufen. Die Häuser haben Nummern, geradeso wie in einer Großstadt. Keine Spur von einem Arzt.

Der Bürgersteig endet vor einem großen Backsteingebäude mit Giebeln und einem Uhrenturm. Vielleicht eine Schule, bis die Kinder mit dem Bus zu einem größeren und öderen Schulzentrum gefahren wurden. Die Zeiger zeigen auf zwölf, Mittag oder Mitternacht, was bestimmt nicht die richtige Uhrzeit ist. Eine Fülle von Sommerblumen, die nach einer geschickten gärtnerischen Hand aussehen – einige sprießen aus einer Schubkarre, andere aus einem Melkeimer daneben. Ein Schild, das sie nicht lesen kann, weil die Sonne darauf scheint. Sie steigt auf den Rasen, um es sich aus anderem Winkel anzuschauen.

Bestattungsinstitut. Jetzt sieht sie die angebaute Garage, die wahrscheinlich den Leichenwagen beherbergt.

Nun gut. Sie sollte besser voranmachen.

Sie geht in eine Seitenstraße mit sehr gepflegten Anwesen, die beweisen, dass sogar eine Kleinstadt dieser Größe ihr Villenviertel haben kann. Die Häuser sind alle ein wenig verschieden, sehen aber irgendwie gleich aus. Blasser Stein oder helle Ziegel, Fenster mit Spitz- oder Rundbögen, eine Absage an die Zweckmäßigkeit, den Farmhaus-Stil vergangener Jahrzehnte.

Hier sind Menschen zu sehen. Sie haben sich nicht alle in ihren Häusern mit ihren Klimaanlagen eingeschlossen. Ein Junge sitzt auf einem Fahrrad, fährt im Zickzack über die Straße. Etwas an seiner Fahrt ist seltsam, aber sie kommt nicht gleich darauf, was.

Er fährt rückwärts. Das ist es. Eine Jacke, so umgehängt, dass man – oder sie – nicht gleich sehen kann, was falsch ist.

Eine Frau, die vielleicht ein bißchen zu alt ist, um seine Mutter zu sein – die aber trotzdem sehr adrett und lebhaft aussieht –, steht auf der Straße und beobachtet ihn. Sie hält ein Springseil in den Händen und redet mit einem Mann, der nicht ihr Ehemann sein kann – dafür verhalten sich beide zu herzlich.

Die Straße stellt sich als Sackgasse heraus. Es geht nicht weiter.

Nancy unterbricht die Erwachsenen und entschuldigt sich dafür. Sie sagt, dass sie auf der Suche nach einem Arzt ist.

»Nein, nein«, sagt sie. »Keine Sorge. Nur seine Adresse. Ich dachte, vielleicht kennen Sie ihn.«

Dann taucht das Problem auf, dass sie wieder nicht genau weiß, wie er heißt. Die beiden sind zu höflich, um sich ihr Befremden anmerken zu lassen, können ihr aber nicht helfen.

Der Junge kommt auf einem seiner Blindflüge angesaust und verfehlt sie alle drei nur knapp.

Gelächter. Keine Zurechtweisung. Ein rücksichtsloser kleiner Lümmel, und sie scheinen ihn echt zu bewundern. Sie machen beide Bemerkungen über die Schönheit des Abends, und Nancy dreht sich um und tritt den Rückweg an.

Nur geht sie nicht den ganzen Weg zurück, nicht bis zum Bestattungsinstitut. Sie entdeckt eine Seitenstraße, die sie vorher nicht beachtet hat, vielleicht, weil sie ungepflastert ist, und weil sie nicht dachte, dass da eine Arztpraxis sein könnte.

Es gibt keinen Bürgersteig, und die Häuser sind von Gerümpel umgeben. Zwei Männer werkeln unter der Motorhaube eines Lastwagens, und sie hat den Eindruck, dass es besser ist, sie nicht zu unterbrechen. Außerdem hat sie ein Stück weiter etwas Interessantes erblickt.

Eine Hecke, die bis auf die Straße reicht. Sie ist wohl zu hoch, um darüber hinwegsehen zu können, aber vielleicht kann sie ja hindurchspähen.

Das ist nicht nötig. Als sie an der Hecke vorbeigeht, stellt sie fest, dass das Grundstück – ungefähr so groß wie vier Stadtgrundstücke – zu der Straße, auf der sie geht, völlig offen ist. Es scheint eine Art von Park zu sein, Wege aus Steinplatten durchschneiden diagonal das gemähte und üppige Gras. Zwischen den Wegen sprießen im Gras Blumen. Einige kennt sie – die dunkelgoldenen und hellgelben Studentenblumen zum Beispiel, den Phlox, hellrosa, rosarot und weiß mit roter Mitte –, aber sie ist selbst keine große Gärtnerin, und hier blüht es in Stauden und am Boden in solcher Farbenvielfalt, dass sie keine Namen dafür hat. Einige Pflanzen klettern an Spalieren hoch, andere breiten sich frei aus. Alles kunstvoll, aber nicht steif, nicht einmal der Springbrunnen, der etwa zwei Meter hoch aufsteigt, bevor er in sein von Steinen gesäumtes Becken herabsinkt. Sie ist von der Straße hereingekommen, um sich ein wenig von seinem kühlen Sprühen zu holen, und dort findet sie eine schmiedeeiserne Bank, auf die sie sich setzen kann.

Ein Mann mit einer Gartenschere kommt einen der Wege entlang. Gärtner müssen hier offenbar bis spät abends arbeiten. Aber um die Wahrheit zu sagen, er sieht nicht aus wie eine angestellte Arbeitskraft. Er ist groß und sehr dünn und trägt ein schwarzes Hemd und eine schwarze Hose, die beide eng anliegen.

Ihr ist nicht in den Sinn gekommen, dass dies irgendetwas anderes als ein Stadtpark sein könnte.

»Das hier ist wirklich schön«, ruft sie ihm in ihrem ruhigsten und freundlichsten Tonfall zu. »Sie pflegen es so gut.«

»Danke«, sagt er. »Sie können sich gerne hier ausruhen.« Und teilt ihr durch den leisen Sarkasmus in seiner Stimme mit, dass dies kein Park, sondern Privatbesitz ist und dass er selbst kein Stadtangestellter, sondern der Eigentümer ist.

»Ich hätte Sie um Erlaubnis bitten müssen.«

»Schon gut.«

Er ist beschäftigt, beugt sich vor und beschneidet eine Pflanze, die auf den Weg vordringt.

»Das gehört Ihnen, nicht wahr? Alles?«

Nach einiger Geschäftigkeit: »Alles.«

»Ich hätte es merken müssen. Zu phantasiereich, um öffentlich zu sein. Zu ungewöhnlich.«

Keine Antwort. Sie möchte ihn fragen, ob er nicht selbst gerne abends hier sitzt. Aber lieber nicht. Er scheint nicht sehr umgänglich zu sein. Wahrscheinlich einer von denen, die sich darauf auch noch etwas einbilden. Sie wird noch einen Augenblick sitzen bleiben, sich dann bei ihm bedanken und aufstehen.

Doch stattdessen kommt er nach einem Augenblick und setzt sich neben sie. Er spricht, als wäre ihm eine Frage gestellt worden.

»Eigentlich fühle ich mich nur wohl, wenn ich etwas tue, was erledigt werden muss«, sagt er. »Wenn ich mich hinsetze, darf ich nichts anschauen, sonst sehe ich sofort noch mehr Arbeit.«

Sie hätte gleich wissen müssen, dass er kein Mann für höfliches Geplauder ist. Aber sie bleibt neugierig.

Was war hier vorher?

Bevor er den Garten anlegt hat?

»Eine Strickwarenfabrik. Alle diese Städtchen hatten so etwas, man kam damals mit Hungerlöhnen durch. Aber die ging mit der Zeit bankrott, und es gab einen Bauunternehmer, der kam auf die Idee, daraus ein Pflegeheim zu machen. Doch er kriegte Ärger, die Stadt wollte ihm keine Genehmigung erteilen, aufgrund der Vorstellung, dann kämen viele alte Leute her, was die Atmosphäre verschlechtern würde. Also hat er die Fabrik angezündet oder abreißen lassen, ich weiß es nicht.«

Er ist nicht von hier. Sogar sie weiß, wenn er es wäre, würde er niemals so offen reden.

»Ich bin nicht von hier«, sagt er. »Ich hatte aber einen Freund, der war von hier, und als er starb, bin ich nur hergekommen, um alles abzustoßen und wieder zu verschwinden. Aber dann konnte ich das Grundstück billig erwerben, weil der Bauunternehmer nur ein Loch im Boden übrig gelassen hatte und es ein Schandfleck war.«

»Tut mir leid, wenn ich zu neugierig bin.«

»Schon gut. Wenn mir nicht danach ist, etwas zu erklären, tue ich es nicht.«

»Ich bin noch nie hier gewesen«, sagt sie. »Natürlich nicht, sonst hätte ich diesen Ort entdeckt. Ich bin auf der Suche nach etwas herumgelaufen. Ich dachte, ich würde es leichter finden, wenn ich das Auto abstelle und zu Fuß gehe. Ich habe eigentlich eine Arztpraxis gesucht.«

Sie erklärt, dass sie nicht krank ist, nur für den nächsten Tag einen Termin hat, und nicht morgens auf der Suche nach der Praxis herumrennen will. Sie erzählt, wo sie das Auto geparkt hat und wie erstaunt sie gewesen ist, den Namen des Arztes nirgendwo finden zu können.

»Ich konnte auch nicht ins Telefonbuch schauen, denn Sie

wissen ja, dass die Telefonbücher und die Telefonzellen inzwischen alle verschwunden sind. Oder aus dem Telefonbuch ist alles rausgerissen worden. Ich fange an, Unsinn zu reden.«

Sie nennt ihm den Namen des Arztes, der ihm nichts sagt.

»Allerdings gehe ich nie zum Arzt.«

»Wahrscheinlich ist das klug von Ihnen.«

»Ach, das würde ich nicht sagen.«

»Jedenfalls sollte ich mich auf den Weg zu meinem Auto machen.«

Er steht mit ihr zusammen auf und sagt, er wird sie begleiten.

»Damit ich mich nicht verlaufe?«

»Nicht ganz. Ich versuche immer, mir um diese Abendzeit die Beine zu vertreten. Gartenarbeit kann recht steif machen.«

»Bestimmt gibt es eine vernünftige Erklärung für diesen Arzt. Kommt Ihnen manchmal der Gedanke, dass es früher vernünftige Erklärungen für viel mehr Dinge gab als heute?«

Er antwortet nicht. Denkt vielleicht an den verstorbenen Freund. Vielleicht ist der Garten eine Gedenkstätte für den verstorbenen Freund.

Statt jetzt verlegen zu sein, weil sie etwas gesagt und er nicht geantwortet hat, gibt ihr das Gespräch ein Gefühl von Frische, von Frieden.

Sie gehen, ohne einer Menschenseele zu begegnen.

Bald erreichen sie die Hauptstraße, nur eine Querstraße vom Ärztehaus entfernt. Bei seinem Anblick fühlt sie sich etwas unbehaglich und weiß erst nicht, warum, doch dann weiß sie es. Sie hat eine absurde, aber beunruhigende Vorstellung, die der Anblick des Ärztehauses ihr eingegeben hat. Was, wenn der richtige Name, den sie angeblich nicht finden konnte, dort die ganze Zeit über gestanden hat? Sie geht rascher, sie merkt, dass sie zittert, und dann, da sie noch gut sieht, liest sie die beiden Namen, die so nichtssagend sind wie zuvor.

Sie tut so, als hätte sie sich beeilt, um sich das Sammelsurium in dem Schaufenster anzuschauen, die Puppen mit Porzellanköpfen, die alten Schlittschuhe und Nachttöpfe, die zerlumpten Quilts.

»Traurig«, sagt sie.

Er hört nicht zu. Er sagt, dass ihm gerade etwas eingefallen ist.

»Dieser Arzt«, sagt er.

»Ja?«

»Ich überlege, ob er mit dem Heim in Verbindung steht?«

Sie gehen weiter und kommen an zwei jungen Männern vorbei, die auf dem Bürgersteig sitzen, der eine mit ausgestreckten Beinen, so dass sie um ihn herumgehen müssen. Der Mann neben ihr beachtet sie nicht, spricht aber leiser.

»Heim?«, fragt sie.

»Wenn Sie von der Autobahn her in die Stadt gefahren sind, konnten Sie es nicht sehen. Aber wenn Sie zum See hin aus der Stadt hinausfahren, kommen Sie daran vorbei. Nicht mehr als eine halbe Meile außerhalb. Sie fahren an der Kieshalde auf der Südseite der Straße vorbei, und dann ist es nur noch ein kleines Stück, auf der anderen Seite. Ich weiß nicht, ob es da einen hauseigenen Arzt gibt, aber man kann eigentlich davon ausgehen.«

»Eigentlich ja«, sagt sie. »Man kann davon ausgehen.«

Dann hofft sie, dass er nicht denkt, sie hätte seine Worte absichtlich wiederholt, als dummen Witz. Es ist wahr, sie möchte gerne weiter mit ihm reden, dumme Witze hin oder her.

Doch jetzt kommt ein weiteres ihrer Probleme – sie muss überlegen, wo die Schlüssel sind, wie sie es oft tut, bevor sie ins Auto steigt. Regelmäßig fragt sie sich besorgt, ob die Schlüssel im verriegelten Auto stecken oder ob sie sie irgendwo verloren hat. Sie spürt das Nahen der vertrauten, lästigen Panik. Aber dann findet sie die Schlüssel in ihrer Tasche.

»Es ist einen Versuch wert«, sagt er, und sie stimmt zu.

»Dort ist genügend Platz, um von der Straße herunterzufahren und sich umzuschauen. Wenn ein Arzt regelmäßig dort draußen ist, besteht keine Notwendigkeit, dass er ein Schild in der Stadt aufstellt. Oder sie, je nachdem.«

Als hätte auch er es nicht eilig, sich zu trennen.

»Ich muss Ihnen danken.«

»Nur so eine Ahnung.«

Er hält ihr die Tür auf, während sie einsteigt, dann wartet er, bis sie gewendet hat, um in die richtige Richtung zu fahren, und winkt zum Abschied.

Auf ihrer Fahrt aus der Stadt hinaus sieht sie ihn noch einmal im Rückspiegel. Er beugt sich vor und spricht mit den beiden Jungen oder jungen Männern, die mit dem Rücken an der Wand des Ladens auf dem Pflaster sitzen. Vorher hatte er sie in einer Weise missachtet, dass sie überrascht ist, ihn jetzt mit ihnen reden zu sehen.

Vielleicht, um eine Bemerkung, einen Witz über ihre Zerstreutheit oder Begriffsstutzigkeit zu machen. Oder einfach nur über ihr Alter. Ein Punkt gegen sie, selbst in den Augen des nettesten Mannes.

Sie hatte vorgehabt, durch den Ort zurückzufahren, um ihm zu danken und ihm zu sagen, ob es der richtige Arzt war. Ein wenig abzubremsen und lachend aus dem Fenster zu rufen.

Aber jetzt denkt sie, sie wird einfach die Uferstraße nehmen und ihm aus dem Weg gehen.

Vergiss ihn. Sie sieht die Kieshalde näher kommen, sie
muss sich aufs Fahren konzentrieren.

Genau, wie er gesagt hat. Ein Schild. Das Seniorenheim
Seeblick. Und man hat von hier wirklich Aussicht auf den
See, auf ein blassblaues Band am Horizont.

Ein großzügiger Parkplatz. Ein langer Flügel mit getrenn-
ten Wohneinheiten oder zumindest geräumigen Zimmern
mit eigenen kleinen Terrassen oder Balkonen. Ein Zaun aus
hölzernem Gitterwerk vor jeder Einheit, ziemlich hoch zum
Schutz der Privatsphäre oder einfach nur zum Schutz. Obwohl, soweit sie sehen kann, niemand noch draußen sitzt.

Natürlich nicht. In diesen Einrichtungen wird früh zu
Bett gegangen.

Ihr gefällt das Gitterwerk, es verleiht dem Ganzen etwas
Phantasievolles. Öffentliche Gebäude haben sich in den
letzten paar Jahren verändert, ebenso wie Privathäuser. Der
kompromisslose, schmucklose Stil – der einzige, der in ihrer
Jugend erlaubt war – ist verschwunden. Hier hält sie vor
einer hellen Kuppel, die nach freundlichem Empfang aussieht, nach fröhlichem Übermaß. Manche Leute würden das
für Chichi halten, vermutet sie, aber ist das nicht genau das,
was man möchte? So viel Glas muss doch die alten Leute
aufheitern, oder vielleicht sogar manche Leute, die nicht so
alt, aber neben der Kappe sind.

Sie hält Ausschau nach einer Klingel, einem Knopf, auf
den sie drücken muss, als sie auf die Tür zugeht. Aber das er-
weist sich als überflüssig – die Tür öffnet sich von selbst. Und
sobald sie hineingelangt ist, begegnet ihr noch großzügigerer
Umgang mit Raum und Höhe, auch durch eine blaue Tö-

266

nung im Glas. Der Fußboden besteht ganz aus silbrigen Steinplatten, die Sorte, auf der Kinder gerne schliddern, und für einen Augenblick stellt sie sich Patienten vor, die zum Spaß herumrutschen und -schliddern, und die Vorstellung stimmt sie fröhlich. Natürlich kann der Boden nicht so glitschig sein, wie er aussieht, denn man will ja nicht, dass sich die Leute den Hals brechen.

»Ich habe mich nicht getraut, es selber zu probieren«, sagt sie mit koketter Stimme zu jemandem in ihrem Kopf, vielleicht ihrem Mann. »Das hätte sich nicht gehört. Ich wäre womöglich genau vor dem Arzt gelandet, der gerade meine Zurechnungsfähigkeit überprüfen soll. Und was hätte der dann wohl gesagt?«

Gegenwärtig ist kein Arzt zu sehen.

Wie denn auch? Ärzte sitzen nicht am Empfang und warten darauf, dass Patienten auftauchen.

Und sie ist nicht mal zu einer Untersuchung hier. Sie wird wieder erklären müssen, dass sie sich nur vergewissern will, wo und wann morgen ihr Termin ist. All das hat sie sehr ermüdet.

Es gibt einen runden Empfangstresen, hüfthoch, dessen Verkleidungen aus dunklem Holz wie Mahagoni aussehen, aber wahrscheinlich keins sind. Im Augenblick sitzt niemand dahinter. Natürlich nicht, die übliche Sprechstundenzeit ist vorbei. Sie schaut sich nach einer Klingel um, sieht aber keine. Dann schaut sie, ob es eine Liste mit den Namen der Ärzte oder des diensthabenden Arztes gibt. Die entdeckt sie auch nicht. Man sollte meinen, dass es die Möglichkeit gibt, sich an jemanden zu wenden, ganz egal, wie spät es ist. Dass in einem solchen Haus ständig jemand Dienstbereitschaft hat.

Auch kein wichtiges Gerät auf der anderen Seite des Tresens. Kein Computer, kein Telefon, keine Unterlagen, keine farbigen Signaltasten. Natürlich ist es ihr nicht gelungen, hinter den Tresen zu gelangen, so dass es Fächer geben kann, die außerhalb ihres Blickfeldes liegen. Tasten, die eine Empfangsdame erreichen kann und sie nicht.

Sie gibt es vorläufig auf, sich mit dem Empfangstresen zu beschäftigen, und schaut sich genauer in dem Raum um, in dem sie sich befindet. Ein Achteck mit Türen in regelmäßigen Abständen. Vier Türen – eine ist die große Tür, die das Licht und eventuelle Besucher einlässt, auf der anderen Seite ist eine Tür hinter dem Empfangstresen, offenbar nur für das Personal bestimmt und nicht leicht zugänglich, und die anderen beiden Türen, genau gleich und einander gegenüber, führen offensichtlich in die langen Flügel, in die Flure und zu den Zimmern, in denen die Insassen untergebracht sind. In jeder ist im oberen Teil ein Fenster, dessen Glas klar genug aussieht, um durchsichtig zu sein.

Sie geht zu einer dieser hoffentlich weiterführenden Türen und klopft, dann probiert sie den Türknopf und kann ihn nicht bewegen. Abgeschlossen. Sie kann auch durch das Fenster nichts richtig erkennen. Von nahem ist das Glas stark gewellt und verzerrt alles.

Bei der Tür gegenüber gibt es dasselbe Problem mit dem Glas und mit dem Türknopf.

Das Klacken ihrer Schuhe auf dem Fußboden, die Irreführung der Fenster, die Nutzlosigkeit der glatten Türknöpfe haben sie mehr entmutigt, als sie sich eingestehen möchte.

Sie gibt jedoch nicht auf. Sie nimmt sich noch einmal die Türen vor, in derselben Reihenfolge, und diesmal rüttelt sie an beiden Knöpfen so kräftig, wie sie nur kann, und ruft auch »Hallo?« mit einer Stimme, die anfangs normal und unbeschwert klingt, dann verärgert, aber nicht hoffnungsvoller.

Sie quetscht sich hinter den Empfangstresen und hämmert an die Tür dahinter, eigentlich ohne Hoffnung. Diese Tür hat nicht einmal einen Türknopf, nur ein Schlüsselloch. Ihr bleibt nichts übrig, als diesen Ort zu verlassen und nach Hause zu fahren.

Alles sehr freundlich und elegant, denkt sie, aber ohne erkennbare Bereitschaft, Besuchern behilflich zu sein. Natürlich stopfen sie die Bewohner oder Patienten oder wie sie sie nun nennen, früh ins Bett, es ist überall dieselbe Geschichte, ganz egal, wie prächtig die Räumlichkeiten sind.

In Gedanken immer noch bei diesem Thema, gibt sie der Eingangstür einen Stups. Die Tür ist zu schwer. Sie drückt wieder dagegen.

Und noch einmal. Vergeblich.

Sie kann die Blumenkübel draußen vor der Tür sehen. Ein Auto, das auf der Straße vorbeifährt. Das sanfte Abendlicht.

Sie muss innehalten und nachdenken.

Hier drin ist kein künstliches Licht an. Es wird in dem Raum dunkel werden. Trotz des Dämmerlichts draußen scheint es hier schon zu dunkeln. Niemand wird kommen, alle haben sie ihren Dienst beendet, zumindest ihren Dienst in diesem Teil des Gebäudes. Wo immer sie sich jetzt niedergelassen haben, dort werden sie bleiben.

Sie macht den Mund auf, um zu schreien, aber es will kein Schrei herauskommen. Sie zittert am ganzen Körper, und sosehr sie sich auch bemüht, sie schafft es nicht, Luft in ihre Lunge zu bringen. Als hätte sie zusammengeknülltes

Löschpapier in der Kehle. Ersticken. Sie weiß, dass sie sich anders verhalten muss, und mehr als das, sie muss anders denken. Ruhig. Ruhig. Atmen. Atmen.

Sie weiß nicht, ob die Panik lange gedauert hat oder nur kurz. Ihr Herz hämmert immer noch, aber sie ist fast in Sicherheit.

Es gibt hier eine Frau, die Sandy heißt. So steht es auf dem Schildchen, das sie trägt, aber Nancy weiß, wer sie ist, auch ohne das Schildchen.

»Was sollen wir bloß mit Ihnen anfangen?«, sagt Sandy. »Wir wollen doch nur, dass Sie Ihr Nachthemd anziehen. Und Sie führen sich auf wie ein Hühnchen, das Angst hat, auf dem Mittagstisch zu landen.«

»Sie müssen geträumt haben«, sagt sie. »Wovon haben Sie denn geträumt?«

»Ach, nichts«, sagt Nancy. »Ich war wieder zurück, als mein Mann noch lebte und ich noch Auto fuhr.«

»Ein schönes Auto?«

»Ein Volvo.«

»Sehen Sie? Sie sind völlig auf Zack.«

DOLLY

In jenem Herbst hatte es einige Gespräche über den Tod gegeben. Da Franklin zu der Zeit dreiundachtzig Jahre alt war
und ich selbst einundsiebzig, hatten wir natürlich Pläne gemacht für unsere Trauerfeiern (keine) und die Beerdigungen
(sofort) in einer bereits gekauften Grabstelle. Wir hatten uns,
anders als die meisten unserer Freunde, gegen die Feuerbe-
stattung entschieden. Nur das eigentliche Sterben war ausgelassen oder dem Zufall überlassen worden.

Eines Tages fuhren wir nicht allzu weit von unserem Haus
in der Gegend umher und entdeckten eine Straße, die wir
noch nicht kannten. Die Bäume, Ahornbäume, Eichen und
andere, waren noch nicht alt, wenn auch schon von beträcht-
licher Größe, und zeigten an, dass das Gelände planiert
worden war. Früher einmal Farmland, mit Viehweiden,
Häusern und Scheunen. Aber davon war nichts mehr zu
sehen. Die Straße war nicht asphaltiert, aber nicht unbe-
fahren. Sie sah so aus, als bekäme sie jeden Tag mehrere
Fahrzeuge zu Gesicht. Vielleicht benutzten Laster sie als Ab-
kürzung.

Das sei wichtig, sagte Franklin. Wir wollten doch auf
keinen Fall ein oder zwei Tage oder womöglich eine Woche

lang da sein, ohne entdeckt zu werden. Ebenso wenig wollten wir das Auto leer stehen lassen, so dass die Polizei durch die Bäume stapfen und die sterblichen Überreste suchen musste, an denen vielleicht schon die Kojoten dran gewesen waren.

Auch durfte der Tag nicht zu melancholisch sein. Kein Regen oder früher Schnee. Das Laub schon verfärbt, aber noch an den Bäumen. Mit Gold überzogen, wie an diesem Tag. Aber vielleicht sollte die Sonne nicht scheinen, sonst könnte das Gold, die Herrlichkeit des Tages, uns das Gefühl geben, Spielverderber zu sein.

Wir hatten eine Meinungsverschiedenheit über den Abschiedsbrief. Das heißt, ob wir einen hinterlassen sollten oder nicht. Ich fand, dass wir den Leuten eine Erklärung schuldeten. Sie sollten erfahren, dass es keine Frage einer tödlichen Krankheit war, nicht der Beginn von Schmerzen, die jede Aussicht auf ein erträgliches Leben zunichtemachten. Sie sollten wissen, dass dies eine besonnene, man könnte fast sagen, eine unbeschwerte Entscheidung war.

Gehen, wenn es am schönsten ist.

Nein. Das nahm ich zurück. Zu flapsig. Eine Beleidigung.

Franklin war der Ansicht, dass jedwede Erklärung eine Beleidigung war. Nicht für andere, sondern für uns. Für uns. Wir gehörten uns und einander, und jedwede Erklärung fand er wehleidig.

Ich verstand, was er meinte, war aber immer noch anderer Meinung.

Und genau diese Tatsache – unsere Meinungsverschiedenheit – vertrieb offenbar die Möglichkeit aus seinem Kopf.

Er sagte, was für ein Blödsinn. Für ihn in Ordnung, aber

ich sei zu jung. Wir könnten wieder darüber reden, wenn ich fünfundsiebzig sei.

Ich sagte, das Einzige, was mir ein wenig Sorge bereite, sei die offenbar vorhandene Annahme, dass in unserem Leben nichts mehr passieren würde. Nichts von Bedeutung für uns, nichts, was noch bewältigt werden musste.

Er sagte, wir hätten uns gerade gestritten, was wollte ich denn noch?

Es war zu höflich, sagte ich.

Ich habe mich nie jünger als Franklin gefühlt, außer vielleicht, wenn der Krieg zur Sprache kommt – ich meine den Zweiten Weltkrieg –, und das passiert heutzutage selten. Zum einen bewegt er sich mehr als ich. Er war mal Stallmeister – ich meine einen Stall, in dem die Leute Reitpferde unterstellen, keine Rennpferde. Er geht immer noch zwei oder drei Mal in der Woche hin und reitet sein eigenes Pferd und redet mit dem jetzigen Stallmeister, der gelegentlich seinen Rat sucht. Obwohl er sich meistens rauszuhalten versucht, sagt er.

Er ist eigentlich Dichter. Er ist tatsächlich Dichter und tatsächlich Reitlehrer. Er hat in etlichen Colleges Lehraufträge für ein Semester gehabt, aber nie so weit weg, dass er sich nicht um den Reitstall kümmern konnte. Er willigt ein, Lesungen zu geben, aber nur, wie er sagt, alle Jubeljahre. Er macht keine große Sache aus seiner literarischen Tätigkeit. Manchmal ärgert mich diese Haltung – ich nenne das sein Alles-egal-Ich –, aber ich kann den Gedanken dahinter verstehen. Wenn man mit Pferden beschäftigt ist, sehen alle, dass man beschäftigt ist, aber wenn man damit beschäftigt ist, ein Gedicht zu schreiben, sieht man aus, als sei man in einem Zustand der Untätigkeit, und man kommt sich ein bisschen merkwürdig vor oder ist etwas verlegen, wenn man erklären soll, was vorgeht.

Ein weiteres Problem besteht vielleicht darin, dass er zwar ein eher zurückhaltender Mann ist, dass aber sein bekanntestes Gedicht von der Art ist, die die Leute in dieser Gegend – in der er auch aufgewachsen ist – gerne drastisch nennen. Ziemlich drastisch, habe ich ihn selbst sagen hören, nicht, um sich zu entschuldigen, sondern vielleicht einfach, um jemanden davor zu warnen. Er hat ein Gespür für die Empfindlichkeiten dieser Leute, die, wie er weiß, bestimmte Dinge empörend finden, obwohl er sonst unbedingt für die Freiheit des Wortes eintritt.

Nicht, dass es hier in der Gegend keine Veränderungen gegeben hätte in Hinsicht auf das, was laut gesagt oder auch gedruckt werden darf. Preisverleihungen haben geholfen, ebenso wie Erwähnungen in den Zeitungen.

In all den Jahren an der Highschool habe ich nicht Literatur unterrichtet, wie man erwarten könnte, sondern Mathematik. Als ich dann zu Hause blieb, langweilte ich mich und nahm etwas anderes in Angriff – ich schreibe sorgfältige und hoffentlich unterhaltsame Biographien von kanadischen Romanschriftstellern, die unverdientermaßen in Vergessenheit geraten sind oder nie die ihnen gebührende Aufmerksamkeit erhalten haben. Ohne Franklin und seinen literarischen Ruf, über den wir nicht weiter reden, wäre ich wohl nie dazu gelangt – ich bin in Schottland geboren worden und hatte eigentlich keine Ahnung von kanadischen Schriftstellern.

Ich hätte Franklin oder irgendeinen Dichter nie zu jenen gezählt, die das Mitleid verdienen, das ich den Romanschriftstellern entgegenbrachte, ich meine, wegen ihres verblassten oder sogar verschwundenen Rufs. Ich weiß nicht genau, warum. Vielleicht bin ich der Meinung, dass Gedichte eher ein Selbstzweck sind.

Die Arbeit gefiel mir, ich hielt sie für lohnend, und nach Jahren im Klassenzimmer war ich froh über das selbstbestimmte Tun und die Stille. Aber es konnte eine Zeit kommen, so gegen vier Uhr nachmittags, da wollte ich mich nur noch entspannen und nicht allein sein.

Und es war um diese Zeit an einem trüben, am Schreibtisch verbrachten Tag, als eine Frau, die Kosmetika verkaufte, an meine Haustür kam. Zu jeder anderen Tageszeit wäre mir ihr Besuch ungelegen gekommen, aber in jenem Augenblick freute ich mich darüber. Sie hieß Gwen, und sie sagte, sie hätte mich bisher noch nicht aufgesucht, weil man ihr gesagt hätte, ich wäre nicht der Typ.

»Was immer das heißt«, sagte sie. »Aber jedenfalls dachte ich mir, soll sie doch einfach für sich selbst sprechen, sie braucht nur nein zu sagen.«

Ich fragte sie, ob sie eine Tasse Kaffee wollte, den ich mir gerade gekocht hatte, und sie sagte, gern.

Sie sagte, sie sei sowieso gerade dabei, für diesen Tag Schluss zu machen. Sie setzte stöhnend ihre Taschen ab.

»Sie tragen kein Make-up. Ich würde auch keins tragen, wenn ich's nicht von Berufs wegen müsste.«

Wenn sie mir das nicht gesagt hätte, hätte ich ihr Gesicht für so nackt gehalten wie meins. Nackt, fahl und mit einem erstaunlichen Nest von Falten um den Mund. Eine Brille, die ihre Augen größer erscheinen ließ, Augen von hellstem Blau. Das einzig Auffällige an ihr waren ihre goldblonden dünnen Haare mit schnurgeradem Pony.

Vielleicht hatte es sie verlegen gemacht, hereingebeten zu werden. Nervös schaute sie sich immer wieder verstohlen um.

»Lausig kalt heute«, sagte sie.

Und dann überstürzt: »Ich seh hier überhaupt keinen Aschenbecher, wie?«

Ich fand einen im Schrank. Sie holte ihre Zigaretten heraus und lehnte sich erleichtert zurück.

»Sie rauchen nicht?«

»Nicht mehr.«

»Wie so viele.«

Ich schenkte ihr Kaffee ein.

»Schwarz«, sagte sie. »Ah, das einzig Wahre! Ich hoffe, ich habe Sie nicht bei irgendwas gestört. Haben Sie gerade Briefe geschrieben?«

Und unwillkürlich erzählte ich ihr von den vergessenen Schriftstellern, nannte sogar den Namen der Schriftstellerin, mit der ich mich zu der Zeit beschäftigte. Martha Ostenso, die einen Roman mit dem Titel *Wildgänse* geschrieben hatte und dann noch einen Haufen anderer, die niemand mehr kannte.

»Sie meinen, das wird alles gedruckt? Wie in der Zeitung?«

In einem Buch, sagte ich. Sie stieß etwas unschlüssig Rauch aus, und ich suchte nach etwas, das für sie interessanter war.

»Ihr Ehemann soll einen Teil des Romans geschrieben haben, aber seltsamerweise taucht sein Name nirgendwo auf.«

»Vielleicht wollte er nicht, dass seine Kumpel ihn hochnehmen«, sagte sie. »Wissen Sie, so in der Art, was werden die über einen Typen denken, der Romane schreibt.«

»Daran habe ich noch gar nicht gedacht.«

»Aber er hatte sicher nichts dagegen, das Geld einzustecken«, sagte sie. »Sie kennen ja die Männer.«

Dann schüttelte sie lächelnd den Kopf und sagte: »Sie müssen mächtig klug sein. Wenn ich denen zu Hause erzähle, dass ich gesehen habe, wie gerade ein Buch geschrieben wird.«

Um sie von dem Thema abzubringen, das mir peinlich zu werden begann, fragte ich, wer denn die zu Hause waren.

Etliche Leute, die ich nicht auseinanderhalten konnte, oder vielleicht war es mir auch zu mühsam. Ich bin mir nicht sicher, in welcher Reihenfolge sie erwähnt wurden, nur, dass der Ehemann am Schluss kam, und der war tot.

»Letztes Jahr. Allerdings war er nicht offiziell mein Mann. Sie wissen schon.«

»Meiner war's auch nicht«, sagte ich. »Ist es nicht, meine ich.«

»Wirklich? So machen's jetzt ja viele. Früher hieß es, oh je, wie schrecklich, und jetzt heißt es bloß, na und? Und dann gibt es welche, die leben Jahr um Jahr zusammen, und schließlich heißt es, ach, wir heiraten. Da denkt man doch, wozu denn? Wegen der Geschenke etwa, oder ist es einfach der Gedanke, sich mit dem weißen Kleid aufzutakeln. Da könnte ich mich totlachen.«

Sie erzählte, dass sie eine Tochter hatte, die den ganzen Kokolores über sich ergehen ließ, und das Einzige, was sie davon hatte, war, dass sie jetzt wegen Drogenhandels im Knast saß. Dämlich. Der Mann, den sie unbedingt heiraten musste, der hatte ihr das eingebrockt. Und so war es jetzt notwendig, Kosmetika zu verkaufen und außerdem die beiden kleinen Kinder der Tochter zu versorgen, die niemanden anders hatten.

Während sie mir das erzählte, schien sie die ganze Zeit über bester Laune zu sein. Erst als sie auf das Thema einer anderen, recht erfolgreichen Tochter zu sprechen kam, einer früheren Krankenschwester, die in Vancouver lebte, wurde sie unsicher und ein bisschen gereizt.

Diese Tochter wollte, dass ihre Mutter die ganze Bande im Stich ließ und zu ihr zog.

»Aber Vancouver gefällt mir nicht. Allen anderen schon, ich weiß. Aber mir nicht.«

Nein. Das eigentliche Problem war, wenn sie zu ihrer Tochter zog, musste sie das Rauchen aufgeben. Es war nicht Vancouver, es war das Rauchen.

Ich bezahlte irgendeine Lotion, die mir meine Jugend zurückgeben würde, und sie versprach, mir das Zeug auf ihrer nächsten Runde vorbeizubringen.

Ich erzählte Franklin alles über sie. Gwen, so hieß sie.

»Eine andere Welt. Hat mir ganz gut gefallen«, sagte ich. Dann mochte ich mich nicht besonders für das, was ich gesagt hatte.

Er sagte, vielleicht müsste ich öfter aus dem Haus und mich für Unterrichtsvertretungen eintragen.

Als sie bald danach mit der Lotion vorbeikam, war ich überrascht. Obwohl ich schon dafür bezahlt hatte. Sie versuchte gar nicht, mir noch irgendetwas anderes zu verkaufen, was für sie fast eine Erleichterung zu sein schien, keine Taktik. Ich kochte wieder Kaffee, und wir unterhielten uns ungezwungen, sogar lebhaft, wie zuvor. Ich gab ihr das Exemplar von *Wildgänse*, das ich benutzt hatte, um über Martha Ostenso zu schreiben. Ich sagte, dass sie es behalten konnte, denn ich würde beim Erscheinen ein weiteres bekommen.

Sie sagte, sie werde es lesen. Ganz bestimmt. Sie konnte sich nicht erinnern, wann sie je ein Buch von vorn bis hinten gelesen hatte, weil sie immer so viel um die Ohren hatte, aber diesmal versprach sie es.

Sie sagte, sie sei noch nie jemandem wie mir begegnet, der so gebildet sei und so umgänglich. Ich fühlte mich ein wenig geschmeichelt, doch gleichzeitig alarmiert, wie man sich fühlt, wenn man merkt, dass eine Schülerin sich in einen verliebt hat. Ich schämte mich ein wenig, als hätte ich kein Recht, mir so überlegen vorzukommen.

Es war schon dunkel, als sie hinausging, in ihr Auto stieg, den Motor anlassen wollte und ihn nicht in Gang kriegte. Sie versuchte es wieder und wieder, und der Motor stotterte ein paarmal, aber dann verstummte er. Als Franklin in den Hof fuhr und nicht daran vorbeikam, eilte ich hinaus, um ihm das Problem zu schildern. Sie stieg aus dem Auto, als sie ihn kommen sah, und erklärte, was los war, sagte, die Karre hätte ihr in letzter Zeit das Leben zur Hölle gemacht.

Er versuchte, das Auto in Gang zu bringen, während wir neben seinem Wagen standen, um nicht im Weg zu sein. Er schaffte es auch nicht. Er ging ins Haus, um die Werkstatt im Ort anzurufen. Sie wollte nicht wieder hereinkommen, obwohl es draußen kalt war. Die Anwesenheit des Hausherrn schien sie eingeschüchtert zu haben. Ich wartete mit ihr. Er kam an die Haustür, um uns zuzurufen, dass die Werkstatt zu war.

Es blieb nichts anderes übrig, als sie zu bitten, zum Abendbrot und über Nacht zu bleiben. Sie entschuldigte sich sehr verlegen, dann, sobald sie sich mit einer neuen Zigarette hingesetzt hatte, entspannte sie sich etwas. Ich fing an, die Sachen für die Mahlzeit herauszuholen. Franklin war sich umziehen gegangen. Ich fragte sie, ob sie nicht jemanden zu Hause anrufen wollte.

Sie sagte, ja, das sei wohl besser.

Mein Gedanke war, dort könnte jemand sein, der kommen und sie nach Hause holen konnte. Ich hatte keine Lust, mich den ganzen Abend lang mit ihr zu unterhalten, während Franklin danebensaß und zuhörte. Natürlich konnte er in sein Zimmer gehen – das er nicht sein Arbeitszimmer nennen mochte –, aber dann hätte ich das Gefühl, dass diese Verbannung meine Schuld sei. Außerdem würden wir uns die Nachrichten im Fernsehen anschauen wollen, und sie würde währenddessen weiterreden wollen. Sogar meine intelligentesten Freundinnen taten das, und er hasste es.

Oder sie konnte stumm und eingeschüchtert dasitzen. Genauso schlimm.

Offenbar ging niemand ans Telefon. Also rief sie die Nachbarn an – wo die Kinder waren –, und es gab viel entschuldigendes Gelächter, dann ein Gespräch mit den Kindern und Ermahnungen, artig zu sein, dann weitere Beruhigungen und herzliche Danksagungen an die Leute, die sich um sie kümmerten. Obwohl sich herausstellte, dass diese Freunde am nächsten Tag einen Termin irgendwo hatten, so dass sie die Kinder mitnehmen mussten, was ihnen eigentlich gar nicht passte.

Franklin kam gerade in die Küche zurück, als sie den Hörer auflegte. Sie drehte sich zu mir um und sagte, die könnten das mit dem Termin erfunden haben, so seien die eben. Ganz egal, wie oft sie ihnen schon behilflich gewesen war, wenn sie was brauchten.

Dann waren beide, sie und Franklin, wie vom Donner gerührt.

»Oh mein Gott«, sagte Gwen.

»Nein, nicht Gott«, sagte Franklin. »Bloß ich.«

Und beide standen wie angewurzelt. Wieso hatten sie das nicht gleich gemerkt, sagten sie. Beiden wurde vermutlich klar, dass sie sich schlecht in die Arme fallen konnten. Also machten sie seltsame, unkoordinierte Bewegungen, als müssten sie sich rings umschauen, um sich zu vergewissern, dass dies wirklich geschah. Außerdem wiederholten sie in spöttischem und bestürztem Ton ihre gegenseitigen Namen. Namen, die mich völlig überraschten.

»Frank.«

»Dolly.«

Ich brauchte einen Moment, bis ich begriff, dass Gwen, Gwendolyn, zu Dolly verhunzt werden konnte.

Und jeder junge Mann würde lieber Frank als Franklin genannt werden.

Sie vergaßen mich nicht, oder jedenfalls Franklin nicht, bis auf diesen einen Augenblick.

»Ich habe dir doch von Dolly erzählt?«

Seine Stimme bestand auf unserer Rückkehr zur Normalität, während Dollys oder Gwens Stimme darauf bestand, welch ein ungeheurer oder sogar übernatürlicher Witz ihre Wiederbegegnung war.

»Ich kann gar nicht sagen, wie lange ich diesen Namen

nicht mehr gehört habe. Niemand sonst auf der Welt nennt mich so. Dolly.«

Das Seltsame war, dass ich jetzt begann, mich an der allgemeinen Heiterkeit zu beteiligen. Denn Verwunderung musste vor meinen Augen in Heiterkeit verwandelt werden, und das geschah. Die ganze Entdeckung musste diese rasche Wendung nehmen. Und offenbar war ich so sehr bestrebt, mein Teil dazu beizutragen, dass ich eine Flasche Wein heraufholte.

Franklin trinkt nicht mehr. Er hat nie viel getrunken, dann still und leise ganz damit aufgehört. Also blieb es Gwen und mir überlassen, in unserer neu entdeckten Hochstimmung zu plaudern und zu erklären und immer wieder Bemerkungen über den Zufall zu machen.

Sie erzählte mir, dass sie zu der Zeit, als sie Franklin kannte, Kindermädchen war. Sie arbeitete in Toronto und kümmerte sich um zwei kleine englische Kinder, deren Eltern sie nach Kanada geschickt hatten, damit sie vom Krieg verschont blieben. Es war noch anderes Personal im Haus, also hatte sie an den meisten Abenden frei und konnte ausgehen, um sich zu amüsieren, und welches junge Mädchen hätte das nicht getan? Sie lernte Franklin während seines letzten Urlaubs kennen, bevor er nach Übersee ging, und sie hatten miteinander eine so verrückte Zeit, wie man sie sich nur vorstellen kann. Möglich, dass er ihr ein oder zwei Briefe schrieb, aber sie hatte damals einfach keine Zeit für Briefe. Dann, als der Krieg aus war, begab sie sich so bald wie möglich auf ein Schiff, um die englischen Kinder nach Hause zu bringen, und auf diesem Schiff lernte sie einen Mann kennen, den sie heiratete.

Aber das hielt nicht, England war nach dem Krieg so

trostlos, dass sie meinte, sterben zu müssen, also kam sie wieder nach Hause.

Das war ein Teil ihres Lebens, den ich noch nicht kannte. Aber über ihre zwei Wochen mit Franklin wusste ich Bescheid, und das, wie schon gesagt, taten auch viele andere. Zumindest, falls sie Gedichte lasen. Sie wussten, wie verschwenderisch sie mit ihrer Liebe umging, aber im Gegensatz zu mir wussten sie nicht, dass sie glaubte, sie könne nicht schwanger werden, weil sie ein Zwilling war und eine Haarlocke ihrer toten Schwester in einem Medaillon um den Hals trug. Sie hatte alle möglichen solcher fixen Ideen und gab Franklin einen magischen Zahn – er wusste nicht, von wem –, der ihn drüben vor Schlimmem bewahren sollte. Er schaffte es, ihn sofort zu verlieren, aber er blieb am Leben.

Sie hatte auch eine Regel, die besagte, wenn man vom Bürgersteig mit dem falschen Fuß auf die Straße ging, dann lief an dem Tag alles schief, also musste man zurück und es noch mal versuchen. Ihre Regeln faszinierten ihn.

Um die Wahrheit zu sagen, ich war völlig unfasziniert, als ich davon hörte. Ich hatte gedacht, wie doch Männer eigensinnige Marotten bezaubernd finden, wenn das Mädchen nur hübsch genug ist. Natürlich ist das aus der Mode gekommen. Wenigstens hoffe ich das. All dieses Entzücken über das kindliche weibliche Gehirn. (Als ich anfing zu unterrichten, erzählten mir die Kollegen, dass vor noch nicht allzu langer Zeit Frauen nie Mathematik unterrichtet hatten. Ihr schwacher Verstand verhinderte das.)

Natürlich konnte dieses Mädchen, diese Sexbombe, deretwegen ich ihm so lange in den Ohren gelegen hatte, bis er mir von ihr erzählte, im Großen und Ganzen erfunden sein. Sie konnte jedermanns Erfindung sein. Aber das glaubte ich

nicht. Sie war ihr eigenes freches Geschöpf. Zu selbstver-
liebt.

Natürlich hielt ich den Mund über das, was er mir erzählt
hatte, und das, was in das Gedicht geflossen war. Und Franklin schwieg sich meistens auch darüber aus, bis auf ein paar
Worte über Toronto, wie es in jenen unruhigen Kriegstagen
war, über die blöden Alkoholgesetze oder den Quatsch
des gemeinsamen Kirchgangs. Falls ich zu jenem Zeitpunkt
dachte, er könnte ihr irgendeinen seiner Gedichtbände schenken, so irrte ich mich.

Er wurde müde und ging zu Bett. Gwen oder Dolly und
ich machten ihr das Bett auf dem Sofa. Sie setzte sich mit ihrer letzten Zigarette darauf mit den Worten, keine Sorge, sie
werde das Haus nicht in Brand setzen, sie lege sich nie hin,
bevor die Zigarette zu Ende sei.

Unser Schlafzimmer war kalt, die Fenster standen viel
weiter offen als sonst. Franklin schlief. Er schlief wirklich,
ich merke immer, wenn er nur so tut.

Ich hasse es, schlafen zu gehen, wenn ich weiß, dass noch
schmutziges Geschirr auf dem Tisch steht, aber ich hatte
mich plötzlich zu müde gefühlt, um es abzuwaschen, zumal
mit Gwens Hilfe, die sie unweigerlich angeboten hätte. Ich
hatte vor, am nächsten Morgen früh aufzustehen und aufzu-
räumen.

Aber ich erwachte bei hellem Tageslicht, Geklapper in der
Küche, dem Geruch nach Frühstück und auch Zigaretten.
Dazu Stimmen, und es war Franklin, der redete, obwohl ich
das eher von Gwen erwartet hätte. Ich hörte sie über alles,
was er sagte, lachen. Ich stand sofort auf, zog mich rasch an
und frisierte mir die Haare, etwas, womit ich mich sonst so
früh nicht abgebe.

Alle Sicherheit und Heiterkeit des Abends hatten mich verlassen. Ich machte beim Hinuntergehen viel Lärm.

Gwen stand am Spülbecken mit einer Reihe blitzblanker Gläser auf dem Abtropfbrett.

»Hab alles von Hand abgewaschen, weil ich Angst hatte, ich komme mit dem Geschirrspüler nicht zurecht«, sagte sie. »Dann hab ich die Gläser da oben gesehen und dachte, wenn ich schon mal dabei bin, kann ich die auch noch machen.«

»Die sind seit hundert Jahren nicht mehr abgewaschen worden«, sagte ich.

»Hätt ich nicht gedacht.«

Franklin sagte, dass er sich draußen noch mal mit dem Auto beschäftigt hatte, leider ohne Erfolg. Aber er hatte die Werkstatt erreicht, und man hatte ihm gesagt, dass am Nachmittag jemand vorbeikommen und sich den Wagen ansehen werde. Doch er wollte lieber nicht herumwarten, sondern das Auto dorthin abschleppen, damit am Vormittag noch etwas damit passierte.

»Gibt Gwen die Gelegenheit, den Rest der Küche in Angriff zu nehmen«, sagte ich, aber keiner von beiden hatte für meinen Witz etwas übrig. Er sagte, nein, Gwen sollte ihn lieber begleiten, die Leute in der Werkstatt wollten bestimmt mit ihr reden, da es ihr Auto war.

Mir fiel auf, dass er ein kleines Problem mit dem Namen Gwen hatte und Dolly unterdrücken musste.

Ich sagte, ich hätte es nicht ernst gemeint.

Er fragte, ob er mir etwas zum Frühstück machen sollte, und ich lehnte ab.

»So hält sie also ihre Figur«, sagte Gwen. Und irgendwie verwandelte sich sogar dieses Kompliment in etwas, über das sie zusammen lachen konnten.

Beiden war nicht anzumerken, ob sie wussten, wie ich mich fühlte, dabei hatte ich den Eindruck, dass ich mich seltsam benahm, denn jede Bemerkung, die ich machte, kam als beißender Spott heraus. Sie sind so voll von sich selber, dachte ich. Ich hatte keine Ahnung, woher mir dieser Ausdruck kam. Als Franklin hinausging, um das Abschleppen vorzubereiten, folgte sie ihm, als wollte sie ihn keinen Moment aus den Augen lassen.

Im Hinausgehen rief sie mir über die Schulter zu, sie könne mir gar nicht genug danken.

Franklin hupte zum Abschied, was er sonst nie tat.

Ich wollte ihnen hinterherlaufen, sie grün und blau schlagen. Ich ging auf und ab, während diese schmerzhafte Erregung von mir zunehmend Besitz ergriff. Es gab überhaupt keinen Zweifel daran, was ich zu tun hatte.

Nach verhältnismäßig kurzer Zeit ging ich hinaus und stieg in mein Auto, nachdem ich meine Schlüssel für das Haus in den Briefschlitz der Haustür geworfen hatte. Ich stellte einen Koffer neben mich, obwohl ich bereits kaum noch wusste, was ich hineingetan hatte. Ich hinterließ eine kurze Notiz, ich müsse einiges über Martha Ostenso recherchieren, und dann fing ich an, einen längeren Brief an Franklin zu schreiben, wollte aber nicht, dass Gwen ihn sah, wenn sie mit ihm zurückkam, was sie bestimmt tun würde. Darin hieß es, dass er frei sein musste, zu tun, was er wollte, und dass das einzig Unerträgliche für mich der Betrug war, oder vielleicht war es auch Selbstbetrug. Ihm blieb nichts übrig, als dem, was er wollte, stattzugeben. Es war lächerlich und grausam, mich dabei zuschauen zu lassen, und deshalb zog ich mich einfach zurück.

Dann schrieb ich weiter, dass letzten Endes keine Lügen

so stark sind wie die Lügen, die wir uns selbst erzählen und dann unseligerweise weiterhin erzählen müssen, so dass die ganze Kotze in unserem Magen bleibt und uns bei lebendigem Leib auffrisst, wie er bald genug feststellen würde. Und so weiter, eine Strafpredigt, die sich selbst auf so knappem Raum wiederholte und weitschweifig wurde, dazu immer würdeloser und plumper. Ich begriff, dass der Brief umgeschrieben werden musste, bevor Franklin ihn bekam, also musste ich ihn mitnehmen und mit der Post schicken.

Am Ende unserer Auffahrt fuhr ich in die andere Richtung, fort vom Dorf und der Werkstatt, und im Nu, wie es schien, befand ich mich auf einer größeren Fernstraße. Wo wollte ich hin? Wenn ich nicht bald eine Entscheidung traf, würde ich in Toronto landen, wo ich keineswegs ein Versteck finden würde, sondern andauernd Orten und Menschen begegnen würde, die eng mit meinem früheren Glück verbunden waren, und mit Franklin.

Damit das nicht passierte, wendete ich und fuhr nach Cobourg. Eine Stadt, die wir nie zusammen besucht hatten.

Es war noch nicht einmal Mittag. Ich besorgte mir ein Zimmer in einem Motel in der Innenstadt. Ich ging an den Zimmermädchen vorbei, die die Zimmer saubermachten, in denen jemand übernachtet hatte. Mein Zimmer, das leer gestanden hatte, war sehr kalt. Ich drehte die Heizung an und beschloss, einen Spaziergang zu machen. Als ich dann die Tür aufmachte, brachte ich es nicht über mich. Ich fröstelte und zitterte. Ich schloss die Tür ab und legte mich voll angekleidet ins Bett und zitterte immer noch, also zog ich mir die Decken bis an die Ohren.

Als ich aufwachte, war der Nachmittag schon fortgeschritten und meine Kleidung klebte an mir vor Schweiß.

Ich drehte die Heizung ab und fand im Koffer frische Sachen, die ich anzog, dann ging ich hinaus. Ich lief sehr schnell. Ich war hungrig, hatte aber das Gefühl, nie und nimmer langsamer gehen oder mich hinsetzen zu können, um etwas zu essen.

Was mir passiert war, dachte ich, war nicht ungewöhnlich. Weder in Büchern noch im Leben. Vielleicht gab es – bestimmt gab es eine gut erprobte Methode, damit umzugehen. So zu laufen natürlich. Aber man musste stehen bleiben, sogar in einer Kleinstadt wie dieser musste man wegen Autos und roter Ampeln stehen bleiben. Außerdem liefen viele so ungeschickt herum, blieben stehen, gingen weiter, und dann noch Scharen von Schulkindern wie die, die ich früher in Schach gehalten hatte. Warum so viele davon und so idiotische mit ihrem Gekreisch und Gebrüll und der Überflüssigkeit, der schieren Unnotwendigkeit ihrer Existenz. Überall sprang einem eine Beleidigung ins Gesicht.

So, wie die Läden und ihre Schilder eine Beleidigung waren und der Lärm der Autos mit ihrem Abbremsen und Anfahren. Überall diese Behauptung, das hier ist Leben. Als ob wir das brauchten, noch mehr Leben.

Da, wo die Läden schließlich aufhörten, standen kleine Ferienhäuschen. Leer, Bretter vor die Fenster genagelt, warteten sie auf den Abriss. Wo Leute einmal bescheidenen Urlaub verbracht hatten, bevor die Motels aufkamen. Und dann erinnerte ich mich, dass auch ich dort gewesen war. Ja, in einem dieser Ferienhäuschen, als sie verbilligt waren – vielleicht außerhalb der Hauptsaison –, verbilligt, um Nachmittagssünder aufzunehmen, und dazu hatte ich gehört. Ich war damals noch in der Lehrerausbildung, und nur durch irgendetwas an diesen vernagelten Ferienhäuschen erinnerte ich mich nun überhaupt daran, dass es in dieser Stadt war. Der Mann ein Lehrer, älter. Eine Frau zu Hause, zweifellos Kinder. Menschenleben, in die man eingriff. Sie durfte nichts davon erfahren, es würde ihr das Herz brechen. Was mir völlig egal war. Sollte es doch brechen.

Ich hätte mich an mehr erinnern können, wenn ich mir Mühe gegeben hätte, aber es lohnte nicht. Nur dass es meine Schritte zu einem normaleren Tempo verlangsamte und zum Motel zurücklenkte. Und dort auf der Kommode lag der Brief, den ich geschrieben hatte. Zugeklebt, aber ohne Briefmarke. Ich ging wieder hinaus, fand das Postamt, kaufte eine Briefmarke und warf den Brief dort ein, wo er hingehörte. Kaum irgendein Gedanke und keine Zweifel. Ich hätte ihn auch auf dem Tisch liegen lassen können, was machte das schon? Alles ist aus.

Auf dem Spaziergang war mir ein Restaurant aufgefallen, zu dem es ein paar Stufen hinunterging. Ich fand es wieder und sah mir die Speisekarte draußen an.

Franklin aß nicht gerne auswärts. Ich schon. Ich ging weiter, diesmal in normalem Tempo, um mir die Zeit zu vertreiben, bis das Lokal öffnete. In einem Schaufenster sah ich einen Schal, der mir gefiel, und ich dachte, ich sollte hineingehen und ihn kaufen, es würde mir guttun. Aber als ich ihn in die Hand nahm, musste ich ihn fallen lassen. Er fühlte sich so seidig an, dass mir schlecht wurde.

Im Restaurant trank ich Wein und wartete lange auf mein Essen. Es war kaum jemand da – sie waren noch dabei, alles für die Band aufzubauen, die am Abend spielen sollte. Ich ging in den Toilettenvorraum und war überrascht, wie sehr ich wie ich selbst aussah. Ich überlegte, ob ein Mann – ein älterer Mann – auf die Idee kommen könnte, mich abzuschleppen. Die Vorstellung war grotesk – nicht wegen seines etwaigen Alters, sondern weil für mich ein anderer Mann als Franklin völlig undenkbar war.

Als mein Essen dann kam, brachte ich kaum etwas davon herunter. Es lag nicht am Essen. Nur an der seltsamen Situation, allein zu sitzen, allein zu essen, an der klaffenden Einsamkeit, der Unwirklichkeit.

Ich hatte sogar daran gedacht, Schlaftabletten mitzunehmen, obwohl ich kaum je welche nahm. Ich hatte sie vor so langer Zeit gekauft, dass ich mich fragte, ob sie noch wirken würden. Aber sie wirkten – ich schlief ein und wurde kein einziges Mal wach, erst kurz vor sechs Uhr morgens.

Mehrere große Lastwagen fuhren schon von den Parkplätzen neben dem Motel herunter.

Ich wusste, wo ich war, ich wusste, was ich getan hatte. Und ich wusste, dass ich einen schrecklichen Fehler begangen hatte. Ich zog mich an und verließ so schnell wie möglich das Motel. Ich konnte das freundliche Geplauder der Frau am Empfang kaum ertragen. Sie sagte, dass es später schneien sollte. Seien Sie vorsichtig, sagte sie zu mir.

Auf der Fernstraße herrschte bereits dichter Verkehr. Und dann gab es einen Unfall, der alles noch mehr verlangsamte.

Ich dachte an Franklin, der vielleicht unterwegs war und mich suchte. Ein Unfall konnte auch ihm zustoßen. Möglich, dass wir uns nie wiedersahen.

Ich dachte nicht an Gwen außer als an eine Person, die in den Weg geraten war und absurde Probleme geschaffen hatte. Ihre kurzen, stämmigen Beine, ihre albernen Haare, ihre Faltennester. Eine Karikatur, sozusagen, jemand, dem man nicht die Schuld geben konnte und den man nie hätte ernst nehmen dürfen.

Dann war ich zu Hause. Unser Haus hatte sich nicht verändert. Ich fuhr die Auffahrt hinauf und sah sein Auto. Gott sei Dank, er war da.

Mir fiel auf, dass das Auto nicht an seinem üblichen Platz stand.

Der Grund war, dass ein anderes Auto, Gwens Auto, an dieser Stelle stand.

Ich konnte es nicht fassen. Die ganze Fahrt über hatte ich an sie, wenn überhaupt, nur als an eine Person gedacht, die schon abgetan war, die nach der ersten Störung in unserem Leben weiter keine Rolle spielte. Ich war noch ganz von der Erleichterung erfüllt, zu Hause zu sein und ihn zu Hause vorzufinden, wohlbehalten. Dieses Gefühl der Sicherheit hatte mich ganz ergriffen, so dass mein Körper immer noch bereit war, aus dem Auto zu springen und zum Haus zu laufen. Ich tastete sogar nach meinem Hausschlüssel, denn mir war entfallen, was ich damit gemacht hatte.

Ich hätte ihn sowieso nicht gebraucht. Franklin machte gerade die Haustür auf. Kein Ausruf der Überraschung oder der Erleichterung von ihm, als ich aus dem Auto stieg und auf ihn zuging. Er kam nur bedächtig die Stufen vor dem Haus herunter und hielt mich mit einem Wort von sich ab. Er sagte: »Warte.«

Warte. Natürlich. Sie war da.

»Setz dich wieder ins Auto«, sagte er. »Wir können hier draußen nicht reden, es ist zu kalt.«

Im Auto sagte er dann: »Das Leben ist völlig unvorhersehbar.«

Seine Stimme war ungewöhnlich sanft und traurig. Er sah mich nicht an, sondern blickte starr geradeaus durch die Windschutzscheibe zu unserem Haus.

»Sinnlos, zu sagen, dass es mir leidtut«, sagte er zu mir.

»Weißt du«, fuhr er fort, »es ist nicht mal die Person. Es ist wie eine Aura. Ein Zauber. Doch, natürlich ist es eigentlich die Person, aber die Person umschließt ihn und verkörpert ihn. Oder er verkörpert – ich weiß nicht. Verstehst du? Es kommt einfach über einen wie eine Sonnenfinsternis oder so etwas.«

Er schüttelte den gesenkten Kopf. Ganz Bestürzung.

Es drängte ihn, über sie zu reden, das war deutlich zu merken. Aber dieses Getue war eigentlich etwas, was ihm normalerweise Brechreiz verursachte. Das war es, was mir die Hoffnung nahm.

Ich spürte, wie mir bitterkalt wurde. Ich wollte ihn fragen, ob er die andere Partei von diesem Sinneswandel in Kenntnis gesetzt hatte. Dann dachte ich, natürlich hatte er das getan, und sie war bei uns, in der Küche mit den Dingen, die sie blankputzte.

Seine Verzückung war so armselig. Genau wie die von allen anderen. Armselig.

»Hör auf zu reden«, sagte ich. »Hör einfach auf.«

Er wandte sich um, sah mich zum ersten Mal an und sprach ohne diesen eigentümlich verwunderten Flüsterton.

»Verdammt, ich mach doch bloß Spaß«, sagte er. »Ich dachte, du kriegst das mit. Schon gut. Schon gut. Zum Donnerwetter, sei still. Hör zu.«

Denn jetzt heulte ich vor Wut und Erleichterung.

»Zugegeben, ich war ein bisschen wütend auf dich. Mir war danach, dich zu bestrafen. Was sollte ich denn denken, als ich nach Hause kam und du einfach weg warst? Ja, gut, ich bin ein Arschloch. Hör auf. Hör auf!«

Ich wollte nicht aufhören. Ich wusste, jetzt war alles gut,

aber es war solch ein Trost, zu heulen. Und ich fand einen neuen Grund zur Klage.

»Was macht dann ihr Auto hier?«

»Die Werkstatt kann nichts damit anfangen, es ist Schrott.«

»Aber warum steht es hier?«

Er sagte, es stünde hier, weil die Teile darin, die kein Schrott waren, und das waren nicht viele, jetzt ihm gehörten. Uns.

Weil er ihr ein Auto gekauft hatte.

»Ein Auto? Ein neues?«

Neu genug, um besser zu laufen als ihr altes.

»Sie will nämlich nach North Bay. Sie hat da Verwandte oder was, und da will sie hin, wenn sie ein Auto kriegen kann, das sie hinbringt.«

»Sie hat hier Verwandte. Hier in der Gegend. Sie hat dreijährige Kinder, um die sie sich kümmern muss.«

»Na, offenbar sind ihr die Verwandten in North Bay lieber. Von irgendwelchen Dreijährigen weiß ich nichts. Vielleicht nimmt sie die mit.«

»Hat sie dich gebeten, ihr ein Auto zu kaufen?«

»Sie würde nie um irgendetwas bitten.«

»Also«, sagte ich. »Jetzt ist sie in unserem Leben.«

»Sie ist in North Bay. Lass uns ins Haus gehen. Ich habe nicht mal eine Jacke an.«

Auf dem Weg fragte ich, ob er ihr etwas von seinem Gedicht erzählt hatte. Oder es ihr vielleicht vorgelesen hatte.

Er sagte: »Um Himmels willen nein, warum sollte ich das tun?«

Als Erstes sah ich in der Küche das Blitzen von Gläsern. Ich zerrte einen Küchenstuhl heran, stieg hinauf und fing an, sie ganz oben auf das Regal zu stellen.

»Kannst du mir helfen?«, fragte ich, und er reichte sie mir herauf.

Ich überlegte – konnte er über das Gedicht gelogen haben? War es ihr vorgelesen worden? Oder war es ihr überlassen worden, damit sie es selbst las?

Falls ja, dann war ihre Reaktion nicht zufriedenstellend gewesen. Aber wessen Reaktion konnte das je sein?

Angenommen, sie hatte gesagt, es sei wunderschön? Er hätte das gehasst.

Oder sie hatte sich vielleicht laut darüber gewundert, wieso er überhaupt damit durchgekommen war. Mit diesem Schweinkram, hatte sie vielleicht gesagt. Das wäre besser gewesen, aber so viel besser auch wieder nicht.

Wer kann je zu einem Dichter über sein Gedicht die perfekten Worte sagen? Und nicht zu viele oder zu wenige, gerade genug.

Er legte die Arme um mich und hob mich von dem Stuhl herunter.

»Wir können uns Kräche nicht leisten«, sagte er.

Wahrhaftig nicht. Ich hatte vergessen, wie alt wir waren, hatte einfach alles vergessen. Und gedacht, ich hätte alle Zeit der Welt, um zu leiden und zu klagen.

Ich sah jetzt den Schlüssel, den ich in den Briefschlitz geworfen hatte. Er lag in dem Spalt zwischen der haarigen braunen Matte und der Türschwelle.

Ich musste nach dem Brief Ausschau halten, den ich auch in einen Schlitz geworfen hatte.

Angenommen, ich starb, bevor er ankam. Man kann sich verhältnismäßig gesund fühlen und plötzlich sterben, einfach so. Sollte ich Franklin eine Nachricht hinterlegen, nur für den Fall?

Wenn ein an dich adressierter Brief von mir ankommt, zerreiß ihn.

Der Haken war, er würde tun, was ich verlangte. Ich an seiner Stelle nicht. Ich würde den Brief aufmachen, ganz egal, was ich versprochen hatte.

Er würde gehorchen.

Seine Bereitwilligkeit, das zu tun, löste in mir eine Mischung aus Wut und Bewunderung aus. Ich besann mich auf unser ganzes gemeinsames Leben.

FINALE

Die letzten vier Stücke in diesem Buch sind keine üblichen Erzählungen. Sie bilden eine gesonderte Einheit, die vom Gefühl her autobiographisch ist, auch wenn manchmal nicht alles den Tatsachen entspricht. Ich glaube, sie sind die ersten und letzten – und die persönlichsten – Dinge, die ich über mein Leben zu sagen habe.

DAS AUGE

Als ich fünf Jahre alt war, zeigten meine Eltern ganz plötzlich ein Baby vor, einen kleinen Jungen, genau das, sagte meine Mutter, was ich mir immer gewünscht hatte. Wie sie auf diese Idee kam, war mir rätselhaft. Sie ließ sich lang und breit darüber aus, alles aus der Luft gegriffen, aber schwer zu widerlegen.

Dann erschien ein Jahr später noch ein Baby, ein kleines Mädchen, und es gab wieder Getue, aber nicht so viel wie beim ersten.

Bis zu der Ankunft vom ersten Baby war mir noch nie bewusst geworden, dass ich mich anders fühlte, als meine Mutter behauptete. Und bis zu der Zeit war das ganze Haus erfüllt von meiner Mutter, von ihren Schritten, ihrer Stimme, ihrem puderigen, dabei nicht ganz geheurem Geruch, der allen Räumen innewohnte, auch wenn sie gar nicht darin war.

Warum sage ich »nicht ganz geheuer«? Angst hatte ich nicht. Es war auch nicht so, dass meine Mutter mir ausdrücklich vorgab, was ich jeweils zu empfinden hatte. Sie wusste eben derart genau darüber Bescheid, dass sie nichts in Frage zu stellen brauchte. Nicht nur, was den kleinen Bruder anbetraf, sondern auch die Haferflocken, die gut für mich waren, also stand fest, dass ich sie mochte. Und ebenso meine Ausdeutung des Bildes, das am Fußende meines Bettes hing, mit Jesus, der es litt, dass die kleinen Kinder zu ihm kamen. Leiden bedeutete damals etwas anderes, aber das war es nicht, womit wir uns beschäftigten. Meine Mutter zeigte auf das kleine Mädchen, das sich halb hinter einer Hausecke versteckte, weil es zu Jesus wollte, aber zu schüchtern war. Das sei ich, sagte meine Mutter, und ich nahm an, dass sie recht hatte, obwohl ich nicht darauf gekommen wäre, wenn sie es mir nicht gesagt hätte, und obwohl es mir ganz und gar nicht lieb war.

Etwas, was mich wirklich zu Tränen rührte, war Alice im Wunderland, wenn sie riesig im Kaninchenloch gefangen liegt, aber ich lachte, weil meine Mutter das komisch zu finden schien.

Seit der Ankunft meines Bruders jedoch und dem endlosen Gerede darüber, dass er eine Art Geschenk für mich war, begann ich zu begreifen, wie weitgehend das Bild, das meine Mutter von mir hatte, von meinem eigenen abweichen konnte.

Ich vermute, all das machte mich bereit für Sadie, die dann kam, um bei uns zu arbeiten. Meine Mutter hatte sich in den Bereich im Haus zurückgezogen, in dem die Babys waren. Da sie nicht mehr ständig um mich war, konnte ich darüber nachdenken, was stimmte und was nicht. Ich war klug genug, darüber mit niemandem zu reden.

Das Ungewöhnlichste an Sadie – obwohl das in unserem Haus nicht als erwähnenswert galt – war, dass sie eine berühmte Persönlichkeit war. Unsere Stadt hatte einen Radiosender, für den sie Gitarre spielte und das Eröffnungslied sang, das sie selber komponiert hatte.

300

»Hallo, hallo, hallo, liebe Leute ...«

Und eine halbe Stunde später hieß es: »Bis dann, bis dann, bis dann liebe Leute.« Dazwischen sang sie Lieder, die Hörer sich wünschten, und auch welche, die sie selber aussuchte. Die anspruchsvolleren Leute in der Stadt spotteten gern über ihre Lieder und über den ganzen Sender, der angeblich der kleinste in Kanada war. Diese Leute hörten einen Sender in Toronto, der beliebte aktuelle Lieder spielte – »Drei kleine Fischlein und auch Mammi Fisch« – und Jim Hunter, der die schlimmen Nachrichten vom Krieg herausschrie. Aber die Leute auf den Farmen mochten den lokalen Sender und die Lieder, die Sadie sang. Ihre Stimme war kräftig und traurig, und sie sang über Einsamkeit und Kummer.

> *Der Abendwind geht übers Land,*
> *Ich schau in blaue Weiten,*
> *Wo ist der Freund, den ich einst fand*
> *In guten alten Zeiten ...*

Die meisten Farmen in unserem Teil des Landes waren vor etwa hundertfünfzig Jahren angelegt worden, und man konnte von fast jedem Farmhaus Ausschau halten und nur ein paar Felder weiter ein anderes Farmhaus sehen. Doch die Lieder, die die Farmer wollten, handelten alle von einsamen Cowboys, dem Reiz und der Härte abgelegener Orte, den bitteren Verbrechen, die dazu führten, dass die Verbrecher mit dem Namen ihrer Mutter oder dem Gottes auf den Lippen starben.

Davon sang Sadie tieftraurig mit kehliger Altstimme, aber bei uns zu Hause war sie voller Energie und Selbstvertrauen, redete gerne und hauptsächlich über sich selbst. Sehr oft hatte sie zum Reden nur mich. Ihre Arbeiten und die meiner Mutter trennten sie meistens voneinander, und ich glaube fast, sie hätten ohnehin nicht viel Freude daran gehabt, miteinander zu reden. Meine Mutter war eine ernsthafte Person, wie ich schon angedeutet habe, die in der Schule unterrichtet hatte, bevor sie mich unterrichtete. Sie hätte es vielleicht gerne gehabt, wenn Sadie jemand gewesen wäre, dem sie helfen und beibringen konnte, nicht »Tachchen« zu sagen. Aber Sadie strahlte nicht aus, dass sie von irgendjemandem Hilfe brauchte oder irgend anders reden wollte als so, wie sie schon immer geredet hatte.

Nach dem Mittagessen war ich mit Sadie in der Küche allein. Meine Mutter nahm eine Auszeit für ihr Mittagsschläfchen, und wenn sie Glück hatte, schliefen die Babys auch. Wenn sie wieder aufstand, zog sie eine andere Art von Kleid an, als erwartete sie einen gemütlichen Nachmittag, dabei mussten bestimmt weitere Windeln gewechselt und auch dieses ungehörige Geschäft erledigt werden, das ich tunlichst nicht mit ansehen wollte, wenn nämlich das kleinste an einer Brust nuckelte.

Mein Vater leistete sich auch ein Mittagsschläfchen – vielleicht eine Viertelstunde auf der Veranda mit der *Saturday Evening Post* über dem Gesicht, bevor er wieder in die Scheune ging.

Sadie machte auf dem Herd Wasser heiß und wusch das Geschirr ab, wobei ich half und die Jalousien heruntergelassen waren, damit die Hitze draußen blieb. Wenn wir fertig waren, wischte sie den Fußboden auf, und ich trocknete ihn mit einer Methode, die ich erfunden hatte – ich schlidderte auf Lumpen kreuz und quer umher. Dann nahmen wir die

Spiralen aus klebrigem gelben Fliegenpapier ab, die nach dem Frühstück aufgehängt worden waren und schon dicht voller toter oder summender, halbtoter Fliegen saßen, und hängten neue Spiralen auf, die bis zum Abend voller neuer toter Fliegen sein würden. Währenddessen erzählte mir Sadie von ihrem Leben.

Ich konnte damals das Alter anderer Menschen noch nicht einschätzen. Sie waren für mich entweder Kinder oder Erwachsene, und ich hielt Sadie für eine Erwachsene. Vielleicht war sie sechzehn, vielleicht achtzehn oder zwanzig. Wie alt sie auch war, sie verkündete mehr als einmal, dass sie es mit dem Heiraten nicht eilig hatte.

Sie ging jedes Wochenende tanzen, aber sie ging allein hin. Für sich und von sich aus, sagte sie.

Sie erzählte mir von den Tanzsälen. Einer war in der Stadt, dicht bei der Hauptstraße, wo im Winter die Curling-Bahn war. Man bezahlte zehn Cent für einen Tanz, dann ging man hoch und tanzte auf einer erhöhten Fläche, während ringsum Leute standen und gafften, was sie nicht störte. Sie bezahlte immer gern für sich selbst, um nicht dankbar sein zu müssen. Aber manchmal kam davor ein junger Mann auf sie zu. Er fragte, ob sie tanzen wollte, und sie sagte als Erstes: Kannst du? Kannst du tanzen?, fragte sie ihn unverblümt. Worauf er sie komisch ansah und ja sagte, was heißen sollte, warum war er sonst da? Und meistens stellte sich heraus, unter Tanzen verstand er von einem Bein aufs andere treten und sie mit seinen verschwitzten Pranken betatschen. Manchmal riss sie sich einfach los und ließ ihn stehen, tanzte für sich – was sie sowieso am liebsten tat. Und zwar bis zum Ende des Tanzes, der bezahlt war, und wenn der Kassierer meckerte und wollte, dass sie für zwei bezahlte, obwohl sie nur eine

303

war, sagte sie, das reichte jetzt. Von ihr aus konnten alle sie auslachen, weil sie alleine tanzte.

Der andere Tanzsaal lag gleich draußen vor der Stadt an der Fernstraße. Da bezahlte man an der Eingangstür, und nicht nur für einen Tanz, sondern für den ganzen Abend. Der Saal hieß bei allen Royal-T. Auch da bezahlte sie selbst. Es gab dort im Allgemeinen bessere Tänzer, trotzdem versuchte sie, sich ein Bild zu machen, wie sie zurechtkamen, bevor sie sich von ihnen auf die Tanzfläche führen ließ. Sie kamen meistens aus der Stadt, während die im anderen Saal vom Land waren. Besser auf den Füßen – die aus der Stadt –, aber es waren nicht immer die Füße, auf die man aufpassen musste. Sondern auf die Stellen, wo sie einen anfassen wollten. Manchmal musste sie ihnen die Leviten lesen und ihnen sagen, was sie mit ihnen machen würde, wenn sie nicht aufhörten. Sie machte ihnen klar, dass sie hergekommen war, um zu tanzen, und dafür selbst bezahlt hatte. Darüber hinaus wusste sie, wohin sie die boxen musste, damit sie Vernunft annahmen. Manchmal waren sie gute Tänzer, und sie hatte wirklich Spaß. Dann, wenn der letzte Tanz gespielt wurde, stahl sie sich davon und lief rasch nach Hause.

Sie sei nicht wie manche, sagte sie. Sie habe nicht vor, erwischt zu werden.

Erwischt. Als sie das sagte, sah ich ein großes Drahtnetz herunterkommen, sah, wie böse kleine Biester es immer enger um sie wickelten, so dass sie keine Luft mehr bekam und überhaupt nicht herauskonnte. Sadie musste etwas davon auf meinem Gesicht gesehen haben, denn sie sagte, ich solle keine Angst haben.

»Es gibt nichts auf dieser Welt, wovor man Angst haben muss, pass einfach auf dich auf.«

*

»Du und Sadie, ihr redet viel miteinander«, sagte meine Mutter.

Ich wusste, es war etwas im Anmarsch, auf das ich achtgeben musste, aber ich wusste nicht, was.

»Du magst sie, nicht?«

Ich sagte ja.

»Ja, natürlich. Ich mag sie auch.«

Ich hoffte, das war alles, und einen Moment lang glaubte ich das auch.

Dann: »Du und ich, wir haben nicht mehr so viel Zeit füreinander, jetzt, wo wir die Kleinen haben. Sie lassen uns nicht viel Zeit, was?

Aber wir lieben sie doch, nicht wahr?«

Ich sagte rasch ja.

Sie fragte: »Ehrlich?«

Sie würde keine Ruhe geben, bis ich »ehrlich« gesagt hatte, also sagte ich es.

Es gab etwas, was meine Mutter sich sehnlichst wünschte. Waren es nette Freundinnen? Frauen, die Bridge spielten und Ehemänner hatten, die im Anzug mit Weste zur Arbeit gingen? Nicht ganz, und ohnehin aussichtslos. War ich es, wie ich früher war, mit meinen Korkenzieherlocken, für die ich gerne still stand, meinem gelehrigen Aufsagen der Sonntagsschulverse? Für so etwas blieb ihr keine Zeit mehr. Und etwas in mir wandelte sich zur Verräterin, obwohl sie nicht wusste, warum, und ich wusste es auch nicht. Ich hatte mich in der Sonntagsschule mit keinem der Mädchen aus der Stadt angefreundet. Stattdessen betete ich Sadie an. Ich hörte meine Mutter das zu meinem Vater sagen. »Sie betet Sadie an.«

Mein Vater sagte, Sadie sei ein Geschenk des Himmels.
Was bedeutete das? Er klang fröhlich. Vielleicht bedeutete
es, dass er nicht Partei ergreifen wollte.

»Ich wünschte, wir hätten richtige Bürgersteige für sie«,
sagte meine Mutter. »Wenn wir richtige Bürgersteige hätten, könnte sie vielleicht Rollschuh laufen und Freundinnen
finden.«

Ich hatte mir schon immer Rollschuhe gewünscht. Aber
jetzt, ohne die geringste Ahnung, warum, wusste ich, dass
ich es nie zugeben würde.

Dann sagte meine Mutter so etwas wie, besser, wenn die
Schule anfängt. Etwas wie, besser für mich, oder etwas über
Sadie, das besser wäre. Ich wollte es nicht hören.

Sadie brachte mir einige ihrer Lieder bei, und ich wusste,
ich konnte nicht besonders gut singen. Ich hoffte, dass es
nicht das war, was besser werden oder aufhören musste. Ich
wollte auf keinen Fall, dass es aufhörte.

Mein Vater hatte nicht viel zu sagen. Alles war Sache
meiner Mutter, was sich erst änderte, als ich wirklich frech
wurde und bestraft werden musste. Er wartete darauf, dass
mein Bruder älter wurde und ihm gehörte. Ein Junge war
nicht so kompliziert.

Und das war mein Bruder dann auch nicht. Er machte
sich einfach prächtig.

Inzwischen hat die Schule angefangen. Schon vor einigen
Wochen, bevor das Laub rot und gelb wurde. Jetzt ist es fast
ganz verschwunden. Ich trage nicht meinen Schulmantel,
sondern meinen guten Mantel, den mit dem Kragen und
den Ärmelaufschlägen aus dunklem Pelz. Meine Mutter

trägt den Mantel, den sie für den Kirchgang anzieht, und ein Turban bedeckt den größten Teil ihrer Haare.

Meine Mutter sitzt am Steuer und fährt, wohin immer wir nun gerade unterwegs sind. Sie fährt nicht oft, aber wenn, dann gemessener und doch unsicherer als mein Vater. Sie drückt vor jeder Kurve auf die Hupe.

»So«, sagt sie, aber es dauert einige Zeit, bis sie das Auto eingeparkt hat.

»Da sind wir.« Ihre Stimme scheint mich ermutigen zu wollen. Sie berührt meine Hand, um mir die Gelegenheit zu geben, ihre zu ergreifen, aber ich tue so, als merkte ich es nicht, und sie zieht ihre Hand zurück.

Das Haus hat keine Auffahrt, auch keinen Bürgersteig. Es ist ordentlich, aber sehr schlicht. Meine Mutter hat ihre behandschuhte Hand gehoben, um zu klopfen, aber es stellt sich heraus, dass das nicht notwendig ist. Die Tür wird uns geöffnet. Meine Mutter hat gerade angefangen, etwas Ermutigendes zu mir zu sagen – etwas wie, es wird schneller gehen, als du denkst –, aber sie wird nicht damit fertig. Der Ton, in dem sie zu mir gesprochen hat, war etwas streng, aber leicht tröstlich. Er verändert sich, als die Tür sich öffnet, wird gemäßigter, sanfter, als senkte sie das Haupt.

Die Tür ist geöffnet worden, um einige Leute herauszulassen, nicht nur, um uns hereinzulassen. Eine der Frauen, die herauskommen, ruft mit einer Stimme, die sich überhaupt nicht um Sanftheit bemüht, ins Haus zurück: »Für die hat sie gearbeitet, für die und das kleine Mädchen.«

Dann kommt eine Frau, die sich sichtlich feingemacht hat, spricht meine Mutter an und hilft ihr aus dem Mantel. Nachdem das getan ist, zieht meine Mutter mir den Mantel aus und sagt zu der Frau, dass ich Sadie besonders gern hatte. Sie hofft, es ist recht, dass sie mich mitgebracht hat.

»Ach, die liebe Kleine«, sagt die Frau, und meine Mutter berührt mich leicht, damit ich Hallo sage.

»Sadie hat Kinder geliebt«, sagt die Frau. »Ja, das hat sie.«

Mir fällt auf, dass noch zwei andere Kinder da sind. Jungen. Ich kenne sie aus der Schule, einer ist mit mir in der ersten Klasse, der andere ist älter. Sie spähen aus einem Raum, der wahrscheinlich die Küche ist. Der Jüngere stopft sich auf komische Art einen ganzen Keks in den Mund, und der andere, der Ältere, zieht eine angewiderte Fratze. Nicht über den Keksmampfer, sondern über mich. Sie hassen mich natürlich, Jungen ignorierten uns Mädchen, wenn sie uns irgendwo außerhalb der Schule trafen (dort ignorierten sie uns auch), oder zogen so eine Fratze und warfen uns scheußliche Schimpfwörter an den Kopf. Wenn ich in die Nähe eines Jungen geriet, wurde ich starr und wusste nicht, was tun. Natürlich war es anders, wenn Erwachsene dabei waren. Die Jungen hier hielten den Mund, aber ich fühlte mich ziemlich unbehaglich, bis jemand die beiden zurück in die Küche riss. Dann fiel mir die besonders sanfte und mitfühlende Stimme meiner Mutter auf, sogar noch damenhafter als die Stimme der Frau, mit der sie redete, und ich dachte, vielleicht galt die Fratze ihr. Manchmal ahmten welche ihre Stimme nach, wenn sie mich von der Schule abholte.

Die Frau, mit der sie redete und die alles zu regeln schien, führte uns in einen Teil des Zimmers, wo ein Mann und eine Frau auf einem Sofa saßen und aussahen, als verstünden sie nicht ganz, warum sie da waren. Meine Mutter beugte sich vor, redete sehr respektvoll auf sie ein und deutete auf mich.

»Sie hat Sadie sehr geliebt«, sagte sie. Ich wusste, dass ich

daraufhin etwas sagen musste, aber bevor ich ein Wort her-
ausbrachte, stieß die Frau, die dort saß, ein lautes Geheul
aus. Sie sah niemanden von uns an, und das Geräusch, das sie
von sich gab, klang, als würde sie von einem Tier gebissen
oder angefressen. Sie schlug sich auf die Arme, als wollte sie
etwas – was es nun auch war – loswerden, aber es ging nicht
weg. Sie sah meine Mutter an, als sei es deren Aufgabe, das
Übel abzustellen.

Der alte Mann ermahnte sie, still zu sein.

»Es trifft sie sehr schwer«, sagte die Frau, die uns führte.
»Sie weiß nicht, was sie tut.« Sie beugte sich vor und sagte:
»Na, na. Du wirst noch das kleine Mädchen erschrecken.«

»Ja, das kleine Mädchen erschrecken«, wiederholte der alte
Mann gehorsam.

Als er das ausgesprochen hatte, gab die Frau nicht mehr das
Geräusch von sich und betastete ihre geschundenen Arme,
als wüsste sie nicht, was damit passiert war.

Meine Mutter sagte: »Die arme Frau.«

»Und dazu das einzige Kind«, sagte die Frau, die uns
führte. Zu mir sagte sie: »Mach dir keine Sorgen.«

Ich machte mir Sorgen, aber nicht wegen des Geschreis.

Ich wusste, dass Sadie irgendwo war, und ich wollte sie
nicht sehen. Meine Mutter hatte nicht direkt gesagt, dass ich
sie sehen musste, aber sie hatte auch nicht gesagt, dass ich sie
nicht zu sehen brauchte.

Sadie war tödlich verunglückt, als sie aus dem Royal-T
nach Hause ging. Auf dem kleinen Stück Kiesweg zwischen
dem Parkplatz, der zum Tanzsaal gehörte, und dem Anfang
des Bürgersteigs hatte ein Auto sie überfahren. Bestimmt
war sie schnell gelaufen, wie sie es immer tat, und dachte
zweifellos, dass die Autos sie sehen konnten oder dass sie

ebenso viel Recht hatte, da zu sein wie die Autos, und vielleicht machte das Auto hinter ihr einen Schlenker oder vielleicht war sie nicht genau da, wo sie zu sein meinte. Sie wurde von hinten überfahren. Das Auto, das sie überfuhr, machte einem Auto dahinter Platz, und dieses zweite Auto wollte das erste auf eine Nebenstraße abdrängen. Es war einiges an Alkohol im Tanzsaal getrunken worden, obwohl es dort keinen zu kaufen gab. Und es wurde immer gehupt und gejohlt und viel zu schnell gefahren, wenn der Tanzabend zu Ende war. Sadie, die rasch lief und nicht mal eine Taschenlampe dabei hatte, verhielt sich bestimmt, als müssten alle anderen ihr Platz machen.

»Ein Mädchen geht zu Fuß ganz allein tanzen«, sagte die Frau, die immer noch sehr freundlich mit meiner Mutter redete. Sie sprach leise, und meine Mutter murmelte etwas Bedauerndes.

Das hieß, das Schicksal herausfordern, sagte die freundliche Frau noch leiser.

Ich hatte zu Hause ein Gespräch mit angehört, das ich nicht verstand. Meine Mutter wollte etwas unternehmen, das vielleicht mit Sadie und dem Auto, das sie überfahren hatte, zusammenhing, aber mein Vater wollte nichts davon wissen. Wir haben in der Stadt nichts zu suchen, sagte er. Ich versuchte erst gar nicht, das zu verstehen, weil ich mich anstrengte, nicht an Sadie zu denken oder gar daran, dass sie tot war. Als mir klargeworden war, dass wir zu Sadies Haus fuhren, sträubte sich alles in mir dagegen, aber ich sah keine Möglichkeit, da herauszukommen außer, indem ich mich ungeheuer ungehörig benahm.

Jetzt, nach dem Ausbruch der alten Frau, fand ich, wir könnten gehen und nach Hause fahren. Dann brauchte ich nicht die Wahrheit zuzugeben, nämlich, dass ich furchtbare Angst vor einer Leiche hatte.

Gerade als ich das für möglich hielt, hörte ich meine Mutter und die Frau, mit der sie sich jetzt zusammengetan zu haben schien, von dem reden, was schlimmer als alles andere war.

Sadie ansehen.

Ja, sagte meine Mutter. Natürlich müssen wir uns Sadie ansehen.

Die tote Sadie.

Ich hatte so gut wie ständig die Augen niedergeschlagen und hauptsächlich die beiden Jungen gesehen, die kaum größer waren als ich, und die alten Leute, die auf dem Sofa saßen. Aber jetzt nahm meine Mutter mich bei der Hand und ging in eine andere Richtung.

Ein Sarg hatte die ganze Zeit über im Zimmer gestanden, aber ich hatte ihn für etwas anderes gehalten. Aufgrund meines Mangels an Erfahrung. Ich wusste nicht genau, wie so ein Ding aussah. Ein Bord, um Blumen darauf unterzubringen, hätte der Gegenstand, dem wir uns jetzt näherten, sein können, oder ein geschlossenes Klavier.

Vielleicht hatten die Leute darum herum irgendwie seine wahre Größe und Form, seinen wahren Zweck verborgen. Aber jetzt machten diese Leute respektvoll Platz, und meine Mutter sprach mit einer neuen, sehr leisen Stimme.

»Komm jetzt«, sagte sie zu mir. Ihre Sanftheit klang für mich böse, triumphierend.

Sie beugte sich vor, um mir ins Gesicht zu schauen, und zwar, da war ich mir sicher, um mich daran zu hindern, das zu tun, was mir gerade eingefallen war – die Augen fest zuzukneifen. Dann wandte sie ihren Blick von mir ab, behielt jedoch meine Hand fest in der ihren. Es gelang mir, die Lider zu senken, sobald sie mich nicht mehr ansah, aber ich schloss sie nicht ganz, damit ich nicht stolperte oder jemand mich direkt dahin schob, wo ich nicht sein wollte. Ich konnte nur einen Wust steifer Blumen sehen und den Glanz von poliertem Holz.

Dann hörte ich meine Mutter schniefen und spürte, wie sie sich zurückzog. Mit einem Klicken wurde ihre Handtasche geöffnet. Sie musste eine Hand dort hineinstecken, deshalb ließ ihr Griff nach, und es gelang mir, mich von ihr loszumachen. Sie weinte. Ihre Beschäftigung mit ihren Tränen und der laufenden Nase hatte mich befreit.

Ich blickte direkt in den Sarg und sah Sadie.

Der Unfall hatte ihren Hals und ihr Gesicht verschont, aber all das sah ich nicht sofort. Ich hatte nur den allgemeinen Eindruck, dass nichts an ihr so schlimm war, wie ich befürchtet hatte. Ich schloss rasch die Augen, aber das half nichts, ich musste wieder hinschauen. Zuerst auf das kleine gelbe Kissen, das unter ihrem Hals lag und irgendwie auch ihre Kehle und ihr Kinn bedeckte und die eine Wange, die ich ohne weiteres sehen konnte. Der Trick bestand darin, schnell etwas von ihr anzusehen und dann mit dem Blick zum Kissen zurückzukehren, und beim nächsten Mal ein bisschen mehr zu schaffen, vor dem ich keine Angst mehr hatte. Und dann war es Sadie, alles von ihr oder zumindest alles, was ich auf der Seite sehen konnte, die zur Verfügung stand.

Etwas bewegte sich, ich sah es, ihr Augenlid auf meiner Seite bewegte sich. Es öffnete sich nicht ganz oder auch nur halb oder irgend so etwas, sondern hob sich nur ein ganz klein wenig, wodurch es möglich würde, wenn man sie wäre, wenn man in ihr steckte, unter den Wimpern hervorzuspähen. Nur um vielleicht zu unterscheiden, was draußen hell war und was dunkel.

Das überraschte mich nicht und machte mir überhaupt keine Angst. Sofort fügte sich dieser Anblick in alles ein, was ich von Sadie wusste, und irgendwie auch in die Erlebnisse, die mit mir zu tun hatten. Und ich dachte nicht im Traum daran, jemand anders darauf aufmerksam zu machen, denn es war nicht für andere gemeint, nur für mich allein.

Meine Mutter hatte mich wieder bei der Hand genommen und sagte, dass wir nun gehen würden. Es wurden noch einige Worte gewechselt, aber mir kam es so vor, als wäre kaum Zeit vergangen, und schon waren wir draußen.

Meine Mutter sagte: »Eine gute Erfahrung für dich.« Sie drückte meine Hand und sagte: »Also dann. Es ist vorbei.« Sie musste stehen bleiben und mit jemandem reden, der auf dem Weg zum Haus war, und dann stiegen wir ins Auto und machten uns auf die Heimfahrt. Mich beschlich ein Gefühl, dass sie es gern hätte, wenn ich etwas sagte oder ihr sogar etwas erzählte, aber ich tat es nicht.

Es gab nie irgendeine andere Erscheinung dieser Art, und Sadie verschwand sogar recht bald aus meinen Gedanken, nicht zuletzt wegen des Schocks der Schule, wo ich lernte, irgendwie mit einer seltsamen Mischung aus panischer Angst und Angeberei meinen Weg zu gehen. Tatsächlich war Sadies Bedeutung schon in jener ersten Septemberwoche etwas verblasst, als sie sagte, sie müsse jetzt zu Hause bleiben und ihre Eltern versorgen, weshalb sie nicht mehr bei uns arbeiten könne.

Und dann fand meine Mutter heraus, dass sie in der Molkerei arbeitete.

Wenn ich doch einmal an sie dachte, stellte ich lange Zeit nicht in Frage, was mir meiner Meinung nach gezeigt worden war. Noch lange hinterher, als ich mich überhaupt nicht für übernatürliche Phänomene interessierte, war ich überzeugt, dass etwas geschehen war. Ich glaubte es einfach, so, wie man glaubt und sich sogar daran erinnern kann, dass man früher einmal einen anderen Satz Zähne hatte, der inzwischen verschwunden ist, aber trotzdem real war. Bis ich eines Tages, als ich vielleicht schon elf oder zwölf Jahre alt war, mit einer Art von dunklem Loch in meinem Inneren wusste, dass ich jetzt nicht mehr daran glaubte.

NACHT

In meiner Jugend schien es nie eine Geburt, einen geplatzten Blinddarm oder irgendein anderes drastisches körperliches Ereignis zu geben, das nicht mitten in einem Schneesturm geschah. Und das hieß, die Straßen waren gesperrt, es war ohnehin nicht daran zu denken, das Auto auszugraben, und Pferde mussten angespannt werden, damit sie sich einen Weg in die Stadt zum Krankenhaus bahnten. Zum Glück waren noch Pferde da – normalerweise wären sie abgeschafft worden, aber der Krieg und die Benzinrationierung hatten das verhindert, wenigstens vorläufig.

Als die Schmerzen in meinem Bauch einsetzten, mussten sie es deshalb um elf Uhr abends tun, und ein Schneesturm musste wüten, und da wir zu der Zeit keine Pferde im Stall hatten, musste das Gespann des Nachbarn beansprucht werden, um mich ins Krankenhaus zu bringen. Eine Fahrt von nur anderthalb Meilen, aber trotzdem ein Abenteuer. Der Arzt wartete schon, und zu niemandes Überraschung machte er sich daran, meinen Blinddarm herauszunehmen.

Mussten damals mehr Blinddärme herausgenommen werden als heute? Ich weiß, das es immer noch passiert und notwendig ist – ich weiß sogar von jemandem, der daran gestor-

315

ben ist, weil es nicht rechtzeitig geschah –, aber in meiner Erinnerung war es so etwas wie ein Ritual, dem sich einige in meinem Alter unterziehen mussten, keineswegs in großer Zahl, aber nicht gänzlich unerwartet und vielleicht auch nicht ganz ungern, denn es bedeutete schulfrei, und es gab einem einen bestimmten Status – eine Sonderstellung, kurz gesagt, als jemand, der vom Flügel der Sterblichkeit gestreift worden war, und das zu einem Zeitpunkt im Leben, wo so etwas Anlass für Stolz sein konnte.

So lag ich also, ohne meinen Blinddarm, einige Tage lang im Bett und schaute aus dem Krankenhausfenster zu, wie der Schnee melancholisch durch Nadelbäume trieb. Ich glaube nicht, dass mir je die Frage durch den Kopf ging, wie mein Vater diesen Luxus bezahlen sollte. (Soweit ich weiß, verkaufte er ein Waldstück, das er behalten hatte, als er die Farm seines Vaters veräußerte. Er hatte wohl gehofft, es zum Fallenstellen oder zum Gewinn von Ahornsirup zu nutzen, oder vielleicht hatte er einfach besonders daran gehangen.)

Dann ging ich wieder zur Schule und genoss es, länger als notwendig vom Turnen befreit zu sein, und eines Sonntagmorgens, als ich mit meiner Mutter allein in der Küche war, erzählte sie mir, dass im Krankenhaus mein Blinddarm herausgenommen worden war, wie ich gedacht hatte, aber nicht nur der. Der Arzt hatte es bei dem Eingriff für richtig gehalten, auch den Blinddarm zu entfernen, aber das Wichtigste für ihn war ein Gewächs. Ein Gewächs, sagte meine Mutter, so groß wie ein Putenei.

Aber mach dir keine Sorgen, sagte sie, jetzt ist es ja vorbei.

Der Gedanke an Krebs kam mir überhaupt nicht in den Sinn, und sie erwähnte ihn mit keinem Wort. Ich glaube nicht, dass eine solche Eröffnung heute ohne Fragen abginge, ohne jede Erkundigung, ob es Krebs ist oder nicht. Bösartig oder gutartig – wir würden es sofort wissen wollen. Ich kann unsere Hemmungen, darüber zu sprechen, nur damit erklären, dass es um das Wort eine Wolke gegeben haben muss wie die Wolke um die Erwähnung von Sex. Schlimmer noch. Sex war ekelhaft, musste wohl aber auch Genuss verschaffen – was wir wussten, obwohl unsere Mütter das nicht ahnten –, während man schon allein bei dem Wort Krebs unweigerlich an ein dunkles, verfaulendes, übelriechendes Viech dachte, das man nicht einmal ansah, wenn man es wegstieß.

Also stellte ich keine Fragen und bekam keine Antworten und kann nur vermuten, dass es gutartig war oder gründlich entfernt wurde, denn sonst wäre ich heute nicht hier. Und ich denke so selten daran, dass ich mein Leben lang, wenn ich aufgefordert worden bin, meine Operationen anzugeben, automatisch nur sage oder schreibe: »Blinddarm«.

Dieses Gespräch mit meiner Mutter fand wahrscheinlich in den Osterferien statt, als alle Schneestürme und Schneehaufen verschwunden waren und die Bäche Hochwasser führten und alles mit sich rissen, was sie erreichen konnten, und der Sommer mit seiner gnadenlosen Sonne kurz bevorstand. Unser Klima kannte keine Schonzeiten, keine Gnade.

In der Hitze der ersten Junihälfte war ich mit der Schule fertig, da meine Zensuren gut genug waren, um mich von den Abschlussprüfungen zu befreien. Ich sah gesund aus, ich erledigte alle meine häuslichen Pflichten, ich las Bücher wie üblich, niemand ahnte, dass etwas mit mir nicht in Ordnung war.

Jetzt muss ich die Schlafgelegenheiten in dem Zimmer beschreiben, das ich mir mit meiner Schwester teilte. Es war ein kleines Zimmer, das für zwei Einzelbetten nebeneinan-

der nicht genug Platz bot, also war die Lösung ein Etagen-
bett mit fester Leiter, damit eine von beiden in das obere
Bett klettern konnte. Das war ich. Als ich jünger war und zu
Hänseleien neigte, zog ich immer die Ecke meiner dünnen
Matratze hoch und drohte meiner kleinen Schwester, die
hilflos im Bett darunter lag, sie zu bespucken. Natürlich war
meine Schwester – sie hieß Catherine – nicht völlig hilflos.
Sie konnte sich unter ihrer Decke verstecken, aber mein
Trick war, so lange zu warten, bis Atemnot oder Neugier sie
unter der Decke hervortrieb, um ihr in diesem Moment ins
Gesicht zu spucken oder erfolgreich so zu tun als ob, was sie
wütend machte.

Ich war zu alt für solche Spielchen, inzwischen bestimmt
zu alt. Meine Schwester war neun, als ich vierzehn war.
Die Beziehung zwischen uns blieb immer ungeklärt. Wenn
ich sie nicht quälte und auf irgendeine schwachsinnige Art
piesackte, übernahm ich die Rolle der weltklugen Beraterin
oder der Erzählerin von haarsträubenden Geschichten. Ich
zog ihr welche von den alten Sachen an, die in der Aussteu-
ertruhe meiner Mutter gelandet waren, weil sie zu fein waren, um für Quilts zerschnitten zu werden, und zu altmo-
disch, um von irgendjemandem getragen zu werden. Ich
tat ihr das alte, vertrocknete Rouge und den Puder meiner
Mutter aufs Gesicht und sagte ihr, wie hübsch sie aussah. Sie
war hübsch, kein Zweifel, obwohl sie mit meiner Gesichts-
bemalung aussah wie eine fratzenhafte exotische Puppe.

Ich will damit nicht sagen, dass sie ganz unter meiner
Fuchtel stand oder auch nur, dass ihr Leben ständig mit meinem verflochten war. Sie hatte ihre eigenen Freundinnen,
ihre eigenen Spiele. Letztere neigten eher zu Häuslichkeit als
zu aufgeputzter Angeberei. Puppen wurden in ihrem Kin-

derwagen ausgefahren, oder kleine Katzen wurden angezogen und statt der Puppen spazieren gefahren, trotz ihrer heftigen Fluchtversuche. Es gab auch längere Spiele, in denen eine die Lehrerin war und den anderen wegen diverser Verstöße und Dummheiten Schläge auf die Handgelenke versetzen durfte, damit die so tun konnten, als ob sie weinten.

Im Juni, wie gesagt, hatte ich keine Schule und war mir selbst überlassen, ein Zustand, den es nach meiner Erinnerung so zu keiner anderen Zeit meines Heranwachsens gab. Ich erledigte einiges im Haushalt, aber meiner Mutter muss es damals noch gut genug gegangen sein, um mit dem meisten selbst fertig zu werden. Oder vielleicht hatten wir zu der Zeit genug Geld für – wie meine Mutter sagte – ein Dienstmädchen, obwohl alle anderen von einer Haushaltshilfe sprachen. Ich kann mich jedenfalls nicht daran erinnern, dass ich all die Aufgaben angehen musste, die sich in späteren Sommern für mich aufhäuften, als ich bereitwillig darum kämpfte, die Ordnung in unserem Hausstand aufrechtzuerhalten. Offenbar galt ich durch das mysteriöse Putenei als schonungsbedürftig, so dass ich einen Teil meiner Zeit damit verbringen durfte, herumzulungern wie eine Besucherin.

Allerdings nicht damit, irgendwelchen besonderen Steckenpferden nachzugehen. Niemandem in unserer Familie wäre das nachgesehen worden. Es war alles innerlich – diese Nutzlosigkeit und diese Fremdheit, die ich empfand. Und auch keine fortwährende Nutzlosigkeit. Ich erinnere mich, dass ich mich hinhockte, um die Mohrrübenpflänzchen auszudünnen, wie man es in jedem Frühjahr tun musste, damit die Wurzel groß genug wurde, um gegessen zu werden.

Es war wohl einfach nicht jeder Augenblick des Tages mit Aufgaben angefüllt, wie in den Sommern davor und danach.

Vielleicht lag es also daran, dass ich begann, Schwierigkeiten mit dem Einschlafen zu haben. Anfangs, meine ich mich zu erinnern, hieß das, bis gegen Mitternacht wach zu liegen und mich zu wundern, wie hellwach ich war, während alle anderen im Haus schliefen. Da hatte ich schon gelesen, war wie üblich müde geworden, hatte meine Lampe ausgemacht und gewartet. Niemand hatte mir da wie sonst zugerufen, das Licht auszumachen und zu schlafen. Zum allerersten Mal (und auch das ein Zeichen von meinem Sonderstatus) blieb es mir überlassen, darüber selbst zu entscheiden.

Es dauerte eine Weile, bis sich das Haus nach dem Licht des Tages und dem Licht der Lampen, die bis spät abends brannten, verwandelte. Nachdem es den Lärmpegel der Dinge, die getan, aufgehängt, beendet werden mussten, hinter sich gelassen hatte, wurde es zu einem fremderen Ort, an dem die Menschen und die Arbeit, die ihr Leben bestimmte, ihr Gebrauch von allem um sie herum, in den Hintergrund traten, an dem alle Möbel sich in sich selbst zurückzogen und nicht mehr aufgrund von jemandes Aufmerksamkeit existierten.

Man könnte denken, das war eine Befreiung. Anfangs war es das vielleicht. Die Freiheit. Die Fremdheit. Aber als meine Schwierigkeiten mit dem Einschlafen andauerten und sich schließlich bis zur Morgendämmerung hinzogen, verstörte mich das mehr und mehr. Ich fing an, Verse aufzusagen, dann ganze Gedichte, anfangs um zur Ruhe zu kommen, aber dann kaum noch aus eigenem Willen. Die Beschäftigung schien mich zu verhöhnen. Ich verhöhnte mich selbst, da die Worte ins Absurde abglitten, in sinnloses Wortgeklingel.

Ich war nicht mehr ich selbst.

Ich hatte hin und wieder gehört, wie das von jemandem gesagt wurde, mein Leben lang, ohne darüber nachzudenken, was das bedeuten konnte.

Was meinst du denn, wer du bist?

Auch das hatte ich gehört, ohne damit eine konkrete Bedrohung zu verbinden, ich nahm es nur für eine übliche Herabsetzung.

Denk mal drüber nach.

Inzwischen ging es mir nicht mehr darum, Schlaf zu finden. Ich wusste, Schlaf war unwahrscheinlich. Vielleicht nicht einmal wünschenswert. Etwas ergriff von mir Besitz, und es war meine Aufgabe, meine Hoffnung, es abzuwehren. Ich war so vernünftig, das zu tun, aber ohne, dass es mir ganz gelang. Was immer es war, es versuchte mir einzuflüstern, Dinge zu tun, nicht aus einem bestimmten Grund, sondern einfach, um zu sehen, ob solche Taten möglich waren. Es ließ mich wissen, dass man keine Motive brauchte.

Man brauchte nur nachzugeben. Wie seltsam. Nicht aus Rache oder aus irgendeinem normalen Grund, sondern nur, weil man an so etwas gedacht hatte.

Und ich dachte daran. Je öfter ich den Gedanken fortscheuchte, desto öfter kehrte er zurück. Keine Rachsucht, kein Hass – wie gesagt, kein Grund, außer dass so etwas wie ein unsagbar kalter und tiefer Gedanke, der kaum ein Drang, eher eine Überlegung war, von mir Besitz ergreifen konnte. Ich durfte überhaupt nicht daran denken, aber ich dachte natürlich doch daran.

Der Gedanke war da und blieb mir im Sinn.

Der Gedanke, dass ich meine kleine Schwester erwürgen konnte, die in dem Bett unter mir lag und schlief und die ich mehr liebte als sonst jemanden auf der Welt.

Falls ich es tat, dann nicht aus Eifersucht, Bösartigkeit oder Groll, sondern wegen des Wahnsinns, der nachts direkt neben mir liegen mochte. Auch kein rasender Wahnsinn, sondern etwas, das fast Neckerei sein konnte. Eine träge, neckende, halb unterschwellige Eingebung, die schon lange gewartet zu haben schien.

Vielleicht sagte sie, warum nicht? Warum nicht das Schlimmste ausprobieren?

Das Schlimmste. Hier, am vertrautesten Ort, dem Zimmer, in dem wir unser Leben lang gelegen und uns am sichersten gefühlt hatten. Falls ich es tat, dann vielleicht nicht aus einem Grund, den ich oder irgendjemand anders verstand, sondern weil ich nicht anders konnte.

Was mir blieb, das war, aufzustehen und mich aus diesem Zimmer und dem Haus zu entfernen. Ich kletterte die Leiter hinunter und warf keinen einzigen Blick auf meine schlafende Schwester. Dann leise die Treppe hinunter, ohne dass jemand sich rührte, in die Küche, wo mir alles so vertraut war, dass ich meinen Weg im Dunkeln fand. Die Küchentür war nicht abgeschlossen – ich bin nicht mal sicher, dass wir einen Schlüssel besaßen. Ein Stuhl wurde unter den Türknauf geschoben, so dass jemand, der eindringen wollte, ziemlichen Lärm veranstalten musste. Eine langsame, vorsichtige Entfernung des Stuhls ließ sich geräuschlos bewerkstelligen.

Nach der ersten Nacht war ich in der Lage, mich ohne Unterbrechung zu bewegen, so dass ich, wie es mir vorkam, innerhalb von wenigen reibungslosen Sekunden draußen sein konnte.

Natürlich standen da keine Straßenlaternen – wir waren zu weit weg von der Stadt.

Alles war größer. Die Bäume um das Haus wurden immer bei ihren Namen genannt – die Buche, die Ulme, die Eiche, nur die Ahornbäume wurden immer im Plural genannt und nicht unterschieden, weil sie eng zusammen standen. Jetzt waren sie alle tiefschwarz. Ebenso der weiße Fliederbaum (inzwischen ohne Blüten) und der violette Fliederbaum – sie wurden Bäume und nicht Sträucher genannt, weil sie zu groß geworden waren.

Die Grasflächen vor, hinter und zu beiden Seiten des Hauses bereiteten keine Schwierigkeiten, denn ich hatte sie selbst gemäht aus dem Bestreben, uns eine städtische Wohlanständigkeit zu geben.

Von der Ostseite unseres Hauses und der Westseite blickte man auf zwei verschiedene Welten, oder so kam es mir vor. Die Ostseite war die Stadtseite, obwohl man die Stadt gar nicht sehen konnte. Weniger als zwei Meilen entfernt standen Häuser Seite an Seite mit fließendem Wasser und mit Straßenlaternen. Und obwohl ich gesagt habe, dass man nichts davon sehen konnte, bin ich nicht ganz sicher, ob man nicht einen hellen Schein wahrnehmen konnte, wenn man lange genug hinschaute.

Nach Westen hin gab es nichts, was die lange Biegung des Flusses, die Felder, die Bäume und die Sonnenuntergänge unterbrach. Nichts, was in meiner Vorstellung mit Menschen oder mit normalem Leben zu tun hatte.

Ich ging auf und ab, anfangs dicht am Haus und dann, als ich mich auf meine Augen verlassen konnte und sicher war, nicht mehr mit dem Pumpenschwengel zusammenzustoßen oder mit dem Podest für die Wäscheleine, hierhin und dorthin. Die Vögel begannen sich zu regen und dann zu singen – als sei ein jeder ganz von sich aus auf die Idee gekommen, dort oben in den Bäumen. Sie wurden wesentlich früher wach, als ich für möglich gehalten hatte. Aber bald nach diesen allerersten Gesängen zeigte sich ein wenig Helligkeit am Himmel. Und plötzlich wurde ich von Schläfrigkeit überwältigt. Ich ging ins Haus zurück, wo auf einmal überall Dunkelheit war, ich klemmte sehr sorgfältig, behutsam und leise den Stuhl unter den Türknauf und ging ohne einen Laut hinauf, bewältigte Türen und Stufen mit der gebotenen Vorsicht, obwohl ich schon halb schlief. Ich fiel auf mein Kissen und wurde erst spät wach – spät, das war in unserem Haus gegen acht Uhr.

Dann fiel mir wieder alles ein, aber es war so absurd – der schlimme Teil davon war wirklich so absurd –, dass ich es relativ leicht abschütteln konnte. Mein Bruder und meine Schwester waren schon fort zum Unterricht in der Grundschule, aber ihre Teller standen noch auf dem Tisch, ein bisschen Puffreis schwamm in der überschüssigen Milch.

Absurd.

Wenn meine Schwester von der Schule nach Hause kam, schaukelten wir zusammen in der Hängematte, sie am einen Ende, ich am anderen.

In dieser Hängematte verbrachte ich einen großen Teil der Tage, was wahrscheinlich der Grund dafür war, dass ich nachts nicht schlafen konnte. Und da ich nicht von meinen nächtlichen Schwierigkeiten sprach, erteilte mir niemand den simplen Rat, tagsüber mehr zu tun.

Meine Schwierigkeiten kehrten natürlich am Abend zurück. Die Dämonen ergriffen wieder von mir Besitz. Ich war inzwischen so klug, bald aus meinem Bett zu klettern, ohne mir vorzumachen, dass es besser werden und ich einschlafen würde, wenn ich mir nur genug Mühe gab. Ich schlich mich so vorsichtig aus dem Haus wie zuvor. Allmählich fand ich mich besser zurecht, sogar das Innere der Räume wurde für mich sichtbarer und zugleich fremder. Ich konnte die hölzerne Küchendecke erkennen, eingebaut, als das Haus vor vielleicht hundert Jahren errichtet wurde, und den nördlichen Fensterrahmen, teilweise weggekaut von einem Hund, der hier eingesperrt worden war, in einer Nacht lange vor meiner Geburt. Mir fiel etwas ein, was ich völlig vergessen hatte – dass ich früher einen Sandkasten dort hatte, wo meine Mutter mich aus dem Nordfenster beobachten konnte. Ein großes Büschel wuchernder Spiräen blühte jetzt an dieser Stelle, so dass man kaum noch hinausschauen konnte.

Die Ostwand der Küche hatte keine Fenster, aber eine Tür zu einer kleinen Terrasse, auf die wir die schwere nasse Wäsche hingen und dann abnahmen, wenn sie trocken war und mit ihrem frischen Geruch belohnte, von weißen Laken bis zu dicken, dunklen Overalls.

Bei dieser Terrasse machte ich manchmal halt auf meinen nächtlichen Wanderungen. Ich setzte mich nie hin, aber es erleichterte mich, zur Stadt hinüberzuschauen, vielleicht einfach deren Normalität einzuatmen. All diese Menschen, die bald aufstanden, um in ihre Läden zu gehen, ihre Türen aufzuschließen und die Milchflaschen hereinzuholen, ihre Arbeit zu tun.

Eines Nachts – ich kann nicht sagen, ob es die zwanzigste oder die zwölfte oder erst die achte oder neunte war, in der ich aufstand und umherlief – hatte ich, zu spät, um mein Tempo zu ändern, das Gefühl, dass um die Ecke herum jemand war. Dort wartete jemand, und ich konnte nichts tun, als weiterzugehen. Wenn ich kehrtmachte, würde ich von hinten erwischt werden, was schlimmer war als von vorn.

Wer war da? Niemand anders als mein Vater. Er saß auf der kleinen Terrasse und schaute auch zur Stadt und diesem unwahrscheinlichen schwachen Schein. Er hatte seine Alltagskleidung an – dunkle Arbeitshose, fast auf einer Stufe mit einem Overall, aber nicht ganz, dunkles grobes Hemd und Stiefel. Er rauchte eine Zigarette. Eine Selbstgedrehte natürlich. Vielleicht hatte mich der Zigarettenrauch vor der Anwesenheit eines anderen gewarnt, obwohl es sein kann, dass zu jener Zeit der Geruch nach Zigarettenrauch überall war, innerhalb und außerhalb von Häusern, so dass es keine Möglichkeit gab, ihn zu bemerken.

Er sagte guten Morgen, auf eine Weise, die natürlich hätte sein können, nur dass sie nichts Natürliches an sich hatte. Wir waren es in unserer Familie nicht gewohnt, solche Begrüßungen auszusprechen. Daran war nichts Feindseliges – es wurde einfach für unnötig gehalten, nehme ich an, wo wir uns doch den ganzen Tag lang immer wieder sahen.

Ich sagte auch guten Morgen. Und es muss wirklich auf den Morgen zugegangen sein, sonst wäre mein Vater nicht für die Arbeit des Tages angezogen gewesen. Der Himmel mag sich schon aufgehellt haben, was die dichten Bäume noch verbargen. Die Vögel sangen auch schon. Ich war dazu übergegangen, von meinem Bett länger und länger fortzubleiben, obwohl mir das nicht mehr solche Erleichterung verschaffte wie am Anfang. Die Möglichkeiten, die einst nur das Schlafzimmer, das Etagenbett bewohnt hatten, eroberten alle Winkel.

Wenn ich jetzt darüber nachdenke, frage ich mich, warum

mein Vater nicht seinen Overall anhatte. Er war gekleidet, als müsste er als Erstes am Morgen in die Stadt fahren, um etwas zu erledigen.

Ich konnte nicht weitergehen, der ganze Rhythmus war gebrochen.

»Probleme mit dem Schlafen?«, fragte er.

Mein erster Gedanke war, nein zu sagen, aber ich dachte an die Schwierigkeiten, zu erklären, warum ich einfach so herumlief, also sagte ich ja.

Er sagte, das sei in Sommernächten oft der Fall.

»Man ist erschöpft, und dann, gerade wenn man denkt, jetzt schläft man ein, ist man hellwach. So ist es doch?«

Ich sagte ja.

Ich wusste nun, dass er mich nicht nur in dieser einen Nacht hatte aufstehen und umhergehen hören. Ein Mensch, dessen Tierbestand sich auf dem Hof befand, dessen Einkünfte, wie schmal auch immer, im Haus lagen, und der eine Schusswaffe in seiner Schreibtischschublade aufbewahrte, regte sich bestimmt bei leisesten Schritten auf der Treppe und bei der geringsten Drehung des Türknaufs.

Ich bin nicht sicher, wie er das Gespräch in Bezug auf mein Wachsein fortsetzen wollte. Ich meine, er erklärte Schlaflosigkeit für eine Plage, aber sollte das alles sein? Ich hatte gewiss nicht vor, ihm mehr zu sagen. Wenn er die leiseste Andeutung gemacht hätte, er wüsste, dass da mehr war, wenn er sogar zu verstehen gegeben hätte, dass er hier war, um es zu hören, dann hätte er, glaube ich, gar nichts aus mir herausbekommen. Ich musste das Schweigen aus eigenem Willen brechen und zugeben, dass ich nicht schlafen konnte. Sondern aufstehen und herumlaufen musste.

Warum denn?

Das wusste ich nicht.

Keine Albträume?

Nein.

»Dumme Frage«, sagte er. »Schöne Träume würden dich nicht aus dem Bett scheuchen.«

Er wartete ab, ob noch etwas kam, er fragte nichts. Ich hatte vor, mich zurückzunehmen, aber ich redete weiter. Die Wahrheit kam mit nur wenigen Abstrichen heraus.

Als ich von meiner kleinen Schwester sprach, sagte ich, dass ich Angst hatte, ihr weh zu tun. Ich glaubte, das wäre genug, er würde schon wissen, was ich meinte.

»Sie zu erwürgen«, sagte ich dann. Ich konnte mich doch nicht bremsen.

Jetzt konnte ich es nicht mehr ungesagt machen. Ich konnte nicht mehr zu der Person zurückkehren, die ich zuvor gewesen war.

Mein Vater hatte es gehört. Er hatte gehört, dass ich mich für fähig hielt, ohne Grund die kleine Catherine in ihrem Schlaf zu erwürgen.

Er sagte: »Tja.«

Dann sagte er, kein Grund zur Sorge. »Menschen haben manchmal solche Gedanken.«

Er sagte das ganz ernsthaft und ohne jede Beunruhigung, nicht erschrocken, auch nicht überrascht. Die Menschen haben solche Gedanken oder auch Ängste, wenn du so willst, aber das ist wirklich kein Grund zur Sorge, nicht mehr als ein Traum, denk ich mal.

Er sagte nicht ausdrücklich, es bestehe keine Gefahr, dass ich so etwas täte. Er schien es eher für selbstverständlich zu halten, dass so etwas nicht passieren konnte. Eine Nebenwirkung vom Äther. Der Äther, den sie dir im Krankenhaus gegeben haben. Hat nicht mehr Sinn als ein Traum. Es konnte nichts passieren, ebenso wenig, wie ein Meteor unser Haus treffen konnte (natürlich konnte er, aber die Wahrscheinlichkeit, dass er es tat, verwies das in die Kategorie Unmöglich).

Er machte mir auch keine Vorwürfe, daran gedacht zu haben. Wundert mich nicht, so drückte er sich aus.

Er hätte noch anderes sagen können. Er hätte mich ausfragen können nach meiner Einstellung zu meiner kleinen Schwester oder nach meiner Unzufriedenheit mit meinem Leben ganz allgemein. Wenn das heute passiert wäre, hätte er für mich vielleicht einen Termin bei einem Psychiater gemacht. (Ich glaube, das hätte ich wohl für ein Kind getan, eine Generation und ein Einkommen später.)

Tatsächlich funktionierte das, was er tat, genauso gut. Es holte mich, und das ohne Spott oder Aufregung, herunter in die Welt, in der wir lebten.

Menschen haben Gedanken, die sie lieber nicht hätten. Das passiert im Leben.

Wenn man heutzutage als Mutter oder Vater lange genug lebt, entdeckt man, dass man Fehler gemacht hat, von denen man nie etwas wissen wollte, neben denen, von denen man nur zu gut weiß. Man wird im Grunde seines Herzens beschämt, widert sich manchmal selbst an. Ich glaube nicht, dass mein Vater je irgend so etwas empfand. Ich weiß allerdings, wenn ich ihn wegen seiner Bearbeitung meines Hinterteils mit dem Rasierstreichriemen oder seinem Gürtel je zur Rede gestellt hätte, er hätte wohl etwas in der Art von »So war's eben« gesagt. Diese Züchtigungen wären ihm also, wenn überhaupt, nur als etwas im Gedächtnis geblieben, das notwendig und angemessen war, um ein vorlautes Kind zu bändigen, das sich einbildete, Herr im Haus spielen zu können.

»Du hast dich für oberschlau gehalten«, hätte er als Grund für die Bestrafungen angeben können, und das hörte man zu jener Zeit häufig, wobei diese freche Altklugheit als lästiger Kobold galt, der ausgeprügelt werden musste. Denn sonst bestand die Gefahr, dass er erwachsen wurde und sich weiter für besonders schlau hielt. Oder eben sie.

An jenem anbrechenden Morgen jedoch gab er mir nur das, was ich zu hören brauchte und was ich sogar bald danach vergaß.

Ich nehme an, dass er vielleicht seine bessere Arbeitskleidung trug, weil er am Morgen einen Termin bei der Bank hatte, um – nicht zu seiner Überraschung – zu erfahren, dass sein Kredit nicht verlängert worden war. Er hatte so hart gearbeitet, wie er nur konnte, aber der Markt richtete sich nicht nach ihm, und er musste einen neuen Weg finden, um uns zu ernähren und gleichzeitig unsere Schulden abzuzahlen. Oder er mag erfahren haben, dass es einen Namen für die Zitterigkeit meiner Mutter gab und dass sie nicht aufhören würde. Oder gemerkt haben, dass er eine unmögliche Frau liebte.

Wie auch immer. Von da an konnte ich schlafen.

STIMMEN

Als meine Mutter heranwuchs, ging sie zusammen mit ihrer ganzen Familie tanzen. Diese Tanzabende fanden in der Schule statt oder manchmal in einem Farmhaus mit einer guten Stube, die groß genug war. Jung und Alt fanden sich ein. Jemand spielte Klavier – auf dem Wohnzimmerklavier oder auf dem in der Schule –, und jemand hatte eine Geige mitgebracht. Beim Squaredance galt es, komplizierte Figuren und Schritte auszuführen, die von einer besonders befähigten Person (es war immer ein Mann) dröhnend ausgerufen wurden und dazu noch seltsam überhastet, was überhaupt nicht hilfreich war, es sei denn, man kannte den Tanz schon. Was allerdings alle taten, denn sie hatten diese Tänze bereits im Alter von zehn oder zwölf Jahren gelernt.

Meine Mutter, inzwischen eine verheiratete Frau mit drei Kindern, war immer noch in einem Alter und einer Verfassung, um an solchen Tanzabenden Spaß zu haben, hätte sie mitten auf dem Land gelebt, wo sie immer noch stattfanden. Sie hätte auch Spaß an den von Paaren ausgeführten Rundtänzen gehabt, die inzwischen den alten Stil bis zu einem gewissen Grad ablösten. Aber sie befand sich in einer son-

331

derbaren Situation. Wir alle. Unsere Familie lebte zwar außerhalb der Stadt, aber auch nicht richtig auf dem Land.

Mein Vater, der bei den Leuten wesentlich beliebter war als meine Mutter, war ein Mann, der daran glaubte, dass man sich mit dem abfinden musste, was einem zugeteilt wurde. Nicht so meine Mutter. Sie war von ihrem Leben als Farmerstochter aufgestiegen und Lehrerin geworden, aber das war nicht genug, es hatte ihr nicht die gesellschaftliche Stellung oder die Freundinnen gebracht, die sie gerne in der Stadt gehabt hätte. Sie wohnte am falschen Platz und hatte nicht genug Geld, und sie eignete sich ohnehin nicht dafür. Sie konnte Whist spielen, aber nicht Bridge. Sie war entsetzt, wenn sie eine Frau rauchen sah. Ich glaube, die Leute fanden sie streberhaft und gespreizt. Sie gebrauchte Ausdrücke wie »dergleichen« oder »in der Tat«. Sie hörte sich an, als wäre sie in einer merkwürdigen Familie aufgewachsen, die immer so redete. Was nicht stimmte. Draußen auf ihren Farmen redeten meine Onkel und Tanten wie alle anderen. Außerdem mochten sie meine Mutter nicht besonders.

Ich meine damit nicht, dass sie ihre ganze Zeit damit zubrachte, sich zu wünschen, alles wäre anders. Wie jede andere Frau mit Waschzubern, die in die Küche geschleppt werden mussten, ohne fließendes Wasser und mit der Aufgabe, den größten Teil des Sommers über Nahrungsmittel für den Winter zu konservieren, hatte sie viel zu tun. Sie hatte nicht einmal genug Zeit dafür, wie sie sonst gehabt hätte, von mir enttäuscht zu sein und darüber nachzudenken, warum ich nicht die richtigen Freundinnen oder überhaupt keine Freundinnen von der Schule in der Stadt mit nach Hause brachte. Oder warum ich mich vor dem Aufsagen in der Sonntagsschule drückte, etwas, worum ich mich früher gerissen hatte. Oder warum ich mit Haaren nach Hause kam, aus denen die Ringellocken herausgerissen waren – diese Schändung hatte ich schon auf dem Weg in die Schule vollbracht, denn niemand sonst trug die Haare so, wie sie meine frisierte. Oder warum ich es sogar geschafft hatte, das fabelhafte Gedächtnis lahmzulegen, das ich für das Auswendiglernen von Gedichten besaß, und mich weigerte, es je wieder einzusetzen, um mich hervorzutun.

Aber ich bin nicht immer voller Trotz und Widerborstigkeit. Noch nicht. Hier bin ich mit zehn Jahren, ganz erpicht darauf, fein angezogen zu sein und meine Mutter zum Tanzen zu begleiten.

Der Tanzabend fand in einem der durchaus respektablen, wenn auch nicht wohlhabend aussehenden Häuser an unserer Straße statt. Ein großes Holzhaus, bewohnt von Leuten, über die ich nichts wusste, außer dass der Mann in der Gießerei arbeitete, obwohl er alt genug war, um mein Großvater zu sein. Damals hörte man in der Gießerei nicht auf, man arbeitete, solange man konnte, und versuchte, Geld zu sparen für die Zeit, wenn man es nicht mehr konnte. Es war eine Schande, sogar mitten in dem, was, wie ich später lernte, die Weltwirtschaftskrise genannt wurde, ein Altersruhegeld beantragen zu müssen. Es war eine Schande, wenn die erwachsenen Kinder das zuließen, ganz egal, in welcher Not sie sich ihrerseits befanden.

Einige Fragen kommen einem jetzt in den Sinn, die sich damals nicht stellten.

Veranstalteten die Leute, die in dem Haus wohnten, diesen Tanzabend einfach, um ein Fest zu geben? Oder nahmen

sie Eintritt? Sie konnten in finanziellen Schwierigkeiten gesteckt haben, obwohl der Mann Arbeit hatte. Arztrechnun-
gen. Ich wusste, wie schrecklich sie über eine Familie her-
einbrechen konnten. Meine kleine Schwester war zart, wie
die Leute sagten, und ihre Mandeln waren schon herausgenommen worden. Mein Bruder und ich hatten jeden Winter eine fulminante Bronchitis, die Arztbesuche erforderte.
Ärzte kosteten Geld.

Außerdem hätte ich mich fragen können, warum ich
auserkoren wurde, meine Mutter zu begleiten, anstelle meines Vaters. Aber das ist eigentlich nicht so rätselhaft. Vielleicht tanzte mein Vater nicht gerne, meine Mutter hinge-
gen schon. Außerdem gab es zu Hause zwei kleine Kinder,
auf die aufgepasst werden musste, und ich war noch nicht alt
genug, um das zu tun. Ich kann mich nicht erinnern, dass
meine Eltern sich je einen Babysitter nahmen. Ich bin nicht
mal sicher, ob es diesen Ausdruck damals schon gab. Als Halb-
wüchsige verdiente ich mir dann damit etwas Geld, aber da
hatten die Zeiten sich schon geändert.

Wir hatten uns feingemacht. Auf den ländlichen Tanzabenden, an die meine Mutter sich erinnerte, trug niemand
diese affigen Squaredance-Aufmachungen, wie man sie später im Fernsehen sah. Alle hatten ihre festlichste Kleidung
angelegt, und das nicht zu tun – in irgendetwas mit diesen
Rüschen und Halstüchern zu erscheinen, mit denen die
Landbevölkerung sich angeblich schmückte –, wäre eine
Beleidigung für die Gastgeber und alle anderen gewesen. Ich
trug ein Kleid, das meine Mutter mir geschneidert hatte, aus
weicher Winterwolle. Der Rock war rosa und das Oberteil
gelb, mit einem Herz aus der rosa Wolle dort angenäht, wo
eines Tages meine linke Brust sein würde. Meine Haare wa-

ren gekämmt und befeuchtet und zu jenen dicken, wurstartigen Ringellocken geformt worden, von denen ich mich jeden Tag auf dem Schulweg befreite. Ich hatte mich beschwert, sie zu dem Tanzabend tragen zu müssen, mit der Begründung, dass niemand anders solche hatte. Worauf meine Mutter erwiderte, dass niemand anders solches Glück hatte. Ich ließ die Beschwerde fallen, weil ich unbedingt mitgehen wollte, oder vielleicht, weil ich dachte, dass niemand aus der Schule da sein würde, also kam es nicht darauf an. Ich lebte in ständiger Angst vor dem Spott meiner Schulkameraden.

Das Kleid meiner Mutter war nicht selbstgeschneidert. Es war ihr bestes, zu elegant für die Kirche und zu festlich für Beerdigungen, und daher kaum je getragen. Es war aus schwarzem Samt, mit Ärmeln bis zu den Ellbogen und kleinem Ausschnitt. Das Wunderbare daran waren die unzähligen winzigen Perlen auf dem ganzen Oberteil in Gold, Silber und allen möglichen Farben, die im Licht schimmerten und funkelten, wenn sie sich bewegte oder auch nur atmete. Sie hatte ihr Haar, das noch fast ganz schwarz war, in Zöpfe geflochten und zu einem festen Krönchen auf ihrem Kopf zusammengesteckt. Wenn sie jemand anders und nicht meine Mutter gewesen wäre, hätte ich sie aufregend hübsch gefunden. Ich glaube sogar, ich fand sie sehr hübsch, aber sobald wir in das fremde Haus gelangten, musste ich sehen, dass ihr bestes Kleid völlig anders war als die Kleider aller anderen Frauen, obwohl jede von denen bestimmt auch ihr bestes angezogen hatte.

Diese anderen Frauen befanden sich in der Küche. Dorthin gingen wir und sahen uns an, was alles auf einem großen Tisch stand. Allerlei Törtchen und Plätzchen und Obstkuchen und andere Kuchen. Auch meine Mutter stellte eine Leckerei hin, die sie zubereitet hatte, und machte sich daran zu schaffen, damit sie besser aussah. Sie äußerte Bemerkungen darüber, wie appetitanregend alles aussah.

Bin ich sicher, dass sie das sagte – appetitanregend? Ganz egal, was sie sagte, es hörte sich nie richtig an. Ich wünschte mir, mein Vater wäre da, der sich bei jedem Anlass vollkommen richtig anhörte, sogar, wenn er sich grammatisch korrekt ausdrückte. Was er innerhalb unseres Hauses durchaus tat, außerhalb aber weniger bereitwillig. Er passte sich dem jeweiligen Gespräch an – er begriff, dass es am besten war, nichts Außergewöhnliches zu sagen. Meine Mutter war das genaue Gegenteil. Bei ihr war alles klar, eindringlich und Aufmerksamkeit erheischend.

So klang es auch jetzt, und ich hörte sie auflachen, entzückt, als wollte sie wettmachen, dass niemand mit ihr redete. Sie erkundigte sich, wo wir unsere Mäntel ablegen konnten.

Wie sich herausstellte, konnten wir sie überall hintun, aber wenn wir wollten, sagte jemand, konnten wir sie im ersten Stock aufs Bett legen. Man gelangte über eine von Wänden umschlossene Treppe hinauf, und es gab kein Licht, nur oben. Meine Mutter wies mich an, vorzugehen, sie käme gleich nach, also stapfte ich hoch.

Hier stellt sich die Frage, ob wirklich etwas für die Teilnahme an dem Tanzabend bezahlt werden musste. Vielleicht blieb meine Mutter zurück, um das zu erledigen. Andererseits, wenn Leute um Eintrittsgeld gebeten worden wären, hätten sie dann noch all diese Leckereien mitgebracht? Und waren diese Leckereien wirklich so üppig, wie ich sie in Erinnerung habe? Wo alle so arm waren? Aber vielleicht fühlten sie sich schon nicht mehr so arm, weil der Krieg vielen Arbeit gab und weil die Soldaten Geld nach Hause schickten. Wenn ich damals wirklich zehn Jahre alt war, wie ich annehme, dann gingen diese Veränderungen seit zwei Jahren vor sich.

Stufen führten von der Küche hoch und auch vom Wohnzimmer und vereinten sich zu einer Treppe hinauf zu den Schlafzimmern. Nachdem ich meinen Mantel und meine Stiefel in dem aufgeräumten vorderen Schlafzimmer losgeworden war, hörte ich immer noch die Stimme meiner Mutter aus der Küche ertönen. Aber ich hörte auch Musik, die aus dem Wohnzimmer kam, also ging ich dorthin hinunter.

Alle Möbel waren aus dem Zimmer gerückt worden, nur das Klavier stand noch da. Rouleaus aus dunkelgrünem Tuch von der Art, die ich besonders trist fand, waren vor den Fenstern heruntergelassen worden. Trotzdem herrschte in dem Raum keine triste Atmosphäre. Viele Leute tanzten, hielten einander sittsam umfasst, bewegten sich hin und her oder drehten sich in engen Kreisen. Zwei Mädchen, die noch zur Schule gingen, tanzten in einer Weise, die gerade modern wurde, bewegten sich einander gegenüber, hielten sich manchmal bei den Händen und manchmal nicht. Sie lächelten mir zu, als sie mich sahen, und ich verging vor Freude, wie ich es gerne tat, wenn irgendein selbstbewusstes älteres Mädchen mir auch nur die geringste Beachtung schenkte.

Eine Frau war in dem Raum, die mir sofort auffiel, eine, deren Kleid das meiner Mutter bestimmt in den Schatten stellen würde. Sie muss um einiges älter gewesen sein als meine Mutter – ihre Haare waren weiß und zu einer raffinierten Frisur aus eng anliegenden Dauerwellen arrangiert. Sie war eine große Person mit kräftigen Schultern und breiten Hüften, und sie trug ein Kleid aus rotgoldenem Taft mit tiefem, rechteckigem Ausschnitt und einem Rock, der nur bis über die Knie reichte. Die kurzen Ärmel umschlossen eng ihre Arme, deren Fleisch fest, glatt und weiß war, wie fetter Speck.

Ein verblüffender Anblick. Ich hätte es zuvor nicht für möglich gehalten, dass jemand alt und dabei elegant aussehen konnte, vollschlank und zugleich anmutig, aufreizend und doch sehr würdevoll. Man hätte sie ordinär nennen können, was meine Mutter vielleicht später tat – das war eines ihrer Wörter. Wohlwollender hätte man auch stattlich sagen können. Sie machte eigentlich nichts von sich her, außer durch ihren ganzen Stil und die Farbe ihres Kleides. Sie und ihr Partner tanzten sittsam und etwas geistesabwesend miteinander wie ein altes Ehepaar.

Ich wusste nicht, wie sie hieß. Ich hatte sie noch nie zuvor gesehen. Ich wusste nicht, dass sie wohlbekannt war in der Stadt und vielleicht sogar über die Grenzen der Stadt hinaus.

Ich glaube, wenn ich jetzt eine Erzählung schriebe, statt mich an etwas zu erinnern, was wirklich geschehen ist, ich hätte ihr nie dieses Kleid verpasst. Eine Art von Reklame, die sie nicht brauchte.

Wenn ich in der Stadt gewohnt hätte, statt nur jeden Tag dort zur Schule zu gehen, hätte ich wahrscheinlich gewusst, dass sie eine berüchtigte Prostituierte war. Ich hätte sie bestimmt irgendwann gesehen, wenn auch nicht in dem rotgoldenen Kleid. Und ich hätte nicht das Wort Prostituierte benutzt. Wohl eher schlechte Frau. Ich hätte gewusst, dass sie etwas Abscheuliches und Gefährliches und Aufregendes und Wagemutiges an sich hatte, ohne zu wissen, was das eigentlich war. Wenn jemand versucht hätte, mir das zu sagen, ich hätte ihm wahrscheinlich nicht geglaubt.

Es gab mehrere Menschen in der Stadt, die ungewöhnlich aussahen, und vielleicht hätte ich sie für einen davon gehalten. Da war der Bucklige, der jeden Tag die Türen des Rathauses wienerte und, soweit ich weiß, nichts sonst tat. Und die völlig ordentlich aussehende Frau, die unablässig laut mit sich selbst redete und Leute ausschimpfte, die nirgendwo zu sehen waren.

Ich hätte mit der Zeit ihren Namen erfahren und eines Tages begriffen, dass sie wirklich diese für mich so unglaublichen Dinge tat. Und dass der Mann, den ich mit ihr tanzen sah und dessen Namen ich vielleicht nie erfuhr, der Besitzer des Billardkasinos war. Eines Tages, als ich in der Highschool war, forderten mich zwei Mädchen heraus, in das Billardkasino hineinzugehen, an dem wir gerade vorbeikamen, und ich tat es, und da stand er, derselbe Mann. Obwohl er jetzt kahler und korpulenter war und schlechter gekleidet. Ich kann mich nicht erinnern, dass er irgendetwas zu mir sagte, aber das brauchte er auch nicht. Ich stürzte hinaus, zurück zu meinen Freundinnen, die wohl eigentlich keine waren, und erzählte ihnen nichts davon.

Als ich den Besitzer des Billardkasinos sah, kam mir die ganze Szene des Tanzabends wieder in den Sinn, das Hämmern des Klaviers und das Gefiedel der Geige und das rotgoldene Kleid, das ich inzwischen lächerlich gefunden hätte, und das plötzliche Erscheinen meiner Mutter im Mantel, den sie wahrscheinlich gar nicht erst ausgezogen hatte.

Da stand sie und rief über die Musik hinweg meinen Namen in einem Ton, den ich besonders verabscheute, der

Ton, der mich ausdrücklich daran zu ermahnen schien, dass ich es ihr zu verdanken hatte, überhaupt auf der Welt zu sein.

Sie fragte: »Wo ist dein Mantel?«, als hätte ich ihn verbummelt.

»Oben.«

»Dann hol ihn.«

Sie hätte ihn dort gesehen, wenn sie selbst oben gewesen wäre. Sie war also gar nicht über die Küche hinausgelangt, musste sich mit dem Essen zu schaffen gemacht haben, ohne den Mantel auszuziehen, bis sie in das Zimmer sah, wo getanzt wurde, und die rotgoldene Tänzerin erkannte.

»Beeil dich«, sagte sie.

Ich dachte gar nicht daran. Ich machte die Tür zur Treppe auf und ging die ersten paar Stufen hinauf, wo ich feststellte, dass auf dem Absatz mehrere Leute saßen und meinen Weg blockierten. Sie bemerkten mich nicht – sie waren offenbar mit etwas Ernstem beschäftigt. Nicht direkt ein Streit, aber irgendetwas Dringendes.

Zwei dieser Leute waren Männer. Junge Männer in Luftwaffenuniformen. Einer saß auf einer Stufe, ein anderer auf der Stufe darunter, vorgebeugt und eine Hand aufs Knie gestützt. Ein Mädchen saß auf der Stufe über ihnen, und der Mann, der näher bei ihr saß, streichelte tröstend ihr Bein. Ich dachte, sie musste auf dieser schmalen Treppe gestürzt sein und sich weh getan haben, denn sie weinte.

Peggy. Sie hieß Peggy. »Peggy, Peggy«, sagten die jungen Männer in eindringlichem und sogar zärtlichem Tonfall.

Sie sagte etwas, das ich nicht verstehen konnte. Sie sprach mit kindlicher Stimme. Sie beklagte sich, wie man sich über etwas beklagt, das unfair ist. Man sagt ein ums andere Mal, dass etwas unfair ist, aber in hoffnungslosem Tonfall, als er-

340

wartete man nicht, dass sich daran etwas ändern könnte. Gemein ist ein anderes Wort, das man unter solchen Umständen benutzt. Das ist so gemein. Jemand ist so gemein gewesen.

Beim Belauschen von dem, was meine Mutter meinem Vater erzählte, als wir nach Hause kamen, erfuhr ich einiges über das, was passiert war, aber ich konnte mir keinen Reim darauf machen. Mrs Hutchison war auf dem Tanzabend erschienen, weil der Billardkasino-Mann, von dem ich da noch nicht wusste, dass er der Billardkasino-Mann war, sie hingefahren hatte. Seinen Namen habe ich nicht behalten, aber meine Mutter war tief enttäuscht von seinem Verhalten. Der Tanzabend hatte sich herumgesprochen, und einige Jungs aus Port Albert – das heißt, aus dem Luftwaffenstützpunkt – hatten beschlossen, sich auch dort sehen zu lassen. Was natürlich völlig in Ordnung war. Die Luftwaffenjungs waren in Ordnung. Es war Mrs Hutchison, die eine Schande war. Und das Mädchen.

Sie hatte eines ihrer Mädchen mitgebracht.

»Wollte vielleicht einfach mal ausgehen«, sagte mein Vater. »Tanzt vielleicht gerne.«

Meine Mutter schien das überhaupt nicht gehört zu haben. Sie sagte, es sei eine Schande. Man freute sich auf einen netten Abend, ein harmloses Tanzvergnügen in der Nachbarschaft, und dann das.

Ich hatte die Angewohnheit, das Aussehen älterer Mädchen unter die Lupe zu nehmen. Peggy fand ich nicht besonders hübsch. Vielleicht hatten ihre Tränen ihr Make-up ruiniert. Außerdem hatten ihre aufgerollten mausfarbenen Haare sich aus einigen der Haarklammern gelöst. Ihre Fingernägel waren lackiert, sahen aber so aus, als ob sie daran kaute. Sie wirkte nicht viel erwachsener als eines dieser weinerlichen, hinterlistigen, ständig jammernden älteren Mädchen, die ich kannte. Trotzdem behandelten die jungen Männer sie, als sei sie eine Person, die es verdiente, keinen einzigen bitteren Moment erleben zu müssen, die mit Recht erwarten konnte, verhätschelt und verwöhnt zu werden und Ehrerbietung zu genießen.

Einer von ihnen bot ihr eine Zigarette aus einem Päckchen an. Also in meinen Augen etwas ganz Besonderes, da mein Vater sich ebenso wie jeder andere Mann, den ich kannte, seine Zigaretten selbst drehte. Aber Peggy schüttelte den Kopf und klagte mit dieser gekränkten Stimme, dass sie nicht rauchte. Dann bot ihr der andere Mann einen Streifen Kaugummi an, und den nahm sie.

Was ging vor? Ich konnte es mir nicht erklären. Der Junge, der den Kaugummi angeboten hatte, bemerkte mich, während er in seiner Tasche kramte, und er sagte: »Peggy? Peggy, da ist ein kleines Mädchen, das nach oben will.«

Sie senkte den Kopf, so dass ich ihr Gesicht nicht sehen konnte. Ich roch im Vorbeigehen Parfüm. Ich roch auch die Zigaretten und die männlichen wollenen Uniformen, die geputzten Stiefel.

Als ich mit dem Mantel an wieder herunterkam, waren sie immer noch da, aber diesmal hatten sie mich erwartet, also schwiegen alle, während ich vorbeiging. Nur Peggy schluchzte laut auf, und der eine junge Mann streichelte weiter ihren Oberschenkel. Ihr Rock war hochgerutscht, und ich sah ihren Strumpfhalter.

Lange Zeit erinnerte ich mich an die Stimmen. Ich zerbrach mir den Kopf darüber. Nicht über Peggys Stimme. Über die der Männer. Jetzt weiß ich, dass einige der in den ersten Kriegsjahren in Port Albert stationierten Männer aus England gekommen waren, um sich hier auf den Kampf gegen die Deutschen vorzubereiten. Und so frage ich mich, ob es einer der englischen Dialekte war, den ich so sanft und liebevoll fand. Jedenfalls hatte ich noch nie in meinem Leben einen Mann so reden hören, in einem Ton, als sei die Frau ein so edles und hochangesehenes Geschöpf, dass jedwede Kränkung irgendwie ein Verstoß gegen das Gesetz, eine Sünde war.

Was hatte eigentlich stattgefunden, warum weinte Peggy? Diese Frage interessierte mich zu der Zeit kaum. Ich war selbst nicht besonders tapfer. Ich weinte, als ich auf dem Nachhauseweg von meiner ersten Schule gejagt und mit Dachschindeln beworfen wurde. Ich weinte, als die Lehrerin in der städtischen Schule mich vor der ganzen Klasse wegen der erschreckenden Unordnung auf meinem Pult anprangerte. Und als sie meine Mutter deswegen anrief, und meine Mutter beim Auflegen des Hörers selbst weinte und Qualen litt, weil ich ihr Schande machte. Offenbar waren einige Menschen von Natur aus mutig und andere nicht. Jemand musste etwas zu Peggy gesagt haben, und nun schluchzte sie, weil sie genau wie ich kein dickes Fell hatte.

Es musste diese rotgoldene Frau gewesen sein, dachte ich, die ohne jeden Grund gemein gewesen war. Es musste eine Frau gewesen sein. Denn wenn es ein Mann gewesen wäre, hätten ihre Luftwaffen-Tröster ihn bestraft. Ihn angeschnauzt, halt dein Maul, ihn vielleicht hinausgezerrt und verprügelt.

Es war also nicht Peggy, die mich interessierte, nicht ihre Tränen, ihr ramponiertes Aussehen. Sie erinnerte mich zu sehr an mich selbst. Es waren ihre Tröster, über die ich staunte. Wie sie ihr zu Füßen zu liegen schienen.

Was hatten sie gesagt? Nichts Besonderes. Schon gut, sagten sie. Ist ja gut, Peggy, sagten sie. Komm, Peggy. Schon gut. Schon gut.

So liebevoll. Dass jemand derart liebevoll sein konnte.

Es ist natürlich gut möglich, dass diese jungen Männer, in unser Land geholt, um für die Bombenflüge geschult zu werden, bei denen so viele von ihnen ihr Leben lassen sollten, im ganz normalen Dialekt von Cornwall oder Kent oder Hull oder Schottland sprachen. Aber für mich schienen sie unfähig, den Mund aufzumachen, ohne etwas Wohltuendes zu äußern, einen spontanen Segen. Mir kam nicht in den Sinn, dass ihre Zukunft eng mit dem Unheil verbunden war oder dass ihr normales Leben zum Fenster hinausgeflogen und am Boden zerschellt war. Ich dachte nur an den Segen und daran, wie wunderbar es war, ihn zu erhalten, welches Glück diese Peggy hatte und wie wenig sie es verdiente.

Und lange Zeit, ich weiß nicht, wie lange, dachte ich an sie. In der kalten Dunkelheit meines Schlafzimmers wiegten sie mich in den Schlaf. Ich konnte sie einschalten, ihre Gesichter und ihre Stimmen aufrufen – aber noch weit mehr, ihre Stimmen waren jetzt an mich gerichtet und nicht an eine störende Dritte. Ihre Hände streichelten jetzt meine mageren Schenkel, und ihre Stimmen versicherten mir, dass auch ich liebenswert war.

Und während sie immer noch meine halbgaren erotischen Phantasievorstellungen bevölkerten, hatten sie sich schon auf den Weg gemacht. Einige, viele, auf den Weg in den Tod.

LIEBES LEBEN

Ich lebte in meiner Kindheit am Ende einer langen Straße oder einer Straße, die mir lang vorkam. Wenn ich aus der Grundschule und später aus der Highschool nach Hause lief, lag hinter mir die eigentliche Stadt mit ihrer Geschäftigkeit, ihren Bürgersteigen und den Straßenlaternen gegen die Dunkelheit. Die Stadt endete bei zwei Brücken über den Maitland River: einer schmalen eisernen Brücke, auf der manchmal Autos darüber in Konflikt gerieten, welches zurücksetzen und das andere vorbeilassen musste, und einer hölzernen Fußgängerbrücke, in der manchmal eine Bohle fehlte, so dass man direkt in das helle, rasch dahineilende Wasser hinunterschauen konnte. Mir gefiel das, aber irgendwann ersetzte immer jemand die Bohle.

Dann kam eine kleine Senke mit zwei baufälligen Häusern, die jedes Frühjahr im Wasser standen, aber trotzdem von Leuten – immer wieder anderen – bewohnt wurden. Und dann noch eine Brücke, über den Mühlbach, der nicht breit war, aber tief genug, um darin zu ertrinken. Danach teilte sich die Straße, ein Teil führte nach Süden einen Hügel hinauf und wieder über den Fluss, um zu einer veritablen Fernstraße zu werden, und der andere zuckelte um das alte Rummelplatzgelände herum nach Westen.

Diese Straße nach Westen war meine.

Es gab auch eine Straße, die nach Norden führte, mit einem kurzen, richtigen Bürgersteig und mehreren Häusern, die dicht beieinanderstanden, als wären sie in der Stadt. Eines davon hatte ein Schild mit der Aufschrift »Salada-Tee« im Fenster, ein Beweis dafür, dass hier einmal Lebensmittel verkauft worden waren. Dann stand da eine Schule, in der ich zwei Jahre meines Lebens zubrachte, und die ich nie wiedersehen wollte. Nach diesen beiden Jahren hatte meine Mutter meinen Vater gezwungen, einen alten Schuppen in der Stadt zu kaufen, damit wir in der Stadt Steuern bezahlten und ich auf die städtische Schule gehen konnte. Wie sich herausstellte, hätte sie das nicht zu tun brauchen, denn in dem Jahr, genau in dem Monat, in dem für mich die Schule in der Stadt anfing, wurde Deutschland der Krieg erklärt, und wie durch Zauberei war es in der alten Schule, der Schule, in der Rabauken mir mein Essen weggenommen und mir gedroht hatten, mich zu verprügeln, und in der inmitten des Lärms niemand etwas lernen konnte, ruhig geworden. Bald gab es nur noch ein Klassenzimmer und einen Lehrer, der wahrscheinlich in den Ferien nicht einmal die Türen abschloss. Dieselben Jungen, die mir immer die rhetorische, aber bedrohliche Frage gestellt hatten, ob ich ficken wollte, waren jetzt genauso wild darauf, Geld zu verdienen, wie ihre älteren Brüder wild darauf waren, zum Militär zu gehen.

Ich weiß nicht, ob die Schultoiletten dann besser waren, aber damals waren sie das Schlimmste. Bei uns zu Hause gingen wir zwar auch auf ein Klohäuschen, aber es war sauber und hatte sogar Linoleumfußboden. In dieser Schule, ob nun aus Verachtung oder was immer, machte sich niemand

die Mühe, das Loch zu treffen. In vieler Hinsicht war es für
mich in der Stadt auch nicht einfach, denn alle anderen waren schon seit der ersten Klasse zusammen, und es gab viele
Dinge, die ich noch nicht gelernt hatte, aber es war eine
Wohltat, die sauberen Toilettensitze der neuen Schule zu sehen und das vornehme städtische Geräusch der Wasserspü-
lung zu hören.

In meiner Zeit auf der ersten Schule fand ich immerhin
eine Freundin. Ein Mädchen, das ich Diane nennen will,
kam während meines zweiten Jahres dazu. Sie war ungefähr
in meinem Alter, und sie wohnte in einem der Häuser mit
Bürgersteig. Sie fragte mich eines Tages, ob ich den schotti-
schen Highland-Fling tanzen könne, und als ich nein sagte,
bot sie an, ihn mir beizubringen. Also gingen wir nach der
Schule zu ihr. Ihre Mutter war gestorben, und sie war zu ihren Großeltern gekommen. Um den Highland-Fling zu tanzen, erzählte sie mir, brauchte man mit Eisen beschlagene
Schuhe, die sie hatte und ich natürlich nicht, aber unsere
Füße hatten etwa dieselbe Größe, also tauschten wir die
Schuhe, während sie versuchte, mir den Tanz beizubringen.
Schließlich bekamen wir Durst, und ihre Großmutter gab
uns Wasser zu trinken, aber es war scheußliches Wasser aus
einem gegrabenen Brunnen, genau wie in der Schule. Ich
erzählte ihr von dem vorzüglichen Wasser bei uns zu Hause
aus einem gebohrten Brunnen, und die Großmutter, ohne
im mindesten gekränkt zu sein, sagte, sie wünschte, sie hätte
auch so einen.

Aber dann, nur zu bald, war meine Mutter draußen, denn
sie war zur Schule gefahren und hatte meinen Aufenthaltsort
ermittelt. Sie drückte auf die Hupe, damit ich herauskam,
und erwiderte nicht einmal das freundliche Winken der

Großmutter. Meine Mutter fuhr nicht oft Auto, und wenn sie es tat, herrschte ein nervöser Ernst. Auf dem Heimweg bekam ich gesagt, dass ich dieses Haus nie wieder betreten durfte. (Dies erwies sich als unproblematisch, denn ein paar Tage später kam Diane nicht mehr zur Schule – man hatte sie woanders untergebracht.) Ich erzählte meiner Mutter, dass Dianes Mutter tot war, und sie sagte, ja, das wisse sie. Ich erzählte ihr von dem Highland-Fling, und sie sagte, dass ich den Tanz irgendwann richtig lernen könne, aber nicht in diesem Haus.

Ich fand damals nicht heraus – und ich weiß nicht, wann ich es herausfand –, dass Dianes Mutter Prostituierte gewesen und an einer Krankheit gestorben war, die sich Prostituierte holen konnten. Sie wollte zu Hause beerdigt werden, und der Pfarrer unserer Kirche hielt den Trauergottesdienst ab. Es gab einen Streit über das Bibelzitat, das er gewählt hatte. Manche fanden, er hätte es weglassen sollen, aber meine Mutter war des Glaubens, er hatte das Richtige getan.

Denn der Sünde Sold ist der Tod.

Meine Mutter erzählte mir das lange Zeit später, oder was mir wie eine lange Zeit später vorkam, als ich in dem Stadium war, vieles von dem, was sie sagte, heftig abzulehnen, besonders, wenn sie es in diesem Tonfall schaudernder, sogar erregter Überzeugung vorbrachte.

Ich begegnete hin und wieder der Großmutter. Sie hatte stets ein kleines Lächeln für mich. Sie sagte, es sei wunderbar, dass ich immer noch zur Schule ging, und sie berichtete von Diane, die auch eine beachtliche Zeit lang mit der Schule weitergemacht hatte, wo immer sie gerade war – wenn auch nicht so lange wie ich. Laut ihrer Großmutter fand sie dann eine Anstellung in einem Restaurant in Toronto, wo sie bei der Arbeit ein Kleid mit Pailletten trug. Ich war zu dem Zeitpunkt alt und gemein genug, um zu vermuten, dass es sich wahrscheinlich um ein Etablissement handelte, wo man das Paillettenkleid auch auszog.

Dianes Großmutter war nicht die Einzige, die es ungewöhnlich fand, dass ich noch zur Schule ging. Entlang meiner Straße gab es eine Anzahl von Häusern, die weiter auseinanderstanden, als sie es in der Stadt getan hätten, aber trotzdem kein nennenswertes Grundstück um sich herum hatten. Eines davon, auf einem kleinen Hügel, gehörte Waitey Streets, einem einarmigen Veteran aus dem Ersten Weltkrieg. Er hielt ein paar Schafe und hatte eine Frau, die ich in all den Jahren nur ein einziges Mal zu Gesicht bekam, als sie an der Pumpe den Tränkeimer füllte. Waitey machte gerne Witze über meine lange Schulzeit, wie schade es sei, dass ich nie meine Prüfungen bestehen und damit fertig werden konnte. Ich ging darauf ein und tat so, als stimmte das. Ich wusste nicht genau, was er wirklich glaubte. Genauer kannte man die Leute entlang der Straße nicht, und sie einen auch nicht. Man sagte Hallo, und sie sagten Hallo und etwas über das Wetter, und wenn sie ein Auto hatten und man zu Fuß ging, nahmen sie einen ein Stück mit. Es war nicht wie auf dem richtigen Land, wo man für gewöhnlich genau wusste, wie es in den Häusern der anderen aussah, und wo jeder sein Geld auf ganz ähnliche Weise verdiente.

Ich brauchte nicht länger, um die Highschool abzuschließen, als alle anderen, die die vollen fünf Schuljahre durchliefen. Was nur wenige Schüler taten. Niemand erwartete zu jener Zeit, dass alle Schüler und Schülerinnen, die in die neunte Klasse der Highschool gingen, am Ende der dreizehnten Klasse vollgestopft mit Wissen und korrekter Grammatik vollzählig herauskommen würden. Jungen besorgten sich Arbeit für ein paar Stunden in der Woche, und daraus wurde nach und nach Ganztagsarbeit. Mädchen heirateten und bekamen Kinder, in dieser Reihenfolge oder andersherum. In der dreizehnten Klasse, mit nur noch einem Viertel der anfänglichen Schüler, herrschte ein Gefühl von Gelehrsamkeit, von ernsthafter Leistung, oder vielleicht auch nur eine besondere Art von gelassener Praxisferne, ohne einen Gedanken daran, was danach kam.

Ich fühlte mich, als trennte mich ein ganzes Leben von denen, die ich in der neunten Klasse gekannt hatte und erst recht von denen in jener ersten Schule.

In einer Ecke unseres Esszimmers stand etwas, das mich immer ein bisschen überraschte, wenn ich den Electrolux herausholte, um staubzusaugen. Ich wusste, was es war – eine nagelneu aussehende Golftasche mit den dazugehörigen Schlägern und Bällen darin. Ich wunderte mich einfach, was sie in unserem Haus zu suchen hatte. Ich wusste kaum etwas über dieses Spiel, aber ich hatte meine Vorstellungen von den Leuten, die es spielten. Das waren nicht Leute, die einen Overall trugen wie mein Vater, obwohl er eine bessere Arbeitshose anzog, wenn er in die Stadt fuhr. Ich konnte mir bis zu einem Grad meine Mutter in der sportlichen Kleidung vorstellen, die man tragen musste, mit einem Tuch um ihre dünnen, wehenden Haare. Aber gar nicht bei dem Versuch, mit einem Ball ein Loch zu treffen. Solch ein läppischer Zeitvertreib war für sie bestimmt indiskutabel.

Sie muss einmal anders gedacht haben. Sie muss gedacht haben, dass sie und mein Vater sich in eine andere Klasse von

Leuten verwandeln würden, Leute, die freie Zeit zur Verfügung hatten und sie genießen konnten. Golf. Abendgesellschaften. Vielleicht hatte sie sich eingeredet, dass gewisse Grenzen nicht existierten. Sie hatte es aus einer Farm auf dem kargen kanadischen Schild hinausgeschafft – eine Farm, viel hoffnungsloser als die, von der mein Vater kam –, und sie war Lehrerin geworden, die in einer Weise sprach, dass ihre eigenen Verwandten sich in ihrer Gegenwart nicht wohl fühlten. Sie konnte sich in den Kopf gesetzt haben, dass sie nach solch erfolgreichem Bemühen überall willkommen sein würde.

Mein Vater hatte andere Vorstellungen. Nicht, dass er dachte, Städter oder sonst welche Leute seien besser als er. Aber vielleicht glaubte er, dass die anderen das dachten. Und er zog es vor, ihnen keine Gelegenheit zu geben, das zu zeigen.

Wie es aussah, war es in der Golfsache mein Vater, der gewonnen hatte.

Nicht, dass er damit zufrieden gewesen wäre, so zu leben, wie seine Eltern es von ihm erwarteten, und ihre auskömmliche Farm zu übernehmen. Als er und meine Mutter ihre alte Umgebung hinter sich ließen und dieses Stück Land kauften, am Ende einer Straße und nahe einer Stadt, die sie nicht kannten, schwebte ihnen sicher vor, mit der Zucht von Silberfüchsen und später Nerzen wohlhabend zu werden. Als Junge hatte es ihn glücklicher gemacht, Pelztiere in Fallen zu fangen, als auf der Farm zu helfen oder auf die Highschool zu gehen – und auch reicher, als er je gewesen war –, und so kam ihm die Idee, daraus einen Beruf zu machen, einen, so meinte er, fürs Leben. Er steckte alles Geld hinein, das er zusammengekratzt hatte, und meine Mutter

351

steuerte ihre Ersparnisse bei. Er baute all die Gehege und Pferche, in denen die Tiere hausen würden, und errichtete die Drahtzäune für ihr Leben in Gefangenschaft. Das Grundstück maß fünf Hektar und hatte die richtige Größe, mit einer Wiese zum Heuen und genug Weideland für unsere eigene Kuh und für alte Pferde, die darauf warteten, an die Füchse verfüttert zu werden. Das Weideland erstreckte sich bis hinunter zum Fluss und hatte zwölf Ulmen, die Schatten spendeten.

Es wurde viel getötet, wenn ich jetzt darüber nachdenke. Die alten Pferde mussten geschlachtet werden, und die Pelztiere mussten jeden Herbst so weit dezimiert werden, dass nur die Zuchttiere übrig blieben. Aber ich war daran gewöhnt und konnte es einfach ausblenden, indem ich mir eine Szenerie erschuf, die davon frei war und der in den Büchern ähnelte, die ich mochte, wie *Anne auf Green Gables* oder *Pat auf Silver Bush*. Ich hatte dafür die Hilfe der Ulmen, deren Zweige bis aufs Gras herabhingen, den glitzernden Fluss und die überraschende Quelle, die aus dem Uferwall der Viehweide sprudelte und den todgeweihten Pferden und der Kuh frisches Wasser spendete, auch mir, in die mitgebrachte Blechbüchse. Natürlich lagen dort ständig frische Kuhfladen und Pferdeäpfel herum, aber ich kümmerte mich nicht darum, ebenso wenig wie Anne auf Green Gables es getan hatte.

In jener Zeit musste ich meinem Vater manchmal helfen, weil mein Bruder noch nicht alt genug war. Ich pumpte frisches Wasser in einen Behälter und schob ihn an den Reihen der Käfige entlang, reinigte die Trinkgefäße der Tiere und füllte sie auf. Ich machte das gerne. Die Wichtigkeit der Arbeit, das einsame Tun, so etwas gefiel mir. Später musste ich im Haus bleiben und meiner Mutter helfen, was bei mir Widerwillen und trotzige Bemerkungen auslöste. »Freche Antworten geben« nannte man das. Ich verletzte ihre Gefühle, sagte sie, und die Folge davon war, dass sie in die Scheune ging und mich bei meinem Vater verpetzte. Dann musste er seine Arbeit unterbrechen und mir mit seinem Gürtel den Hintern versohlen. (Das war zu jener Zeit keine unübliche Bestrafung.) Hinterher lag ich weinend im Bett und schmiedete Pläne, von zu Hause wegzulaufen. Aber diese Phase ging auch vorbei, und nach meinem zehnten Geburtstag wurde ich verträglicher und sogar lustig, bekannt für meine drolligen Berichte über Dinge, die ich in der Stadt gehört hatte oder die in der Schule vorgefallen waren.

Unser Haus war von passabler Größe. Wir wussten nicht genau, wann es erbaut worden war, aber es konnte noch keine hundert Jahre alt sein, denn 1858 war das Jahr, in dem der erste Siedler bei einem Ort namens Bodmin – der inzwischen verschwunden war – haltgemacht und sich ein Floß gebaut hatte, dann flussabwärts gefahren war und eine Stelle gerodet hatte, an der später ein Dorf entstand. Dieses erste Dorf hatte bald eine Sägemühle, einen Gasthof, drei Kirchen und eine Schule, dieselbe Schule, die meine erste war und die ich so fürchtete. Dann wurde eine Brücke über den Fluss gebaut, und es begann den Leuten zu dämmern, dass es viel bequemer wäre, auf der anderen Seite zu wohnen, auf höherem Grund, und die ursprüngliche Siedlung schrumpfte zusammen auf das verrufene und dann nur noch sonderbare Restdorf, das ich schon erwähnt habe.

Unser Haus kann keines dieser allerersten Häuser in der frühen Siedlung gewesen sein, denn es war mit Ziegeln verkleidet, während die anderen ganz aus Holz bestanden, aber wahrscheinlich wurde es nicht viel später errichtet. Es kehrte dem Dorf den Rücken zu und blickte nach Westen über leicht abfallende Felder zu der verborgenen Biegung des Flusses, die Big Bend hieß. Jenseits des Flusses war ein Gehölz aus dunklen Nadelbäumen, wahrscheinlich Zedern, aber zu weit weg, um sie zu erkennen. Und noch weiter weg, auf einer Anhöhe und unserem gegenüber, stand ein Haus, sehr klein in dieser Entfernung, das wir nie besuchen oder kennenlernen würden und das für mich wie ein Zwergenhaus in einem Märchen war. Aber wir kannten den Namen des Mannes, der dort wohnte oder einst dort wohnte, denn er wird mittlerweile tot sein. Roly Grain war sein Name, und er spielt weiter keine Rolle in dem, was ich hier schreibe, trotz seines Trollnamens, denn dies ist keine Geschichte, nur das Leben.

Meine Mutter hatte zwei Fehlgeburten, bevor sie mich bekam, deshalb muss, als ich 1931 geboren wurde, einige Zufriedenheit geherrscht haben. Aber die Zeiten wurden immer weniger aussichtsreich. Tatsächlich war mein Vater ein bisschen zu spät ins Pelzgeschäft eingestiegen. Der Erfolg, den er sich erhoffte, wäre Mitte der zwanziger Jahre wahrscheinlicher gewesen, als Pelze in Mode kamen und die Leute Geld hatten. Aber da hatte er noch nicht angefangen. Trotzdem überlebten wir, bis zum Krieg und den Krieg hindurch, und kurz nach seinem Ende musste es sogar eine ermutigende Belebung gegeben haben, denn das war der Sommer, in dem mein Vater das Haus renovierte und die alten Ziegel mit brauner Farbe überstrich. Es gab ein Problem damit, wie die Ziegel mit den Brettern verfugt waren; sie hielten die Kälte nicht so gut ab, wie sie sollten. Man war der Meinung, dass ein Anstrich helfen würde, obwohl ich mich nicht daran erinnern kann, dass er es je tat. Außerdem bekamen wir ein Badezimmer, der unbenutzte Speisenaufzug wurde zu Küchenregalen, und das große Esszimmer mit der offenen Treppe wurde zu einem normalen Zimmer mit einer davon abgetrennten Treppe. Diese Umbauten taten mir auf unbestimmte Art wohl, denn in dem alten Zimmer hatte mein Vater mich immer versohlt, bis ich vor Elend und Scham am liebsten gestorben wäre. Jetzt machte die veränderte Umgebung es schwer, sich so etwas überhaupt vorzustellen. Ich war in der Highschool und wurde jedes Jahr besser, da solche Tätigkeiten wie Hohlsaumstickerei und Schönschreiben wegfielen, Heimatkunde zu Geschichte wurde und man Latein lernen konnte.

Nach dem Optimismus dieses Sommers schlief unser Geschäft jedoch wieder ein, und diesmal erholte es sich nie mehr. Mein Vater zog sämtlichen Füchsen das Fell ab, dann den Nerzen, und bekam erschreckend wenig Geld für die Pelze, dann arbeitete er tagsüber daran, die Käfige und Gehege abzureißen, in denen das Unternehmen geboren worden und gestorben war, bevor er sich auf den Weg machte, um die Fünf-Uhr-Wache in der Gießerei zu übernehmen. Erst gegen Mitternacht kam er wieder nach Hause.

Sobald ich aus der Schule zurück war, machte ich mich daran, das Essen für meinen Vater fertigzumachen. Ich briet zwei Scheiben Hackbraten auf und tat viel Ketchup dazu. Ich füllte seine Thermosflasche mit starkem schwarzen Tee. Ich legte etwas Kleiebrot mit Marmelade dazu, oder vielleicht auch ein großes Stück selbstgebackenen Kuchen. Manchmal buk ich am Samstag einen Kuchen, manchmal tat es meine Mutter, obwohl ihre Backkunst allmählich unzuverlässig wurde.

Etwas war über uns gekommen, noch unerwarteter, dazu noch schwerwiegender als der Verlust des Einkommens, obwohl wir das noch nicht wussten. Es war der frühe Ausbruch der Parkinsonschen Krankheit, die sich bei meiner Mutter zeigte, als sie Mitte vierzig war.

Anfangs war es nicht allzu schlimm. Die Pupillen ihrer Augen wanderten nur selten nach oben, um in ihrem Kopf zu verschwinden, und der getrocknete Schaum um ihren Mund von übermäßigem Speichelfluss war noch kaum zu sehen. Sie konnte sich morgens mit etwas Hilfe anziehen und gelegentlich Arbeiten im Haus verrichten. Sie hielt erstaunlich lange an einem Rest ihrer Kraft fest.

Man sollte meinen, dass das einfach zu viel war. Das Geschäft ruiniert, die Gesundheit meiner Mutter im Schwinden begriffen. In Romanen oder Erzählungen ginge das nicht. Aber das Seltsame ist, dass diese Zeit in meiner Erinnerung keine unglückliche ist. Im Haus herrschte keine besonders verzweifelte Stimmung. Vielleicht war uns damals nicht klar, dass es meiner Mutter nie mehr besser gehen würde, nur immer schlechter. Und mein Vater hatte viel Kraft und sollte sie noch lange behalten. Er mochte die Männer, mit denen er in der Gießerei arbeitete, überwiegend Männer wie er selbst, die einen Rückschlag erlitten hatten oder eine schwere Last im Leben tragen mussten. Er mochte die herausfordernde Arbeit, die er zusätzlich zu seiner Arbeit als Wachmann der Abendschicht tat. Er musste dabei geschmolzenes Metall in Formen gießen. Die Gießerei stellte altmodische Öfen her, die in die ganze Welt verkauft wurden. Es war eine gefährliche Arbeit, man musste eben auf sich aufpassen, wie mein Vater sagte. Und sie wurde anständig bezahlt – etwas ganz Neues für ihn.

Sobald er fort war, machte ich mich an das Abendessen. Ich konnte Gerichte zubereiten, die ich exotisch fand, wie Spaghetti oder Omeletts, solange sie nur billig waren. Und nach dem Abwasch – meine Schwester musste abtrocknen, mein Bruder wurde dazu verdonnert, das Spülwasser auf die dunkle Wiese zu schütten (ich hätte das selbst tun können, aber ich gab gern Befehle) – setzte ich mich hin mit den Füßen im warmen Backofen, der keine Tür mehr hatte, und las die großen Romane, die ich mir aus der Stadtbücherei auslieh: *Unabhängige Menschen*, über das Leben in Island, weitaus härter als unseres, aber von hoffnungsloser Großartigkeit, oder *Auf der Suche nach der verlorenen Zeit*, wobei ich nicht die geringste Ahnung hatte, worum es ging, was aber kein Grund war, die Lektüre aufzugeben, oder *Der Zauberberg*, über Tuberkulose und mit einem großen Streitgespräch zwischen einer, wie es schien, menschenfreundlichen und fortschrittsgläubigen Vorstellung vom Leben auf der einen Seite und einer dunklen und irgendwie faszinierenden Verzweiflung auf der anderen. In dieser kostbaren Zeit erledigte ich nie meine Hausaufgaben, aber wenn die Prüfungen nahten, setzte ich mich nächtelang auf den Hosenboden und stopfte mir alles in den Kopf, was ich angeblich wissen sollte. Ich hatte ein phantastisches Kurzzeitgedächtnis, was mir für das Erforderte gute Dienste leistete.

Trotz aller Widrigkeiten hielt ich mich für einen glücklichen Menschen.

Manchmal unterhielt meine Mutter sich mit mir, erzählte von früher. Ich hatte jetzt selten Einwände gegen ihre Sicht der Dinge.

Mehrmals erzählte sie mir eine Geschichte, die mit dem Haus zu tun hatte, das jetzt dem Kriegsveteran namens Waitey Streets gehörte – der Mann, der sich darüber wunderte, wie lange ich brauchte, um durch die Schule zu kommen. Die Geschichte war nicht über ihn, sondern über jemanden, der lange vorher in dem Haus gewohnt hatte, eine verrückte alte Frau namens Mrs Netterfield. Mrs Netterfield ließ sich ihre Lebensmittel ins Haus liefern, wie wir alle, nachdem sie sie telefonisch bestellt hatte. Eines Tages, sagte meine Mutter, vergaß der Kaufmann, ihre Butter einzupacken, oder sie hatte vergessen, sie zu bestellen, und als der Botenjunge die Hintertür des Lieferwagens aufmachte, bemerkte sie den Fehler sofort und wurde wütend. Und sie war sozusagen vorbereitet. Sie hatte ihr Beil dabei und schwang es hoch, als wollte sie den Botenjungen bestrafen – obwohl der natürlich gar nichts dafür konnte –, und der rannte vor zum Fahrersitz und fuhr los, ohne auch nur die Hintertür zuzumachen.

Einiges an der Geschichte war rätselhaft, obwohl ich zu der Zeit nicht darüber nachdachte, und meine Mutter auch nicht. Wie konnte die alte Frau schon sicher gewesen sein, dass die Butter bei den vielen Lebensmitteln fehlte? Und warum kam sie mit einem Beil ausgerüstet, bevor sie wusste, dass es etwas zu bemängeln gab? Schleppte sie es ständig mit sich herum, für den Fall irgendwelcher Belästigungen?

Von Mrs Netterfield hieß es, sie sei in jüngeren Jahren eine richtige Dame gewesen.

Es gab noch eine Geschichte über Mrs Netterfield, die mich mehr interessierte, weil ich darin vorkam und weil sie um unser Haus herum stattgefunden hatte.

Es war ein schöner Tag im Herbst. Ich war zum Schlafen

in meinem Kinderwagen auf das kleine Stück mit frischem Rasen gestellt worden. Mein Vater war den Nachmittag über fort – vielleicht half er seinem Vater auf der alten Farm –, und meine Mutter wusch Sachen in der Küchenspüle. Für ein erstes Kind gab es eine aus vielen Glückwünschen stammende Menge von Selbstgestricktem, Bändern und Sachen, die mit einem sanften Mittel behutsam von Hand gewaschen werden mussten. Meine Mutter hatte kein Fenster vor sich, als sie an der Spüle stand, die Sachen wusch und auswrang. Um hinauszuschauen musste man das Zimmer zum Nordfenster durchqueren. Das gewährte einen Blick auf die Einfahrt, die vom Briefkasten zum Haus führte.

Warum beschloss meine Mutter, ihr Waschen und Auswringen zu unterbrechen, um einen Blick auf die Einfahrt zu werfen? Sie erwartete keinen Besuch. Mein Vater hatte sich noch nicht verspätet. Vielleicht hatte sie ihn gebeten, etwas aus dem Lebensmittelladen mitzubringen, das sie für das Abendessen brauchte, und war unruhig, ob er rechtzeitig damit kommen würde. Zu jener Zeit war sie eine einfallsreiche Köchin – weitaus einfallsreicher jedenfalls, als ihre Schwiegermutter und die anderen Frauen in der Familie meines Vaters für notwendig hielten. Wenn man denkt, was das kostet, sagten sie immer.

Oder es hatte vielleicht auch gar nichts mit dem Abendessen zu tun, sondern mit einem Schnittmuster, das er ihr mitbringen sollte, oder mit Stoff für ein neues Kleid, das sie sich schneidern wollte.

Sie sagte niemals, warum sie es getan hatte.

Arge Zweifel an der Kochkunst meiner Mutter waren nicht das einzige Problem mit der Familie meines Vaters. Es muss auch Gerede gegeben haben über die Art, wie sie sich kleidete. Ich erinnere mich daran, dass sie stets ein Nachmittagskleid trug, sogar wenn sie nur Sachen in der Spüle wusch. Nach dem Mittagessen legte sie sich eine halbe Stunde hin, und wenn sie aufstand, zog sie immer ein anderes Kleid an. Als ich später alte Fotos betrachtete, dachte ich, dass die Mode jener Zeit ihr nicht stand, weder ihr noch sonst jemandem. Die Kleider waren sackartig, und der Bubikopf passte nicht zu dem vollen, weichen Gesicht meiner Mutter. Aber das hätten sie nicht beanstandet, die weiblichen Verwandten meines Vaters, die nahe genug wohnten, um ein Auge auf sie zu haben. Ihr Fehler war, dass sie nicht aussah wie das, was sie war. Sie sah nicht aus, als wäre sie auf einer Farm aufgewachsen oder als hätte sie vor, auf einer zu bleiben.

Sie sah nicht das Auto meines Vaters die Einfahrt heraufkommen. Stattdessen sah sie die alte Frau, Mrs Netterfield. Mrs Netterfield musste von ihrem Haus herübergelaufen sein. Von demselben Haus, wo ich viel später den einarmigen Mann sah, der mich foppte, und nur ein einziges Mal seine kurzhaarige Frau an der Pumpe. Das Haus, von dem aus, lange bevor ich irgendetwas über sie wusste, die verrückte Frau den Botenjungen mit einem Beil verfolgt hatte, wegen ein bisschen Butter.

Meine Mutter musste Mrs Netterfield schon mehrmals begegnet sein, bevor sie sie auf unserer Einfahrt sah. Vielleicht hatten sie nie miteinander gesprochen. Aber womöglich schon. Meine Mutter konnte es sich zur Pflicht gemacht haben, auch wenn mein Vater ihr gesagt hatte, dass das nicht notwendig sei. Es könnte sogar Ärger geben, hätte er wahrscheinlich gesagt. Meine Mutter hatte etwas übrig für Leute wie Mrs Netterfield, solange sie sich anständig aufführten.

Aber jetzt dachte sie nicht an Freundlichkeit oder Benehmen. Jetzt rannte sie aus der Küchentür, um mich aus meinem Kinderwagen zu reißen. Sie ließ den Kinderwagen mit dem Bettzeug stehen, wo er war, rannte ins Haus zurück und versuchte, die Küchentür hinter sich abzuschließen. Um die Haustür brauchte sie sich nicht zu sorgen – die war immer abgeschlossen.

Aber mit der Küchentür gab es ein Problem. Soweit ich weiß, hatte sie nie ein richtiges Schloss. Es gab nur die Gewohnheit, zur Nacht einen der Küchenstühle vor die Tür zu stellen und die Rückenlehne so unter den Türknauf zu klemmen, dass jeder, der die Tür aufmachen wollte, um hineinzugelangen, einen schrecklichen Lärm veranstaltet hätte. Eine recht provisorische Art, für Sicherheit zu sorgen, will mir scheinen, und auch nicht in Einklang mit der Tatsache, dass mein Vater einen Revolver im Haus hatte, in einer Schreibtischschublade. Außerdem gab es, wie es sich im Hause eines Mannes, der regelmäßig Pferde erschießen musste, von selbst verstand, ein Gewehr und zwei Schrotflinten. Ungeladen, natürlich.

Dachte meine Mutter an irgendeine Waffe, sobald der Türknauf festgeklemmt war? Hatte sie je in ihrem Leben ein Gewehr in die Hand genommen oder eins geladen?

Kam ihr der Gedanke, dass die alte Frau womöglich nur einen nachbarlichen Besuch abstatten wollte? Ich glaube nicht. Es muss etwas Besonderes an ihrer Gehweise gegeben haben, eine Entschlossenheit im Herannahen einer Frau, die keine Besucherin auf dem Weg zu uns war, die nicht in freundlicher Absicht kam.

Möglich, dass meine Mutter betete, aber sie erwähnte es nie.

Sie wusste, dass Mrs Netterfield die Decken im Kinderwagen durchwühlte, denn unmittelbar, bevor sie das Rouleau an der Küchentür herunterzog, sah sie eine dieser Decken durch die Luft fliegen und auf dem Boden landen. Danach versuchte sie gar nicht mehr, die Rouleaus an den anderen Fenstern herunterzuziehen, sondern blieb mit mir auf dem Arm in einem Winkel, in dem sie von draußen nicht zu sehen war.

Kein höfliches Klopfen an der Tür. Aber auch kein Drücken gegen die Tür. Kein Wummern oder Rütteln. Meine Mutter in dem Versteck beim Speisenaufzug, in der verzweifelten Hoffnung, die Stille möge bedeuten, dass die Frau sich besonnen hatte und nach Hause gegangen war.

Doch nein. Sie ging ums Haus herum, ließ sich Zeit und blieb an jedem Fenster im Erdgeschoss stehen. Die Sturmfensterläden waren jetzt im Sommer natürlich nicht dran. Sie konnte ihr Gesicht an jede Fensterscheibe pressen. Die Rouleaus waren alle so weit hochgezogen, wie es ging, wegen des schönen Wetters. Die Frau war nicht sehr groß, aber sie brauchte sich nicht zu strecken, um hineinzuschauen.

Woher wusste meine Mutter das? Nicht, dass sie mit mir auf dem Arm herumgerannt wäre, sich hinter einem Möbelstück nach dem anderen versteckt und in panischer Angst hinausgespäht hätte, vielleicht in ein Gesicht mit wild blickenden Augen und irrem Grinsen.

Sie blieb bei dem Speisenaufzug. Was konnte sie anderes tun?

Es gab natürlich den Keller. Dessen Fenster waren so klein, dass niemand durch sie hineingelangen konnte. Aber die

Kellertür ließ sich nicht von innen verhaken. Und es wäre irgendwie noch schrecklicher gewesen, da unten im Dunkeln gefangen zu sein, falls die Frau sich schließlich Zugang zum Haus verschafft hätte und die Kellertreppe heruntergekommen wäre.

Es gab auch noch die Räume oben, aber um dorthin zu gelangen, hätte meine Mutter das große Zimmer durchqueren müssen – das Zimmer, in dem in der Zukunft das Versohlen stattfinden sollte, das aber seine böse Aura verlor, nachdem die Treppe verkleidet worden war.

Ich weiß nicht mehr, wann mir meine Mutter diese Geschichte zum ersten Mal erzählte, aber ich meine, dass die frühen Versionen an diesem Punkt endeten – bei Mrs Netterfield, die Gesicht und Hände an die Scheiben presste, während meine Mutter sich versteckte. In späteren Versionen jedoch gab es ein Nachspiel. Ungeduld oder Wut griffen Platz, und dann kam das Rütteln und Wummern. Allerdings kein Geschrei. Vielleicht fehlte der alten Frau dafür die Puste. Oder sie vergaß, weswegen sie gekommen war, sobald ihr die Kraft ausging.

Jedenfalls gab sie auf; das war alles. Nachdem sie alle Fenster und Türen abgeklappert hatte, ging sie fort. Meine Mutter fasste schließlich genug Mut, um sich in der Stille umzuschauen, und kam zu dem Schluss, dass Mrs Netterfield abgezogen war.

Sie nahm jedoch nicht den Küchenstuhl unter dem Türknauf weg, bis mein Vater nach Hause kam.

Ich will damit nicht andeuten, dass meine Mutter oft davon sprach. Es war nicht Teil des Repertoires, das ich im Laufe der Zeit kennenlernte und zum größten Teil interessant fand. Ihr Kampf darum, auf die Highschool gehen zu dürfen. Die Schule in Alberta, an der sie unterrichtete, und zu der Kinder auf dem Pferd angeritten kamen. Die Freundinnen, die sie am Lehrerseminar hatte, die unschuldigen Streiche, die gespielt wurden.

Ich konnte immer verstehen, was sie sagte, auch als sie nur noch mit dumpfer, erstickter Stimme sprach und andere es oft nicht mehr konnten. Ich war ihre Dolmetscherin, und manchmal war es für mich das reine Elend, wenn ich umständliche Sätze oder das, was sie für Scherze hielt, wiederholen musste und deutlich merkte, dass die netten Leute, die für einen Plausch stehen geblieben waren, sich sehnlichst fortwünschten.

Die Heimsuchung der alten Mrs Netterfield, wie sie es nannte, gehörte zu den Dingen, über die ich nicht reden sollte. Aber ich muss lange Zeit davon gewusst haben. Ich erinnere mich daran, sie einmal gefragt zu haben, was aus der Frau geworden war.

»Man hat sie weggebracht«, sagte sie. »Glaube ich jedenfalls. Sie musste nicht alleine sterben.«

Nachdem ich geheiratet hatte und nach Vancouver gezogen war, bekam ich immer noch die Wochenzeitung aus der Stadt, in der ich aufgewachsen war. Ich denke, jemand, vielleicht mein Vater und seine zweite Frau, sorgten für mein Abonnement. Oft schaute ich kaum hinein, aber einmal, als ich es tat, sah ich den Namen Netterfield. Es war nicht der Name jemandes, der gegenwärtig in der Stadt lebte, sondern offenbar der Mädchenname einer Frau in Portland, Oregon, die der Zeitung einen Brief geschrieben hatte. Diese Frau hatte wie ich immer noch ein Abonnement der Zeitung aus ihrer Heimatstadt, und sie hatte ein Gedicht über ihre Kindheit dort geschrieben.

Die weiten, grünen Auen,
Die sanft zum Fluss sich senken,
Ich möcht sie wieder schauen,
Dass sie mir Frieden schenken …

Es gab mehrere Strophen, und während ich sie las, begriff ich nach und nach, dass die Frau von derselben Flussniederung sprach, die ich für mein Eigentum gehalten hatte.

»Die Zeilen, die ich beifüge, wurden aus Erinnerungen an jene alten Hänge verfasst«, schrieb sie. »Wenn ihnen ein wenig Platz in Ihrer altehrwürdigen Zeitung gewährt wird, bin ich Ihnen dankbar.«

Der Fluss strömt rasch und mächtig
Im Sonnenlicht dahin,
Und drüben sieht man prächtig
Die wilden Blumen blühn.

Das war unser Ufer. Mein Ufer. Eine weitere Strophe ging über eine Gruppe von Ahornbäumen, aber da, glaube ich, täuschte sie ihre Erinnerung – das waren Ulmen, die inzwischen alle dem Ulmensterben zum Opfer gefallen sind.

Der Rest des Briefes machte die Dinge klarer. Die Frau schrieb, dass ihr Vater – dessen Name Netterfield gewesen war – im Jahre 1883 von der Regierung ein Stück Land gekauft hatte, in dem Gebiet, das später die Untere Stadt genannt wurde. Das Grundstück reichte bis zum Maitland River.

Am Ufer wachsen Lattich
Und Iris Jahr für Jahr,
Doch auf dem Wasser labt sich
Der weißen Gänse Schar.

Sie hatte ausgelassen, dass die Quelle immer von Pferde-
hufen verschlammt und rundherum verschmutzt war, geradeso, wie ich es auch getan hätte. Und von dem Kot war natürlich auch nicht die Rede.

Tatsächlich hatte ich einst selbst einige Gedichte verfasst,
von sehr ähnlicher Machart, obwohl sie verlorengegangen
sind und vielleicht nie aufgeschrieben wurden. Verse, die die
Natur lobten und sich dann schwer zu Ende bringen ließen.
Ich muss sie zu der Zeit gedichtet haben, als ich so renitent
gegen meine Mutter war und mein Vater mich nach Strich
und Faden versohlte. Oder mir den Teufel aus dem Leib
prügelte, wie die Leute damals fröhlich sagten.

Diese Frau schrieb, dass sie 1876 geboren worden war. Sie
hatte ihre Jugend bis zu ihrer Heirat im Haus ihres Vaters
verbracht. Das stand, wo die Stadt endete und das offene
Land begann, mit Aussicht auf den Sonnenuntergang.

Unser Haus.

Ist es möglich, dass meine Mutter nie davon erfuhr, nie
wusste, dass es unser Haus war, in dem die Familie Netterfield früher gewohnt hatte, und dass die alte Frau in die Fenster des Hauses schaute, das einmal ihr Heim gewesen war?

Es ist möglich. Auf meine alten Tage habe ich ein In-
teresse für Archive und die langweilige Tätigkeit des Nach-
schlagens entwickelt, und ich habe herausgefunden, dass

mehrere verschiedene Familien das Haus besaßen, nachdem die Netterfields es verkauft hatten und bevor meine Eltern einzogen. Das bringt einen auf den Gedanken, warum das Haus auf den Markt kam, als die Frau noch viele Jahre zu leben hatte. War sie verwitwet und brauchte Geld? Wer weiß? Und wer kam und brachte sie fort, wie meine Mutter sagte? Vielleicht war es ihre Tochter, dieselbe Frau, die Gedichte schrieb und in Oregon lebte. Vielleicht war es diese Tochter, groß geworden und weit fort, nach der sie in dem Kinderwagen gesucht hatte. Direkt nachdem meine Mutter mich gepackt hatte und, wie sie sagte, ums liebe Leben gerannt war.

Die Tochter wohnte eine Zeitlang gar nicht so weit weg von mir. Ich hätte ihr schreiben, sie vielleicht besuchen können. Wenn ich nicht so beschäftigt mit meiner eigenen jungen Familie gewesen wäre und mit meinem eigenen, ausnahmslos unbefriedigenden Schreiben. Aber die Person, mit der ich damals wirklich gern geredet hätte, das war meine Mutter, die nicht mehr zur Verfügung stand.

Ich fuhr nicht nach Hause, als sie im Sterben lag, und ich fuhr auch nicht zu ihrer Beerdigung. Ich hatte zwei kleine Kinder und niemanden in Vancouver, bei dem ich sie lassen konnte. Wir hätten uns die Bahnfahrt nur schwer leisten können, und mein Mann verachtete konventionelles Verhalten, aber warum ihm die Schuld geben? Ich empfand genauso. Wir sagen von manchen Dingen, dass sie unverzeihlich sind oder dass wir sie uns nie verzeihen werden. Aber wir tun es – wir tun es immerfort.

Alice Munro

Die Liebe einer Frau
Drei Erzählungen und ein kurzer Roman
Band 15708

Der Traum meiner Mutter
Erzählungen
Band 16163

Himmel und Hölle
Neun Erzählungen
Band 15707

Tricks
Acht Erzählungen
Band 16818

Wozu wollen Sie das wissen?
Elf Erzählungen
Band 16969

Zu viel Glück
Zehn Erzählungen
Band 18686

Tanz der seligen Geister
Erzählungen
Band 18875

Alle Bände aus dem Englischen von Heidi Zerning

Das gesamte Programm gibt es unter
www.fischerverlage.de

fi 555 129 / 1